文春文庫

神のふたつの貌

貫井徳郎

文藝春秋

神のふたつの貌・目次

神のふたつの貌《かお》

第一部　全能者

1

仰向けになった蛙《かえる》は、数分と保《も》たずに死ぬだろう。早乙女輝《さおとめひかる》はこれまでの経験から、そう判断した。

四肢を石で潰された蛙は、もはや自力でうつぶせに戻る力もなく、空しくもがいている。早乙女の目には、命の炎が蛙の小さい体内で今にも燃え尽きようとしているのがはっきりと見えていた。もはや生き延びることは叶わない蛙が、そんな己の運命を全身で拒絶するようにもがいている様は、早乙女に不思議な思いを味わわせる。蛙の様子はいわゆる断末魔の様相に似ていたが、単なる神経の反射かもしれなかった。蛙も痛みを感じるのだろうか、と早乙女は思った。

人間ならば、手足を潰されれば声を上げるだろう。試してみたことはないが、たぶんそういう反応を示すはずだ。だが蛙は、一度として鳴き声を上げなかった。早乙女の手から逃れようと抵抗を示しはしたものの、それは生に対する執着であって、痛みへの恐怖からの行動とは思われない。蛙だけでなくどんな生物でも、人間に捕まれば本能的に逃げようとするのだ。彼らが痛みを感じているという証拠はない。

早乙女は自分の小さい手には余るほどのヒキガエルを捕まえると、まず左後ろ足を力いっぱい引っ張ってみた。早乙女が大人並みの力を持っていれば、たぶん蛙の足を引きちぎることができただろう。だがまだ十二になったばかりの早乙女には、素手で蛙の足を引き抜くだけの膂力《りょりょく》はなかった。それでも蛙の足はピンと伸びきり、もうひと息で胴体部分から離れそうだった。

このようにされれば、人間ならばおそらく激痛を覚えるはずだった。だが蛙は、捕まったときからそうしているように、じたばたともがくだけで新たな反応は示さなかった。もちろん、表情なども変わらない。早乙女はどんな微妙な反応でも見逃さないよう、それこそ全身全霊を傾けて観察したのだが、蛙が痛みを感じていると確信することはできなかった。

上半身を押さえ込み、手近な石を振り上げたときも同じだった。逃げられないよう、強く地面に押しつけたときだけは鳴き声を発したが、それは肺を圧迫されたせいかもしれない。蛙の視界にはっきり映るよう石を示しても、それが振り下ろされた結果生ずるはずの痛みに怯える様は見られなかった。

痛みとは、想像力の産物かもしれない。早乙女は考えた。おそらく蛙は、自分に向かって振り下ろされるかもしれない石を見ても、それがどういう結果を生むか想像できないのだ。だからこそ、恐怖を感じずにいられるのだろう。蛙は自分の足を失って初めて、石を振り下ろされれば足が潰れると知る。ならばやはり、痛みは人間だけが感じるのだろうか。

早乙女は石を地面に叩きつけた。ぐしゃりという手応えとともに、蛙の動きが一瞬止まる。すぐに石を持ち上げてみると、蛙の右後ろ足は完全に潰れていた。その部分だけをクローズアップしてみたなら、元が何であったのか想像することは難しい。そこまで蛙の足は破壊されていた。

どうなんだ、やっぱり痛いのか。早乙女は心の中で蛙に問いかけた。死ぬほどの痛みを感じたのか。もうお前は一生、三本足で生きていかなければならないんだぞ。そんな不幸に絶望したりするのか。絶望の末に生きていく気力を失うこともあるのか。

だが蛙は、まるで自分の身に降りかかったことを意識していないかのように、相も変わらずわさわさともがき続けている。あたかもそれは、この場から逃げることさえできるなら足などどうなってもかまわないようにも見受けられた。もし自分だったらどうなのだろうと早乙女は考えたが、なかなか真に迫った想像はできなかった。逃げようとするかもしれないし、どうでもいいと投げやりになるかもしれない。自分に欠けているのは痛覚ではなく想像力ではないかと感じるのは、まさにこのようなときだ。そして早乙女は、そんな自分の考えに恐怖する。痛覚を持ち合わせていないことにはさして不自由を覚えないものの、想像力が欠け落ちているのではという疑いは、足許《あしもと》が覚束《おぼつか》なくなるほど恐ろしい。想像力を獲得した生物が人間だけなのだとしたら、自分は人間とは別種の生物ということになってしまうからだ。

痛みを感じている様子を見せない蛙を見ていると、早乙女は鬱勃《うっぼつ》と怒りが込み上げてくるのを感じた。こんな恐ろしい思いを味わうのは、すべてこの蛙の仕業だと思えてくる。だから早乙女は、今度は観察することも忘れて残り三本の足を叩き潰した。早乙女ははっきりと、蛙に対して憎しみを覚えていた。

ふと我に返ると、蛙はもう虫の息だった。手で押さえつけていなくとも、もはや逃げることもない。ぴくぴくと痙攣《けいれん》する体は、血塗《ちまみ》れのボールのようだった。早乙女にとっては見慣れた、命が去る寸前の肉塊に過ぎなかった。

蛙の黒い目は濁っていた。人間のように眸《ひとみ》があるわけではないが、それでもはやその視線が焦点を結んでいないことははっきりと見て取れた。蛙の魂が天に昇ろうとしている、早乙女はそう思った。神に召される蛙は、幸せに違いない。

父は、生きとし生けるものはすべて、魂があると言う。動物や虫はもちろんのこと、植物や微生物にまで魂が宿っているという父の説明は、早乙女にはなかなか理解しがたい。それでもこうして死に際の蛙を見ていると、こんなちっぽけな生物にも人間とは違った魂があるのだろうと感じ取ることはできる。この蛙の魂が天に昇り、人間としてふたたび現世に転生してくることなどあるのだろうか。そうした仏教的輪廻《りんね》思想は、早乙女がこれまで培ってきた世界観にはあまりそぐわない。蛙の魂が生まれ変わることがあろうと、やはりそれは蛙なのだと思う。魂の形が、蛙と人間で同じであるとは信じがたいからだ。ならばこの蛙は、新たな生をこの世に受けたとしても、また早乙女に捕まって足を潰されるかもしれない。もしそれが辛い体験であるなら、この世は地獄と変わらないだろう。

この世が地獄と同じなどということはあり得ない。神がそのように世界を創ったわけがないからだ。ならば蛙は、足を潰されたとしても不幸ではなかろう。不幸でないなら、痛みを感じていないということか。早乙女の疑問は、結局堂々巡りの末に最初の地点に戻ってくる。死にゆく蛙は、明確な答えを与えてはくれない。

やがて蛙は、痙攣すらも収まって動かなくなった。早乙女の目には、蛙の魂が天に還《かえ》っていく様がはっきり見えるような気がした。いずれ早乙女自身も辿る道を、蛙はひと足先に歩んでいる。そして、一匹の蛙が死んだとしても、世界は何も変わらない。

死とはいったいなんなのだろう。十二歳の子供には重すぎる疑問が、早乙女の頭には巣くっている。死とは終焉《しゅうえん》か、最大の不幸か、はたまた救いか。痛みなき死は、幸せか。もしそうなら自分は、幸せな思いに包まれて死ぬのだろうか。人が死に怯える感覚は、消滅への恐怖か、それとも死に際の苦痛を恐れるのか。死に痛みが伴わなければ、人は死を恐れないか。

早乙女にとって、この世はあまりにも多くの疑問に満ちていた。ただひとり、その疑問に答えてくれるはずの神の声を、早乙女は未だ耳にしていない。神は蛙と同じように、永遠の沈黙を守っている。

2

教会は森を背負うようにして建っている。大正末期に建設され、戦災にも遭わずに焼け残ったその建物は、古びてはいるもののまだ堅牢《けんろう》だった。教会に通う信者は決して多いとは言えないが、しかしその少数の人はとりわけ熱心である。彼らはおそらく、神の実在を疑ったことなど一度もないだろうし、またそれを説く早乙女の父には神に向けるのと同じほどの篤《あつ》い信頼を寄せているようだ。

早乙女の生活は、小学校に通うようになるまで、この教会と背後の森だけの範囲で完結していた。世の中に存在する人間は信者だけであり、それ以外の世界があることなど想像すらしなかった。早乙女がそれを不満に思ったことは一度もなく、また今もなお不平はない。自分に友人と呼べる存在が欠けていることは自覚していたが、それを寂しいと感じたことはなかった。早乙女にとって、世界は未だ教会と森の中だけで終始している。

朝倉暁生《あさくらあきお》が教会にやってきたのは、森が来《きた》る冬に備えて静かに身構えようとする、ある晩秋の日曜日のことだった。蛙を殺して教会に戻ってきた早乙女を追うように、朝倉は彼の前に姿を現した。

朝倉は美しい男だった。これまで早乙女は、押し出しのよい男や凜然《りんぜん》とした男は見たことがあるが、美しい男など会ったことがなかった。鋭角に尖った顎から頬にかけての線は、まるで宗教画家の手になるかのように優美で、かつ男性的な力強さを有している。耳にかかるほどの長い髪こそ、慌てていることを示すように少し乱れていたが、全体の調和を損なうにはあまりに些細《ささい》すぎた。少し吊り気味の目はある種の光を孕《はら》んでいて、一種剣呑《けんのん》な雰囲気を漂わせる。そしてそれこそが、朝倉暁生を他の多くの平凡な人々から際立たせる、著《いちじる》しい特徴だった。

「匿《かくま》っていただけませんか」

午前の礼拝の途中に割って入った闖入《ちんにゅう》者は、自分に向けられる不審の眼差しなど微塵も感じていない素振りで、そう声を発した。後ろ手に教会の扉を閉めると、憐れみを請うかの如く蹌踉《そうろう》と足を踏み出す。牧師の言葉に耳を傾けていた数人の人々は、驚きのあまり凍りついたように無反応だったが、それは闖入自体に驚いているのではなく朝倉の美しさに目を奪われているように早乙女には見えた。朝倉は己の美しさによって、人々に沈黙を強いることができる男だった。

「匿う？　誰かに追われているのですか」

最初に答えたのは、聖書を手に神の愛を説いていた早乙女の父だった。父は聖書を閉じると、それを手にしたまま説教壇から下りて朝倉に近づいた。朝倉は歩みを止めない。

「そうです。追われているのです。捕まったら大変なことになります。どうぞ、匿ってください」

朝倉の態度はいささか芝居がかっていたが、彼の美貌にはそんな身振りがふさわしかった。朝倉は早乙女の父の前まで辿り着くと、背後を警戒するように自分がくぐってきたドアに目を向けた。

「事情がわかりませんが、どうやらお困りのようですね。よろしかったらおかけなさい」

父はそう言って、傍らのベンチに手を差し伸べる。朝倉はそれに首を振り、さらに怯えたような口調で訴えた。

「ここでは、すぐに見つかってしまいます。できたら奥の部屋におれを隠してください。お願いします」

「事情を伺っている暇もないということですね」

「そうです。奴らはすぐにもやってくるかもしれない」

「わかりました。ではどうぞ、こちらへ」

父は頷くと、朝倉を伴って教会の奥へと姿を消した。そしてすぐに戻ってくると、何事もなかったように説教を再開する。信者たちは言われるままに聖書に目を戻したが、早乙女の集中力はすでに損なわれていた。早乙女の意識は、朝倉が消えた方へと向けられたままだった。

五分もせず、今度は乱暴に礼拝堂のドアが開けられた。早乙女も含め、その場にいた者全員はふたたび振り返ったが、先ほど以上の驚きは誰ひとりとして味わわなかったことだろう。そこにはあまりに予想どおりの風体《ふうてい》の人物がふたり、獰猛《どうもう》な気配を発しながら立っていた。

「今ここに、男が逃げ込まなかったか」

この晩秋の季節に、薄いアロハシャツ一枚しか着ていない、角刈りの男が声を上げた。突き出した首を大きく左右に動かし、鋭い視線で礼拝堂の中をゆっくり舐め回す。信者たちは朝倉の場合とは違った意味で、やはり身動きもできず固まっていた。

誰の目にも、新たな闖入者がヤクザだということははっきりしていたようだ。関わりを恐れるように、視線を合わすまいと下を向いている。ヤクザの問いに答えるのは、牧師である早乙女の父以外にはいなかった。

「ここにいる方々しか、この教会にはおりませんが」

その声は堂々としていて、うろたえた様子はかけらほどもなかった。信者に対するときとなんら変わらぬ口調で、父はヤクザに応じている。ヤクザの最初の一声で竦《すく》み上がってしまった早乙女は、そんな父に驚きと同時に誇らしさを覚えた。もともと大柄な父が、さらに大きく早乙女の目に映じた。

父の返答を聞き、アロハシャツの男は不審そうに顔を歪めた。「本当だろうな」と凄みながら、中に進み出てくる。そして信者ひとりひとりの顔を、馬鹿にするように覗き込み始めた。

入り口のところに残っている男は、髪をポマードでオールバックに固め、ダークブルーのスーツで身なりを整えていた。探索はアロハシャツに任せ、自分は色の濃いサングラスの奥から、睥睨《へいげい》するようにじっと視線を向けている。早乙女はわざとらしいほどに暴力的な雰囲気を発散しようと努めているアロハシャツの男よりも、このスーツの男の方が恐ろしかった。サングラスに隠されている目は、自分にだけひたと向けられているような気がしてならなかった。

やがてアロハシャツは、目指す相手がこの場にいないことを確認し終えた。ちっ、と舌打ちすると、「いませんぜ」とスーツの男に向けて首を振る。それに応えて初めて、スーツの男は声を発した。

「牧師さん、本当に誰も来てないんでしょうね」

男の声は低く、意外にも耳に心地よかった。男の美声に、早乙女はふたたび顔を上げて視線を向けた。男は今は、ただ父にだけ問いかけていた。

「来てませんよ」

父の返答は短かった。それに対して男は、「そうか」とあっさり頷いた。

「失礼したな。邪魔して悪かった」

そう言って、踵《きびす》を返す。取り残されかけたアロハシャツは、慌ててその後を追うと、最後に捨て台詞《ぜりふ》を残した。

「嘘だったらただじゃおかねえからな！」

そして苛立ちをぶつけるように、乱暴にドアを閉めていった。その衝撃が静まってもしばらくは、礼拝堂の中から緊張は解けなかった。

「さあ、続きを読みましょう」

父はそんな静寂をものともせず、穏やかな声で宣言した。と同時に、はっきりとわかる安堵の気配が堂内に満ちる。以後は、礼拝を邪魔する者は現れなかった。

3

信者たちが全員帰るまで、父は闖入者の存在などすっかり忘れているかのような態度だった。早乙女は礼拝堂の奥にいる闖入者が気になって仕方なかったが、信者の前で彼のことを口にするわけにもいかず、好奇心をじっと押し殺していた。そして父とふたりきりになってようやく、朝倉について尋ねることができた。

「わからない。もういなくなっているかもしれないな」

あの人は誰だろうという早乙女の問いに、父はそう答えた。教会には礼拝堂の入り口だけではなく、裏口からも出入りできる。追われている様子だった朝倉は、自分で勝手に裏口を探し出し、そこから立ち去ったのではないかと父は考えているのだった。

父は礼拝の後片づけを悠然と済ませてから、思い出したように奥の部屋へと向かった。苛々《いらいら》しながら父の手伝いをしていた早乙女は、ようやく自分の好奇心を満たせることに満足し、その後ろについていった。父が闖入者を匿った部屋は、礼拝堂のすぐ脇にある事務室である。父は無造作に、そこのドアを開けた。

朝倉は父の予想に反し、まだ部屋の中にいた。事務用の椅子に、まるでそこが自分の部屋であるかのように堂々と坐っている。先ほどまでの怯えた様子も、悪びれた表情もいっさいなかった。

朝倉は父の姿を見ると立ち上がり、気さくな笑みを浮かべた。軽く手を広げ、西洋人のような仕種をする。他の人がすればまるで様にならないようなそんな態度が、朝倉の場合は奇妙に板についていた。

「いや、助かりました。さっき、あいつらが来たようでしたね。誰かがおれのことを告げ口しないかと、こちらで聞いてて冷や冷やしましたよ」

「困っている人を見捨てるような真似は、信者の皆さんはなさいませんよ」

父はそう応じて、先ほどと同じように腰を下ろすよう促した。事務机ではなく、簡素な応接セットのソファの方を指し示す。朝倉は照れ臭そうな顔で、言われるままに坐った。

「まだ自己紹介もしてませんでしたね。おれの名前は朝倉暁生。東京から流れてきた者です」

そんなふうに朝倉は、自分のことを説明した。早乙女はそのとき初めて朝倉の名前を知ったわけだが、変哲もないそんな言葉にもある種の感銘を受けた。東京からの流れ者という説明に、どこか自分とは異なる匂いを嗅いだ。

父は朝倉の言葉を受けて、自分と早乙女のことを紹介した。朝倉はようやく早乙女の存在に気づいたように、しげしげと見つめてくる。早乙女はその視線を受け止めかね、じっと身を縮こまらせた。

「利発そうなお子さんですね。牧師さんによく似ている」

お愛想のつもりか、朝倉はそんな感想を口にした。早乙女は恥ずかしくなり、ますます顔を上げられなくなる。これまで早乙女は、無口で暗い子供と思われることはあっても、利発だなどと誉《ほ》められた経験はなかった。助けてもらった礼のつもりなのだろうが、それにしてもあまりにとってつけたような言葉である。しかしそんなわざとらしさが、朝倉の場合は決して嫌みではなかった。

「立ち入ったことをお尋ねするつもりはありませんが、それでも少しくらいは事情を伺ってもいいでしょうか」

父は朝倉の言葉を軽く聞き流し、切り出した。父がそう尋ねてくれて、早乙女は安堵した。このまま何も聞かずに朝倉を帰してしまうのではないかと危惧《きぐ》していたのだ。これきりで帰られてしまっては、膨らみきった早乙女の好奇心は満たされない。朝倉が漂わせる、これまで一度も接したことがないような都会の気配は、ただ目の前を通り過ぎてゆくのを黙って見送るにはあまりに魅力的だった。

「つまらないことでしてね。隠すような事情ではないのですが、わざわざ牧師さんに聞いていただくほど深い悩みというわけでもない。そう、そんなことよりもまず、お礼を申し上げなければなりませんね」

「あなたを追っていた人たちは、ヤクザですか」

「そうでしょうね。よく知りませんけど」

「ヤクザに追われているとは、尋常ではない。困っているのなら警察に相談した方がいいんじゃないですか」

「警察なんか、当てになりませんよ。おれが殺されでもしない限り、重い腰を上げてはくれないでしょう」

「そんなことはないんじゃないですか。警察はヤクザなどよりも市民の味方だと思いますが」

「牧師さんは警察のことも、それからヤクザのこともご存じないからそのようにおっしゃるんですよ。心配していただくのはありがたいですが、あまり有効な忠告ではないですね」

無礼ともとれる言い種《ぐさ》だが、父は腹を立てた様子もなかった。朝倉もごく当然のことを口にしたつもりのようで、相手の反応を気にした素振りもない。大人の世界を知らぬ早乙女にも、朝倉の言葉は誇張のない真実なのだろうと思えた。

「あなたがそう言われるのなら、私がこれ以上お節介を焼く必要はなさそうですね。あの連中に捕まればただでは済みそうにないですから、せめてあなたの無事を神にお祈りしましょう」

「お祈りよりも、もっとお願いしたいことがあるんですけどね」

朝倉は少しはにかむような顔をすると、身を乗り出した。早乙女の目には、遥か年上の朝倉が、まるで同年輩のいたずらっ子のように映る。

「教会ってのは、困った人を助けてくれるところなんですよね。信者じゃない者でも」

「もちろん、神の愛は皆さんに平等に与えられます」

「だったら、おれをこのままここに置いていただけませんか」

上目遣いに、菓子でもねだるように朝倉は言った。その申し出に早乙女は驚いたが、父はそれほど動じているようではなかった。少なくとも表面上は、なんら変化がなかった。

「しばらくここにいたいということですか」

「そうです。奴らはこの町を捜し回るでしょうけど、見つからなければ他に向かうはずです。そうなれば、一番安全なのがこの町だ。でもあいにくとおれは、ここに知り合いはいない。泊めてくれる旅館もない。だから、この教会に置いてもらえると助かるんですよ」

「この町に残るより、どこか遠くに逃げた方が安全なんじゃないですか」

勝手な朝倉の懇願《こんがん》に、父は冷静に応じた。朝倉は肩を竦めて、情けなさそうな顔をする。

「金がないんですよ。逃げるだけの金がね。それに、正直に言えばもう逃げるのにも疲れた。この辺でしばらく、あいつらのことを忘れてのんびりしたいんです」

朝倉は自分の申し出がどれだけ図々しいか、自覚していないようだった。確かに教会は、信者の悩み事相談室のような機能も請け負っている。だがそれはあくまで信者に対してであって、見ず知らずの人にこのような頼みをされることはかつてなかった。ましてや、追われている人を匿うような駆け込み寺めいた活動など、教会の仕事のうちには入っていない。知らないからこそ朝倉は図々しくなれるのだろうが、もともとこういう性格の人間でもあるようだ。こんな突拍子もない頼みに対し、父はいったいどういう判断をするのだろうかと、早乙女は興味を持ってその横顔を見守った。

「お身内はおられないのですか」

「身内ですか？　あいにくと天涯孤独でして。もっとも身内がいたところで、真っ先にあいつらが押しかけるでしょうから、そこに逃げ込むわけにもいきませんけどね」

「お困りということはよくわかりました。ですが、多少は追われている理由を伺わせていただかないことには、こちらも対処のしようがありません。そうでしょう」

「確かに、おっしゃるとおりですね。いや、別に隠すほどのことではないんですが、下世話な話なんで牧師さんのお耳汚しかなと思ったんですよ」朝倉は仕方ないとばかりに頭を掻くと、先を続けた。「本当にくだらないことなんですけどね。おれが手を出した女が、たまたまヤクザの情婦だったってだけです。それがばれて、頭に来たあいつらに追われているってわけですよ。こんなところで納得していただけましたか」

おどけた口調の朝倉とは対照的に、父はあくまで厳格な顔つきだった。朝倉の心底を透かし見るかのようにじっと視線を注いでいたが、やがて重々しく頷く。

「ここにいていただくのはかまいませんが、ひとつ条件というか、守っていただきたいことがあります」

「置いてもらえるのですね。それは助かる」

朝倉は心から安堵したように、喜びを表した。なんでもないことのように振る舞ってはいても、ヤクザたちの追跡に肝を冷やしていたらしい。早乙女は父の判断に驚いたが、口は挟まなかった。

「守っていただきたいことは、ただひとつ。日曜日の礼拝には、必ず参加してください。キリスト教に帰依する必要は、特にありません。ただ礼拝に参加していただければ、それでいいのです。いかがですか」

「もちろん、喜んで参加させていただきますよ」

その程度のことならば、と朝倉はつけ加えたかったのだろうが、もちろんそんなことは言わなかった。朝倉が世知に長《た》けた人物だということは、短いやり取りだけで充分に理解できた。

こうして朝倉暁生は、早乙女の教会に居着くことになったのだった。

4

母が戻ってきたのは、夕方の六時を回った頃だった。最近の母は、一度出かけるとなかなか帰ってこない。日曜ごとの礼拝ですら、近頃では顔を出さないようになった。早乙女はそんな母に、無言の意思表示を見るような気がしたが、父がそれに気づく様子はない。魂の平安を求めて人々がやってくる教会のその裏で、あるひと組の夫婦が今、緊張の水位を徐々に上げようとしている。それを早乙女は皮肉に思うものの、自分の思いを適切な言葉で表現する語彙《ごい》はまだ持ち合わせていなかった。

母が帰ってきたとき、朝倉は暇を持て余したように礼拝堂をうろうろしていた。せめて外に出て散歩でもしたいところだろうが、自分を追うヤクザ者に見つかるかもしれない危険性を思うと、教会に籠るのを我慢するしかない。信仰心のかけらも見えない朝倉には、田舎町の教会など面白くも物珍しくもなさそうだが、それでもただ坐っているよりはましとばかりに堂内に視線を走らせていた。

早乙女はそんな朝倉の様子を、礼拝堂の隅に坐って見つめていた。自分の部屋に戻り、何事もなかったように振る舞うことはできなかった。朝倉が飛び込んできたときに覚えた好奇心は、もうあまり残っていない。早乙女が朝倉に視線を向けていたのは、むしろ義務感の発露と言ってもよかった。それは自分の生活範囲に突然紛れ込んできた異物に対する、監視の義務だった。

朝倉は当初、暇潰しのつもりかあれこれと話しかけてきた。年はいくつかとか、学校は楽しいかとか、教会の生活はどんな様子かといった、たわいもないことばかりである。それらの問いかけに早乙女は、最低限の言葉で答えた。珍客に対して愛想よく振る舞うことなど、早乙女にはできなかった。

やがて朝倉は、無愛想な子供相手に喋るのにも飽きたらしく、早乙女を無視して礼拝堂の中をうろうろし始めた。弾けもしないオルガンの鍵盤を叩いたり、備えつけの聖書に手を出したりしている。言葉も発さずにじっと見つめている早乙女の視線を煩わしく感じている様子は見えたが、それにもじきに慣れたらしく次第にその振る舞いは悠然たるものになっていった。

母は朝倉を見ても、特に驚いた様子もなかった。教会にはふだんから、たくさんの人が出入りしている。その中には、知人に連れられて初めて教会にやってきたという人も少なくない。会ったこともない人が礼拝堂にいたからといって、いちいち驚いてはいられないというのが母の本心だろう。少なくとも早乙女には、母は朝倉がいることに感興《かんきょう》を覚えたようには見えなかった。

朝倉もまた、母が帰ってきても特別な反応を示さなかった。外見がいつまでも若々しい母を見ても、まさかここの牧師の妻とは思わなかったのだろう。会釈をするでもなく、まるで視界に入っていないかのような態度だった。

「輝、こんなところで何をしているの」

母は早乙女に目を向けると、そう問いかけてきた。それを聞いて朝倉が、早乙女より先に言葉を発する。

「あ、これは失礼しました。こちらの奥さんでしたか」

驚くほどの早さで振り向くと、突然如才《じよさい》ない物腰になり、いそいそと母の方へと近づいてゆく。母は怪訝《けげん》そうに、そんな朝倉に目を向けた。

「いや、あんまりお若いので、こちらの奥さんとは思いませんでした。おれは朝倉といいます。どうぞよろしく」

「朝倉……さん」

名前だけを名乗られても、この教会にどういう縁がある人物か、母は判断がつかないでいるようだった。それも当然のことだろう。まさかヤクザに追われている人物が、身を隠すためにここに滞在しているとは思いもしないはずだ。母は戸惑いを隠さず、目だけで早乙女に問いかけてきた。早乙女は遠慮するつもりなどさらさらなく、事情を洗いざらい説明する。

「はっはは、お恥ずかしい話で」

ちっとも恥ずかしそうではなく、朝倉は頭を掻いた。母はなんと反応していいかわからない様子で、「それはまた」と曖昧《あいまい》な相槌を打っている。そんな母の当惑を和らげるつもりか、朝倉は例の如才ない調子で畳みかけた。

「本当に、こちらにご迷惑をかけるつもりはないんです。ヤクザに追われているって言ったって、あいつらは大した度胸もない半端者ですから、何もできやしません。心配する必要はないですよ」

その半端者に怯えて逃げ込んできたくせに、朝倉の言葉は威勢がよかった。しかも心配の種を持ち込んだのが他ならぬ自分だということすら忘れて、すっかり他人事《ひとごと》のような口振りである。早乙女は呆れるのも通り越して、その鉄面皮ぶりに感心すらしていたが、母の印象は違うようだった。一瞬不愉快そうに顔を歪めると、それきり朝倉から顔を逸《そ》らして奥へ向かおうとする。

「本当になんでもないといいんですけどね」

捨て台詞のように言う母の口振りには、朝倉への興味のかけらすら見られなかった。そんな母の態度に、さすがの朝倉も鼻白んだようで、「いやあ」と言ったきり言葉を失う。早乙女は礼拝堂を後にする母の背中と、ばつが悪そうな顔の朝倉に交互に視線を向け、結局母の後を追った。

廊下を足早に歩いていく母の後ろ姿は、明らかに怒気を孕んでいた。距離をおいてついていく早乙女には、その腹立ちの理由は見当がついている。母の怒りは闖入者である朝倉に向いているのではなく、矛先は父に向かっているのだ。自分に断りなく、素性の知れない者を受け入れてしまった父に対し、母は憤《いきどお》りを覚えている。

振り返ってみれば、両親の仲は早乙女が物心ついた頃からすでに冷え込んでいたようだった。当初早乙女は、夫婦とは両親のような関係が普通なのだろうと思っていた。年を経るにつれ、常の夫婦が両親たちのようでないことがわかってきたが、同時に父の職業の特殊さも理解できるようになった。だから早乙女は、両親の間に壁があるように思えていても、それはやむを得ないことなのだろうと受け止めていた。今もその理解に変わりはない。

ふたりの間に立ちはだかる壁は、それぞれから違う形に見えているのではないかと早乙女には思えた。父にとって母は、牧師の妻である。だが母にとっての父は、決して牧師ではなかった。母はひとりの男として、父を捉えているのだろう。そのギャップは、表面上はわずかなものだとしても、越えがたい溝であることがはっきりしつつある。

母を愚かだと見做《みな》すことは簡単だった。実際、つい最近まで早乙女は、卑小な価値観に囚われている母を内心で見下していた。牧師が牧師の務めを果たしていることが不満ならば、なぜ母は父と結婚したのだろう。父は結婚してから牧師になったのではなく、母と知り合った時点ですでに聖職に就《つ》いていたのだ。母が父に何を期待して一緒になったのか、早乙女には理解できなかった。

しかし今は、そんな辛辣《しんらつ》な視線もいささか和らぎつつある。母の振る舞いはあまりに子供っぽいものではあるが、それでも同情すべき点もあることが見えてきた。母は決して、愚かなだけの女性ではなかった。

父という人物を構成する要素を抽出《ちゅうしゅつ》してみれば、それは百パーセント牧師ということになるだろう。早乙女は他の牧師を知らないが、やはり父はその職に就く者として立派な人物なのだと思う。そうでなければ、少ないとはいえ熱心な信者たちが教会に通ってきはしないだろうからだ。父が尊敬に値するかどうかを問われれば、やはり値すると答えるしかない。

だがそんな人物が夫に向いているかといえば、必ずしもそうではないのではないか。もちろんそのふたつは排他的な性質ではなく、充分に両立可能であろうが、少なくとも父の中では共存していなかった。父は牧師としては立派でも、夫としてはとても最良の部類に属するとは言えなかった。

母はおそらく、立派な人物である父を愛したのだ。しかしそれは、牧師としての父でしかなかった。父にとって至高の存在は、妻や子ではなく神である。父は混じりけのない気持ちで神を信じ、その存在を自明なこととして捉えている。結婚するまでキリスト教とは縁のない暮らしをしていた、ごく平凡な女性であった母には、父の裡《うち》に住まう神の圧倒的な存在感が理解できていない。唯一者である神は、何者とも置換不能なのだ。その単純な原理を、父は自分が人間であると自覚するのと同様にごく自然に認識し、そして母は難解な数式のように捉えている。

母は神に対し、どのような思いを抱いているのだろうか。父のそれが子供にもわかるほど単純で力強いのに対し、母の内心はとても窺い知れない。表層だけを見る限り、母に信仰心はない。それは行動や言動ではなく、体の奥から滲み出てくるものなのだ。母の裡に、神はいない。

信じる者は救われると、父は幾度も繰り返す。それは真理であり、唯一の法なのであろうが、その言葉が母を幸せにしている様子はない。父はただ、盲目的な信仰を母に要求するだけだからだ。心の底から信じたいと欲しているのに、そうできない人に対して、父は回答をもたらさない。

母にとって神は概念なのだと思う。母に限らず日本人は、神を唯一絶対の存在とは捉えない。受験の神、商売の神、縁結びの神、安産の神、日本には多くの神が古くから存在していた。日本人はそれらの神に、その都度の要求に応じて祈りを捧げる。それが八百万《やおよろず》の神を戴く国民にとってはごく自然の行為であり、疑問を持つ余地など存在しない。日本人にとってキリスト教の神は、そうした多くの神のひとりに過ぎない。日本人の神は、ニーズに応えてくれる便利な存在である。だから母は、牧師である父が祈りを捧げる神を、幸福をもたらしてくれる神だと認識している。しかしその神は、いくら祈っても応えてくれようとしない。全身全霊の祈りにしか、神は応じないのだ。神は峻烈《しゅんれつ》な存在であり、決して誰彼問わずに救いの手を差し伸べる慈悲の権化ではない。

その厳しさが、母を苦しめている。

5

母は真っ直ぐ父の許に向かおうとはしなかった。一度自室に籠ると、服を着替えているのかなかなか出てこない。その間早乙女は、不安に苛《さいな》まれる思いで廊下に立ち、母が出てくるのを待っていた。着替えの時間が長ければ長いほど、母の怒りのボルテージも高いように感じられた。

母が姿を現すまで、三十分は経過しているように早乙女には思われた。だがそれは内なる不安が覚えさせた錯覚で、実際には十分程度だったようである。母は早乙女に目を留めると、何をしているのだと言いたげな表情を浮かべたが、結局声をかけようとはせず廊下を歩き出した。早乙女もまた、無言でその後に続く。

父の居室は、教会の一番奥に位置する。信者が来ないときは、部屋に籠って聖書を読んでいるのが父の日課だった。今日もまた父は、何事もなかったように常の生活を送っている。朝倉の存在を、父はまったく気にかけていないようだった。

母はドアをノックすると同時に、返事も待たずにノブを引いた。机に向かっていた父は、椅子ごと体を回転させて振り返る。その表情に特別な感情は見られず、冷ややかとも言える視線が母に向けられただけだった。父が母に向ける眼差しには、慈悲の色が見て取れない。

「帰ってきたのか」

父は帰りが遅いことを咎めるでもなく、ただ事実を確認するようにそう言った。母はそんな父の反応にうんざりするように首を振ると、ドア框《かまち》に体を凭《もた》れさせた。

「どこに行っていたのか、とは訊かないの？」

「訊いたところで、どうだというんだ。お前がどこに行っているのか、私がいちいち把握する必要はない」

父の言葉には曖昧さのかけらもない。何も知らない人であれば、なぜこれほどまでに自信に満ちた言動ができるのかと不思議に思うだろうが、これが神への絶対的信仰に身を委《ゆだ》ねた者の強さである。

「そうね。あなたは興味もないことを知ろうとするような、無駄なことはしないものね」

「お前の行動に興味がないのではない。いちいち把握することに意味がないと言っているのだ。お前だって、私にすべて知られたくはないだろう」

「そのとおりよ。妻の行動に口を挟まない、理解ある夫を持って幸せだわ」

「用件はなんだ。そんなことを言いに来たのか」

「そんなこと、ね」

早乙女の位置からは母の横顔しか見えなかったが、それはひどく寂しそうであった。早乙女に母の表情の意味はわからない。だが父とのやり取りが母に悲しみを植えつけたことだけは、子供心にも理解できた。母がこのような顔をするときだけ、尊敬すべき対象である父に対し、軽い憎しみを覚える。

「礼拝堂にいた人は、何？　ヤクザに追われている人だっていうじゃない。まさか、本気で匿うつもりじゃないでしょうね」

母はすぐに顔を引き締めると、言うべきことは言わなければならないという気概を込めて、父に問いをぶつけた。一瞬だけ露呈した悲しみは、もはやまったく見られない。先ほどまで漂わせていた怒りの気配が、今また全身から立ち上っている。

「困っている方を見捨てることはできない。ましてあの人は、身に危険が迫っている」

父の返答は明瞭《めいりょう》である。微塵の揺るぎもない。

「危険だっていうなら、なおさらここにいて欲しくないわ。だってそうでしょう。ここには輝もいるのよ。ヤクザのいざこざに巻き込まれて、大変なことになったらどうするのよ」

「そうはならないように努力するしかないだろう。いざとなったら警察に頼ることも考えている」

「いざとなったときじゃ遅いのよ！　あなた、どれだけの覚悟があって、あんな得体の知れない人をここに入れたのよ」

「覚悟などする必要はない。困っている人に助けの手を差し伸べるのは当然のことだ」

「覚悟の必要がないって……、じゃあ、あたしたちがどうなってもいいって言うの？」

「そうは言わない。お前たちや信者の皆さんに迷惑が及ばないよう、できるだけの努力はする」

「具体的には、どんなことができるって言うのよ。ヤクザが殴り込んできたらどうするの」

「彼らとてまったく分別がないわけじゃない。礼拝の途中にやってきたが、乱暴なことなどせずにすぐ出ていった。いきなり無関係の人に暴力を振るうようなことはないだろう」

「そんな、単なる印象だけで楽観的なことを言っていいの？　本気でヤクザの理性なんて信じてるの？」

「ああ、信じている」

父の口振りに、成り行き上強がっているような気配は皆無だった。父が信じていると言えば、それは本気で信じているのである。当然母もそのことはわかっているので、父の迷いのない言葉には一瞬絶句した。そして、肩を竦めて負け惜しみのようにつけ加える。

「呆れたお人好しね。よくわかったわ、あたしたちのことなんてぜんぜん考えていないということが」

「そんなことはない。お前はわかっていて私の言葉を曲解している」

「曲解なんてしてないわ。あなたの言うことを正確に理解しているだけよ」

そう言うと母は、これ以上交わす言葉などないとばかりに踵を返した。憤りが母の動作を乱暴にし、後ろにいた早乙女とぶつかりそうになる。母は背後に早乙女がいたことにも気づいていなかったようで、驚きと腹立ちをそのまま露わにした。

「そんなところで何をしてるのよ！　大人の会話を盗み聞きなんてしないで！」

そして母は乱暴に早乙女を押しのけ、小走りに去っていった。母は泣いてはいなかったが、泣いた方が楽になるのではないかと早乙女は思った。母の理不尽な言葉にも、特に腹が立たなかった。

母は特別理性的な人間ではないが、感情だけでものを言う人でもない。いささかヒステリックな反応があったとしても、それは他の鬱屈が積み重なった結果である。そうした状況がよく見えるだけに、早乙女は母を非難する気になれなかった。

とはいえそれは、情愛に裏打ちされたものではない。早乙女にとって親といえば父のことであり、母の存在は薄い。父に人並みにかわいがってもらった記憶など皆無だが、だからといって母に愛されている自覚もないのだ。母は子供よりも夫の愛を求め、それが得られないことに苛立ちを覚えているようであった。

母性が女性に当然備わっている特性なのだとしたら、母には明らかに欠陥があった。だが早乙女はそれを、欠陥とは思いたくない。女性なら誰しも子供がかわいいと思うはず、という発想には、どこか押しつけがましい気配が感じられてしまうのだ。子供とて一個の人間である。人間同士の付き合いであれば、当然相性の善し悪しもあろう。親だからといって尊敬できるとは限らないのと同様に、子供だから無条件に愛せるとも決まっていないはずだ。早乙女は自分がいわゆる〝悪い子〟だとは思わないし、母が〝悪い親〟とも思わない。ただ組み合わせが悪いだけである。それは誰にも責任のとれない事実であり、年月が溝を埋めるにしても気が遠くなるような時間が必要となるだろう。だから早乙女には、母を恨む気などない。

母は結婚した当初、職に就いていたという。結婚の条件は、会社を辞めずに仕事を続けてかまわないという一点だったそうだ。だが実際には、牧師の妻としての立場が母に仕事を続けにくくさせた。やがて父も子供を望むようになり、結婚前の条件はうやむやのうちにないがしろにされたらしい。そして子供ができてしまえば、もう母は職場に復帰できなかった。今でもそれを残念に思うと、母は早乙女に向かってはっきり言った。

つまり母にとって早乙女の存在は、足枷《あしかせ》でしかなかったようだ。母親の生活の大部分を奪い取る子供は、歓迎されざる客だった。そしてそんな母の思いを敏感に感じ取った早乙女は、幼い頃からあまり母に懐《なつ》かなかった。自分に懐かない子供を愛せるほど、母は情が深くない。母との間の溝は埋まるどころか、ますます広がる悪循環に陥っていた。

だが母を恨む気がない早乙女は、そんな状況も悲しいとは思わない。痛みの感覚を知らない早乙女にとって、悲しみもまた身に迫って感じられない感情である。辛い思いを味わわなくて済むのは、自分だけに与えられた幸運であると早乙女は受け取っている。早乙女の裡にあるのはただ、母への同情だけだった。

母に愛されていなくても、母の苦しみを和らげてやりたいという思いは、早乙女にもある。

6

翌日、早乙女が学校から帰ってくると、父の姿がなかった。基本的に牧師は、一週間のうち日曜日だけ教会にいればそれで充分である。だから父は、平日は積極的に外に出て、信者の家を訪問することにしていた。今日もまた父は、取り決めた日課を生真面目に守っているのだろう。

礼拝堂には朝倉の姿があった。朝倉は結局、空いている客室をあてがわれて一夜を過ごした。この時間まで滞在しているということは、すぐに引き揚げる気がないのだろう。もしかしたら朝倉は、このまましばらく教会に住み着くつもりかもしれなかった。そうだとしたところで、父が認めるのならば早乙女が文句を言う筋合いではないのだが。

早乙女は礼拝堂に朝倉がいるのを見て、軽い驚きを覚えた。朝倉が未だに居残っていることに対してではない。彼のしていることに、いささか意表を衝《つ》かれたのだ。朝倉はシャツの両袖《そで》を捲《まく》り、礼拝堂の床に雑巾《ぞうきん》掛けをしていた。

礼拝堂の入り口側から奥まで、駆け抜けるように一気に雑巾掛けをした朝倉は、方向を転換してようやく早乙女に気づいた。屈《かが》めていた身を起こすと、人なつこい笑みを浮かべる。

「ああ、坊ちゃん。今帰ってきたのか」

朝倉は早乙女のことを〝坊ちゃん〟と呼ぶことにしたようだ。早乙女にしてみれば大いに違和感があったが、咎めるわけにもいかない。坊ちゃんという呼称は早乙女に似つかわしくなくても、朝倉が口にする限りはそれほど大仰《おおぎょう》ではなかった。どこか剽《ひょう》げた気配は、朝倉の一番の特徴であり、また大きな武器にもなっているようだった。

どうして掃除なんかしているのかと早乙女が尋ねると、朝倉は照れ臭そうに額の汗を拭う。

「いやあ、どうしてと訊かれても困るんだけどさ、ただで居候《いそうろう》させてもらっている身分としては、これくらいのことはしないと罰が当たるじゃないか。だから少し奥さんのお手伝いをしているんだよ」

君もお手伝いしてるか、と朝倉はつけ加える。痛いところを突かれ、早乙女は口籠った。すると朝倉は、そんな早乙女の子供らしい態度がおかしかったらしく、声を立てて笑った。

「まあ、そうだろうな。おれだってガキの頃は、家事の手伝いなんてしなかったさ。いいよ、いいよ。子供のうちは遊びまくってればいいんだ。奥さんの手伝いはおれがやるから、ほら、どこかに遊びに行きな」

そう言って朝倉は、蠅でも追い払うように手を振る。そんな相手にどう反応したものか早乙女は戸惑ったが、朝倉はいっこうにかまわない様子で、掃除の続きに取りかかった。汚れた雑巾をバケツの水で濯《すす》ぎ、固く絞るとまた床掃除を再開する。

しばらくその働きぶりを見守って、早乙女はランドセルを肩から下ろした。そして物置に直行するとそこから雑巾を引っぱり出し、礼拝堂に戻る。手にした雑巾を朝倉に示すと、彼は愉快そうにニヤリと頬を緩《ゆる》ませた。

広い礼拝堂の床掃除はなかなか重労働だったが、朝倉と一緒だとさほど苦にはならなかった。朝倉は昨日の邪険な反応にも懲《こ》りず、またあれこれと早乙女に話しかけてくる。そんな相手に早乙女は、気が向いたときだけ必要最小限の言葉で答えた。愛想のない早乙女の態度でも、話し相手がいることで朝倉は満足そうだった。

「しかしさぁ」朝倉は熱心に床を拭きながらも、口は休ませようとしない。「牧師さんに妻や子供がいるとは知らなかったね。結婚しちゃいけないのかと思ってたよ」

朝倉はどうやら、キリスト教に関する知識がまったくないようだった。早乙女は自分の知る限りで、カトリックとプロテスタントの違いを説明する。

「ああ、そういえばそんなことを学校で習った気がするな。すっかり忘れてたよ。じゃあ、何か？　プロテスタントの牧師さんは、普通に結婚して子供を作ってもいいってことか」

ふうん、と朝倉は、いたく感銘を受けた様子で幾度も頷いていた。確かに、これまで一度も教会に足を踏み入れたことのない者にとっては、目新しい話かもしれない。だが早乙女には逆に、そんな朝倉の素朴《そぼく》な反応が面白かった。

「じゃあ坊ちゃんも奥さんも、毎日アーメンってやってるわけ？」

もちろんそうだと答えると、初めて朝倉は雑巾を動かす手を止めた。

「へえ、やっぱり牧師の子はキリスト教徒ってわけか。まあ、そりゃそうだな。ってことはさ、神様を信じているわけだ」

朝倉の質問の意図がわからず、早乙女はすぐには答えなかった。その沈黙を別な意味に取ったのか、朝倉は驚いたように目を丸くする。

「おいおい、そんなふうに怒らないでくれよ。おれは神様も仏様も関係ない生き方をしてきたんだ。まず神様がどんな人なのか、それを聞かないことには始まらないんだぜ。おれが神様を信じてないからって、怒らないでくれよ」

別に怒っているわけではない、そう短く伝えると、朝倉はホッとしたように表情を緩める。

「そうか、それならいいんだけどさ。坊ちゃん、子供のくせに目が怖いぜ。まあ、そんなことはいいか。話を戻すけどさ、こうして教会に置いてもらえるようになったんだ、おれも少しは神様のことを知りたいと思うんだ。まあ、牧師さんに教えてもらうのが筋なんだろうけど、まったくなんにも知らないのも恥ずかしいだろ。だから坊ちゃんが神様を信じているなら、どういうふうに信じているのか教えてくれないかなぁと思ったんだよ」

どう？　といたずらっ子のように朝倉は早乙女の顔を覗き込んでくる。自分より遥か年上の男に下手《したて》に出られ、早乙女はまごついた。朝倉はこれまで早乙女が知っていたどんな大人とも違う。早乙女と同年代の子供のようなところがあるかと思えば、こんな田舎町の人間ではとうてい追いつかない世俗に通じた面も持ち合わせている。早乙女にはそんな朝倉のアンバランスさが眩しかった。早乙女はわかる限りで訥々《とつとつ》と、自分なりの神の理解について語った。

早乙女は神の存在を無条件に信じているわけではなかった。そこが父とは最も意見の異なる点であるし、また父の言葉に疑問を覚える部分でもある。父は神について語るとき、その存在はすでに了解事項としている。父にとって神がいることは自明であって、ことさらに論議する必要など覚えないのだろう。もちろん通ってくる信者たちにとってもそれは同様であるから支障がないのだが、これからキリスト教について学ぼうという人にはあまりにもわかりにくい。これはおそらく父だけの態度ではなく、カトリック、プロテスタントを問わず日本におけるキリスト教伝道者の多くが陥《おちい》っている陥穽《かんせい》なのだろう。だからこそ日本では、キリスト教徒の絶対数が総人口の一パーセント程度にとどまっているのだ。

もちろん早乙女は、日本のキリスト教の普及状況を憂《うれ》えているわけではない。子供の素朴な疑問として、本当に神様がいるのだろうかと考えているのだ。早乙女のこの疑問に、父は正面から答えてくれたことがない。存在を疑うこと自体が不敬だと、怒りや失望を露わにするだけである。父のそんな態度に、早乙女はいささかうんざりしている。

早乙女の実感として、神はどこかに存在しているのだろうと思う。神が人間の想像の産物だとしたら、この世がこんなにも精妙にできていることの説明がつかない。それが考えられないほどの偶然の積み重なりの結果だとしても、やはりそこには神意としか言いようのないものを感じ取ってしまう。神は世界を創り、人間を創った。おそらくそれは正しいのだ。

しかし神は、もはや人間のことなど視野に入れていないのではないだろうか。そんな疑問が早乙女の裡には存在する。そうでなければ、世の中に満ちている多くの不幸はどうしたことか。世間なんてそんなもの、と達観することは、早乙女にはまだできない。連日この社会のどこかで起きている悲惨な事件は、とても神の知ろしめす世界の出来事とは思えなかった。人間はもしかしたら、神に見捨てられた存在なのかもしれない。

そういった認識を、早乙女は幼いなりの言葉で精一杯朝倉に伝えた。朝倉は真剣な態度で耳を傾け、最後に「ふうん」と唸った。

「さすがに牧師さんの息子だけあって、難しいことを考えてるんだなぁ。人間は神様に見捨てられちゃったのか。もしかしたらそうかもしれないな」

朝倉は述懐めいた口調で言うと、その自分の言葉に深く頷くように、何度も首を縦に振った。思いがけず感銘を与えた様子に、早乙女はいささか恥ずかしくなった。神に対する自分の考えは、学校の同級生はもちろんのこと母や父にも話していないことだった。

神が人間を見捨てたなどと言えば、父は烈火の如く怒るだろう。人間がどんな行いをしようと、決してお見捨てにならないのが神なのだと、血相を変えて言うに違いない。

それがわかるだけに早乙女は、自分の考えを父の前で口にしないのだった。

だが母ならば、もしかしたらそんな考えにも同意するかもしれない。早乙女は今、初めてそのことに気づいた。母が父との関係に悩み、苦しんでいるのは明らかである。母の苦しみは凡庸《ぼんよう》な不幸かもしれないが、しかしそうした小さな不幸を神は救おうとしない。そのことに母は、不満を持っていないのだろうか。求めて得られない救いに、絶望することはないのだろうか。

そして早乙女は、いまさらそんなふうに考える自分と母の距離に、改めて愕然《がくぜん》とした。そのこともまた、母にとっての不幸なのかもしれないと思い至る。早乙女はなんとしても母に、現在のような辛い心境から脱して欲しいと願っている。しかしそれを口に出して言ったところで、母は喜びはすまい。母が距離を縮めたいと思っているのは、早乙女との間ではなく父との関係なのだ。そこに早乙女が入り込む余地はない。

これもまた不幸なのだろうかと、早乙女は自問してみる。明瞭な答えは、もちろん得られなかった。

7

床掃除をあらかた終え、今度は机の上を拭こうとしていたときに、母は顔を覗かせた。朝倉と一緒に掃除をしている早乙女を見て、「あら」と眉を吊り上げる。

「帰ってたの。ぜんぜん気づかなかったわ」

「坊ちゃんは、おれが掃除をしているのを見て、手伝ってくれてたんですよ」

なっ、と朝倉は同意を求めてくる。早乙女はそれに対し、曖昧に頷いた。後ろめたいことをしていたわけでもないのに、母の前でそれをはっきり認めるのはためらわれた。朝倉と関わりを持っていることを、母は快く思わないだろうととっさに考えたのだ。

「珍しいじゃない。どうしたのよ」

どうしたと訊かれても、答えようがない。強いて言うなら、朝倉と接する機会を求めたということか。しかしそう口にするわけにもいかず、早乙女はただ俯《うつむ》いた。

「相変わらずはっきりしない子ねぇ。誰に似たのか、臆病というか引っ込み思案というか……。すみませんねぇ、朝倉さん。子供の面倒まで見させちゃって」

母のずけずけとした物言いはいつものことなので、いまさら何も感じない。だがその後段、朝倉に向けられた言葉には、これまで聞いたこともないようなニュアンスが込められているようで、少し奇異に感じた。どことなく、馴れ合うような気配が言葉の端に滲んでいるようだったのだ。

「いえいえ、何をおっしゃいますか。利発な坊ちゃんで、話をしてるとどっちが大人だかわからなくなってきますよ」

はっはっは、と朝倉は臆面《おくめん》もなく笑い声を立てる。歯の浮くような、という表現はまさに朝倉が発する追従《ついしょう》にこそふさわしかったが、不思議にそれは嫌みでなかった。母は朝倉の言葉に眉を顰《ひそ》めることもなく、かえって顔を明るくした。

「まあ、お上手なのね。居候だからって、そんなに気を使わなくてもいいんですよ」

「言うだけなら元手がかかりませんからね。どんどん言わせてもらいます」

「なによ、それじゃあ誉めてるんだか馬鹿にしてるんだか、わからないじゃない」

「もちろん誉めているんです。奥さんも誉めて差し上げましょうか」

「馬鹿ね」

母は呆れた表情だったが、それでも少しおかしかったようで口許を綻《ほころ》ばせている。わずかなりとはいえ、母が笑っているのを見るのは久しぶりだった。朝倉の洒脱《しゃだつ》さが母の心を和らげているのならば、それは歓迎すべきことだったが、昨日の態度との落差が大きいのが奇妙に思えた。早乙女が学校に行った後、父も出かけてしまい朝倉と母はふたりきりになっていた。その間にどんな会話が交わされ、あれほど朝倉を受け入れることに難色を示していた母の態度を変えさせたのだろう。人あしらいの天才が世の中に存在するのならば、それは朝倉のような人物に他ならなかった。

「さっきからずっと雑巾掛けしてて、疲れたでしょう。お茶を淹《い》れたから、召し上がりません？」

「いやあ、それは悪いなぁ。ちょうど喉が渇いていたところなんですよ。奥さんみたいな気が利く人がいて、牧師さんも幸せだなぁ」

「お上手ね」

朝倉の持ち上げ方はあまりにあからさまだったが、それでもなぜか、心からの誠意を込めて言っているかのような錯覚を聞く者に覚えさせる。最初は調子のいい軽薄な男だと思っていても、何度も言われるうちにまんざらでもなくなってきてしまうのだ。朝倉は早くも、母の懐に入り込みかけているようだった。

いったん掃除は中断し、三人で居間に移動した。早乙女と朝倉はふたりで手を洗ってから、居間のソファに着く。並んでお茶が出てくるのを待っていると、朝倉が遥か年長とも感じられず、少し年上のお兄さんといった存在に思えてくる。それもこれも、朝倉のいたずらっ子めいた表情のなせる業だろう。朝倉はこれまで早乙女が会ったこともない、不思議な魅力を備えた男だった。

母は丸盆に湯飲みと急須を載せて運んできて、お茶を等分に注いだ。どうぞと差し出すと、朝倉は畏《かしこ》まって礼を言う。図々しいところがあるかと思えば、変に律儀な面もある。母はそんな朝倉の態度がおかしかったのか、今度ははっきり微笑んで言った。

「こんなお茶程度で改まらないでくださいよ。調子が狂っちゃうじゃない」

「はあ、そうですね。では遠慮なく」

本当に喉が渇いていたらしく、熱さもものともせずに音を立てて半分くらい飲んだ。

「いや、うまいなぁ」などと満足げな声とともに、湯飲みをテーブルに戻す。

「昨日居着いたばかりの居候なのに、こんなことまでしていただいて申し訳ないですね」

いまさら殊勝《しゅしょう》なことを朝倉は言う。母の親切に感じるところがあったのかもしれない。

母は少し恥じらうように身を引くと、「いいんですよ」と応じた。

「この子も昨日言ってたけど、ヤクザに追われてるんでしょう。捕まったら殺されちゃうの？」

結局母も女である。こんな田舎町ではめったに聞けない、スリリングなゴシップを放置しておけなかったようだ。表面上はさほど興味がなさそうに装っているが、実は朝倉の話が聞きたくて仕方がないことを早乙女は見抜いた。

「殺されやしないでしょうけどね。腕の一本や二本は折られるかもしれない。まあ、それも自業自得だから、しょうがないですけども」

「両腕折られたりしたら、大変じゃない。そんなに大きく構えてていいの？」

「これでも肝が縮み上がってるんですよ。奥さんの前だから強がっているだけ。小心者なんです、おれ」

「小心者がヤクザの女に手を出すかしら」

面白そうに母が切り返す。朝倉はばつが悪そうに頭を掻いた。

「それを言われると恥ずかしいな。気の迷いというか、勢いというか、今頃後悔しても遅いんですけどね」

「後悔してるの？　じゃあ、その女の人とは本気じゃなかったわけ？」

「もちろん、そのときは本気でしたよ。そりゃいい女でしたからね」

「あら、ごちそうさま」

母が半畳を入れても、朝倉は照れることもなかった。

「あんな女には会ったことなかった。どうしてヤクザの情婦なんかになってるのか、信じられなかった。おれだってね、ヤクザの女に手を出したらどうなるかくらい、想像できますよ。そんな馬鹿な真似、他の女だったら絶対にしなかった。あの女だから、おれも馬鹿になったんです」

朝倉の述懐を、母はもうからかおうとはしなかった。何も言わず、じっと朝倉を見つめる。それに気づくと、朝倉は早口に続けた。

「でも、もう昔の話。いい思い出なんて言うにゃ、ちょっと面倒を引きずりすぎてますけどね」

真顔になってしまったことを隠すように、朝倉は口許に湯飲みを持っていった。またひと息に残り半分を飲み干すと、もう一杯とねだる。

「その人は今、どうしてるの？」

母はまだ好奇心が満たされないらしく、立ち上がりながら追及した。しかし朝倉は、

「さあ、知りません」とあっさり応じるだけだった。

「おれのことなんかより、奥さんはどうしてまた、牧師さんと結婚したんです？　どういう縁で知り合ったのか、訊いてもいいかなぁ」

朝倉はふたたび気安い口調に戻って尋ねた。台所に向かった母は、「あたしのこと？」などとどうでもいいような返事をしながら、まんざらでもない素振りだった。

「あたしの話なんてつまらないものよ。だって見合いだもん」

「ああ、お見合いですか。親御さんが信者だったとか？」

「そうじゃなくて、ここの信者さんがあたしの父と知り合いでね。この教会に赴任《ふにん》してきたばかりの主人をいたく気に入って、お節介しようと考えたわけ。牧師なんて、信者さんが世話を焼いてくれなければ、満足に女とも知り合えない職業ですからねぇ。たぶん主人は、その信者さんに感謝してるでしょうよ」

母は戻ってきて、朝倉の湯飲みにお茶を注ぐ。先ほどとは逆に、今度は朝倉が母の表情をまじまじと観察した。

「おや、ずいぶんと醒《さ》めた口振りですね。見合いなんてしたくなかったんですか」

ずいぶんと立ち入った質問だったが、それをするりと言ってのける。母も特に不愉快に思っている様子はない。むしろ、長い間誰にも言えなかったことを吐き出すかのように、なんのためらいもなく答えた。

「見合いがしたくなかったわけじゃないけど、牧師の妻になんかなりたくなかったわね。だってあたし、そんな立派な女じゃないもの」

母がここまではっきりと言い切るのは、初めてのことだった。この田舎町では、誰を相手に喋ったところで、瞬《また》く間に思いもかけぬ範囲まで広がってしまう。だからこそ母は、自分の鬱屈をこれまで抑えてきたのだろうが、部外者の話し相手を得てその抑制が弾け飛んでしまったのかもしれない。息子が目の前にいることすら、母は意識していないのではないだろうか。

「人間、立派になろうなんて思っても、ろくなことにならないですよ。なるようにしかならない。そうじゃないですか」

母の愚痴に調子を合わせているのだとしても、朝倉の言葉には力があった。母は思いがけぬ台詞を聞いたように一瞬呆けた表情をしたが、すぐに立ち直ると強く頷いた。

「そうよね、うん、あなたの言うとおりだわ。朝倉さん、軽薄そうなくせにけっこういいことを言うわね」

「軽薄そうはよけいじゃないですか。これでも真剣に答えているつもりなんですよ」

「ごめんなさい。馬鹿にしているわけじゃないのよ。実はすごく嬉しいんだから。だって、立派にならなくったっていいなんて、これまで誰も言ってくれなかったのよ。そうよね、そんな簡単なことなのに、どうして誰も言ってくれなかったんだろう。なんか、馬鹿馬鹿しいわ」

「そう。人生なんて馬鹿馬鹿しいものなんですよ。しかつめらしく考え込んだって、つまんないじゃないですか。ねえ」

「そうかもしれないわね」

母はあっさりと同意する。あまりに端的な言葉で自分の懊悩《おうのう》を否定してもらえたので、拍子抜けしているようだった。何度も頷く母の目には、数分前までは存在しなかった輝きが宿っている。その輝きを、早乙女はあまり歓迎できないと感じた。

8

毎週木曜日は、信者たち主催の集会が開かれることになっている。信者たちは年齢や性別ごとに、壮年会、青年会、婦人会、子供会などを作っている。それらの会が、あるときは個別に、あるときは合同で集会を開くため、教会はその場を提供していた。牧師である父ももちろん参加するが、主導的立場にはない。オブザーバーとして出席し、助言を与えるのが父の役割だった。

早乙女は当然ながら子供会に所属していたが、会合は毎週あるわけではなかった。子供会の集まりがある、と称する場合は、子供が教会に集うわけではなく、その保護者たちが運営を相談するのである。だから早乙女は、木曜日には必ず青年会に顔を出すようにしていた。各年代の集会の中では、青年会の話し合いが一番面白いように感じていたからだった。

その日の集会で悶着《もんちゃく》の種となったのは、朝倉の存在だった。朝倉は青年会のことを聞きつけると、自分も参加したいと言い出した。朝倉のことはすでに、この狭い田舎町では噂の種になっている。彼が教会に居着くようになった経緯を知らない者は、青年会の中にはひとりもいなかった。

十八から三十代半ばまでの年齢層で構成されている青年会は、総勢八名の小所帯だった。人数が少ないだけに、比較的意見はまとまりやすい。朝倉の申し出を早乙女の母が持ち込んだときも、青年会の総意はあっという間に決しかけた。

「ヤクザに追われて、この町までやってきたような男なんだろ。そんな奴を仲間に入れていいのか」

「だいたい、ほとぼりを冷ますためだけに教会に逃げ込んでいるそうじゃないか。危険がないとわかれば、すぐに出ていくんだろう。それなのにどうして、わざわざ青年会に入りたいなんて言うんだ」

「面白半分で参加したいと言っているなら、お断りだな。そもそも信者でもないんだから、論外なんじゃないか」

朝倉がいないのをいいことに、青年会のメンバーたちの意見は辛辣だった。もともと小さな町だけに、排他意識は強い。まして朝倉のような曰《いわ》くつきであれば、彼らに歓迎されるわけもなかった。

ところがひとりだけ、意見を異にする者がいた。先ほどからメンバーの意見に、腕組みをしたまま黙って耳を傾けている。青年会のリーダーである久永琢郎《ひさながたくろう》だった。

久永は青年会の最年長の人物だった。年齢は三十四歳と聞いている。妻はいるが子供はまだない。町で一番大きなスーパーを、親から引き継いで営業していた。

久永は屈強な体格の大男だった。上背があり、そしてそれに負けないほど分厚い胸板を持っている。頬から顎にかけて生やした鬚《ひげ》は登山家のようで、一見したところ厳《いか》つい顔つきと言える。だが性格は至って穏和で、猛々しいところはかけらもない。良識ある意見と判断は他人の信頼を受けるに充分であり、また柔らかな物腰と裡に秘める強固な意志は強いリーダーシップに直結している。たまたま青年会では最年長であるが、仮に最年少だったとしてもやはりリーダーになっていたであろう。そう思わせる包容力が、久永にはあった。

早乙女は久永が好きだった。この町の住人の中で、一番懐いていると言ってもいい。両親よりも学校の先生よりも、早乙女にとっては近しい存在に感じられる。早乙女が青年会の集まりに顔を出すのも、そのリーダーが久永だからであった。久永がいない青年会に、早乙女は魅力を感じない。

久永はひととおり朝倉を巡る意見が出尽くした頃に、やおら腕組みを解くと口を開いた。それまで久永が黙っていたことにも気づかなかった他の者たちは、興奮から醒めたような顔で彼に視線を向ける。たったひと言発するだけで、周囲の注目を一身に引きつける風格のようなものが久永にはあった。

「みんなの意見はよくわかった。だけど、そんなに簡単に決めちゃっていいのかな。おれはまだ本人と言葉も交わしていない。どんな人物かもわからないのに、噂話だけで決めたくはないな」

「会う価値があるのなら、話し合ってみるのもいいと思うよ。でも、ヤクザの女に手を出すような奴と、わざわざ話し合う必要があるかな」

すぐに反論が返ってきたが、その語調は先ほどまでの威勢のよさを欠いている。まさか久永が彼らの意見に疑問を呈《てい》するとは思わなかったのだろう。久永は他に意見はないかとばかりにテーブルを囲む一同を見回したが、誰もあえて発言しようとはしなかった。

「会う価値があるかどうかを、どうして判断できるんだ？　おれたちは裁判官じゃない。そんな偉そうな態度をとっていていいんだろうか」

今度は、なかなか反論の声もあがらなかった。言いたいことはあるのだが、久永に逆らうのはためらわれるといった空気がある。メンバーたちは互いに互いの顔を見合ってから、ひとりが皆の意見を代表するように答えた。

「裁判官じゃないけど、誰にでも公平に接する必要があるわけじゃない。どこの馬の骨とも知れない奴にまで、公平にしなけりゃいけないのかな。だって、そいつは信者じゃないんだぜ」

「そこが違うと思うんだ。信者じゃないから受け入れない、素性が知れないから排除するなんて、そんな考え方でいいのか。おれはいいとは思わない。何も無条件で朝倉という人を受け入れようと言ってるんじゃないんだ。その人の人柄もわからないのに、伝聞だけで拒絶してしまうような前例を作りたくないだけなんだよ。おれの言うことは間違ってるかな」

久永は決して言葉を荒らげないし、押しつけがましい言い方もしない。それでもどんな人の言葉よりも、周囲を納得させる力を有していた。こうまで久永に言われて、なお反論できる人は青年会にいなかった。

「わかったよ、久永さん。おれたちの方が間違っていた。朝倉って人はこの教会にいるんだから、呼んできて話をするくらいは簡単なんだ。会ってみよう。結論はそれからでいい」

ひとりが言うと、同感とばかりに他の者も頷いた。久永は理解が得られたことを喜ぶように微笑むと、早乙女の方へ振り向いた。

「悪いけど、朝倉さんを呼んできてくれないかな。みんなが話をしたがっていると伝えて欲しい」

早乙女は頷いて、すぐに集会室を出た。朝倉が居室として使っている客間に、小走りに向かう。断ってから戸を開けると、朝倉は畳に寝そべって天井を見上げていた。

「よう、どうした、坊ちゃん」

朝倉は顔を向けずに、そう尋ねてきた。早乙女は手短に、久永からの伝言を伝える。黙って聞いていた朝倉は、早乙女の言葉が終わるのを待って、ようやく身を起こした。

「つまり、おれの入会が認められたんじゃなくって、まず審査をしようというわけだな」

朝倉は早乙女の短い説明から、成り行きを正確に見抜いていた。それでも怒った様子はない。入会を申し出たときから、こういう反応があるだろうことは予想していたようだった。

「まあ、当然だな。おれだってこの町の人とは仲良くしたい。ご挨拶に行くとしようか」

そう言って、ゆっくりと立ち上がる。早乙女は先に立って、朝倉を集会室まで案内した。

ドアを開けたときの、青年会のメンバーたちの反応は特筆ものだった。先日の礼拝に出席していた者もそうでない者も、皆一様に呆然と目を瞠《みは》っている。朝倉を初めて見た者は、口を開けたまま閉じられないでいるほどだった。彼らが朝倉の容姿の美しさに驚いているのは明らかだが、奇妙なことにふたりだけいる女性よりも、残りの男性の反応の方が著《いちじる》しかった。同性であるだけに、朝倉が自分たちとは別種の人間であることを、本能的に悟ったのだろう。幾人かははっきりと、内心で敵意を覚えたに違いない。朝倉の容姿は、見る人になんらかの反応を呼び起こさずにはいないものだった。それが好感であれ、反発であれ。

だが、それにも例外はあった。声なきどよめきを発している青年会のメンバーの中で、ただひとり久永だけが目立った反応を示していない。唯一の反応らしい反応は、眉を軽く吊り上げる動きだけである。その表情は、驚きというよりも何かに感心したときの様子に近かった。

「あなたが朝倉さんですか」

久永は立ち上がると、一同を代表してそう話しかけた。場の空気を察するのに長けた朝倉は、すぐに眼前の鬚面の男こそがこの場で力を持っていると見抜いたらしく、例の如才ない笑顔で応じた。

「やあ、どうも初めまして。朝倉といいます。あなたが青年会のリーダーですか」

「ええ。一応最年長なので、そういう役回りを押しつけられています。久永といいます」

久永もまた、屈託のない調子でそう答えた。先ほどまで朝倉を歓迎しない雰囲気だったことなど、微塵も窺わせない。朝倉とは違った意味で、久永も空気を変えるのが得意な男だった。

「あの……」

と言いかけ朝倉は、「ちょっと坐ってもいいですか」と許可を求めた。自分も立ったままだった久永は、言われて初めて気づいたように、慌てて「どうぞどうぞ」と答える。すぐに女性メンバーのひとりが椅子を差し出したが、その動きはいささか早すぎるほどだった。朝倉は軽く微笑んで礼を言うと、遠慮もせずにそこに腰を下ろした。早乙女は、いつものように部屋の隅の椅子に坐る。

「せっかくお集まりのところ、図々しく割り込んですみません。おれのことではなくて何か他に議題があったのなら、かまわず続けてください」

どうぞ、と手を差し伸べて、朝倉は一同を促す。その場にいる者たちのほとんどは、すっかり朝倉のペースに巻き込まれ、何も反応できなくなっていた。

「いえ、今日は特別な議題もなかったので、話し合うとしたらあなたの入会についてだけですよ、朝倉さん」

ひとりふだんと変わらぬ様子の久永が、率直すぎるくらいの返事をした。朝倉は一瞬、悪いいたずらを思いついた子供のような顔を見せたが、早乙女以外にそれに気づいた人はいそうになかった。朝倉は軽く身を乗り出す。

「ほう。では一応、おれの入会を検討してくれるわけですか。嬉しいな」

「もちろん、入会したいという申し出を、無下に断るようなことはしません」ポーカーフェイスならば久永も負けていない。「ではせっかくですから、自己紹介と、それからどうして我々の会に入会したいと思うのか、その理由をみんなに話していただけませんか」

「わかりました」朝倉は立ち上がると、恐れ気もなく一同を見回した。「おれの名前は朝倉暁生。東京からやってきた者です。職業は、今のところなし。求職中というところですか。皆さんご存じのとおり、この教会の厄介になっています」

「東京では、何をなさっていたんですか」

久永が口を挟む。朝倉は人なつこい微笑を浮かべて応じた。

「ただのサラリーマンですよ。小さな会社だったんで、あっさり潰れちまいました。その後仕事を探していたんですけど、なかなかいいのが見つからなくてね。なんとなく都会の生活に疲れたので、あちこち回っているうちにここに行き着いたというわけです」

朝倉の説明が本当かどうか、早乙女も含めてその場の誰にも判断できなかった。どうしてただのサラリーマンがヤクザに追われることになるのか、早乙女には想像もつかない。だがそれは子供だからというわけではなく、この田舎町に住む者たちならば皆同じはずだった。もっと詳しい説明が聞きたいと、一同がうずうずしていることが透けて見えた。

「あなたを追いかけている人たちがいたという話を聞いていますが」

こうした直截《ちょくせつ》な質問は、やはり久永でないと口にできない。朝倉はまた、今度は苦笑いめいた笑みを浮かべる。

「恋愛に関する、ちょっとしたいざこざですよ。おれたちくらいの年になれば、誰でも一度は経験するような、ね」

「ヤクザがあなたを追っていたらしいじゃないですか。誰でも経験するようなこととは思えませんが」

「ヤクザなんでしょうかねぇ。おれはよく知らないですよ。そんなこと、この会に入れてもらうに当たって、関係するんでしょうか」

朝倉は不思議そうに尋ねる。久永は一瞬、言葉に詰まった。ヤクザと揉め事を起こすような人間は受け入れられない、とはっきり明言するわけにはいかないのだ。他の営利団体ならともかく、教会の信者たちで構成されている会では言ってはならないことである。朝倉がそこまでわかった上で開き直っているのであれば、やはり彼の方が一枚上といった感があった。

「すみません。個人的なことに踏み込みすぎていたようです。では、どうして我々の会に入りたいと思ったのか、その理由を聞かせてもらえますか」

気を取り直して、久永が質問を重ねる。今度は朝倉も素直に応じた。

「おれはキリスト教の信者じゃありません。でも、こうして教会の厄介になることになったんだから、まんざら縁がなかったわけでもない。だから少しはキリスト教について勉強してみたいと思ったんですよ」

以前早乙女に話したことと同じ台詞を、朝倉は口にする。まんざらその場凌《しの》ぎの方便というわけでもなかったようだ。朝倉はさらに続ける。

「そのためには、なるべくいろいろな人と話をしたい。そう考えているところに、この青年会の存在を知った。おれが皆さんの仲間に入れてもらいたいと思ったのも、わかってもらえますでしょう」

「もしキリスト教を詳しく知って、自分にとって受け入れられる教義だとわかったら、入信する可能性もあるということですね」

「そうです」

きっぱりと朝倉は頷く。久永はさらに畳みかけた。

「どうしてです？ あなたはこれまで、何か他の信仰を持っていたんですか。そうじゃないんでしょう。まったく信仰心を持たなかった人が、どうして突然キリスト教に興味を持ったんです？」

「おれにとってキリスト教は、そんなに縁遠いものじゃなかったんですよ。父親がクリスチャンでね。子供にまで押しつけようとはしなかったけど、ずいぶん熱心に信仰していたのは知っています。だからおれは、この町にやってきたときに、真っ先に教会を訪ねたわけです。なんとなく懐かしい感じがしたんで」

「なるほど。つまり、昔は興味が持てなかったけど、今はお父さんの信仰の理由を知りたいと思うわけですね。よくわかります」

朝倉の説明は、またしても真実かどうか怪しかったが、久永は真に受けたようだった。青年会のメンバーは全員、親の代からクリスチャンである。親が信仰を持っていたから、という理由は、彼らにとって一番受け入れやすいものだったようだ。久永が理解を表明したことによって、一同の身構えるような気配も氷解していった。

「ところで、あなたはどれくらいの期間、この町にいるつもりですか。いずれはまたどちらかに移動されるんじゃないんですか」

「いつまで、というのははっきり決めていませんが、当分ここを出るつもりはありませんね。もっとも、いつまで牧師さんがおれのことを容認していてくれるかにかかってますけど」

「この町で働く気はあるんですか」

「ありますよ。このままずっと教会の厄介になっているのは心苦しいですからね」

「そうですか。では、あなたが働き口を見つけられるよう、声をかけておきましょうか。こんな狭い町ですから、絶対に職が見つかると保証はできませんけど」

「それはありがたい。そうしてもらえれば助かります」

「じゃあ、二、三の心当たりがありますから、話をしておきます。まずは仕事を持たないことには、信仰どころではないですからね」

「ありがたいなぁ。本当にこの教会を訪ねてよかった」

例の、わざとらしいくらいの口振りで朝倉は感謝を表した。だがそれは決して悪い印象を与えず、存外に素直な奴じゃないかと受け止められたようだ。朝倉に険しい目つきを向ける者は、いつの間にかいなくなっていた。

「で、どうなんでしょう。おれは皆さんの仲間に入れてもらえるんでしょうか」

恐る恐るといった体《てい》で、朝倉は尋ねる。久永は、忘れていたことを思い出させられたように、「ああ」と声を上げた。

「そうですね。それはおれの一存で決めるわけにはいかないですから、みんなの意見を聞いてみます」

「じゃあ、おれは席を外しましょう。おれがいたんじゃ、言いたいことがあっても言いにくいでしょうから」

朝倉はニヤリと笑うと、席を立った。そして優雅な動作で一礼し、集会室を出ていく。まるでこの場が最初から朝倉のために用意されていたかのように、彼がいなくなると欠落感が大きかった。誰もが皆、自分から口を開こうとはしなかった。

結論は、話し合うまでもなくあっさりと出た。朝倉の入会は、全員の同意を得て認められた。

9

朝倉が町の住民として認められるまでに、さほど時間はかからなかった。

朝倉は何も言われないのをいいことに、そのまま教会を自分の住居と決めたようだった。恐縮している様子は顔に表すし、掃除などの家事を率先して手伝おうとはするものの、出ていく素振りはまったく見せない。もともと朝倉の存在を容認していた早乙女の父はもちろんのこと、母までもが朝倉に懐柔されたような状態なので、今や教会はすこぶる居心地のいい場所となっているのだろう。もう十年もここで暮らしているような態度で、朝倉は日々を過ごしていた。

とはいえ朝倉も、いつまでも牧師の厚意に甘えているばかりではなかった。久永の尽《じん》力《りょく》で、この町での働き口を見つけたのだ。朝倉は十日ばかり働いて得た最初の報酬を、全額教会に納めた。早乙女の父は、それを寄付という形で遠慮なく受け取った。初めての給料を全額寄付したことによって、町の中での朝倉の評判は格段に変わった。もともとの印象がよくなかっただけに、〝意外といい人ではないか〟との認識が大勢《たいせい》を占めた。

朝倉の勤め先は、結局久永の経営するスーパーということになった。他にもいくつかの働き口はあったのだが、久永と朝倉の話し合いによってそういうことに決まった。荷物の配達業務が大きな負担となっていた久永のスーパーにとって、朝倉のような若い男手は他のどんな店よりも必要だった。久永は最初から自分の店で使うことも考えた上で、朝倉に職を紹介しようと申し出たらしい。いずれにしても、面倒見のよい久永らしい振る舞いと言えた。

朝倉の仕事は、小型のワゴンで生鮮食料品を個別配達することだった。都会のスーパーではあり得ないことだが、先代から地域に密着した営業を売り物にしてきた久永の店は、望まれれば配達も引き受ける。特に老人だけの世帯や、乳飲み子を抱えた親には好評で、いくら負担が大きかろうとそれをやめるわけにはいかなくなっていた。自動車免許を持っている朝倉は、その仕事を任せるに打ってつけの人材だった。狭い町の地理を憶えると、朝倉は縦横に車で走り回り、あっという間に顔馴染みを作っていった。

朝倉の如才なさは、ここでも十二分に発揮された。朝倉は自分に対して胡散《うさん》臭そうな目を向ける者にも、無愛想な返事しか寄越さない相手にも、辛抱強くにこやかに接した。老人の家には台所まで届け物を運んでやり、ときには関係のない力仕事まで代わって引き受けた。朝倉は決してよいとは言えなかった自分の評判を、自力で変えていった。

そして、そんな朝倉の働きぶりは、雇い主となった久永も満足しているようだった。もともとどんな人とも分け隔てなく接することができる久永は、朝倉ともすぐに打ち解けた。この町で生まれ育った久永にとって、東京からやってきた朝倉の経験談は大いに好奇心をそそられるものであったらしい。暇な時間があれば朝倉を飲みに誘い、あれこれと語らっていた。その様子は雇用主と従業員の関係ではなく、まさに友人同士の姿であった。

町での評判のよさは、そのまま青年会内部にも持ち込まれた。青年会のメンバーはなまじ朝倉と同年代だけに、老人たちほど簡単に打ち解けはしなかった。だがリーダーである久永が真っ先に朝倉と親しくなってしまえば、いつまでもよそ者扱いできない。加えて朝倉自身も、巧みな話術で彼らの頑《かたく》なな態度を崩していった。朝倉の華やかな雰囲気は、一度受け入れられてしまえば人気者になりうる要素を秘めていた。事実、たった三週間ばかりで、朝倉の軽口に他の者が声を立てて笑うような状況ができあがっていた。朝倉がこの町にやってきてまだ一ヵ月ほどしか経っていないことなど、もはや誰も意識していないかのようだった。

働いて得た初めての報酬を全額教会に寄付してしまった朝倉は、他に住まいを構える経済的余裕がなかった。だがそんな自分の境遇に悪びれることなく、寄付をしたことで既得権を得たかのように、朝倉はそのまま教会に居着いていた。そんな態度を、父はもちろんのこと、もはや母も咎めない。むしろ朝倉の存在を空気のようにしか感じていない父よりも、母の方がより積極的に朝倉と関わろうとしているように、早乙女の目には映った。明らかに母は、朝倉がこの教会にやってきた日を境に明るくなっていた。早乙女はそんな母の変化に、喜びと戸惑いの相反するふたつの気持ちを抱いていた。

母は父よりも、朝倉の方により積極的に話しかけるようになっていた。父はもちろんのこと早乙女も、これまで母の話に真剣に耳を傾けようとしなかったのだから当然のことだ。母の話題は範囲が狭く、率直に言って聞いていて面白いとは思えない。町の誰と誰の仲が悪いだの、誰の家ではもうすぐ孫が生まれるだの、あそこの息子は東京の大学を受験しそうだといった、他人の生活を詮索《せんさく》するような話題ばかりである。狭い世界に生きている母にとって、そうした〃事件〃が何よりも重大なのだと理解することはできるが、しかしだからといってあまり上品とも思えない。まして信者から様々な相談を受けることもある牧師の妻としては、はしたないと咎められても仕方なかった。実際父は、そんな母のゴシップ好きを苦々しく思っている節がある。そして母も、それを敏感に察して、言いたいことを自分の腹の中に納めていたようだ。そこに、朝倉という町の外の人間がやってきた。朝倉は急速に町に馴染み、地域のゴシップ話も理解できるようになっている。これまで牧師の妻として表面を取り繕《つくろ》わなければならなかった母にとって、朝倉は格好の話し相手となったようだった。風呂上がりなどに、母がいそいそとビールの栓を開け、朝倉に振る舞っている様を早乙女は何度か目にしたことがある。父はそんな母の振る舞いを、ただ黙って放置していた。朝倉と母がビールのコップを合わせているとき、父はひとり書斎に籠っている。おそらくふだんと変わらない態度で、ただ聖書を読んでいるのだろう。

朝倉とビールを飲んでいるときの母は、これまで早乙女が知っていた母とは別人に思えるほど陽気だった。頬を紅潮させ大きな声で笑う姿は、五歳は若返ったようだった。もともと顔立ちが整っている母は、そんなふうに快活でいると明らかに美しくなった。

早乙女にとって、驚くほどの変貌を見せる母は不気味だった。朝倉という異邦人が現れたことで、母の中身もまたごっそりと入れ替わってしまったような気すらした。

　そんな変化をもたらした朝倉に対する早乙女の気持ちは複雑だった。母の変化は不気味ではあるものの、母自身にとってはよいことだと冷静に判断することができる。厳格な父と寡黙《かもく》な息子との暮らしに、母は鬱屈を覚えていた。そしてそれは、いつか破滅的な事態を引き起こすのではないかと思えた。その事態とはなんなのか、早乙女には想像できない。しかしいつまでもこんないびつな関係は続かないだろうことだけは、子供の目にもはっきりしていた。そこに朝倉が闖入してきたことによって、望ましくない破滅は回避されたようだった。そのことをまず早乙女は喜びたいと思っていた。

　と同時に、母の意識が家族から朝倉に向いたことも、疑いようのない事実だった。母の視野にはもはや、父も早乙女も入っていないのかもしれない。それを早乙女は寂しいと感じるが、同時に仕方ないことと諦める気持ちもある。母の要求に応えなかったのは、父だけではなく早乙女もまたそうなのだ。母が息子にどのようでいて欲しいと望んでいたのか、早乙女には見当がつかない。仮に母の望みがわかっていたとしても、それにうまく応えられる自信はなかった。母の気持ちが自分から離れていくのを、早乙女は諦念《ていねん》とともに見守るしかなかった。

　自分から母を奪った朝倉に対し、敵意を持つのは難しくないはずだった。にもかかわらず早乙女は、朝倉を嫌うことができないでいる。朝倉は確かに心底が見えない人間ではあるが、それでもいつまでも否定的な気持ちを向けがたい何かがあった。朝倉の魅力の前に抗することができる者はこの町におらず、それは早乙女とて例外ではなかった。せめて距離をおき、冷ややかな目で観察するのがせいぜいだった。

早乙女は、日に日に生き生きとしていく母が恥ずかしかった。できることなら、町の他の人に今の母の姿を見て欲しくなかった。なぜ明るくなった母を恥ずかしいと思うのか、自分では判然としない。しかしその感情が抜きがたく存在することだけは、どうしようもなかった。早乙女は快活に振る舞うようになった母の代わりのように、身を縮める思いで学校に通っていた。

その噂が早乙女の耳に入ってきたのは、そうして朝倉が完全に町に受け入れられた頃のことだった。朝倉が町にやってきた当初こそ、クラスメイトはいろいろな話を聞きたがったが、早乙女が大した情報を提供できないとわかるとすぐに興味を失った。もともと早乙女はひとりでいることを好むたちで、特に親しい存在もいない。こんな目新しい出来事でもなければ、クラスメイトは誰も積極的に話しかけてはこなかった。

一ヵ月も経つと、朝倉の話題は早乙女抜きでも充分に成立するようになっていた。だから噂が早乙女の耳にも届くようになったときには、すでにクラスのほとんどの者はその話を知っている状態だった。当事者である早乙女だけが、いつの間にか蚊帳《かや》の外に置かれていた。

昼休みのことだった。早乙女はいつものように、蟻《あり》や蜘蛛《くも》などの虫の生態を観察しようと校舎裏に行った。するとそこにはすでに数人のクラスメイトの姿があり、なにやらひそひそと言葉を交わしていた。彼らは早乙女の姿を認めると、突然ぴたりと黙り込み、気まずそうな顔をする。すぐに早乙女は、自分に関する何かが話されていたのだなと悟った。

それでも早乙女は、特に詮索しようとはしなかった。他人が自分をどう語ろうと、意味のないことである。早乙女は銀杏《いちょう》の木の根本を観察するために、クラスメイトたちを無視してしゃがみ込んだ。クラスメイトたちは、早乙女の登場に戸惑い、どう振る舞うべきか迷っているようだった。立ち去ろうにも立ち去りがたく、まごまごしている気配が伝わってくる。早くいなくなってくれればいいのにと、早乙女は内心で煩《わずら》わしく感じた。

彼らは何も言わずに立ち去ることもできただろう。だが中にひとり、勇気を持つ者がいた。クラスの副委員長をやっている女子が、つかつかと早乙女に近づいてくると、声をかけた。

「早乙女君、あなたのお母さんて、年下の人が好きなの？」

すぐには何を問われたのかわからず、早乙女は十秒ほどしてからようやく顔を上げた。いつもはきはきとした物言いで男子生徒を圧倒する副委員長は、まるで早乙女のいたずらを咎めるような怖い顔をしている。早乙女は首を傾げて、どういう意味かと尋ね返した。

「あなたの教会に居候している人がいるでしょ。その人とあなたのお母さん、ずいぶん親しいんだってね」

早乙女は眉を寄せた。なぜ副委員長はそんなことを知っているのか。母と朝倉が親しげにしている様子など、早乙女と父以外には見ることもできないはずだ。もしその親しさが、朝倉が母の家事を手伝っていることを指しているのならば、それは明らかな見当違いである。朝倉は居候なのだから、手が空いている限り何か奉仕をするのは当然のことだろう。まして今は、日中は働きに出ているため、親しいと言われるほど人の目につく接触もない。副委員長の言葉は、早乙女にとっては理不尽なまでに理解不能だった。

「みんな噂してるわよ。あなたのお母さんと居候の仲を」

みんなというのは誰のことだ。早乙女が言葉を返すと、副委員長は少し気色ばんで語調を強めた。

「町の人みんなよ！　早乙女君、知らなかったの？　こんなに噂になってるのに」

聞いたこともなかった。いったい誰が、そんな噂を早乙女の耳に入れるというのだろう。副委員長はどういうつもりで、早乙女にこんなことを告げているのか。

「不潔よ、あなたのお母さん！　フリンっていうんでしょ、そういうの。お父さんが牧師さんなのに、そんなことしていいの？」

なるほど。早乙女はようやく副委員長の意図を理解した。副委員長にとってこれは、正義の糾弾《きゅうだん》なのだ。人妻が若い男と仲良くするような行為は、この町では許されないことだ。母はその上、牧師の妻である。反道徳的な振る舞いは慎むべき立場にもかかわらず、いかがわしい噂を立てられている。それが正義感に燃える副委員長には許せなかったのだろう。

早乙女はただ、何も知らないと繰り返した。自分はそれほど朝倉と親しいわけではないし、そんな噂も聞いたことがなかった。母のことを咎められても、何も答えようがない。そう冷静に反駁《はんばく》することで、副委員長の糾弾の声もだんだん小さくなり、やがて、後ろで成り行きを静観していた他のクラスメイトたちに引っ張られ、裏庭から逃げるように去った。彼らが消えた後、早乙女は視線を銀杏の根本に戻し、蟻の行列をじっと観察した。午後の始業のベルが鳴るまで、早乙女は蟻の群から目を離さなかった。

10

自分が耳にしたことを、早乙女はどのように受け止めるべきか戸惑っていた。普通であれば驚き、悲しみ、あるいは怒るだろう。だがそうした自然な感情が、早乙女の胸の裡には湧いてこない。興味のない仕事を無理矢理押しつけられたような煩わしさだけが存在していた。

このまま無視してしまうことも、選択肢としてはあり得た。だが早乙女は、そこまで無関心ではいられなかった。母が抱えている鬱屈は、かろうじて理解することができる。

母の気持ちを知りながら、それをどうすることもできなかった自分にも責任があるのだろうとは思う。しかしだからといって、その寂しさを埋め合わせるために若い男と親密になり、しかも町の人にまで噂されるようになるのは、早乙女の理解を超えていた。こんな狭い町では、些細なことでも噂になる。ましてそれがみだりがましいことであれば、平穏な日常に退屈しきった田舎町の人々に、格好の話題を提供することになるのは目に見えていた。そんなこともわからないでいる母の精神構造が、早乙女には不思議でならなかった。

とはいえ、その疑問を母にそのままぶつけはしなかった。さすがにそうすることには、一種の恐怖がある。尋ねたところでまともに答えてはくれないだろうし、逆に肯定されても困る。何があろうと母にだけは、そうした噂があるということ自体知られたくなかった。

だから早乙女は、学校から帰るとそのまま部屋に籠り、母との接触を避けた。朝倉が帰ってくるまで、外に出ずに待つ。朝倉は今日はどこにも寄らず、仕事を終えて真っ直ぐに戻ってきた。

朝倉は教会に転がり込んできた当初から、当然のような顔をして早乙女たち家族と一緒に食事をしていた。初めのうちこそ渋い顔をしていた母も、今では朝倉が食卓に着いていることに違和感を持っていないようだ。父はもともと、家族の前では寡黙なたちである。朝倉の存在をどう思っているのか、傍目《はため》からは窺い知れなかった。

早乙女は夕食の際に、朝倉に目を向けたくなる衝動を抑えられなかった。見てはいけないと思いつつ、ちらちらと視線を向けてしまう。朝倉はそれに気づいているのかいないのかわからない涼しい顔だったが、早乙女の態度に気づいた母に窘《たしな》められてしまった。人の顔を盗み見しながら食事をするのではないと叱られ、早乙女は下を向いた。

食事を終え、各自がそれぞれの部屋に戻った時間こそ、朝倉とふたりで話をするチャンスだった。早乙女は自室を抜け出し、母や父に見つからないよう忍んで朝倉のいる客室に向かった。中に声をかけると、「入れよ」と気安い返事が返ってくる。朝倉はためらわずに戸を開けた。

「おれにどんな話があったんだ？」

朝倉は早乙女のことを待ちかまえていたようで、畳にあぐらをかいてにやにやしている。早乙女は戸を閉める前に廊下の左右を見回し、それでも安心できず朝倉のそばに寄ってから、小声で囁いた。

早乙女は持って回った言い方をするつもりはなかった。朝倉相手に言葉を選んでも、なんら益がないことはもうわかっている。正面からずけずけと尋ねたところで、気を悪くする朝倉ではなかった。早乙女はズバリ、母との関係はどうなのかと質問をぶつけた。

「なんのことだ、坊ちゃん？　おれと奥さんの仲がどうだっていうんだ」

とぼけているのか、本当に身に憶えがないのか、早乙女には判断がつかなかった。朝倉がこうした場合に真顔で嘘をつける人間であることは、先刻承知している。外見から朝倉の本心を読み取ることは不可能だった。

早乙女は学校で噂を耳にしたと、あっさり手の内を明かした。こちらが率直になれば、朝倉もまた正直に答えてくれるような気がしていた。

朝倉はなんと答えたものか思案するように顎をさすると、寂しげに見える笑みを浮かべた。朝倉の表情の意味を、早乙女は理解できない。だがなぜか、いつまでも忘れられずに心に残るような表情だと感じた。

「おれはこの町が好きだよ。住んでる人はみんな親切で、おれみたいなよそ者も受け入れてくれた。このままずっとここに住み着きたいと、本気で思っているくらいだ。でも、そんなくだらない噂を立てるところは、やっぱり田舎の町だな。少しがっかりしたよ」

では、そういう噂が立っていることを、今まで知らずにいたのか。早乙女は不思議に思い、そう尋ねた。

「知らなかったわけじゃない。うすうす気づいてはいたさ。でも、それを知ったからってどうしようもないじゃないか。おれに何ができるっていうんだ？」

火のないところに煙は立たないという。そういう噂が出たからには、周囲に誤解を受けるような振る舞いがあったのだろう。だったらそれを自重すればいいではないか。早乙女は子供なりの言葉で、そのような趣旨《しゅし》のことを告げた。

「もちろん、そうだ。奥さんに迷惑をかけて、悪かったと思ってるよ。だからおれは、最近ではあんまり奥さんと話をしていない。なるべく人前で奥さんと親しげな様子は見せないようにしているし、ふたりきりにもならないよう気をつけている。でもな、坊ちゃん。そういうふうにおれが振る舞えば振る舞うほど、不自然だとか意識しているんだとか、いろいろ言われてしまうんだよ。この噂を本気で断ち切ろうとするなら、おれが町を出ていくしかない。でもおれは、まだこの町を去りたくないんだ」

朝倉がこの町のどこをそれほど気に入ったのか、早乙女にはわからない。都会の人間には、逆に田舎が魅力的に見えるのだろうと推測するだけである。そして、そこまで言う人を出ていかせたいとも思わない。早乙女は噂に傷ついているわけではないし、朝倉個人に強く惹かれるものを感じている。だが今は、それを言葉にはしなかった。

教会を出ていく気はないのか。代わって口にしたのは、その問いだった。町から出ていかないまでも、教会を出て独立した暮らしを始めればいい。なまじ教会に居着いているから、痛くもない腹を探られるのだ。追い出したいわけではないが、朝倉が教会を出ていくのが最良の選択ではないだろうか。

「……まあ、そうかもしれないな。おれだって、いつまでも居候を続けるつもりはない。そろそろどうにかしなきゃいけないとは思っていたさ。でもな」

朝倉は早乙女から視線を逸らし、天井を見上げる。呟くようにこぼれ出た言葉は、やはりどこか寂しげだった。

「おれがここに来たばかりの頃に、坊ちゃんに訊いたことがあったよな。神様について、どういうふうに考えているんだ、と。あれは別に酔狂で訊いてみたわけじゃなくって、けっこう真剣だったんだ。おれは神について、もっと本当のことが知りたいんだよ」

本当のこと？　本当のこととは、いったいどういう意味なのか。

「おれも聖書を借りて、読んでみたよ。神様のことを知るためには、取りあえず聖書くらい読まなきゃと思ったからな。でも、正直言ってぜんぜんわからなかった。書いてあるのは作り事ばかりだからな」

聖書の記述は作り事ではない。少なくとも父は、そのように教えているはずだ。父から話を聞いていないのか。早乙女はそう反駁した。

「聞いたよ。毎週礼拝には参加しているし、青年会の勉強会にも欠かさず参加している。それでも神様がアダムを創って、その肋骨からイヴを創ったなんて聞かされても、それは神話の話でしかないだろ。そんなおとぎ話なら、もともと日本にもある。おれはそういう話が聞きたいわけじゃないんだ」

では何が知りたいのか。何を求めて神の知識を得ようとするのか。

「何を、と正面から訊かれると返事に困るな。なんだろう。強いて言うなら、〝救い〟かな」

救い。朝倉はキリスト教に救いを求めているのか。なぜ朝倉は救いを必要とするのか。

「それは、坊ちゃんには話せないなぁ。おれの個人的な問題だから、言うわけにはいかないよ」

早乙女は自分が立ち入りすぎたことを悟った。素直に詫び、質問を切り替える。朝倉は求めている〝救い〟を、この教会で得られたのだろうか。そう尋ねると、朝倉は難しい顔をした。

「わからない。それらしいことは牧師さんから聞かせてもらったが、少なくともおれは納得していない。牧師さんの言葉は、おれには難しすぎる」

わからないということを、父に告げたのか。もっとわかりやすい説明を欲していると、父に伝えたのか。

「いや、それは言えないでいる。きっとおれの理解力が足らないせいだと思ってるんでね。だから、おれはもうちょっとこの教会にいたかったんだ。ここにいることが、一番神様に近づける手段じゃないかと思ったんで。でも、坊ちゃんに言われてようやく決心がついたよ。このままずるずる居着いてしまっては、坊ちゃんたちの迷惑になってしまう。明日、久永さんに相談して、安いアパートを探してみるよ」

出ていって欲しいわけじゃなかったのだ。外で暮らすことになっても、教会には通ってきて欲しい。〝救い〟を見つけて欲しい。早乙女は心から、そう言った。

「ありがとう。坊ちゃんは優しいな。坊ちゃんは、神様の教えの中に〝救い〟があると思うか」

朝倉は真面目な顔で尋ねてくる。その真摯《しんし》な視線が、早乙女に自問させた。神は人を救うだろうか、と。

早乙女にはわからなかった。神に救われたと感じる人は、世の中に大勢いるだろう。

だがそれは信仰がその人を救ったのであって、正確に言えば神自らが救ったのではない。神は誰の前にも平等に、大いなる沈黙を保っている。現に母は、求めても得られない救いに苦しんでいた。最近になって母は明るくなったように見えるが、それは神が母を救ったのではなく、朝倉の存在こそが母の〝救い〟となったのかもしれない。ならば神とはいったいなんなのか。女ひとり救えない存在の、どこが全能者なのか。

早乙女には、何ひとつ確かなことがわからなかった。

11

朝倉は早乙女と話し合った翌日にも、久永に住居のことを相談したようだった。久永が町でただ一軒の不動産屋に口を利き、すぐにいい物件が見つかった。もともと身ひとつでこの町にやってきた朝倉は、身の回りの品程度しか荷物がない。住まいを移すにも、面倒なことはいっさいなかった。

入居に際しての敷金等は、久永が立て替えたと後に聞いた。今や朝倉はスーパーの従業員なのだから、それくらいの便宜《べんぎ》を図《はか》るのは当然と久永は考えたようだった。ともあれ久永のそうした尽力によって、朝倉は教会から出ていくことになった。早乙女との話し合いから、たった一週間後のことだった。

朝倉は出ていくことを、ぎりぎりまで父や母には告げなかった。いや、正確に言うなら、入居が可能になると同時に移動することにしたので、それを伝えるのが間際になったのだった。朝倉は仕事から帰ってくるなり、話があるからと早乙女たちを集め、そう宣言した。朝倉の言葉に、父と母はそれぞれの反応を示した。

父の反応は、早乙女の予想と寸分違わなかった。朝倉が転がり込んできたときと同様、感情を表に出さずただ頷くだけである。結局父が朝倉をどのように捉えていたのか、表面上からはまったく窺えなかった。父は牧師として朝倉と接し、そして牧師として送り出そうとしている。朝倉が自分の妻と親しそうにしていることなど、少しも気にしていないようだった。

それに対し母の反応は、早乙女の予想とは正反対だった。一瞬驚きを示すように目を瞠ったものの、それ以上の情動は表に出さない。早乙女はもっと激烈な反応を示すのではないかと考えていただけに、いささか拍子抜けだった。密かに胸の裡で安堵していた。

「長い間、見ず知らずのおれによくしていただき、感謝しています。これからも教会のお手伝いをしてご恩返ししますので、どうぞよろしく」

殊勝な態度で、朝倉はそんなふうに言う。頭を下げた朝倉に、母は特別言葉をかけようとはしなかった。ただ父だけが、「いつでもいらしてください。教会はどなたにも門戸を開いております」と言っただけだった。朝倉は一礼して、客間へと下がっていった。

食事中も、朝倉が出ていくことに対して父と母は何も言いはしなかった。ただその日の食卓は、明らかにこれまでの雰囲気とは違っていた。人が変わったように朗らかだった母が、いっさい口を利こうとしない。そんな母に気を使ったのか、朝倉もまたふだんの軽口が影を潜めていた。

朝倉が口を開かなければ、食卓は以前のような重苦しい沈黙に閉ざされるだけだった。いや、そうではない。こうして母が黙り込んでしまうと、場を陽気にしていたのは朝倉ではなく、母の気分だったのだということがはっきりわかる。おそらく朝倉は、生来の如才なさで母に調子を合わせていたのだろう。母が寡黙になれば朝倉もまた口を開く必要などなく、結果的に食卓からは華やぎが消え失せていた。

このまま何事もなく終わりはすまいと、早乙女は漠然と予感していた。朝倉が教会に転がり込んでからの一ヵ月半は、母にとって嫁いで以来味わったこともないほど楽しい日々だったはずだ。それをあっさり手放し、ふたたび暗鬱《あんうつ》な日々に戻ることを母が甘受《かんじゅ》するとは、どうしても思えない。朝倉の存在が母にとっての救いとなっていることは、疑いようのない事実と早乙女の目に映っていた。

早乙女は自室で、息を詰めるようにして成り行きを窺っていた。きっと母は、朝倉と言葉を交わす時間を持とうとするだろう。場合によってははっきりと、出ていかないでくれと懇願するかもしれない。それが家庭を持つ主婦として、あまりに常軌を逸した願いだという自覚が母にもあることを期待したかったものの、早乙女の胸は加速度的に膨れ上がる不安で弾けそうだった。母がどのような態度に出るか、早乙女にはまったく予測がつかなかった。

廊下を歩く足音が聞こえたのは、すでに午後十時を回った時刻のことだった。朝倉が使っている客間は、早乙女の部屋に近い。客間に行こうとするならば、必然的に早乙女の部屋の前を通ることになる。足音が通り過ぎたのを見計らい、そっとドアを開けて窺うと、案の定そこに見えた後ろ姿は母のものだった。

「もう寝てますか」

母は小声で客間の中に話しかけた。それに対し朝倉は、屈託のない声で「起きてますよ」と応じる。ドアが内側から開き、朝倉が顔を見せた。早乙女は見つからないように、そっと身を隠す。

「なんでしょう」

朝倉は声を低めるつもりなどないようだった。ごく自然な口調で、母に接している。そんな朝倉とは対照的に、母は早乙女や父の耳を気にしているような態度だった。早乙女はそんな母をみっともないと感じた。

「本当に出ていってしまうんですか。気なんか使わないで、いつまでもいてくださってよかったのに」

「そうはいかないですよ。こちらにご迷惑をかけていることは、おれだって重々承知している。いつかは出ていかなきゃいけないとは思ってたんですが、あまりに居心地がいいのでこんなに長く居着いてしまった。申し訳ない思いでいっぱいです」

「だから、遠慮することなんてないのよ。もし気が引けるなら、また教会に寄付という格好で、少しでもお金を入れてくれればいいんだし。ひとり暮らしなんか始めたら、ここにいるよりずっとお金がかかっちゃうわよ」

「奥さんはおれのことをだらしない男だと思ってるんでしょうけど、一応おれだって今は仕事を持ってるんですよ。金がかかるなんていっても、それは生きていく上で最低限必要な分なんだからしょうがない。そんなふうにおっしゃっていただけるのは嬉しいですが、そろそろけじめはつけないと」

「けじめだなんて、そんな、水臭い……」

「奥さん」

朝倉は呼びかけると、少し嘆息《たんそく》したようだった。その口調は、諄々《じゅんじゅん》と説き聞かせるかのようなものに変わっている。

「おれがここにいることを、町の人がなんと言っているかご存じですか。くだらない噂を立てられて、腹は立たないですか。おれがここにいるせいで奥さんに迷惑がかかってしまった。おれはそれが許せないんですよ。だから、すぐに出ていく準備をしたんです」

早乙女はドア越しにやり取りを聞いていて、朝倉が先日の会話を口にするのではないかと危ぶんでいた。早乙女が朝倉を追い出したと知れば、母は恨みに思うかもしれない。それが逆恨みだとわかっていても、母は自分の感情を理性で抑え込みはしないだろう。

だが心配するまでもなく、朝倉は自分の決定に早乙女が関与していることなど、仄めかしもしなかった。朝倉は朝倉なりに、早乙女との間に紳士協定めいたものを感じているのかもしれない。朝倉の態度は毅然《きぜん》としていて、母の惨《みじ》めさを際立たせていた。

　これ以上ないほどはっきりとした断りの言葉を聞かされ、母は悄然《しょうぜん》としているようだった。それでもまだ未練が残るのか、ぐずぐずと立ち去りがたい様子でいる。そんな母に、朝倉はいたわるような口振りで言葉を向けた。

「奥さんがどんな思いで日々を過ごしているか、おれにはよくわかってますよ。奥さんは真面目だから、いろいろ考えすぎてるんだ。だから、おれみたいなちゃらんぽらんな奴がいると、安心できたんでしょう。でも大丈夫。牧師さんだって話のわからない人じゃないし、坊ちゃんも優しい子だ。奥さんが何を辛いと感じているか、そのうち理解してくれると思いますよ」

　その言葉から、短い滞在の間に朝倉が母の鬱屈を的確に把握していたことが知れた。だからこそ朝倉は、母にとっての救いとなり得たのだろう。母は朝倉の明るさに救われただけでなく、理解されることで癒《いや》されていたのだ。本来は父が果たすべき役割を、朝倉が代わって担《にな》っていたことになる。朝倉は早乙女の家族にとって、余剰《よじょう》の闖入者などではなく、欠けている部分を補うピースだったのかもしれない。

　母が朝倉の言葉をどのような思いで受け止めたのか、早乙女には想像できなかった。ただはっきりと落胆した声で、「わかりました」と応じる声が聞こえただけである。母はそのまま引き返し、早乙女の部屋の前を通り過ぎていった。朝倉もまた、何もなかったかのようにドアを閉めた。

母の朝倉への執着が、単なる異性に対する欲望とは思えなかった。もしそうであるなら、ひとつ屋根の下にとどまって欲しいと望みはすまい。いくら何も言わないとはいえ、この教会にいる限り父の目は届いているのだ。夫の前で若い男にのぼせ上がるほど、母が愚かしいとは思いたくなかった。

結局母は、牧師の妻ではない自分を誰かに理解して欲しかったのだ。卒然と、早乙女はそのことを悟った。信者も父も、母を牧師の妻としてしか捉えない。そこに母個人のアイデンティティーは存在せず、単なる役回りが求められているだけである。母は名前のない《牧師の妻》ではなく、あくまでひとりの人間でいたかったのではないか。この町でそれを認めたのは、結局朝倉しかいなかったということになる。

誰が母を責められよう。早乙女は母を憐れんだ。母は聖人などではなく、平凡なひとりの女性である。そしてそれは、決して罪ではないはずだ。母は本来の自分にはそぐわない役回りを担わされ、苦悩している。そんな母の苦しみには、誰も気づこうとしなかった。

最も救いに近いはずの教会が、母の苦しみの前にはまったく無力でいる。その皮肉に気づいているのは、ただ早乙女ひとりのようだった。

12

久永は青年会がある日でなくても、まめに教会に顔を出す。たいていは父に会うことが目的のようだが、父が外出していたとしても特に困っている様子もない。おそらく父と会う際にも、特別な用件があるわけではないのだろう。早乙女は何度かふたりの会話の断片を耳にしたことがあり、そのときの彼らは神についての互いの考えを真剣にぶつけ合っていた。

朝倉が教会を出て、数日経ったある日のことだった。久永は父の留守中に教会にやってきた。父が外出していても、久永はすぐに帰ろうとはせず、早乙女とたわいない話をして帰っていくことが多かった。

「そういえば、この前朝倉君から聞いたことなんだけど」礼拝堂の椅子に坐って、久永はおもむろに切り出した。「輝君は、神様が人間のことを見捨てたのかもしれないと考えているんだって？」

咎めるでもなく、軽い世間話のような口調で、久永は尋ねてくる。早乙女は一瞬言葉に詰まり、そして曖昧に頷いた。たとえ久永の物腰が柔らかでも、そんな考え方を非難されるのではないかと身構えた。

「どうしてそんなふうに考えてしまうのかな。輝君は神様のことを疑っているの？」

疑っているわけではない。神の存在を認めるからこそ、見捨てられたと思えてしまうのだ。早乙女は下を向きながら、小声でぼそぼそと答えた。

「たぶん輝君が感じることは、キリスト教の教えを学び始めた人全員が、まず最初に感じる疑問だね。神様が人間のことを愛しているなら、どうして戦争が絶えなかったり、辛い思いをする人がいつまでもいなくならなかったりするのか、不思議なんだろう。もし神様が本当にいるなら、世の中に悲惨なことなんて起きないはずだ。それなのに実際には、不幸はまったくなくならない。それは神様なんていないか、いても人間のことを見捨てたせいじゃないか。そう考えたんだろう」

いつも話をしているだけに、久永は早乙女の思考過程を正確に把握していた。早乙女は素直に、そのとおりだと認める。

「無理はないね。だって、今のこの世の中を見る限り、神様なんていないと考えた方がより合理的なんだから。でもね、そうじゃないんだ。やっぱり神様はいる。それは決して非科学的でも、非論理的な考えでもない。だって欧米の優れた科学者も、みんな神の存在を認めているんだから」

自分も神はいると思う。早乙女はそう応じた。正確に言うなら、造物主だ。神は世界を創りたもうた。だが神の御業《みわざ》はそこまでのことだ。神は自らが創り上げた世界に、徹底的に不干渉の方針を貫いている。その態度は、見捨てたのでなければ冷徹な傍観者のそれだ。まるで飼育箱の中のマウスを観察するような視線、それが人間に向ける神の目なのではないだろうか。

「違うんだ。そうじゃない。神は人間を創りっぱなしで、その後まったく不干渉なんてことはない。神は最初からずっと、人間に期待を寄せているんだよ。不完全な人間が、神の放つ波動をきちんと受け止められるようになることを、長い間ずっと期待しているんだ」

しかし、人間を不完全に創ったのも、やはり神なのではないか。もし神が人間に期待するものがあるのなら、最初から期待に応えられる完全な存在に創ればよかったのだ。

「それも違うよ。だって、完璧な存在だったら、わざわざ創り出す必要がないじゃないか。人間は不完全だからこそ、神に近づこうと努力するんだ。完全だったら、努力なんて無意味だ。神が人間を愛するのは、人間が努力するからなんだよ」

神は人間の努力に、何を期待しているのだろう。神に近づこうとする努力に、神はいったいどんな意味を与えたのか。

「話が難しいところまで来たね。その質問に対する答えは、牧師さんに教えてもらったことじゃない。おれが自分なりに解釈して、出した結論なんだ。だから輝君も鵜呑みにしないで、自分で納得するまで考えてみて欲しい。いいね」

わかったと早乙女が頷くと、久永はなおも優しい口調で続ける。

「おれが考えるに、神様はたぶん、人間と波動の交換をしたいんじゃないかと思うんだ。よりよい、美しい波動の交換を」

美しい波動の交換。それはいったいなんなのか。

「神から人間が受け取る愛、そして人間が神に捧げる心からの祈り。それが、おれが言う波動だ。人間はもともと、神の放つ波動を百パーセント受け取れる存在だった。自分の分身とも言えるそうした人間を、神は慈しんだだろう。波動の交換は、神自身をも幸せにするんだ。でも人間はそうした神の愛を裏切り、楽園を追放された。誘惑の果実を口にしてしまい、それ以後は神の美しい波動を充分に受けられなくなってしまった。人間にとって神は、そのときから遠い存在になってしまったんだ」

創世記に記載されているアダムの罪について、久永は言っているのだろう。早乙女はさらに質問を重ねる。神は人間に裏切られたとき、見捨てることにしたのではないか、と。

「そうじゃない。この地球にいる生物のうち、神と波動の交換ができるのは人間だけだ。神はそのように生物を創ったんだ。そんな特別な存在を、神は簡単に見捨てはしない。たとえ不完全であろうと、波動の交換を神はやめようとはしなかった。だからおれたちは、神が存在することを知っているんだよ」

久永の言葉は、早乙女にとって受け入れやすかった。神を信ぜよ、十字架を信ぜよと繰り返す父の教えよりも、ずっと納得できる。早乙女は自分の疑問のすべてを、久永に晴らして欲しいと望んだ。

「そこで、最初の輝君の疑問だね。神が人間を見捨てていないなら、どうしてこの世には悲惨なことが満ちているのか。その答えは、人間が不完全だからという一点に尽きると思う。いつか人間は、かつてのように神の放つ美しい波動を百パーセント受け止められるようになるだろう。そのときには、この世からすべての不幸がなくなっているはずだ。おれはそう信じている」

しかしそれならば、神は不完全な人間を傍観しているだけではないのか。人間をよりよい方向に導こうと、どうして神はしてくれないのか。

「神は万能なんだ。神は望めばどんなことでもできる。だからもちろん、この世の不幸をすべてなくすこともできる。でも、神がそれをしてはいけないんだ。あくまでそれは、人間が自分たちの力で実現させなければならない。そうしなければ、人間は美しい波動を百パーセント受けられるようにはならないんだよ。だから神は、無慈悲ともいえる態度で人間を見守っているんだ。神は人間を信じているからこそ、じっと見守っていられるんだと思う」

神は、不幸な人が心底救いを求めても、それに応えようとはしない。そこには神の信頼よりも、やはり冷徹さを感じてしまう。どんなに望んでも救いが得られないならば、信仰自体が無意味にならないだろうか。不幸な人の心を、神の波動が温めることがあるのだろうか。

「人間は、物質的な肉体と、目に見えない波動である霊のふたつで成り立っているのは知ってるよね。肉体と霊では、より本質的なのは霊だ。霊は、神からの美しい波動を受けやすい。霊自体が波動だから、これは当然のことだね。人間はこの世に生まれる前は、霊だけで存在している。この霊だけのときに、どんな人でも神と契約を結んでいるんだよ」

神との契約？　それを人は生まれるときに、忘れてしまうというのだろうか。

「そう。惜しいことに人間は、その契約を忘れてしまうんだよ。でもそれは表面上のことで、心の底ではちゃんと憶えている。人は生まれる前のこの契約に背くようなことはできない。神との約束は、それだけ絶対のことなんだ。だから不幸に陥っている人は、自分をそういう境遇に追い込むよう、神とあらかじめ約束していたことになる。心から祈っても神が応えてくれないように見えるのは、つまりそういう約束だからなんだよ」

それは納得できない。初めて早乙女は、首を左右に振った。誰が好きこのんで、自分を不幸に追いやって欲しいと望むだろうか。現に悲惨な境遇にいる人に、そんな説明が通用するだろうか。誰も納得するわけがない。

「そうだろうね。誰だって、肉体を持つ身ではそう考えるはずだ。でも霊だけのときには、あえて我が身に不幸を与えて欲しいと望むことだってあるはずだよ。だってその方が、より真摯な祈りを神に捧げられるし、その結果、より美しい波動が得られるようになるからだ。人間の本質である霊にとって、肉体の寿命はほんの一瞬のことだ。そんな一瞬の不幸よりも、より恒久《こうきゅう》的な神の波動を望むのも当然だろう」

わからない。それだけはどうしても承伏できない。早乙女は自分の裡に、強い拒絶があることを自覚した。宗教とは人を救うためのものであって、不幸な状況を納得させるためのものではないはずだ。なのに久永の論理では、結局は自分が悪いということになりはしないだろうか。それは責任逃れではないのか。人に神の教えを説く者と、そして神自身の責任逃れだ。

「輝君には難しかったかもしれないな。今度、聖書を読みながらじっくりこのことについては話し合ってみよう。聖書をきちんと読みさえすれば、おれの言うことも納得できるはずなんだよ。まだ輝君には難しいと思うけど、それでもわかる限りで聖書に目を通してみることを勧める。きっと、何か学び取れるものがあるはずだから」

久永はそう言うと、腕時計を見て時刻を確認した。思いの外《ほか》に時間が経ってしまったことに慌て、腰を上げる。また来る、と手を上げた久永の顔に屈託はなかったが、早乙女は素直に応じることができなかった。胸の裡には、言葉では説明できないわだかまりが残っていた。

13

母は、朝倉がアパートを借りて出ていった直後、目に見えて落胆しているようだった。朝倉がこの町にやってくる以前と同じように、また鬱々とした毎日を送っているように早乙女には見えた。朝倉が去り、寡黙な夫と息子との生活がふたたび戻ってくると、母には深い欠落感が残ったようであった。

だがそれも、一週間ほどのことだった。時間が経つにつれ母の気分は上向きになったらしく、今度は逆に早乙女が戸惑うほど快活になった。かつては沈黙が支配していた食卓も、今では母のお喋りで華やいでいる。母はたとえ相槌がなくても、ひとりで喋りひとりで笑った。父はそんな母の変化に、あくまで無関心のようだった。

水位が上がりつつある。母の態度を見て早乙女は、漠然と感じていた危惧が徐々に膨れ上がるのを感じた。その不安の正体を、早乙女は正確に把握できない。だがそれが朝倉に関することであると、朧《おぼろ》げながら理解することができた。朝倉が教会から出ていきさえすればそれで済むと考えていたのは、やはり子供の浅知恵だったのだろう。危うい均衡《きんこう》は、朝倉が逗留《とうりゅう》することでかろうじて保たれていた。それが破られた今、何が起きようと決して不思議ではなかった。

それは早乙女の気のせいではなかった。実際に早乙女の不安を裏づける出来事が、いくつかあった。ひとつは、母と父の口論である。

人格者である父は、母と口論することなどほとんどなかった。自分の妻と言い争うような真似は、俗なことであると父は考えている節がある。仮に意見の対立があったとしても、それは言葉を重ねるうちに母の我儘《わがまま》であったかのような形で決着するのが常だった。母の卑近なレベルの不満を、父はまともに取り合おうとしない。そしてそうしたくだらないことで煩わせる母のことを、父もまた不満に思っているようだった。

にもかかわらず、早乙女は両親の口論を目撃した。風呂から上がり自室に戻ろうとしたときに、その声は聞こえてきた。母の声はほとんど金切り声に近く、驚いたことにそれに応じる父の怒声も響いた。父の怒鳴り声など、早乙女はほとんど聞いた憶えがない。

父が声を張り上げていること自体に、早乙女は常ならぬものを感じて、怯えた。

「どうしてあたしの言うことを信じてくれないの！　あたしの言葉よりも、そんなくだらない噂の方を信じるの？　牧師のくせに、人の言葉が信用できないって言うの！」

ふたりの話し合いがどのように始まったのか、早乙女にはわからない。早乙女が風呂に入っている間に口論になったのならば、一応子供には聞かせたくないという配慮があったのだろう。だがそんなこともはや、両親の念頭からは消え失せているようだった。母の声は廊下に響きわたり、たとえ早乙女が耳を塞いだとしても否応なく耳朶《じだ》に飛び込んできた。

「おれが何も知らないとでも思っているのか！　お前はそうやってずっと、おれの信頼を裏切り続けてきたんだ。いまさら信用しろなんて言っても、もう遅すぎる！」

父の声は、まるで別人のようだった。父は自分の感情をほとんど外に出さず、常に超然とした態度を保っている人物だった。だがそれはもしかしたら、父にとっては自然体ではなく、ありったけの克己《こっき》心を必要とする行為だったのかもしれない。抑制を取り払った父の声は、人格者として知られる牧師の声ではなかった。

「何を知ってるって言うの？　それだって、結局噂を真に受けてるだけでしょ。あなたはあたしを信じるよりも、噂を鵜呑みにしたいと思っていたのよ。だからそんなに簡単に、馬鹿馬鹿しい噂を本気にしちゃったんだわ」

「お前があの男のアパートに入っていくところを見た人がいるんだ。それでも白を切るのか」

「もしあたしが本当に浮気をしていたって、誰が見ているかもわからないこんな狭い町で、男のアパートに行ったりするわけないでしょ。冷静に考えれば嘘だって簡単にわかる話なのに、あたしが浮気をしていると信じたいあなたにはそれがわからないのよ」

「どうしておれが、お前の浮気を信じたいわけがある？　妻の浮気を信じたい男など、世の中にいるもんか」

「いいえ、あなたはそう思い込みたいのよ。そうすればあなたは、非が一方的にあたしにあると思える。悪いのは全部あたしだと、自分をごまかすことができるでしょ。だから、噂をそのまま信じてるのよ」

「お前の言うことを聞いていると、まるでおれの方が悪いかのようじゃないか。いったいおれに、どんな落ち度があると言うんだ」

「落ち度なんかないわ。あなたはいつだってそう。あなたほど完全無欠の人格者はいないんだから。悪いのは全部あたし。それで満足なんでしょ」

「もっと理性的に話ができないのか！　お前の言うことは、感情剝《む》き出しで支離滅裂だ！」

「どっちが感情剝き出しなのよ。そんな大声で怒鳴って、自分は理性的だとでも思っているの？　でも、正直言って嬉しいわ。あたしが浮気したら、あなたも腹を立てるんだってことがわかって」

「やっぱりそうなのか。やっぱり浮気をしてるんだな」

「たとえ話でしょ。そんなこともわからないの？　人格者の名が泣くわね」

「くだらない。お前はくだらない女だ」

「やっと本音が出たわね。あなたはそうやって、ずっとあたしのことを見下してきたんだわ。人格者の牧師さんに釣り合わない、くだらない女だって」

「お前のそういう物言いがくだらないと言うんだ。どうしてお前は、そんなふうにしか振る舞えないんだ」

「だから失望したの？　そのせいで、あたしには冷たく接するの？　自分の妻にすら優しくできないで、どうやって他の人を救おうっていうのよ。それが立派な牧師さんのすることなの？」

「話を逸らすな。今はお前の浮気を咎めているんだぞ」

「だから、浮気なんてしてないって、さっきから言ってるでしょ」

　聞くに堪《た》えない、両親の痴話喧嘩だった。母の言葉からは長い間に蓄積された絶望が、父の言葉からは歯痒《はがゆ》さと苛立ちが感じられる。ふたりの主張は、傍観している早乙女にはまったく平行線のように思えた。母の不満を父は受け止めることができず、父の怒りの正体を母は理解できない。そこにはただ、心の底が冷えるような深い溝があるだけだった。

　父はなぜ母と結婚したのだろう。早乙女は以前から抱いていた疑問を、また思い浮かべてみる。父が母に対し恋愛感情を抱いていたとは、とても想像できない。もしかしたら父は、女性と暮らし子供を作ることが人間として当然なのだと考え、配偶者を得たのではないだろうか。そんなふうに思えてならない。

もしそうだとしたら、それは大きな間違いであるだけでなく、はっきりとした罪だった。父の罪の犠牲となったのは、もちろん母だ。夫として妻に接することができないなら、父は結婚すべきではなかった。ましてそれが人間としての義務などと勘違いしていたのなら、なおさらのことである。

しかも父は、自分の罪に無自覚なように見える。父は母の鬱屈を、まったく理解しようとしない。いや、理解しようとする態度を見せる以前に、そもそも理解が不能なのだろう。溝は、双方の努力でもとうてい埋めがたい深淵を露呈しつつある。

母はやはり、朝倉と浮気をしているのだろうか。早乙女にはわからなかった。だが早乙女の脳裏には、母との仲を問い詰めた際に朝倉が見せた、寂しげな横顔が残っている。あれが朝倉の演技だとしても決して驚かないが、本心の吐露と受け止めたい思いもある。人を信じることの意味を、早乙女は改めて考える。

事態は、それ自体の自重によって加速するかのように、約束された一点に向けて収束する。父と母の口論を聞いた夜から、早乙女の耳には不愉快な話がよく聞こえるようになってきた。それはあたかも、表面張力によってかろうじて溢《あふ》れずにいた水が、たった一滴の水滴によってコップの外に溢れ出た様子に似ていた。早乙女にこぼれる水を堰《せ》き止める力はなかったし、またその意志もなかった。早乙女は一連の出来事を、ただ静かに傍観するだけだった。

　母が朝倉のアパートに入っていったという話は、学校でも噂になっていた。車で一時間ほどの距離にある街で、母と朝倉が親しげに歩いていたという証言もあった。父の外出中に、母が教会に朝倉を呼び込んでいたと、まことしやかに話す者もいた。それらの噂のすべてが真実かもしれないし、すべてが虚構かもしれない。だがもはや町の人にとって、真実がどちらであろうと些細なことのようであった。噂は、悪意を欠いた無邪気な好奇心の発露であったとしても、際限もなく膨れ上がっていく。母がその噂を避けて遠出をするようになり、また朝倉が噂を打ち消そうと真面目に働けば働くほど、噂は燎《りよう》原《げん》の火のように広がった。

　噂の中で、悪者は母だった。母はもともと、信心深い信者の間では評判が悪かった。日曜ごとの礼拝にも顔を出さず、父の牧師としての仕事を積極的にサポートしようとしない母が、信者に好意的に見られるわけがない。反面朝倉は、生来の如才なさから多くの人に愛されていた。噂では母が、朝倉の美貌に迷って誘惑したというストーリーになっていた。朝倉の否定は、母を庇っていると受け止められるだけだった。

　噂を撒《ま》く者は、どのような結末を期待していたのだろうかと、早乙女は後に考えた。下世話な興味で無責任な噂を流していた人々は、実際に起こったような劇的な最後を望んでいたわけではなかろう。それでも早乙女には、町の総意がそこに至る流れを作り出したように感じられてならなかった。際限もない噂は、母と朝倉の死という形で終焉《しゅうえん》を迎えることになる。

14

それは、朝倉が町にやってきてちょうど三ヵ月目に当たる日のことだった。三ヵ月という時間が長いのか短いのか、早乙女には判断がつかない。男女の仲を近づけるために必要な時間としては短いような気もするが、実際にはほんの数日でかまわないのかもしれない。早乙女が知らされたことは事件の表層に過ぎず、真実は結局のところ永遠の謎となってしまうのかもしれなかった。

母と朝倉は、交通事故を起こしてともに死んだ。朝倉が運転する配達用の軽ワゴンに、母は同乗していた。ワゴンは、曲がりくねった峠道の途中で、ガードレールを乗り越え転落した。落下の衝撃と、ガソリンに引火し車体が爆発したことで、母と朝倉の命は喪《うしな》われた。どんなに迅速な救助活動があったとしても、ふたりの命が助かる見込みはなかったという。事故現場から引き揚げられたふたりの遺体は、ほとんど生前の容貌をとどめぬまでに黒く焼け焦げていた。

カーブが連続する峠道は、事故が頻繁に起こる道路ではあった。だがワゴンが転落した現場は、そんな峠道の中でもかつて一度も事故が起きたことのない地点だった。カーブの角度は緩やかであり、対向車が不意に現れてくるような状況ではない。加えてミラーもきちんと完備していて、事故が起こる要因は少なかった。なぜそんなところで朝倉がハンドル操作を誤ったのか、事故を処理した警察官は首を傾げた。結局はただのよそ見運転だったのだろうということで決着がついた。

当然のことながら、その事故に第三者の意思が介在する余地はなかった。ガードレールをワゴンが突き破る直前には、きちんとブレーキが踏まれている。道路に残ったタイヤ痕は、ブレーキ系統に故障がなかったことを物語っていた。もちろん炎上したワゴンにも、不自然な工作の痕跡はない。ふたりの遺体からも、解剖の結果薬物などは検出されなかった。事故が純粋に、朝倉のハンドルミスに起因することは疑いようもなかった。

現場から収容された母の遺体は、かつて生をとどめていたとはとても思えぬ状態だった。目鼻立ちすら明らかでない真っ黒な死体は、もはや人間とは別種の物体である。それを目にしても、早乙女が感じるのは衝撃ではなく、疑問だけだった。燃え尽きた薪《まき》と変わりないこの物体が母なのだとしたら、人間の尊厳はどこにあるのか。生が抜け落ちてしまえば、肉体などはただのゴミに過ぎないのだろうか。

大事件に右往左往する町の人々を尻目《しりめ》に、早乙女はまた蛙を捕まえた。手足を潰して動けないようにしてから、こっそり持ち出した灯油をかけ、火を点けてみる。例によって蛙はもがき、その場から逃れようとするが、やがて力尽きて動きが止まる。そして炎が消えた後に残るものは、やはり母の死体と似たような残骸だった。人間も蛙も、燃やしてしまえば同じなのかと、早乙女は滑稽《こっけい》に感じる。

　母と朝倉の死は、町に衝撃をもたらしたものの、人々の反応自体は冷ややかだった。事故に対する彼らの態度は、面白いほどに似通っていた。やはり、という訳知り立ての納得。それ以外の表情を、早乙女は一度として目にしなかった。

　町の人は、表面上は早乙女や父に同情的だった。だがその裏で、彼らがどんな話に興じているか、はっきりと透けて見える。彼らの表情には、抑えきれない好奇心と、そしてそれを期待以上に満たしてもらえた満足感が隠されていた。そんな反応は、古くからの信者といえども変わりなかった。

　母の行動をふしだらと咎める声は、表立っては上がらなかった。だが誰の胸にも、浅ましい最期を遂げた母への非難があるのは間違いなかった。それが証拠に、母の死を惜しむ言葉は、まったくといっていいほど聞こえなかった。母の実家ですら、父に対して平身低頭するばかりで、娘を喪った悼《いた》みは見せない。母の両親はただ、自分たちの理解を超えた行動をとった娘に対する怒りがあるだけのようだった。

　そして父は、見たところまったくふだんと変わらなかった。何があっても動じない、俗事から超越した牧師がそこにいる。父は他人の死に対するときと同じように、己の妻の横死と向かい合っていた。非常時にあっても、父はやはり立派な牧師以外の何者でもなかった。

　だが早乙女は、それがあくまで装いに過ぎないことをすでに知っていた。早乙女の耳には、妻の浮気を知って怒りを露わにする父の声が残っている。あのときの父は、立派な牧師という役割を演じる俳優ではなく、ただ一個の男だった。そしてそれは、母が心底欲して得られなかった剝き出しの父だったのだが、父当人はもちろんのこと、母すらそのことには気づかなかったようだ。結局父は、一瞬だけ垣間見せた素顔を、ふたたび牧師の衣装の下に隠している。

悲しみを面《おもて》に出さない父のことを、町の人は賞賛した。彼らは母を蔑《さげす》んで楽しむという暗い快感を貪《むさぼ》る対価として、父をこぞって誉めそやした。父はそれに対し、変わらぬ重厚な態度で応じる。そして父の評判は、いやが上にも高まっていく。

父はそのとき、間違いなく町で最も注目を受ける人物だった。そのため早乙女は陰の存在となり、ほとんどの人が気にかけなかった。誰もが皆、母を喪って悲しむ子供を思い描いていたのだろう。そして早乙女を慰めることは、自分の偽善的な態度をはっきりと自覚させられる結果となるので、人々は無意識に避けた。もともと変わった子供と見られている早乙女に、好きこのんで接触してくる者は少なかった。

だから早乙女の反応を奇異に思う人は、ほとんどいなかったといっていい。それは早乙女にとって、ありがたいことであった。もし母が病死などしていたら、早乙女の様子が子供らしくないことを誰かに気づかれていただろう。その意味で、母の死に始まった一連の状況は早乙女にとって幸運だった。

母の死は、早乙女になんら痛みをもたらさなかった。狂おしいほどの悲しみなどは、一片たりとも胸に湧いてこない。何が起こったのか、理解できないわけではない。むしろめったに起こらない大事件に仰天する町の中で、最も冷静に事態を観察しているのは早乙女だとも言えた。それでも早乙女は、母の死に特別な感慨など覚えなかった。

身近にいるのが当たり前の人と、もう二度と会えなくなったという寂しさはある。だがそれは悲しみとは別種の感慨であり、数日も経たずに消えてなくなる感情に過ぎなかった。譬《たと》えて言えば、もらったおもちゃを壊してしまった欠落感に近く、執着の度合いの多寡《たか》はあれどもいずれは忘却の彼方に消えることは間違いない。早乙女の成長の過程に、なんらかの影を落とす可能性などほとんどあり得なかった。

これもまた、自分の異常体質に起因するのだろうかと、早乙女は考える。早乙女は生まれつき、痛覚に障害を負っていた。俗に無痛症と言われる障害であり、症例自体は少ないが決して奇病ではない。通常の触覚はあるものの、一定以上の圧力には無感覚になるのが無痛症だった。早乙女は生まれてこの方、〝痛み〟という感覚を一度も味わったことがなかった。

早乙女が物心ついた頃にようやく息子の障害に気づいた両親は、当初こそ慌ててあちこちの病院を駆け回ったという。母は自分の息子が障害児であったことがショックだったのだろうし、父はそこに神の意思を見いだそうと必死だったのかもしれない。だが現代の医療レベルでは早乙女の障害を克服することはできず、いたずらに時間だけが流れた。やがて、早乙女が乱暴な性格ではなく、大怪我をするような危ないことはしないとわかると、父と母は息子の障害を忘れた。おそらく意識的に忘れようとしたのだろうと、早乙女は推測する。その障害が息子の情緒に与える影響を、ふたりは考えてみようともしなかった。

無痛症の者は、心の痛みをも感じることができないのだろうか。これまで幾度も疑問に思った命題だった。蛙の痛みを共有できないのと同じレベルで、早乙女は心の痛みを感じられない。人が涙を流すような状況にも、心を揺さぶられたことがない。そんな自分の心を早乙女は、単なる個人差の問題なのか、それともなんらかの障害なのか判断がつけられないでいた。誰もが絶対に泣くという局面にかつて一度も遭遇しなかっただけに、その疑問には答えが出なかった。

しかし今、子供ならば泣いて当然という状況が、早乙女の前には現出していた。早乙女はクラスの知人たちを思い浮かべてみたが、おそらく彼らが同じシチュエーションに置かれたなら、まず間違いなく涙を流すだろう。その意味で早乙女の無感情は、異常性の表れなのかもしれなかった。

しかし自分でそうと認めることには、限りない恐怖があった。早乙女は自分の無痛症という障害を、異常とは受け取っていなかった。ある意味でそれは余人にはないアドバンテージであり、克服しなければならない異常性ではない。痛みを感じられないことにさしたる不自由はなかったし、むしろ我慢強いと賞賛されることの方が多かった。

だがそれとは別に、痛みとは人間のみが感じることのできる特権的な感覚なのではないだろうかという疑惑に、早乙女は最近囚われていた。動物が痛みに顔を歪めている様子を、早乙女は一度として見たことがない。犬などが怪我をしたときに悲しげな鳴き声を上げている場合はあるが、それはいつものとおりでなくなってしまった自分の体に不自由を感じているだけかもしれない。まして、自分の体が損なわれたことに悲しみを覚えているわけがなかった。

痛みが人間だけに与えられた特権だとしたら、それを持たない早乙女は動物と同レベルの存在ということになる。そんな結論だけは、早乙女はなんとしても受け入れたくなかった。早乙女はこれまで、生物が痛みを感じている様を目撃したいという思いで、何十匹という鳥獣を殺してきた。それでも死にゆく小生物は、早乙女が期待するような反応を示してはくれない。逆に早乙女の脳裏に、自分が死ぬときの表情を想像させるだけである。早乙女はおそらく、死ぬときもいっさい感情を乱さず、まして痛みに顔を歪めることもなく、従容《しょうよう》と死を受け入れるだろう。その表情は、四肢を潰された蛙に似ているかもしれない。そう想像することは、自分の存在理由を根本から揺るがすほどにおぞましかった。

泣けるものなら泣いてみたいと、母の葬式の間ずっと早乙女は望んでいた。式が進むにつれて、何か涙腺を刺激するような特別な雰囲気が生じるかもしれないと期待した。だが父が取り仕切る荘厳な雰囲気は、悲しみを受け入れないほど毅然としていた。おそらくそれは、愚かな死に方をした妻への思慕など面に出したくないと決意した、父の頑なな態度に起因するのだろう。父はもちろんのこと、出席した信者たちの誰もが、涙を流さなかった。早乙女が期待したような、抑え切れぬ悲しみのうねりはその場にかけらとて存在しなかった。

人間の死とは、いったいなんなのだろう。改めて、早乙女は考える。それは大いなる喪失か、約束されたもうひとつの世界への旅立ちか、来世への希望ある転生の一歩か。喪失だとしたら、人の魂はどこへ行くのか。死とともに魂が消滅するのならば、この世は生と死が連鎖する永遠の地獄ということになる。地獄だからこそ、人は身近な者の死に涙するのだろうか。それとも魂は永遠不滅のものであり、死は虚無に直結する不幸ではないのか。ならばそもそも、誰が死んでも悲しむ必要はない。早乙女の反応は、人間としてむしろ当然とは言えないだろうか。

久永は、人間の不幸は神との契約だと早乙女に説いた。ならば早乙女がこうした疑問に囚われるのもまた、神との約束なのだろうか。そうであるなら、どれほど真摯に神に問いかけたところで、神は答えてくれないだろう。痛みを持たずに生まれた意味も、自分で見つけなければいけないということか。

神の沈黙は早乙女にとってあまりにも重く、光明はどこにも見いだせなかった。

15

母の死に対する早乙女の異常な反応に、周囲の大人がまったく気づいていないわけではなかった。葬儀を手伝うために頻繁に教会に顔を出していた久永は、日頃から早乙女と接する機会も多かっただけに、さすがに奇異に感じたようだった。葬儀が終わりすべてが一段落した後、待ちかまえていたように話しかけてきた。

「輝君《ひとけ》、疲れたかい」

人気のない教会の裏まで早乙女を連れていくと、久永はまずそのように言葉をかけた。早乙女のことを心配する気持ちが、顔いっぱいに表れている。もしかしたら久永は、早乙女以上に今度の事件に胸を痛めているのかもしれなかった。

疲れてはいないと早乙女が答えると、久永は少しほっとしたように「そうか」と応じる。久永は倒木に腰を下ろし、早乙女にも隣に坐るよう促した。

「こんなことになってしまって、君や牧師さんには本当に申し訳ないと思っているよ。なんとお詫びしたらいいのか、見当もつかない」

久永は晴れ渡った空を見上げ、突然そのようなことを言い出した。早乙女には、久永の詫びの意味がわからない。謝られる理由などないはずだがと、驚いて久永の鬚に覆われた横顔を見た。

「朝倉君が運転していた車は、うちのスーパーのものだ。彼が車を私用で使うとは思わなかった。もっとおれが厳しく監視していれば、こんな事件は起きなかったかもしれない」

それは違うのではないだろうかと、早乙女は反射的に考える。朝倉が事故を起こしたことと、それに母が同乗していたことは別問題だ。朝倉が業務中に人を撥《は》ねたのであれば、被害者に対して久永が責任を感じる必要はあるだろう。だが母は単に同乗していただけであり、それは本人の意思によったはずだ。母が自分で決定したことに、久永が責任を感じる必要などまったくない。むしろ逆に、妻が迷惑をかけてしまった早乙女の父の方こそ久永に謝るべきではないだろうか。

そのようなことを稚拙《ちせつ》な言葉で告げると、久永は安堵したような表情を見せた。

「そう言ってもらえると、少しは気分が楽になる。朝倉君も一人前の大人だし、その行為に対して全面的におれが責任を負おうとするのは不遜《ふそん》だってことはわかっているんだけど、それでもおれが朝倉君を雇ったりしなければこんなことにはならなかったんじゃないかと思えてしょうがないんだ。おれが仕事を紹介しようとしなければ、彼はこの町に居着かなかったかもしれない。そうすれば、君のお母さんとだって……」

不倫の関係になど陥らなかったかもしれない。久永はそう続けたかったのだろうが、言葉にはしなかった。早乙女は首を傾げる。

母は本当に朝倉と深い仲になっていたのだろうか。早乙女には本当のところがわからなかった。町の雰囲気は、ふたりが一緒に死んだことによって噂が裏づけられたと決めつけているようだった。だが客観的に見れば、ただ車に同乗していただけでは不倫の証拠にはならない。朝倉は確かに私用で車を使っていたかもしれないが、母は単に隣町へ行こうとしていただけで、軽い気持ちで乗せてくれるよう頼んだ可能性もある。知らない仲ではないわけだし、朝倉にとっては少しも負担ではない。自分の車かどうかなどは気にせず、気軽に母の頼みに応じたとも考えられる。男女だから問題になっただけで、同性同士であれば町じゅうの非難を浴びるようなことではないはずだった。

早乙女の脳裏には、朝倉が教会を出ることを告げた晩の、母とのやり取りが残っていた。母と噂が立ってしまったことを申し訳なく思うから出ていくのだという朝倉の言葉は、誰に聞かれても恥ずかしくないほど紳士的だった。町の人は朝倉の言葉を聞いていないから、勝手なことが言えるのだろう。朝倉自身がきちんと真意を発表する機会さえあれば、あのような下世話な噂が流れることもなかったのにと、早乙女はそれだけを残念に思う。

早乙女は母と朝倉を弁護したい気持ちだったが、しかしそんな主張がほとんど説得力を持たないこともまた、承知していた。鬱屈《ちんぷ》を抱えた人妻と、都会から流れてきた若い男の情事というストーリーは、あまりに陳腐故《ゆえ》にわかりやすく、人々に受け入れられやすかった。死んだ者の言葉は、もう誰にも届かない。ふたりが一緒に死んだことで、虚構も事実として確定するのだろうと思われた。

「いまさら言ってもしょうがないことだと、おれもわかっている。だからもう、これ以上何も言わないよ。輝君も、辛いだろうけど忘れた方がいい。簡単に忘れられることじゃないけど、でも忘れるように努力するんだ。人間には、そのために忘却という能力があるんだから」

　ひとつ訊きたいことがある。早乙女は久永の顔を見上げて問いかけた。久永は思いがけない早乙女の反応に、まじまじと眸を覗き込んできた。

「何？　もし吐き出したいことがあるなら、それは全部外に出しちゃった方がいいぞ。ずっと気にしてたけど、輝君はぜんぜん泣いてないだろう。こういうときは、我慢しないでいっそ泣いてしまった方がいいんだ。内側に溜め込んでいても、辛いだけだから」

　やはり久永は、早乙女が泣いていないことに気づいていた。だが人のよい久永は、その意味を完全に誤解している。早乙女はその勘違いを自分から正そうとはしなかった。いくら久永でも、こちらの心境を理解してくれるとは思わなかったし、またうまく説明する自信もなかった。

　早乙女は質問した。やはり母の死は、母自らが神と約束したことなのだろうか、と。

　久永はそれを聞いて、明らかに戸惑っているようだった。一番聞きたくない話を聞かされたように、一瞬顔を歪める。だがそれはわずかな間のことで、しばしの沈黙の後に重い口を開いた。

「この前おれが言ったことを気にしているんだね。あんな話はしなければよかったな。

今の君にはとうてい受け入れられないことだろうから」

　納得さえできれば受け入れられる。むしろ自分は母の死を納得させて欲しいのだ。早乙女は心底から、そう望みをぶつけた。

「輝君は、お母さんがこんなふうに死んだことが納得できないんだね」

　そうではない。母の死に対してはなんの不思議もない。人はいずれ死ぬのであり、そしてその多くは意外な形で訪れるものだ。母が事故で死んだことも、その死が朝倉と一緒であったことも、なんら受け入れがたいことではない。ただ、それが母自身の決めたことであるという説明だけが、納得しがたいのだ。

「もちろんお母さんは、こんな形で死にたくはなかっただろう。車が峠道を落ちる直前まで、自分が死ぬなんてことは思いもしなかったはずだ。それでもやっぱり、おれはお母さん自身がそういう死を望んだのだと思う。今の君にそんなことを言っていいのかどうか、すごく疑問に思うけど」

　かまわないから続けて欲しい。早乙女はそう望んだ。母の生は、おそらく母自身に何ももたらしていない。そんな空しい状態にもかかわらず、自ら生きることに終止符を打ちたいなどと望むだろうか。それで満足ならば、母はいったいなんのために生まれてきたのか。母がこの世に存在した意味は、どこにあるというのか。

「意味はあるじゃないか。君のお母さんは、君という人間をこの世に送り出した。まったく無意味なんてことはないよ」

　では女性は、子供さえ産んでしまえば後は用なしなのか。世の中の女性は、出産を終えれば死んでもいいのか。

「そんなことは言ってない。たまたま君のお母さんは、そういう選択をしたというだけのことだ。女性の存在意義は、子供を産むことだけにあるわけじゃない。その子供を育てることにも意義があるし、社会に出て仕事をするのも大いに意義がある。家庭に入り、夫を支えることにも意義がある。無意味な生なんてあり得ないんだよ」

　母は自分の人生に不満を持っているようだった。母が望んでいた幸福は、死の瞬間までついに得られなかった。それでも母の死は、自分で決めたタイミングで訪れたのだろうか。

「忘れて欲しくないのは、肉体に縛られている身では、波動存在である霊と神との契約の全貌《ぜんぼう》は、なかなか測りがたいということだ。神との美しい波動の交換が充分にできないおれたちにとって、この世の真理を完全に理解することは難しい。無意味な生など存在しないのは間違いなくても、その意味を必ず理解できるとは限らないんだ。それからもう一点。死は決して永遠の別れではない、ということも理解しておいた方がいい。君のお母さんは、神に召されたんだよ。肉体から脱し、ふたたび神の御許《みもと》に帰っていったんだ。今こんなことを言うのはひどいかもしれないけど、でも決してお母さんの死を悲しむ必要はない。だって、お母さんは消えてなくなったわけじゃないんだから」

　久永がありったけの誠意を込めて言葉を重ねていることは、早乙女にも感じられた。

聖書の中の言葉を機械的に繰り返す父よりも、ずっと自分の言葉で語っているのだろうと理解できる。それでも早乙女は、まだ釈然としなかった。その釈然としない理由を的確に言葉にできないことに、激しい苛立ちを覚えた。

母は、満足して死んだのだろうか。母の霊は、神の御許で安寧《あんねい》を得ているのだろうか。

こんな質問は、本来牧師である父に向けるべきだっただろう。だが早乙女は、父に求めてそれが返ってくるとは思わなかった。父はおそらく、母を憎んでいる。そしてそれを人格者の仮面の裏に隠している父は、もはや神の存在を感じられなくなっているはずだ。嫉妬と屈辱の炎の中でもがいている父に、他人に指針を与えられるような余裕はない。久永の言葉こそが、早乙女にとっては神の声となり得た。

「ああ、間違いなく君のお母さんは、不幸などではなかったよ。今は神の御許で、現世での役割を終えた幸福感を味わっているはずだ」

久永の言葉自体には、なんら力はなかった。誰でも言えることを、そのまま口にしているに過ぎない。それでも早乙女は、久永の言葉を素直に受け止めたいと思った。自らの裡の疑問を、いつか久永が解き明かしてくれるかもしれないと期待した。

16

久永の言葉に比べて、父の言い分には力がなかった。それは最初から予想されていたこととはいえ、早乙女に心からの失望を味わわせた。父はこれまで、早乙女にとって尊敬の対象でこそあれ、軽蔑すべき相手ではなかった。はっきりと自覚したわけではないが、十二年の歳月のうちで初めて、早乙女が侮蔑《ぶべつ》に近い感情を父に抱いたのは間違いなかった。

父は禁欲的な人間だったから、母の死をアルコールでごまかすようなわかりやすい行動はとらなかった。表面上は、これまでと変わらず泰然《たいぜん》とした態度を保っている。しかしそれがあくまで対外的な仮面に過ぎないことを、早乙女はすでに見破っていた。父が無表情であればあるだけ、早乙女にとっては何よりも雄弁に内心を物語っているように感じられた。

父の生活態度が、母の死以前と以後で変化したわけではなかった。父は母の葬儀を機械的に終えると、すぐに日常生活に戻った。これまでどおり平日は信者の家を訪問し、日曜には礼拝を執《と》り行う。その様子は一見、妻の死にも動じない冷酷な態度にも見えかねなかったが、町の人にはそのように受け取られることもなかった。立派な牧師様という評判を、よりいっそう高めただけのことだった。

父は教会にいる際には、書斎に籠っていた。これまで母が取り仕切っていた家事全般は、信者の女性が交代で面倒を見てくれている。早乙女が父と顔を合わせるのは、そうした信者の人が作ってくれた食事を摂《と》るときだけだった。それ以外の時間は、ほとんど言葉を交わすこともなかった。

早乙女の方から、今度の事件に関して父に問いたいことはあまりなかった。ただ一点、やはり母のことは信じられないのかと、確認したい気持ちはある。だがそれにしたところで、おそらく答えは決まっているだろう。父の裡で嫉妬の炎が燃え上がっているのは、他の人にはわからずとも、早乙女には言葉にするよりもはっきりとしていた。

父にとって母はどんな存在だったのだろうか。母がいなくなった今、早乙女は素朴な疑問を覚える。母が生きているときには、父は牧師の妻としての役割以上のことを求めようとしなかった。それは決して男女の愛情ではなく、妻帯することは言ってみれば対外的なアクセサリーにしか過ぎなかったはずだ。そんな父でも、母が浮気をしているのではという疑惑を持てば、激しく嫉妬する。嫉妬を覚えた瞬間、母はアクセサリーではなく初めて妻になったのだろうか。父はそれを自覚しているのか。おそらく自覚していないだろうと早乙女は思う。

父にとって母の死に様は、屈辱だったのだろう。妻を若い男に奪われた、惨めな夫。そうした役回りを無理矢理押しつけられたことに、父は屈辱を感じている。そして同時に、父をそのような立場に追い込んだ母の意志に、もしかしたら悪意を感じているかもしれない。実際、母の死は父に対する最高の復讐なのかもしれなかった。父はこの屈辱を、一生忘れることはないだろう。

不毛だと、早乙女は思う。父と母は、なんのために一緒にいたのか。互いの思いが決定的にすれ違っていたこんな夫婦関係は、ただ不毛である。そしてそんな夫婦の間に生まれた早乙女もまた、存在意義のない人間ということになるのか。

人の生とはいったいなんなのか。そして死には、どんな意味がある。結局早乙女は、母の死後に父に向ける質問として、その疑問だけを口にした。父は難しい問いを向けてくる息子にしばし驚きの目を向け、やがて重い口を開いた。

「死は、場合によっては救いになる。人の死をいたずらに悲しむ必要はない」

死が救いになるのは、その人の生が不幸に満たされている場合ではないか。つまり母の生が不幸だったと、父は認めるのだろうか。

「私は、母さんを幸せにしようと精一杯努力した。だが、人間の幸せとは本来、自分で勝ち取るものだ。どんなに恵まれた環境にいようと、己を不幸と感じる人はいる。また物質的に恵まれない境遇でも、幸せを見いだすことは可能だ。人は多くを求めれば不幸に近づく。幸せは、ごく身近なところにあるものなんだ。母さんはそのことに、結局気づかなかった」

母の要求は、それほど度を超えていただろうか。早乙女にはそうは思えない。母はどちらかといえば、物質的な欲望はさほど持ち合わせていなかった。母は決して裕福な暮らしを求めていたわけではなく、父の言う身近な幸せを欲していたように、早乙女の目には映った。それを母に与えられなかったのは、他ならぬ父である。父はその責任を感じることはないのか。

早乙女はそうした疑問を、的確に言葉にできなかった。ただ口籠りながら、母は決して欲張りじゃなかったのではないかと言っただけだった。父は息子の反駁に、明らかに不満そうだった。

「私には牧師としての務めがある。それを母さんは、理解してくれなかった。牧師の妻ならば、普通のサラリーマンの妻とは自ずと立場が違う。それもわからずに、結局馬鹿な真似をして死んだ。言いたくはないが、その程度の女だったのだ。お前も母さんのことは忘れた方がいい」

やはりそれが父の見解なのかと、早乙女は改めて驚く。父は母と朝倉が反道徳的な関係にあったと信じて疑わないいし、長年連れ添った相手に対する哀惜《あいせき》の念も持たないようだ。父が己に厳しい人物であることは周知の事実だが、同じ厳しさを周囲にも求める嫌いがある。父にとって母は、結局最後まで及第点《きゅうだいてん》を与えられる妻ではなかったということなのだろう。

父は母の死を救いだと言う。おそらくその言葉は、間違ってはいないだろう。母は求めて得られない救いを、朝倉に見いだした。そしてその朝倉と、実際の関係はどうであれ一緒に死んだのだから、ある意味本望だったかもしれない。しかしそんな形でしか救いを得られなかった母を、早乙女はやはり憐れに思う。せめてその救いが、死後も恒久的なものであって欲しかった。

早乙女は久永が語った説明を、そのまま父にも聞かせた。久永の解釈は、早乙女にとって釈然としないものでありながら、微かな光明も同時に感じる。父が真摯に応じてくれれば、それは久永の説明を補足してくれるものになるかもしれなかった。

「……久永君がそんなことを言っていたのか。彼らしい解釈だ」父はそう言って頷くと、続けた。「でもひとつだけ、彼が見逃している点がある。死後の世界は、決して天国だけではないという事実だ」

父の返事は、早乙女を愕然とさせた。もちろん早乙女とて、地獄の概念は持っている。だが母の死に関して、そんな単語を思い浮かべたことはなかった。父は母が地獄に堕ちたと思っているのだろうか。

「地獄に堕ちた魂は、もはや神との交歓は不可能になる。久永君の言う波動を、地獄に堕ちた者は受けることができないからだ。天国があるのと同じように、地獄は厳然として存在する。だとしたら、人は地獄に堕ちることを自ら望んだりするだろうか。私にはそうは思えない。人はやはり、基本的には光を求めるものだからだ」

つまり母の死は自ら望んだことではなく、死後もまた幸せは望むべくもないということなのか。父の言葉は、なおさら早乙女には受け入れがたかった。母が地獄の亡者と化して無限の苦しみを味わっていると想像することは、早乙女に耐えがたい苦しみを与えた。

これが、心の痛みなのだろうか。これが、身内を喪った悲しみか。混乱した頭の中で、冷静に分析するもうひとりの早乙女がいる。この苦しみは、母の死に起因するのか。それとも父の悪意がもたらしたのか。

父は今、救いどころか絶望を早乙女に与えようとしている。神の声を聞く立場である牧師の父が、単純な二元論に話を収束させようとしている。早乙女はそれに対し強い反発を覚えたが、父の言葉を否定することはできなかった。十二歳の子供に、神の真意を問う言葉は見つけがたい。

だから早乙女は、もう一度同じ問いを繰り返した。母は本当に地獄に堕ちたのだろうか、と。

父の答えは短く、そして難解だった。

「人は生まれながらに、原罪を背負っている」

父はそれ以上を語らず、早乙女の言葉を否定も肯定もしなかった。早乙女の胸に、父の答えは深く重く落ちていった。

17

早乙女は自分の部屋に戻ると、久しぶりに聖書を繙《ひもと》いてみた。父は早乙女が物心つく前から、日本語訳の聖書を一冊与えてくれている。だがそこに書かれていることは難解で、早乙女の理解はなかなか追いつかなかった。父や久永らの言葉を参考にして、かろうじてその一部が朧《おぼろ》げにわかるような状態だった。

そんな早乙女にも、父の言葉の真意は聖書の中にこそあると判断がついた。おそらく父は、尋ねても何も答えてはくれまい。母の死の意味を自分の裡で落ち着けるには、聖書の中に答えを探すしかすべはなかった。

早乙女はまず、創世記から順に目を通していった。その結果、聖書の中で原罪といえば、あるひとつの事件のことを指すと知った。アダムとイヴが犯した、人類最初の罪。文字どおり原初の罪が、〝原罪〟だった。

楽園であるエデンの園に住むアダムとイヴのふたりは、神にひとつだけ禁止事項を告げられる。園内に育つ木から自由に果実を摘み取っていいが、善悪の知識の木になる実だけは食べてはいけない、と。にもかかわらずイヴは、蛇に誘惑され知識の木の実を口にしてしまう。その実を食べることによって神のように善悪を知ることになるという言葉に乗せられ、神の禁忌を犯してしまうのだ。さらにイヴは、夫にもその実を勧め、アダムは妻が勧めるままに果実を食べる。ふたりは神の怒りに触れ、楽園を放逐《ほうちく》される。これが、原罪である。

聖書の記述は、物語だけをなぞる限りそれほど難しくはなかった。日本の昔話にもありそうな、教訓譚のように読める。規則を破ればそれ相応の報いがある、それが聖書の教えであり、それ以上のことはないとしか思えなかった。

なぜこんな物語が、母の死に関係するのだろう。早乙女には依然疑問だった。アダムとイヴの行為は、確かに罪かもしれない。だが彼らが罪を犯したからといって、なぜすべての人間が生まれながらに原罪を背負っていることになるのか。先祖の犯した罪が子々孫々にまで祟《たた》るという意味であれば、神はあまりに狭量《きょうりょう》すぎると言えないか。まして、そんな神話上の人物たちの罪によって、母が死ななければならなかったとは、早乙女にはとうてい理解できない。父は単に、難解な言葉を口にして早乙女を翻弄《ほんろう》しただけなのか。

その夜早乙女は、ずっと人間の罪について考え続けた。もちろん答えが見つかるわけもなく、ただ眠れない夜を過ごした。

翌日、学校からの帰り道に、早乙女は久永のスーパーを訪ねた。あいにくと久永は、朝倉の代わりに配達に出ていた。あんな事件があった後でも、生鮮食料品の配達は休むわけにいかない。もうそろそろ帰ってくるという久永の妻の言葉を信じて、早乙女は待たせてもらうことにした。

結局久永は、それから三十分ほどして戻ってきた。早乙女が待っていたことを知ると、驚いて目を瞠る。店番はそのまま妻に任せ、自分は住居の方で待っていた早乙女の前にやってきた。

「どうしたんだ。輝君の方からやってくるなんて、珍しいじゃないか」

もう一本ジュースはどうかと勧めながら、久永は早乙女の前に腰を下ろす。早乙女は妻に出されたジュースをまだ半分も飲んでいなかったので、久永の申し出は辞退した。久永自身は、妻が淹れたコーヒーにミルクを注ぎ、それを口に運ぶ。

早乙女は、どう話を切り出したらいいかわからず、父の言葉をそのまま告げた。意味が知りたいのだが、教えてくれないだろうかと頼む。

　配達から戻ってきたばかりの久永は、まだ気持ちが落ち着かずにあまり難しい話ができそうになかった。どういう話の流れでそんな言葉が出てきたのかと、改めて問い返してくる。早乙女は思い出せる限りで、昨夜の父との会話を語って聞かせた。

「ふうん、牧師さんはそんなふうに言っていたのか……」ようやく問答ができるまでに落ち着いたらしく、久永は少し眉根を寄せて考えた。「人は生まれながらに原罪を背負っている、か」

　どういう意味なのだろうか。再度、早乙女は問いかけた。父の真意が知りたくて、聖書の記述を読んでみたのだが、得るものがなかったことも正直に告げる。久永は小考の後、おもむろに言葉を続けた。

「おれにも、牧師さんがどうしてそんなことを言ったのか、はっきりとはわからない。でも聖書の中で語られる原罪については、少しは理解しているつもりだ。まずそこからでよければ、説明できるけど」

　かまわない。なんでもいいから教えて欲しい。早乙女は思い詰めた顔で頷き、先を促した。

「うん、じゃあ話そうか。まず、どうして神は知識の実だけ食べてはいけないと決めたのか。その理由はわかるかい？」

　わからない、と早乙女は正直に応じる。その実を食べなければ善悪の判断ができないのであれば、むしろ人間は積極的に知識の実を食べるべきなのではないだろうか。

「そうじゃないんだ。神の考えでは、善悪の判断は神が下せばいいということなんだろうね。つまり人間には、そうした判断をする必要が、もともとなかったことになる」

善悪の判断をする必要がない？　人間は自分の行為が正しいか間違っているかも判断しなくていいというのか。

「もちろん、悪いことは世を問わず時代を問わず悪いと、おれたちは判断することができる。聖書の中にも、それは十戒という形で示されているよね。人を殺してはいけないとか、人の物を盗んではいけないという、ごく当たり前の決まり事だ。おれらはそういう行為が悪いことであると、判断することができる」

ではどうして神は、善悪の知識の実を食べたことで怒ったのだろうか。判断ができるようになった人間は、そのとき一歩成長したとは言えないか。

「違うんだ。モーゼの十戒は、言ってみれば行動の禁止事項を列挙したものだ。これは人間が他人と生活する上での、最低のルールと言える。この程度のことが守れなくては、社会生活は営めない。それはわかるね」

早乙女は頷く。だが、久永の話がどのような方向に向かおうとしているのか、未だに見当はつかなかった。

「原罪は、こうした行動の罪とはレベルが違う、原初の罪と聖書では語られている。これを言葉どおり解釈すると、人間は原罪を犯したからこそ、十戒で厳しく行動を規定しなければならなくなったということになるだろう。原罪のせいで人間は、自ら善悪を判断しなければならなくなったんだ。神に委ねておけばそれでよかったことを、人間は自ら背負わなければならなくなった。つまりはそういうことなんだと思う」

それは、あまり納得できない説明だった。人間が自分で自分の行動の善悪を判断して、何が悪いというのだろうか。判断すること自体が罪ならば、人間は思考を停止した人形ということになりはしないか。神は自ら考える人間を愛するのではなく、盲目的な信仰のみを愛するのか。

「ここは少し難しい。でも、おれはこういうふうに解釈している。人間が善悪を自分で判断すれば、当然それだけ神から意識が逸れていくよね。神との美しい波動の交換が百パーセント行われていれば、人間は善悪などとは無縁の生活が送れるからだ。それなのに、アダムとイヴは神と同等の力を得ようと、禁断の果実を口にした。この時点で人間は、神との美しい波動の交換が不可能になったんだよ。神に向かっていた意識が、他に向いてしまったから。神は自分の言いつけが破られたことではなく、アダムたちの意識が逸れてしまったことに怒ったんだ」

いずれにしても神は、意思ある存在ではなく自己を捨てた人形を愛していることに変わりはない。それは万物の創造主たる神の考えとしては、あまりに卑小すぎる。信者に囲まれて悦に入っている、新興宗教の俗物教祖と変わりないだろう。

「神はすべての意味で、完全主義者なんだ。神はいついかなるときにも、百パーセントを求める。だから美しい波動の交換を行えなくなったアダムとイヴは、それだけで楽園を追われなければならなかった。楽園は完全なる者しかいられない、完璧な調和の世界だからだ」

それでは神は、弱者を救わないのか。そんな峻烈な態度では、ほとんどの者がついていけない。現に母は、神にはもちろんのこと、父とすら行動をともにすることができなかった。母は神に見捨てられ、その結果地獄に堕ちてしまったのだろうか。それではあまりに憐れすぎる。

「神は完璧主義でいる必要がある。もしそうでなければ、宗教はたやすく人を傷つける道具となってしまうからだ。信仰は熱烈であればあるほど、盲目的になってしまう危険を孕んでいる。盲目的な信仰は、他人にそれを伝えようとして思いどおりにならないとき、極端な手段に走る。暴力や薬物によって無理矢理信者を増やそうとするかもしれないんだ。でも、そんな信仰はもはや神に意識が向いているとは言えない。百パーセント自発的に、他人に強要されることなく神に意識を向けられる者だけが、神に近づくことができる。例外や妥協を許してはいけないんだ。だから神は、必然的に完璧主義でなければならない」

では、父の態度は正しいということになりはしないか。その父を理解できなかった母は、やはり罪を負っているのか。すべては母が神に意識を向けなかったせいと納得しなければいけないのだろうか。

いや、そうではない。久永の説明をそのまま受け止めるなら、父や母を正しいかどうか判断すること自体が罪ということになろう。早乙女がもし救いを求めるとしたら、すべての思考を停止して、神に祈りを捧げる必要がある。母に非があるのか、父に責任がないのかなどと考えていては駄目なのだ。今の早乙女は、とても神に意識を百パーセント向けているとは言えない。

わからなくなってしまった。母の死を悲しいと思えない自分は異常なのか。父の温かみのない態度こそ神に近いのか。母の行いは罪ではないのか。疑問だけが堆《うずたか》く積み上がり、そして答えはひとつとして得られない。言えるのはただ、早乙女にとって神は遠いということだけだった。

神の真意を知りたいと、早乙女は心底望んだ。どうして自分はこのように生まれついたのか。なぜ父はあのように生き、母はあのように死んだのか。百パーセントの祈りさえ捧げれば、それらの疑問に解答が出されるのか。ならばいくらでも祈ろう。神に問おう。

早乙女の願いは真摯だった。思いは積もり、重なり、膨らんでいく。神に届くなら、どんな代償も惜しくはなかった。

18

身内のいない朝倉の遺骨は、皮肉にも早乙女の父が管理せざるを得なくなっていた。面倒見のいい久永も、さすがにそこまでは引き受けられなかったようだ。近くの寺に無縁仏として預けようという話もあったようだが、その案は父がきっぱりと却下《きやつか》した。父は内心の思いを微塵も面に上せず、牧師として当然のことと遺骨を受け取った。

父が最終的に朝倉の遺骨をどうするつもりか、早乙女には見当もつかなかった。このまま墓地に葬ることなく骨のまま放置しておくことで、朝倉への意趣返しとするのかもしれないし、あるいは本心から牧師として死者を弔うつもりかもしれない。どちらの選択をしても父には似つかわしいと早乙女は考えていたが、結局父の真意を知る機会は訪れなかった。事故から一週間後に、朝倉の姉が教会にやってきたのだ。

石野《いしの》真由子《まゆこ》と名乗った朝倉の姉は、事故の記事を新聞で読み、教会に駆けつけたのだと説明した。最初は新聞で見つけた名前を自分の弟とは確信できず、しばらく連絡をためらっていたという。だが〝暁生〟という名前が比較的珍しいことと、故人の年齢が一致することで、確認する気になったそうだ。石野真由子はもう六年も弟とは会っていなかったらしく、変わり果てた姿の朝倉と再会し、号泣した。骨壺を抱き、「あっちゃん、あっちゃん」といつまでも繰り返す石野真由子の姿は、早乙女にすら見ていて痛ましさを感じさせた。

しばらくしてようやく落ち着いた真由子に、父は事故の様子を淡々と説明した。母と朝倉を巡る町の噂にはひと言も触れなかったため、真由子は母が事故の巻き添えを食って死亡したと思い込んだようだ。骨壺と対面したときとはまた違った動揺を示し、ひたすら父に対して詫び続けた。父は「気にしないで欲しい」と宥《なだ》めたものの、皮肉な目で見ればその言葉には誠意が籠っていないようにも受け取れた。真由子の狼狽が父の言葉で収まることはなかった。

取り乱した真由子は、子供の目にもあまり美しいとは言えなかった。男としては異常なくらい整った顔つきをしていた朝倉と、血の繋がりがあるとはとうてい思えない。朝倉の姉と称して真由子が教会を訪ねてきたとき、早乙女は一瞬その言葉を疑ってしまったほどだった。それほどに、両者の容貌には共通する部分がまったく見られなかった。

真由子の容姿が特別醜いということはなかった。目立つ要素のない、ごく平凡な容貌と言っていいだろう。だがその平凡さは、朝倉と比較することで奇異に感じられる。凡庸であることがこれほど違和感を与える人を、早乙女は他に知らなかった。

真由子に接する父の態度は、終始事務的だった。慰めの言葉を述べはしたものの、それは真剣に慰藉《いしゃ》を与えようとする態度とも思えない。葬儀にかかった費用を請求し、それを受け取ると、それ以上真由子と言葉を交わし続ける気はなさそうだった。

真由子も、自分の弟のせいで妻を亡くした人と向かい合っていることに、息苦しさを覚えたのだろう。父が話を切り上げたのを幸いと、そそくさと帰り支度を始めた。父は立ち上がって、真由子を送り出した。

早乙女は父とともに真由子を見送ると、一度自室に戻る振りをして、裏口から外に出た。そのまま駆け足で、去っていく真由子を追いかける。忘れがたい印象を残しながらも、結局その人となりを理解できなかった朝倉のことを、早乙女はもっと知りたいと望んでいた。朝倉の過去を知る石野真由子を、そのまま黙って見送ることはできなかった。

追いついて声をかけると、真由子は驚きを隠さなかった。そしてすぐに、身構えるように顔つきを硬くする。弟の振る舞いをなじるために追いかけてきたのだと誤解したようだ。早乙女はもどかしい思いで、そうではないことを説明し、少し話を聞かせてもらえないだろうかとたどたどしく頼んだ。真由子は意外そうな顔をしたが、早乙女の申し出を拒否はしなかった。母を喪ったばかりの子供を憐れんだのか、あるいは身内の不始末に対する責任を感じたのかもしれない。

人目を気にして、早乙女は教会裏の林へと真由子を誘った。あそこならば、誰にも見つかることなくゆっくり話ができる。真由子を導き、倒木に腰を下ろすことにした。坐る際に腰の下に敷いてくれとハンカチを差し出すと、ようやく真由子は硬い表情を崩して微笑んだ。「ありがとう」と言ってハンカチを受け取り、倒木の上に広げる。早乙女自身は直接坐った。

「弟が大変なことをしでかして、本当にごめんなさいね。謝って済むことじゃないのはわかってるけど、でも今は謝ることしかできないの」

　真由子はそんなふうに、改めて詫びた。早乙女は首を振り、もういいとぶっきらぼうに言う。その素っ気なさにかえってほっとしたように、真由子は「うん」と頷いた。

　早乙女はまず、真由子が本当に朝倉の姉なのかと確認した。無遠慮な質問だという自覚はあったが、今は人並みに気を配る余裕もなかった。朝倉は自分のことを、天涯孤独の身の上だと言っていたのだ。早乙女の問いに、真由子は苦笑して応じる。

「暁生とはぜんぜん似てないから、そう思うのも無理ないわね。でも、嘘じゃないのよ。あたしにとっては、暁生はたったひとりの身内だったの。暁生がこんな姿になってしまったから、もうひとりぼっちになっちゃったけど」

　真由子は傍らにある骨壺に手を置いて、寂しげに言う。早乙女はその言葉を受けて、もう両親はいないのかと尋ねた。

「父はあたしたちが小さい頃に交通事故で死んじゃって、母も十五年前に乳癌で死んだわ。父のことはあまり憶えていないけど、母が亡くなったときはショックだった。でも、あたしは高校生だったからまだましだったのよね。小学生だった暁生の方が、もっとショックだったと思う。あ、それはあなたも同じね」

　また真由子は、ごめんなさいと詫びを口にする。早乙女はもうそれには応じず、もっとその話を聞かせて欲しいと促した。

「どうしてあたしたちのことが知りたいの？　暁生のことを恨んでいるわけじゃないの

ね？」

恨んでなどいない。むしろ、好きだったのだと思う。早乙女は率直に、自分の思いを吐露した。

「そう。ありがとう。暁生も最後にそんなことを言ってくれる人に巡り合えて、幸せだと思うわ。じゃあ、少し暁生のことを話しましょうか」

真由子は少し口を噤《つぐ》み、どこから話そうか考えるような素振りをする。そしておもむろに、こう続けた。

「両親が亡くなってからのことを話すわね。母が亡くなったとき、暁生はもちろんのことあたしもまだ子供だったから、親戚に引き取られることになったのよ。母の兄である伯父は、別に意地悪な人なんかじゃなくて、あたしたちのことを大事にしてくれたわ。子供がいなかったせいもあって、むしろずいぶんかわいがってくれたと思う。でもそのことを暁生は、あまり素直に受け取れなかったようだった」

朝倉は母の死を引きずっていたのだろうか。思いがけず自分と共通する過去を朝倉が持っていたことを知り、早乙女はその点を質《ただ》した。

「そうなんでしょうけど、それよりもむしろ、伯父の期待が重かったのかもしれない。暁生は小さい頃から、近所で評判になるくらいかわいい子だったから、伯父もそれだけ目をかけていたのよ。姉のあたしが言うのも変だけど、暁生は本当にびっくりするくらいかわいらしかったわ。口の悪い人なんか、あたしと比べて『男の子と女の子、逆に生まればよかったのにね』なんて言ってたくらい。それに暁生は頭もよかったから、よけい伯父が期待してしまったのね。その期待に応えるために暁生は、あの子なりにずいぶんがんばってたと思う。でも内心では、重荷に思ってたのよね。暁生は伯父が望む〝いい子〟で居続けるために、そのうち演技をすることを覚えてしまった。本当の自分の気持ちを押し殺して、人に合わせることばかりに一所懸命になってしまったのよ」

真由子は吐息をつき、曇天を見上げる。暗鬱な冬の空は、故人を偲《しの》ぶにはふさわしい色だった。

「子供は天使だなんて、よく言うでしょ。あれ、言ってる人は本気でそんなふうに思ってるのかな。もし本気だったら、その人はきっと子供のことを何も知らないのよね。だって子供って、本当は残酷なものでしょ。いいことと悪いことの区別もつかなくて、平気でとんでもないことをしちゃう。でもそれが普通の子供なのよ。子供だから、周囲の大人は許してくれるの。それなのに暁生は、そんな子供の特権を最初から与えられなかった。顔立ちの綺麗な子は、心まで清らかに違いないと周囲のみんなが思っていたから。暁生は頭がよかったから、そういう空気を敏感に察してたはずなの。みんなが期待するような子供でいなくちゃいけない。天使のように清らかな心でいなくちゃいけない。そう思い込んでいたのよね。それが不自然なことだとは、周囲の大人も暁生自身も、ぜんぜん気づかなかった。本当ならもっと我が儘でも、乱暴でもいいはずなのに、暁生は天使で居続けた。無理に無理を重ねて」

真由子の言葉は、早乙女にとってわかりやすかった。自分がそうであったらと考えれば、朝倉の不幸は切実に理解できる。蛙を殺しても誰にも咎められない己の境遇を、早乙女は初めて恵まれていると感じた。

「そんなことをしているうちに暁生は、たぶん自分でも自分の本心がわからなくなっちゃったんだと思う。ぜんぜんそんなつもりはなくても、平気で嘘をつくようになっちゃって、姉のあたしにも本心が読めなくなった。でもそれは、あの子のせいなんかじゃなく、どうしようもないことだったのよ。暁生に勝手なイメージを押しつけた周囲が悪いわけでも、それに応えようとした暁生が悪いわけでもない。別に両親を早く亡くしたことが悲惨な生い立ちだとは思わないけど、綺麗に生まれたことは暁生にとって不幸だったのかもしれないわ。……あ、ちょっと難しすぎたかしら。変な話、しちゃったわね」

別に難しくはない。言っていることはきちんと理解できたと思う。早乙女は小学生の語彙で、そう相槌を打つ。すると真由子は、嬉しそうに微笑んだ。

「ありがとう。もしかしたら暁生は、こちらでお世話になっているときも嘘をついていたかもしれないけど、でも悪気なんてなかったのよ。それだけはわかってあげてね」

朝倉の言葉はすべて嘘だったのだろうか。早乙女は回想してみる。むしろ早乙女と接していたときの朝倉は、率直すぎるくらい率直だったような気がする。むろん、相手にそう思わせるくらい演技が卓越していた可能性もあるが、少なくともそのために不愉快な思いをしたことは一度もなかった。

思い返してみれば、軽薄そうな態度を常に保ちながらも、朝倉は幾度か真摯な表情を見せたことがある。母との仲を噂され、悔しがる顔。そしてヤクザに追われる原因となった女への思いを語ったとき。そのどちらも、とうてい演技とは思えなかった。

よけいなことかもしれないと思いながらも、朝倉がなぜこの町にやってきたのか、早乙女は真由子に語って聞かせた。あのときの朝倉の表情は、たったひとりの身内が知っておくだけの価値があるように感じた。

「……本気だった。本気でその人が好きだった。そう、弟が言ったのね」

信じられない話を聞いたように、真由子はしばし目を瞠った。その表情は強張り、唇はわずかに震えている。いったい何にそれほどの衝撃を受けたのかと訝る早乙女の前で、真由子は不意に顔を両手で覆った。指の隙間から、静かな嗚咽《おえつ》が漏れる。

早乙女はかける言葉が見つけられず、ただ戸惑いながらその様を見ていた。しばし啜《すす》り泣き続けた末に、やがて真由子は落ち着きを取り戻した。ハンドバッグからハンカチを取り出し、涙を拭う。そして泣いた跡の残る顔を恥じるように、早乙女とは逆の方向を向いて口を開いた。

「自分の気持ちを自分にすら偽る人は、他の人を好きになることなんかないんだって、あたしはずっと思ってた。弟が大勢の女の人と交際していたのは知ってたけど、誰に対しても本気じゃないことは姉のあたしにはわかってたのよ。弟はどうしようもない女たらしだったと思う。恨まれたり、憎まれたりしても当然の男だったわ。でもあたしだけは、そんな弟でも弁護してあげたい。本気で人を好きになれない弟はかわいそうなんだと、庇ってあげたかった。弟が誰に対しても、実の姉のあたしにすらも心を開けなくても、あたしだけはわかってあげたかった」

語るうちに、ふたたび感情が高ぶったようだった。それでも真由子は、もう顔を覆おうとはせず、嗚咽をこらえながら続けた。

「でも弟は、暁生はついに、本気で好きになれる人を見つけてたのね。嘘ばっかりついてきた人生で、たった一度本気になれる相手と巡り合えてたのね。よかった……」

朝倉は救いを求めていた。その理由は結局語られることもなかったが、女性への思いが生涯一度のものであったのなら、ひとりこの田舎町に逃げ込まざるを得なかった朝倉の悲しみは小さくなかっただろうと推察できる。神の救いは本当にあるかと問うた朝倉の言葉を、早乙女は疑いたくなかった。

母の死に屈辱しか覚えない父、そして愚直なまでに神の善意を信じ続ける久永を、早乙女は思う。彼らに朝倉の率直さ、真摯さがあれば、早乙女の混乱も少しは軽減されていたのかもしれない。人と人の出会いに神の意思が介在するなら、なぜ神はこの町に朝倉を訪れさせたのか。もし早乙女の抱える疑問に答えられる人が朝倉だけなのだとしたら、早乙女は千載一遇《せんざいいちぐう》の機会を逃したのかもしれなかった。

真由子は去ってゆき、早乙女は依然として混乱の中にいる。

19

他人の目には、早乙女はずっと放心しているように見えただろう。実際早乙女は、話しかけられてもすぐに答えることができず、五秒ほどしてからようやく我に返ることが多かった。人々はそんな早乙女を、母を喪ったショックで放心しているのだと見做していた。己の思考に没入していたい早乙女にとって、そうした誤解は好都合ではあった。

もともと無口だった早乙女は、さらに寡黙になった。早乙女が何を思い煩っているのかを気にする人はおらず、学校で会う人々は先生まで含めて、誰も積極的に話しかけてこようとしない。早乙女が抱えきれない疑問に押し潰されそうになっていると見抜いた者は、父や久永も含めてひとりとして存在しなかった。

早乙女は学校から帰ると、教会の時計塔に上るようになった。時計塔は町一番の高い建物で、窓を開け放つと見事な眺望が開ける。ちっぽけな田舎町を見下ろし、山の彼方に視線を投げかけ、早乙女はひたすら神を思った。

大正時代に建築された教会は、すでにあちこちが傷んでいた。時計塔もかろうじて時を刻んでいるような状態で、毎日時刻を調整しなければ一日に二分も狂ってしまう。早乙女が眺望を楽しんでいる窓の手すりも朽ちかけていて、体重をかければそのまま遥か眼下に落ちてしまいそうだった。早乙女は父にそれを訴えたが、経済的に決して恵まれているとはいえない教会に、修繕費《しゅうぜんひ》を捻出《ねんしゅつ》する余裕はなかった。

早乙女はその日も、時計塔から町の営みに視線を向けていた。空には灰色の雲が立ち込め、今にもひと雨来そうな雲行きである。冬の冷たい風は肌に厳しく、長い時間立っていれば体の芯から凍えてしまいそうだった。

三十分ばかり、その場で思索に耽《ふけ》っていただろうか。ふと眼下に、見憶えのあるライトバンがやってきた。礼拝堂の前で停まったライトバンからは、鬚面の男の姿が現れる。久永だった。

いつものように父に会いに来たのだろう。早乙女はぼんやりと考える。だがあいにくと、父は今日も信者の家に行っていた。帰りは遅く、夕方になるだろう。もし特別な用件があるのなら、出直してもらわなければならなかった。

久永は時計塔にいる早乙女に気づいていたようだった。頭上を見上げ、手を振る。早乙女は表情を変えず、そんな久永に手を振り返した。

「いいところにいるなぁ。眺めはいいか」

大きな声を張り上げ、久永は尋ねてくる。早乙女は小声でええと応じ、頷いた。

「前から一度、そこに上ってみたいと思ってたんだ。おれもそっちに行っていいか」

久永はニッと顔を綻ばせて、子供のように言う。早乙女はかまわないと答え、時計塔の上がり方を指示した。久永は嬉しそうに頷き、礼拝堂に入っていった。

二分も待たずに、久永は時計塔にやってきた。軋《きし》む木の階段を上ってくると、興味深そうに周囲を見回す。特に、大きな歯車が低い音を立てて回っている様子には、強い感銘を受けたようだった。

「すごいなぁ。いつも見上げてたけど、中がこんなふうになっているとは思わなかったよ。ずいぶん精巧にできてるんだな」

古いので維持が大変そうだと、早乙女は他人事のように答える。実際早乙女は、父がどのような努力でこの時計塔を保ち続けているのか、まったく知らなかった。この古い時計は、早乙女が生まれる遥か以前から時を刻み、現在もまだ動き続けている。たかだか数十年に過ぎないその期間でさえ、早乙女にとっては気が遠くなるような長さだった。

「ちょっと、おれにも景色を見せてくれないか。うわぁ、町が丸ごと見下ろせるじゃないか。こんな眺めだったのか。すごいな」

早乙女が場所を譲ると、久永は大きな声で感動する。早乙女は手すりには触らないようにと、冷静に注意した。手すりに手をかけていた久永は、慌てて両手を引っ込めた。

「しかし、いいなぁ。輝君はいつも、こんな眺めを独り占めしていたのか。こりゃ、羨ましいぞ」

いつでもいらしてください。早乙女は大人びた返事をする。教会はいつでも信者さんに開放されています。

「うん、これは病みつきになりそうだ。ほら、あんな遠くまではっきり見えるじゃないか。もうちょっとで峠の向こうまで見えそうだな」

久永は初めての眺めに、かなり興奮しているようだった。子供のようにいつまでも、開けた視野の広さに喜んでいた。

「こういう高いところに上ると、神の存在を実感できるような気がしないか」

久永は彼方に目を向けたまま、唐突にそんなふうに切り出す。早乙女は意味がわからず、どういうことかと問い返した。

「例えば、蟻の視界を考えてみる。蟻の視点は人間よりもずっと低くて、たぶん狭いよな。蟻には百メートル先で何が起きているのかなんて、知る手段がない。それに対して人間は、蟻よりも遥かに開けた視界を持っている。蟻から見れば人間は、ずっと神に近い視野を持っているはずなんだ。同じことは、こうして高いところに上ってきた場合にもいえる。これまでのおれには見えなかったことが、ここからなら一望の下に見渡せるんだ。たぶん神は、こんなふうに段違いの視野を持っているんだろうな。神にはたぶん、おれたちには見えないことまですべて見えているはずなんだ」

それは人間の運命とか、未来のことを言っているのだろうか。早乙女は問い質した。

「うん、そういうことも含めたすべてだ。だからおれたちは、たとえ今はわからないことがあっても、それは自分の視野が狭いせいだと疑う必要がある。神の考えを理解できなくても、ある意味でそれは当然のことなんだよ」

久永は、先日来早乙女がこだわり続けていることを知っているのだろう。だからあえて、眺望にかこつけてそのようなことを言っているに違いない。久永の気遣いは嬉しかったが、一面鬱陶しくもあった。神にすべてを委ねている久永には、結局早乙女の疑問は共有できないだろうと思われた。

「実はさ、今度、子供が生まれるんだ」

久永は早乙女の方に顔を向け、突然そんなことを言った。一瞬早乙女は戸惑い、そしておめでとうと告げる。久永は照れたように「ありがとう」と答えた。

「ずっと子供が欲しいと思ってたんだが、ようやく授かったよ。うちのかみさんも嬉しくてしょうがないようだ。夏には生まれる予定なんだよ」久永は鼻の頭を指で掻くと、ふたたび窓の方を向く。「人間の命って、不思議だと思わないか。これまでどこにも存在しなかった命が、今はかみさんの腹の中に宿ってるんだ。命がどこからやってくるのか考えると、厳粛《げんしゅく》な気持ちになってくる。神はすごいシステムを作ったなと、つくづく感心するよ」

生まれてくる赤ん坊は、やはり神と契約を結んでいるのだろうか。早乙女は問いかけた。久永は遠くを見つめたまま、「ああ」と応じる。

「そうだよ。きっと何か、約束をしているはずだ。それがどんなものなのか、本人も含めて誰も知らない。たぶん人間の人生は、神との約束を見つけだすためのものなんだろうな」

もし子供が生まれてすぐに死んでも、それも神との契約なのか。早乙女は無遠慮な質問だと承知しつつ、あえて尋ねた。久永は振り返り、一瞬いやな顔をしたものの、すぐににこやかな笑みを取り戻す。

「そうだろうな。もしすぐに死んでしまっても、それはたぶん天命だ。きっとおれもかみさんも悲しいだろうけど、でも本当は悲しむ必要もないはずだ。生まれてくる赤ん坊が、自分でそういうふうに決めたんだから」

こんな返事で満足かと言いたげに、久永は早乙女の顔を見た。早乙女が表情を変えないのを見ると、もう一度窓の外に視線を向ける。そして静かな声で続けた。

「お母さんの死を受け入れられないのはわかるよ。でも、お母さんの霊がおれたちとは違う世界で幸せを感じていると思えば、少しは嬉しいじゃないか。今は納得できなくても、いずれそういうふうに考えられるようになる。そう信じようぜ」

久永の言葉は立派だった。立派すぎて、いささか空疎《くうそ》ですらある。久永は自分が死ぬときも、そのように考えられるのであろうか。自分の子供が死んでも、本当にそんなふうに達観していられるのか。

人の死は悲しみか、救いか、絶望か、虚無か。早乙女にはいずれともわからない。四肢を潰された蛙、黒こげになった母、無表情に死ぬであろう自分。人間は善悪の判断をする必要はなく、すべてを神に委ねるとよい。人の死に悲しむ必要はなく、神への祈りだけが救いへの道である。死は永遠の別れではない。死は、神との契約である。不幸は自ら望んで与えられる——。

早乙女は、軽く久永の背を押した。子供の早乙女に、屈強な体格の久永を突き飛ばす力はない。にもかかわらず久永は、バランスを崩して手すりに手をかけた。手すりは大きな音を立てて折れ、久永の体は宙に投げ出された。久永が大きな声を上げたように思ったが、早乙女には判然としなかった。

視界から久永が消え、直後にぐしゃりと何かが砕ける音がした。見下ろすと、鮮やかな朱の色が大きく広がっている。その中心にいる久永は、四肢を潰された蛙のように両手足を広げていた。久永の表情は、自分の身に何が生じたのかわからず、愕然としているように見えた。

久永の魂が神の許へ還ってゆく。その様が、早乙女にははっきり見えるような気がした。おそらく久永は満足だろう。早乙女もまた、何か満たされたような気分だった。やはり悲しみはやってこなかった。誰よりも好きだった久永が死んでも、感情は乱れることがない。ただ静かな満足感だけが、胸の底からじわじわと込み上げてきた。この満足感は、早乙女がかつて味わったことのない種類のものだった。

早乙女は微笑み、ゆっくりと時計塔を下りた。

第二部　絶対者

1

虚空を見つめた祖父は、数時間と保《も》たず死ぬだろう。早乙女はさしたる感慨もなく、冷静に肉親の余命を判断した。

殺風景な病室のベッドに横たわった祖父は、もはや自力で呼吸することができずにいる。口を酸素呼吸器で覆われ、無理矢理生存させられているに過ぎない。それが祖父にとって本意であるかどうか、酸素呼吸器を外すことができない今、確認することは不可能だ。たとえ話すことができたにしても、祖父はすでに判断能力を失っているだろう。それは、焦点を結ばぬ虚ろな目が如実に物語っていた。

ベッドの傍らには、この病室に来て以来ひと言も言葉を発しようとしない父が坐っている。父はただじっと、臨終を迎えつつある己の実父を見つめている。その胸にどのような思いが去来しているのか、早乙女に推し量ることはできない。早乙女が物心ついた頃からすでに、父と祖父の間にはただならぬ張り詰めた緊張があったのだ。その正体を早乙女は、これまで詮索しようとしなかった。おそらくこれからも、知りたいとは思わないだろう。

それでも、漠然とながら緊張の正体に見当をつけることはできた。田舎町のちっぽけな教会を預かる父は、牧師としての職責をそっくり実父から受け継いだ。本来世襲制などあり得ぬ牧師職だが、実際には早乙女の家のように息子が跡を継ぐことは珍しくない。おそらく父は、その生い立ちの中で己が牧師になることに疑問を覚えたことは一度もなかったろう。父は生まれながらにして、将来牧師としての責務を担うことが決まっていたのだ。ちょうど早乙女がそうであるように。

祖父は父に対し、厳格であったと聞く。幼い頃に実母を喪った父は、形の上では男手ひとつで育てられた。だが実際には、祖父は教会の仕事が多忙であることを理由に、ほとんど息子とは関わろうとしなかったらしい。父を育てたのは、教会に通う信者の女たちだった。そんな話を早乙女は、聞くともなしに耳にしている。

なぜ祖父が、たったひとりの息子に対してそのように接したのか、早乙女には理由がわからない。直系の血を引く身とはいえ、父子の間に立ち入ることは不可能だった。しかし傍観するに、父と祖父との間には、母親の不在が大きく影を落としているように思えてならない。だからこそ早乙女は、ふたりの間に横たわる確執には触れる気がない。それは早乙女自身と父との関係の、まさしく相似形であるからだ。母の早世は、早乙女と父の間にも緊張を呼び起こしている。

それでも祖父は、早乙女に対しては肉親の情を見せないでもなかった。笑顔をめったに見せぬ祖父が、まれに少額ながら早乙女に小遣いをくれるとき、その眸《ひとみ》には紛れもなく笑みが浮かんでいた。常に苦汁を飲むような顔をしている祖父のそんな表情が、早乙女は好きだった。だから早乙女は、どんなときでも遠慮なく祖父からの小遣いをもらっておいた。

祖父は町の住人から尊敬される牧師だったという。おそらく町でただひとりの聖職者という立場が、祖父を厳格であるよう強いたのだろう。しかしそれは祖父にとって、決して本当の姿ではなかったのかもしれない。自分に対するときの祖父の態度を見るにつけ、早乙女はそう想像してしまう。

おそらくこの想像は間違っていない。仮の姿を長年続けるうちに、それが血となり肉となり、何が真実で何が偽りであるか本人にもわからなくなっていようとも、祖父は紛れもなく職に矯正《きようせい》されたのだ。祖父は牧師であろうとする自覚を私生活ですら忘れることができず、己の息子にひたすら厳格であったに違いない。

だからこそ祖父は、早乙女には人並みの肉親の情を示すのだろう。それはついに息子に胸襟《きようきん》を開くことのなかった祖父の、悔恨の表れなのかもしれない。己と同じことを息子もまた繰り返そうとしているのを見て、初めて祖父は悔いたのか、それともその思いは以前から抱き続けていたのか。いずれにしても早乙女は、祖父を憐れに思う。牧師である前にひとりの人間であってもよかったはずなのに、祖父は終生牧師としての衣装を脱ぎ捨てる勇気を持たなかった。その怯懦《きょうだ》を、早乙女は憐れむ。

そして早乙女は、父を思う。まだ二十歳に過ぎない早乙女が見て取ることのできる祖父の葛藤を、父がわからぬはずもない。にもかかわらず父は、この期に至るもなお祖父への理解を示そうとしない。その態度は頑《かたく》なというよりも、早乙女には非人間的に見えた。

父にはどこか、情の欠落したところがある。己の実父が身罷《みまか》ろうとしているこの瞬間、眉ひとつ動かすでなく、声をかけるでもなく、死にゆく祖父をただじっと見つめる父の目は冷徹である。それは博愛心に富んでいるべき牧師の目というより、実験動物を観察する研究者の眼差しに近い。そこに早乙女は、父の非情を見て取る。そして、母の死に際した父を想像する。

おそらく父は、変わり果てた姿の母に対しても、同じような眼差しを向けたのだろう。車ごと谷底に転落し、燃え盛る炎に呑まれ死んだという母。その死体は完全に焼き尽くされ、木炭も同然だったという。人としての尊厳をとどめない姿になり果てた母に、父が一掬《いっきく》の涙とて流したとはとても想像できない。おそらく父はそんな際でも、顔の筋ひとつ動かさず平然としていたことだろう。物に動じない、泰然とした牧師としての体面を保って。

早乙女が当時の父の様子を知人に尋ねても、誰ひとりとして本当のことを教えてくれようとはしなかった。誰もが皆、忘れているなら思い出さない方が幸せだと、示し合わせたように言う。わずかに漏れ聞く話では、早乙女は母の死を目の当たりにしてただ呆然としていたそうだ。よほどショックが大きかったのだろうと、当時を知る人は早乙女のことを気遣ってくれる。

だが早乙女は、そんなことを聞かされても古い映画の一場面のように現実感を覚えなかった。己の記憶の一部が欠落していることに、わずかな苛立ちを感じるだけである。早乙女の記憶からは、母の事故前後がすっぽりと抜けている。いくら思い出そうとしても、ロックがかかったように当時の記憶は甦らなかった。人はそれを、母の死に衝撃を受けたからだろうと推測した。だが早乙女の実感としては、それだけではないような気がする。もっと他に、思い出したくない何かが記憶の底に潜んでいると感じられてならない。己の裡《うち》に秘められた禁忌の記憶に早乙女は、目を背けていたい嫌悪を覚えると同時に、どうしようもなく魅了される何かを感じていた。いつか記憶の封印が解け、すべてを思い出す日を待ち侘びている自分を自覚していた。母の死に様を、それに対する父の反応を、記憶の底から甦らせたいと心のどこかが念願している。

……いつしか、祖父の呼吸が速くなっていた。父は早乙女の方に目を向け、医者を呼ぶように促す。早乙女は頷き、ナースセンターに足を運んだ。すぐに、中年の看護婦が病室に向かう。早乙女はその後に、音を殺してついていった。

続いて医者もやってきて、慌ただしく祖父の容態をチェックした。まだ七十にならぬ祖父は、死ぬには早い年齢と言える。しかし末期癌に冒された体は、いつ息絶えてもおかしくないと言い渡されていた。今日こそその日が来るのだろうと、父も早乙女も覚悟を固めて病院にやってきた。延命の努力を図る医者には感謝を覚えるが、しかしどこか白々しい思いを拭い去れない。死にゆく者を静かに旅立たせてやりたいと、早乙女は傍観しながら思う。

不意に、祖父がかっと叫びを上げた。声にならぬその叫びは、祖父の口から魂が飛び出す音のように聞こえた。わずかに遅れて医者は、自分の腕時計で時刻を確認した。そしてそれを読み上げ、臨終だと沈鬱《ちんうつ》に宣言する。父はただ、頭《こうべ》を垂れて医師の言葉に応じた。

祖父の魂が、神の御許《みもと》へ還っていく。あれほど神の愛を信じて疑わなかった祖父のことだから、主の御許への旅立ちは喜びに満ちたものであろう。末期癌の痛みから解放され、祖父は今幸せを感じているはずだ。人の死は、決して悲しみに満ちたものではない。早乙女は祖父の死を心から祝福した。

2

男は早乙女の前に、まるではにかんでいるかのような笑みを浮かべて現れた。早乙女はそのときの男の表情を、長く記憶にとどめることになる。それほど男の笑みは、年格好には似合わず子供じみていた。こんなにも頼りない笑顔を、早乙女はそれまで見たことがなかった。

「あのう、オーナー、って言うのかな。店長かな。ともかく、この店の持ち主はいるかな」

自動ドアをくぐって店内に入ってきた小太りの男は、カウンターの内側にいる早乙女にそう話しかけてきた。この時間帯は客も少なく、店に出ている店員は早乙女ひとりである。問いかけられて早乙女は、短く尋ね返した。

「奥さん、ですか」

「ああ、そう呼ばれてるのか。うん、たぶんそうだと思う。いるかな」

「どちら様でしょうか」

早乙女は失礼にならない程度に、相手の身なりを観察した。男の服装は乱れているわけではないが、どこか薄汚れた気配がある。続けて数日、屋根のある場所で寝ていないかのような風情であった。こんな男がいったい、このコンビニエンスストアのオーナーにどんな用があるのだろうかと、早乙女は訝《いぶか》らずにいられなかった。

「琢馬《たくま》、と言ってもらえればわかるよ。琢馬が帰ってきたって」

男はまた、今度ははっきりと恥ずかしげな笑みを浮かべた。自分の名を名乗ることがなぜ、それほど恥ずかしいのか早乙女にはわからない。だが一介のアルバイトに過ぎない早乙女には、それ以上深く詮索する権利はなかった。客に取り次ぎを頼まれれば、言われたとおり伝達するより他にない。早乙女は背後のインターフォンを取り上げ、住居部分にいるオーナーを呼び出した。

「はい？」

今年で五十五になるオーナーの静恵《しずえ》は、声だけ聞くなら未だ三十代かと錯覚するほど若々しい。苦労知らずの人ではないはずだから、年輪が声に表れないたちなのだろう。

早乙女はインターフォンの送話口に向かって、客が来ている旨《むね》を告げた。

「どちら様？」

「琢馬、と言ってもらえればわかると」

早乙女は単なる伝達事項のひとつとして、淡々と告げた。しかし静恵は、思いがけない激烈な反応を示し、早乙女を驚かせた。

「琢馬！　本当に琢馬って言ってるの？」

「ええ、そうおっしゃっています」

「ちょ、ちょっと待ってて。絶対に引き留めててよ」

言うなり静恵は、早乙女の返事も待たず通話を切ってしまった。早乙女はそんな反応に軽い疑問を覚えつつ、受話器をフックに戻す。琢馬と名乗った男はその間、平凡なコンビニエンスストアのどこが珍しいのか、しげしげと店内を見回していた。

唐突に、従業員出入り口のドアが開いた。勢い余ったドアのノブが壁を叩く。ふだんは立ち居振る舞いに粗雑なところなどない静恵にしては、珍しいことだった。静恵は自分が大きな音を立てたことにも気づいていない様子で、ただ琢馬だけを一心に見つめた。

「……琢馬」

「帰ってきたよ、母さん」

琢馬は静恵に、そんなふうに呼びかけた。それによってようやく早乙女は、琢馬と静恵の関係を知った。静恵に、十数年前に失踪したきり消息の知れなくなっている息子がいることは知っていた。言葉には出さなくても、静恵がずっとその息子の行方を案じていることも、漠然と察していた。その静恵にとって最大の気がかりだった息子が、なんの前触れもなく姿を現した。女手ひとつでこの店を切り盛りする気丈な静恵が、我を忘れて取り乱すのも無理はなかった。

琢馬はいかにも決まり悪そうに、整っているとは言いがたい頭髪を乱暴に掻いた。それに対して静恵は、明らかに万感迫る思いに耐えかねているようだった。唇がわなわなと震え、目が潤み、今にも感情が激発しそうな気配である。しかし静恵は、その場で泣き崩れたり、あるいは不義理を重ねてきた息子をなじるなど、たやすく予想できる行動はとらなかった。その場でくるりと踵《きびす》を返すと、まるで何もなかったようにドアをくぐって奥へと戻ってしまったのである。その反応には琢馬はもちろんのこと、早乙女もいささか意表を衝《つ》かれた。

「か、母さん……」

取り残された琢馬は、思いがけない反応に狼狽していた。口をぱくぱくさせるが、続ける言葉をどうしても見つけられずにいる。カウンターに手をついて母親が消えた方角を覗き込もうとしても、その角度からはドアの奥まで見渡すことはできなかった。

そんなひと幕を傍観していた早乙女は、やむを得ぬこととはいえ他人の家庭内の諍《いさか》いを覗き見るような形になってしまい、ひどく居心地の悪い思いを味わっていた。客が来てくれないものかと念じたが、こんなときに限って店の前は誰ひとり通りかからない。仕方ないので、何も見なかった顔をしてただレジの前に立っていた。意識の上から琢馬の存在を消し去り、仕事のことだけを念頭に浮かべる。

だから、取り残された琢馬がどんな顔をしていたか、早乙女はまったく目にすることがなかった。ふたたび呼びかけられるまで、視野に入っていながらも琢馬は存在していないも同じだった。「すみません」という気弱げな声に応じて首を振り向けると、琢馬は捨て猫のように庇護を求める目をしていた。

「あ、あのさあ。今のでわかったと思うけど、おれ、この家の息子なんだよ。琢馬って言うんだけど。よろしく」

よろしく、という言葉にどんな意味が込められているのか、早乙女はとっさに判断することができなかった。琢馬は例の照れ笑いを浮かべたまま、縋《すが》るように続ける。

「知ってるかどうかわからないけど、おれ、家出してたんだよ。それも十五年間も」

「知ってます」

間違えようもないほどはっきりと、早乙女は頷いた。琢馬はそんな早乙女の返事にいささか鼻白んだが、それでも今は話しかけずにいられないようだった。

「いろいろあったんだよ。おれ、親父と反りが合わなくてさ。それで家を飛び出して今までそれっきりだったんだけど、やっぱり母さんは怒ってんのかなぁ」

「さあ、ぼくにそんなことを訊かれても」

冷たい物言いではあるが、さりとてそれ以外に返事のしようもなかった。いったいこの男は、早乙女を相手に何を伝えたいのだろう。皆目見当がつかなかった。

「でもさ、あんな態度はないよな。十五年ぶりに息子が帰ってきたんだぜ。それなのにいきなり背中向けて消えちまうなんて、冷たいよなぁ」

「どうでしょう」

早乙女は首を傾げる。そんな返事に、ようやく琢馬は早乙女への興味を覚えたようだった。

「君もなかなかシビアだね。君、アルバイトでしょ」

「そうです」

「大学生？」

「一応」

「そうか、大学か。いいよなぁ。おれ、そういうわけで家を飛び出してたから、高校すらまともに行ってないんだよ。別に学歴なんて関係ないと思ってたけど、そんなことないよな。最終的にはやっぱり学歴だよ。特別な才能も技術もなけりゃ、人間は学歴で判断されちゃうんだよなぁ」

「そうですか」

こうしたくだらない愚痴に付き合うのは、早乙女が最も忌避したいところだった。まして今は仕事中である。店を出ていくなり母親の後を追うなり、行動を起こして欲しいと強く願った。

「ああ、悪いね、こんなこと聞かせて。でも、大学はちゃんと出た方がいいよ。大きなお世話だけどさ」

琢馬は実感を込めて言葉を重ねる。もはや早乙女は相槌すら打たなかったが、琢馬は気にした様子もなかった。

「でさぁ。おれ、いくらなんでもこのまま帰るわけにいかないよな。帰るったって、帰る場所もないんだけど。だからさ、もう一度母さんと話がしたいんで、呼んでくれないかな」

「ここに、ですか？」

早乙女はここが店の中であることを相手に思い出させるように、目で周囲を指し示した。琢馬は困ったように鼻の頭を掻く。

「いや、どこでもいいんだけど、ここに呼んでもらうしかないでしょ。裏口でもある？」

「ありますが、でもここから奥へ入ったらいかがですか」

「えっ、いいのかな」

「かまわないいんじゃないですか。身内なんだから」

「そ、そうかな。身内ったって、おれ、店がこんなに綺麗になってから初めて帰ってきたんだし、もう他人も同然だから」

「じゃあ、お帰りになりますか」

「いや、それはちょっと……」

ちょうどそこに、別の客が店内に入ってきた。いらっしゃいませ、と早乙女は声を上げ、それきり琢馬から注意を逸《そ》らす。琢馬は困り果てたようにその場で逡巡《しゅんじゅん》していたが、やがて気持ちを定めたようにカウンターの内側に入ってきた。

「いいの？　入って」

「いいですよ。どうぞ」

「じゃ、お邪魔するよ」

そう断って琢馬は、恐る恐るドアを開けて奥へ入っていった。ドアが閉まると、それきり早乙女は琢馬の存在を意識から閉め出した。

3

その日、静恵と琢馬の間でどのような話し合いが持たれたのか、早乙女は知ろうとしなかった。決められた時刻まで働き、着替えて帰宅するときにもまだ琢馬はいたが、静恵はそのことへの説明をまったくしない。早乙女も特に詮索せず、その日は帰路に就いた。

それきり早乙女は、琢馬のことを忘れていた。意識せぬよう心がけていたわけではない。完全に記憶に留めていなかったのだ。だから早乙女は、翌日出勤して琢馬がまだ居残っていたことに軽い驚きを覚えた。琢馬の方はと言えば、早乙女と顔を合わせることにばつの悪さを感じているかのように、はにかんだ笑みを浮かべる。

「やあ」

琢馬はコンビニエンスストアの制服を着て、静恵とともにカウンターの内側に立っていた。静恵は涼しい顔で早乙女を迎え、時候の挨拶でもするように琢馬を紹介した。

「改めて紹介するわね。これ、息子の琢馬。ここに住むことになったから、よろしくね」

そうなのか。事態の急変に、早乙女はいささか意外な感に打たれた。昨日の反応からして、静恵は息子を拒絶していてもおかしくなかったからだ。しかし結局は、十五年間のブランクを埋めて、ふたたび母子が一緒に住むことにしたというわけか。他人の親子の間のわだかまりになど、早乙女は興味がない。離れ離れだった肉親が交情を甦らせるのはよいことだと、通り一遍の感想を抱くだけである。

「こちら、アルバイトの早乙女君。あなたよりずっとお店のことには詳しいんだから、いろいろ教えてもらいなさい」

静恵は息子に対し、そんなふうにつけつけとした物言いをした。受け入れることにはしても、未だ息子の出奔《しゅっぽん》を許したわけではないらしい。女手ひとつでこの店を支える、静恵らしい気丈な態度だった。早乙女はその言葉を受けて、軽く頭を下げる。

「やあ、よろしくね。当分この店で働くことになるから」

琢馬はそんなふうに挨拶をした。早乙女はその言葉で、様々な事態が一変したことを知った。つまりこの店には、ついに後継者が現れたというわけだ。オーナーである静恵はまだ老け込む年ではないが、いずれは店の切り盛りなどできなくなる日が来る。雇われ店長である君塚《きみづか》はよく仕事をこなしているとは思うものの、しょせんは他人である。店をそっくり君塚に譲り渡すことなど静恵は考えていないだろうし、君塚の方にもそんな経済力はない。二、三年先までは現状維持でなんとか乗り切れるにしても、やがてやってくる限界には対応方法もないのがこれまでの内情だったのだ。

ところが琢馬が戻ってきたことによって、そんな憂いは一気に解消されてしまった。息子の身勝手な行動に静恵が今なお腹立ちを覚えているにしても、なんといってもたったひとりの血を分けた肉親である、嬉しくないわけがない。琢馬に対する厳しい態度は、喜びの裏返しのように早乙女には見えた。

「早乙女君、面倒かけるけどよろしくね。新しいアルバイトが入ったと思って、基本的なことから教えてやって」

そう言うと静恵は、エプロンを外して店の奥へと引き返した。ちょうど今は客足の少ない時刻で、もともと早乙女ひとりが店を任されるシフトになっていた。だから人手が増えること自体は、早乙女も歓迎である。手早く制服に着替えて、レジの前に立った。

「そういうわけで、よろしく頼むよ。店のことはなんにもわかんないからさぁ、一から教えて」

琢馬はひと回りも年下の早乙女に対して教えを乞うのに、いささかも抵抗を感じていないようだった。早くもオーナー気取りの態度をとってくる可能性もあったので、そうした下手《したて》に出てくる姿勢はありがたい。改めて、自分が琢馬に対して悪い印象を持っていないことを、早乙女は確認した。

「じゃあ、こういう暇なときはまず雑誌の整理でも」

そう言って早乙女は、カウンターを出て雑誌のラックに向かった。琢馬は素直に後についてくる。早乙女は目につく限りでその一帯を整理し、表紙を外に向けて並べる雑誌のセレクト方法を簡単にレクチャーした。琢馬はひとつひとつ相槌を打ちながら、早乙女の説明に聞き入っている。

「そんな感じで、よろしく」

そう言い置いて、早乙女は店内の他の棚を見て回った。商品が欠けているコーナーがないかざっと確認し、残り商品が少ないところには補充する。そういった一連の点検を終えて、ふたたびカウンター内に戻った。琢馬も雑誌の整理を終え、早乙女に近づいてくる。

「他にすることはないのかなぁ」

琢馬は物足りないような口振りで、さらなる仕事を求めた。しかし商品の搬入があるわけでもないこの時間は、しなければならない急務などない。本来ならガラス磨きでもすべきところだが、店に初めて出てきたオーナーの息子にそんなことをさせていいものかどうか、早乙女は判断に迷った。仕方ないので、そのうちしてもらうことが出てくるとだけ告げて、来客待ちの態勢に入った。

一分ほどは、ふたりで入り口へと視線を向け続けた。しかし琢馬は、ただ黙って立っているということに耐えられない性格のようだった。すぐに痺れを切らし、早乙女に話しかけてくる。

「ねえ、君って、教会の息子さんなんだって？」

問いかけられ、早乙女はゆっくりと首を巡らせた。少々意外な思いで、相手の顔を見直す。しかしすぐに、琢馬が教会のことを知っていても不思議はないことに思い至った。早乙女が知らなかっただけで、琢馬は十六までこの町に住んでいたのである。

「ええ、そうです」

早乙女はぶっきらぼうに応じる。好奇心から教会内の生活を詮索されるのは、早乙女が最も嫌うことだった。

「おれ、牧師さんのことよく知ってるよ。昔は日曜日には必ず教会に通ったからね」

「そうなんですか」

この町の子供は、キリスト教の信者ではなくても、取りあえず日曜の礼拝に顔を出すことが多い。教会は町でただひとつの保育園を併設していて、子供たちの大半はそこの卒園生だからだ。琢馬が保育園に通っていたかどうか定かではないが、当時から店があったのであればその可能性は高い。早乙女の父を知っているのは、ある意味当然のことだった。

「おれが小学生の頃だったかなぁ。牧師さんに子供が産まれたっていうんで、すごく不思議な気がしたのを憶えているよ。あれが君だったんだな。その赤ん坊が、こうして立派な大学生になっているんだから、おれも老けるわけだ」

「今度、父に聞いてみます」

まったくの義理で、早乙女はそう応じた。つまらないお喋りの相手が煩わしいからといって、無視するほど子供ではない。話に合わせて相槌を打つ程度のことは、無口な早乙女にもできた。

「君、今二十歳だろ。ってことは、おれがこの家を飛び出した頃は五歳か。ちょうどおれが五歳のとき、母さんが再婚したんだよなぁ。おれ、その新しい親父とどうしても反りが合わなくて、それで家を飛び出したんだ。この話、母さんから聞いてる?」

「いえ、何も」

「ああ、そう。それじゃあ、今後付き合っていくなら知っておいて欲しいから、話すね。本当の親父はとっくに死んじゃってて、おれは顔も知らないんだ。母さんは店を残されてひとりで切り盛りしてたんだけど、どうしても女手だけじゃ限界があるだろ。それで、店員だった男と再婚したんだよ。でもそいつが、夫の座に納まったとたんに偉そうな態度をとるような男でさ。ろくに働きもしないくせに店の金を持ち出して、自分はギャンブルや女遊びに耽《ふけ》るような有様でね。母さんもずいぶん泣かされたんだ」

唐突な身の上話に、早乙女はどんな言葉を挟むべきか困った。どうやら琢馬は、これまでの半生を語れる相手を求めていたらしい。たまたま早乙女がそばにいたから相手に選ばれただけのことで、語る対象は誰でもいいような気配があった。

そんな話はどうでもいいと突っぱねることもできず、早乙女がただ黙っていると、琢馬は興が乗ってきたようにすらすらと続ける。

「おれはそんな新しい親父が許せなくてね。ガキの頃から母さんを庇《かば》ってよく楯突いたもんだ。それが面白くなくて、親父はおれをぶん殴る。いつか逆に殴り返してやるって子供心に決意していたもんだけど、結局それは実行できなかったなぁ。まあ、それでよかったんだけど」

「旦那さんが亡くなったことを知って、それで戻ってきたんですか」

静恵の夫は、一年前に脳溢血《のういっけつ》で亡くなっている。もともと高血圧なところに深酒が祟《たた》り、あっさりと逝《い》ってしまった。当時はまだ早乙女もアルバイトを始めたばかりだったが、狭い町のこととて事情はよくわかっている。放蕩三昧《ほうとうざんまい》で妻を泣かせた挙げ句の大往生かと、静恵に同情的な陰口も聞かれた。

「うん、まあ、風の噂であいつが死んだことは知ってたよ。でもそれで、これ幸いと帰ってきたわけじゃないんだ。おれも母さんに合わせる顔がなかったからね」

じゃあ、戻ってきたのはどういう理由からか。早乙女は疑問に思ったが、口に出しはしない。早乙女の知ったことではないからだ。

「おれが戻ってきたのは、まあ、ひと口では言えないいろいろな理由があるんだよ。そのうち早乙女君にも聞いてもらうかな」

言葉の下痢を起こしているような琢馬だが、しかし何もかも洗いざらい話してしまわずには気が済まないという状態ではなかったようだ。思わせぶりな態度をとるわけでもなく、その理由については語ろうとしない。ちょうど客が入ってきたので、話はそこで立ち消えになった。

4

たまたまその時期、店長の君塚は年に二度の長期休暇に入っていたため、琢馬と引き合わされるのが遅れた。ふたりが出会ったのは、琢馬の帰還から四日後のことだった。

その日は土曜日で大学の授業がなく、早乙女は午前中から店に立っていた。仕事を覚えようとしている琢馬も、同じように朝から店に出てきている。午前中は客も少ないので、仕事を覚えてもらうには適していた。早乙女の説明に、琢馬は真剣に耳を傾ける。

君塚は正午より少し前に出勤してきた。見知らぬ男が店の制服を着ているのを見て、「あれ?」と声を上げる。早乙女と無沙汰の挨拶をするのも忘れ、「こちらは」と尋ねてきた。早乙女はちらりと琢馬に視線を向け、紹介した。

「オーナーの息子の琢馬さん。ほら、行方知れずになっていたという」

「ああ、あの息子さん！」

思いも寄らない返事だったらしく、君塚は大きな声で驚きを示した。琢馬は頭を下げて、カウンターの外に出る。

「どうも初めまして。店長さんですか」

「ええ。君塚といいます。オーナーにはお世話になってます」

「おれのことはご存じなんですね。不肖の息子がいるってことは」

「不肖なんて、そんな……」君塚は苦笑する。「オーナーにぼくと同じ年くらいの息子さんがいるのは聞いていました。連絡がとれなくなっているという話でしたが、戻ってらっしゃったんですね」

「ええ、ちょっといろいろありまして」

「店の制服を着ているということは、このままこちらでオーナーと一緒に暮らすことになるんですか」

「はあ、そういうつもりで帰ってきたわけじゃないんですけど、母さんと話し合ったらなんとなくそういうことに……」

「いやあ、それはよかった」君塚は心底祝福するように、顔を綻《ほころ》ばせる。「オーナーは決して口には出さないけど、旦那さんと死に別れて心細く思っていたのは間違いないですよ。そこにたったひとりの息子さんが帰ってきたんだから、大喜びされたんじゃないですか」

「喜んでんだか、怒ってんだか」

琢馬は苦笑して、頭を掻く。君塚は頷きながら、カウンターの内側に入ってきた。

「いずれにしろ、この店にとってはいい話だ。ちょっと待っててください。着替えてすぐに出てきますから」

君塚は断って、従業員出入り口に消えた。それを見送ってから、琢馬は早乙女に顔を向ける。

「感じのいい人だねぇ。ああいう人が店長をやっているなら、母さんも安心だろうな」

「ええ。いい人です」

早乙女は短く応じた。実際、それは偽らざる気持ちだった。

他人と接することが不得手な早乙女にとって、君塚は数少ない気を許せる存在だった。早乙女の方から積極的に話しかけるようなことはないが、ひと回りも年齢が上の人と一緒にいる煙たさはまったく感じない。決して偉ぶらず、アルバイトもひとりの労働力として正当に評価してくれる君塚に、早乙女は父に対するよりもずっと強い親近感を覚えていた。

君塚は制服に着替えて戻ってくると、さっそく店内の点検を始めた。点検といっても、アルバイトの働きぶりをチェックしようという陰湿な意図があるわけではない。基本的に真面目な性格なので、自分の留守中のことが気になるのだろう。それがわかるだけに、早乙女も気を悪くするようなことはなかった。

ざっと目を配り、ディスプレイの乱れているところや補充の行き届いていない棚がないことを確認すると、君塚はカウンターに戻ってきた。早乙女と琢馬のふたりに、問いかける。

「ところで、琢馬さんにもこの店の仕事を覚えてもらってるんでしょ。どの辺までわかっているのかな」

「まだ店に出るようになって四日目ですから、なんにもわかってないですけど。一応店内の清掃と、接客の仕方くらいは早乙女君に教わりましたが」

早乙女も頷いて、それを認める。君塚は「そう」と応じて、もう一度店内を見渡した。

「じゃあ、店の前の掃除をお願いしてもいいかな。この時間に三人もいても多すぎるから、悪いけど、頼みます」

「わかりました」

琢馬は素直に頷き、箒《ほうき》とちり取りを片手に外に出た。君塚はそれを見送ってから、早乙女に改めて尋ねてくる。

「彼は、このままずっとこの店で働くのかな」

「そんな印象を受けます」

「じゃあ、本格的に仕事を覚えてもらう必要があるね。今日で四日目なら、今月中には戦力になってくれるかな」

「どうでしょう」

この三日間の付き合いでわかってきたのだが、琢馬は決して呑み込みのいい方ではなかった。一度ですぐに理解することはめったになく、同じ説明を何回か繰り返す必要がある。ただそれでも、やる気だけはあるので遠からず克服できるだろうと早乙女は考えていた。これまではオーナーである静恵も店に立って、ようやく人員が足りているような状態だったが、これからは静恵の負担も減ることだろう。

当の琢馬は、小太りの体を屈めて一心に箒を動かしていた。冬のこの時期は枯れ葉が舞い込んでくるので、少し気を抜くとあっという間に店の前に堆積してしまう。それらを琢馬は、生真面目にちり取りに掃き込んでいた。いかにも不器用そうな外見の琢馬だが、その真面目さだけは評価しないわけにはいかなかった。

「あっ」

そんなふうに早乙女が考えている矢先のことだった。中腰のまま後ろに下がっていた琢馬と、店に入ろうとした客がぶつかった。客は八十を超える常連の老婆で、近頃とみに足腰が弱っている。ちょっと触れただけのように見えたが、悲鳴を上げて尻餅をついた。

「まずい」

君塚は言うより早く動き出し、店の外に出た。転倒した老婆に手を差し伸べ、「大丈夫でしたか」と声をかける。老婆は転んでしまったことを恥ずかしく思っているのか、照れ笑いを浮かべながら君塚の手に摑まった。どうやら怪我などはないようだ。

「すみません！　気づきませんで」

琢馬は大声で詫びを口にすると、平身低頭と形容したくなる勢いで頭を下げた。君塚もこれにはひと言言わねばならないと思ったか、「気をつけてください」と多少語気を強めて注意する。琢馬は上半身を振り回すようにして、何度も身を折って低頭した。

「大丈夫ですよ。こちらもボケッとしてたのがいけないんです。そんなに恐縮しないで」

老婆は琢馬の大袈裟な態度に笑みを向け、そう声をかけた。君塚は老婆の手を取って、店内に一緒に入ってくる。琢馬は店の外に立ったまま、その後ろ姿に頭を下げ続けていた。

「とんだ失礼をいたしました。彼は店に出るようになったばかりで、まだ一人前とは言えないものですから」

転ばせた相手が常連客で、その上老人ということもあり、君塚はなおも詫びの言葉を重ねた。老婆の方は至って穏和な人なので、「いいんですよ」と軽く受け流す。それでも君塚は、籠を片手に老婆と一緒に店内を歩き、商品を持ってやったりしている。

老婆が商品を選び終え、会計をする段になると、君塚は自らレジを叩いた。そして最後に一パーセントの値引きをして、老婆に謝意を示す。最初は遠慮した老婆も、君塚があまりに恐縮するので終《しま》いに折れた。君塚は商品をビニール袋に詰めると、またカウンターから出て自ら自動ドアを開け、老婆を送り出した。その間琢馬は、外に直立したまうなだれていた。

老婆を見送ると、君塚はそんな琢馬を促して店内に戻ってきた。そして難しい顔で、改めて注意する。

「琢馬さん。ご存じとは思うけど、ここはコンビニとはいえ都会のコンビニとはぜんぜん違うんです。地域に密着した営業を心がけないと生き残っていけないから、商品の配達もするしお馴染みさんとは世間話もする。今の方もそうしたお客さんのひとりなんですよ。何事もなかったから快く許してもらえたけど、怪我をさせていたらどうするつもりですか」

「……すみません」

琢馬としては、ただ詫びるしかないのだろう。顔を俯《うつむ》けたまま、消沈している。君塚はまだ言い足りないような面もちだったが、ふと息を抜くと強張った表情を緩めた。

「まあ、もうしょうがない。これから充分に気をつけてくださいよ」

「はい。気をつけます」

「じゃあ、清掃の続きをしてください。まだ終わっていないようですから」

「……あ、すみません」

一度一ヵ所にまとめた枯れ葉は、この騒ぎの間に風に吹き散らかされていた。琢馬はふたたび箒とちり取りを手にし、慌てて外に飛び出した。

そんな琢馬を見送ると、君塚はもの言いたげな目を早乙女に向けてきた。しかし早乙女は、このひと幕になんのコメントも加えなかった。それが物足りなかったのか、君塚は軽く肩を竦《すく》めると、カウンターの中に入ってレジの紙幣を数え始めた。

店外の琢馬は、先ほどと同じように身を屈めて、生真面目に枯れ葉を集めている。風に乗って逃げる枯れ葉を、琢馬は不器用に追い続けていた。

5

早乙女は自分と神との間に距離を感じている。だが翔子《しょうこ》は、早乙女が見る限り神を非常に近しい存在と捉えているようだった。なぜ翔子がそのように信じ込めるのか、早乙女には解せない。翔子の信仰には、揺るぎない根拠が存在するとはとても思えない。にもかかわらず翔子は、神の慈愛を信じて疑わない。翔子にとって神の愛とは、大気中に酸素があるように、ごく当然のこととしてあまねく存在するものであるようだ。だから正確な表現をするなら、神の慈愛を信じているわけではない。神の愛が常に降り注がれていることを知っているのだ。それ故に翔子は、同年代の他の女とは比べものにならないほど、強い精神を有している。それが早乙女には羨ましい。

早乙女は翔子と、大学で知り合った。語学のクラスが一緒で、初めての授業のときから言葉を交わしていた。翔子の通っていた高校からこの大学に入学した者は、他にひとりもいないという。そのために心細く、緊張していたのだと翔子は胸の裡を吐露した。早乙女が自分も同じだと告げると、翔子は嬉しそうに微笑んだ。

互いにプロテスタントの信者であると知ったのは、ずいぶん後のことだった。夏休みが明けて後期日程に入り、休み中に何をしていたかを話題にしたときにそれが判明した。世間にキリスト教信者がさほど多くないことを、早乙女は高校に入学した際に知った。教会に生まれ育った早乙女にとって、それまで世界は信者のみで構成されているようなものだった。それが実際にはまったく違い、キリスト教信者は日本では少数派に過ぎないと知ったとき、早乙女は鈍い衝撃を覚えた。最初はさほど大きな驚きではなかったが、後でじわじわと価値観を揺り動かされたのだ。キリスト教の信者であり、さらに牧師の息子だと告げると、クラスメイトは露骨に好奇の目を向けてきた。彼らにとってキリスト教徒とは、外国人にも等しい縁遠い存在だったのだろう。決して悪気があるわけではないようだが、どんな生活をしているのかとあれこれ詮索してくる。それが煩わしく、早乙女は勢い寡黙になった。結果的に早乙女は、高校時代を通じて親しい友達を持てずに過ごすこととなった。

そんな過去があったため、早乙女は己の信仰を翔子に告げることに躊躇《ちゅうちょ》を覚えた。だが翔子はそんな早乙女の拘泥《こうでい》など知らず、あっさり自分がプロテスタントの信者であることを告白した。教会のイベントで山に登り、ロッジで一泊した際の楽しい思い出を、嬉々として早乙女に語って聞かせる。そこには早乙女のような、他人の目を気にする態る午後のことである。

度は微塵も見られなかった。その潔《いさぎよ》さを、早乙女は眩《まぶ》しく感じた。初秋の、鱗雲《うろこぐも》が連なる午後のことである。

それまで早乙女と翔子は、特別親しい間柄ではなかった。会えば話をする程度の、単なる知人というレベルにとどまっていた。翔子は気さくな性格で、男女を問わず自分から積極的に話しかけていく。だから翔子にとって早乙女は、二十人ほどのクラスメイトの中のひとりに過ぎなかったはずだ。逆に早乙女は、話しかけられなければ自分から積極的に話題を持ちかけるような性格ではない。きっかけがなければ、翔子と特別親しくなることはあり得なかった。

共通の信仰を持っていたことが判明したのは、だからふたりにとっては大きな出来事だった。互いの距離を縮める、それは絶好のきっかけだった。明らかに翔子は、他のクラスメイトより早乙女に話しかけてくる回数が増え、早乙女もまた翔子を特別な目で見るようになった。やがて早乙女たちは余人を交えずふたりだけの時間を多く持つようになり、周囲もそれを当然と見做《みな》し始めた。これが異性と交際するということかと、早乙女は新鮮な驚きをもって翔子との関係を受け止めた。

翔子は笑顔が印象的な女性だった。丸顔の面立ちは愛くるしく、微笑めばその魅力が倍加する。それがために翔子は入学時から目立った存在で、その笑顔に魅せられている男子学生はひとりやふたりではないはずだった。そんな男たちの中から早乙女が勝ち上がったことを、周囲は当初奇妙に思っていた節がある。早乙女は整った顔立ちと言えなくもないが、翔子と並んで釣り合うほどの美形ではない。そこにいるだけで周りの人の気持ちまで浮き立たせるような明るさを持つ翔子と、一見何を考えているのかわからない不気味さを持つ早乙女では、どうにもミスマッチな組み合わせに映るのは当然のことだった。

だから、信仰がふたりを結びつけたという事実が知れ渡ると、誰もが納得したのだった。宗教をやっているならしょうがない。翔子に思いを寄せていた男たちは皆、そんなふうに自分の心を納得させたようだ。そして周囲のそうした認識は、早乙女たちにとっても幸いだった。早乙女たちは誰からも邪魔されることなく、互いの思いを深化させることができたからだ。

翔子はただ坐っているだけで充分に目立つ存在だったが、もうひとつ彼女を他者から際立たせる特徴があった。翔子は幼い頃に交通事故に遭い、左脚が不自由だったのだ。常に左脚を引きずって歩く姿は痛々しく、それが若く美しい女性であるだけに見る者に同情心を起こさせる。翔子が大学構内を歩くだけで、いやでも人目を惹かずにいられなかった。

しかし当の翔子は、己の不自由な脚に引け目を感じている気振りもなかった。跛行《はこう》せずには歩けないことは、翔子の人格にいささかの影も落としていない。翔子の明るさは天性のものであり、誰もが皆、少し接しているだけで最初に覚えた同情心を簡単に忘れた。翔子の強靱《きょうじん》な精神力は、第三者の安易な同情など受けつけける隙はなかった。

しかしそうした翔子の障害を、早乙女だけは意識せずにはいられなかった。翔子と一緒に歩くことを恥ずかしく感じたわけではない。己の体の不自由さに無関心でいるような翔子も、実は人格形成期に大きな影響を受けたのではないかと思えてならないからだった。

父の教会に通う信者の中には、同じように体の一部分が不自由な人も少なくない。健常ではない己の体に対する複雑な思いが、信仰を求めさせるのだろう。そしてそうした人ほど、より深く神の愛を信じることができる。己が背負った苦難を、神に与えられたものだと肯定的に受け止められる。それこそが信仰の効用だと実利的に捉えることもできようが、しかし早乙女は単純に羨ましくてならなかった。心から神に愛を捧げることのできる人々に、妬《ねた》みすら覚える。早乙女は未だ、神の愛が自分に注がれていることを感じられずにいたからだ。

福音が聞きたい。それが、ここ数年一貫して変わらぬ早乙女の望みだった。神の存在を疑うような不遜《ふそん》な思いはない。神の実在を信じなければ、この世がこれほど精妙にできている理由に説明がつかないからだ。しかし神の前で、果たして誰もが平等でいるのかどうか、その点には大いに疑問を覚える。人間が生まれながらにして平等だとは、今の早乙女には信じることができないのだった。

それが証拠に、翔子は明らかに神の愛を感じている。早乙女が求めて得られない福音が、翔子の耳には届いているように思える。その違いがどこに起因するかと考えてみると、それはやはり翔子の体にあるのではないかと早乙女には感じられた。体が不自由な者ほど神の恩寵《おんちょう》を得られるのであれば、やはり人は神の前で平等ではない。早乙女は激しく嫉妬する。

あるとき早乙女は、たまらず問い質《ただ》したことがあった。神の愛は、自分にも注がれているのだろうか、と。

すると翔子は、何を当たり前のことを言うのだとばかりに、目を丸くした。

「早乙女君、どうしてそんなふうに思うの？　主の愛を疑うの？　主を試そうとするのは、そのこと自体が罪悪なのよ。牧師さんの息子なら、当然そんなことはわかっているはずでしょ」

翔子にしては珍しく、責めるような響きが言葉には滲んでいた。確かに早乙女は、口にしてはならないことを言った。しかし早乙女にしてみれば、それはやむにやまれぬ問いだった。焦り、と形容してもいいかもしれない。将来牧師職を継ぐ自分が、神の福音を聞かずしていいのだろうかと、早乙女は疑問に感じる。福音を希求する思いは、早乙女が真面目に信仰すればするほど、胸の裡に募っていくのだった。

「わかっているけど、でもぼくには主の声が聞こえないんだ。君には聞こえるか？」

「聞こえないのは、早乙女君の心のどこかに、主を疑う気持ちがあるからよ」

すぐに翔子は、言葉の調子を和らげた。そこにはむしろ、同情に似た色が仄《ほの》見《み》える。

神の恩寵を信じる人間は、そう簡単に激したりしない。他者への愛は、翔子にとって呼吸をする如く自然に湧いてくるのだ。翔子が早乙女を憐れむのは、ごく当然のことだった。

「ぼくは、主を疑っているのだろうか……」

指摘され、早乙女は愕然とした。己の裡にそれほど不遜な思いが潜んでいるとは、これまでまったく意識していなかった。しかし、なるほどこのもどかしさは神への不信に端を発しているのかもしれない。すぐに早乙女は、そう思い直す。神は人間を見守っているかもしれないが、しかし六十億にも上る人類全員に等分に視線を向けているとは思えない。神に愛されている人間もいれば、愛されていない人間もいるのではないか。そう考えなければ、耳を疑いたくなるような悲惨な事件がいつの世にも起こる理由がわからない。自助努力を怠る者には神の声が届かないというのなら、やはり神は不公平と言わざるを得ない。熱心な信者の論展開に、早乙女は疑念を抱く。

ならば、どうすれば神の目を自分に向けさせることができるのか。早乙女は改めて考える。やはり翔子のように、身体に障害を負う必要があるのか。脚を斬り落としさえすれば、確実に福音が早乙女の耳にも届くのだろうか。

早乙女にはわからなかった。

6

琢馬は短期間に、コンビニエンスストアにおける仕事を覚えた。もともとアルバイトでも勤まるような、簡単な労働である。搬入された商品の並べ方とレジの打ち方、それと清掃の手順だけを覚えれば、それでひととおりの仕事を理解したことになる。ひと月もすると、琢馬ひとりに店を任せておいても大丈夫なほどになった。

狭い町のこととて、この店で働いている店員の数は多くなかった。早乙女の他にもうひとりのアルバイト、雇われ店長である君塚、そしてオーナーの静恵も店に立てば、それで充分である。そこにもうひとり琢馬が加わったことによって、静恵は肉体労働から解放される形になった。静恵は突然に降って湧いた暇を持て余すことなく、与えられた余暇の時間を嬉々として過ごすようになった。

静恵にしてみれば、自分の息子が店を見てくれるようになったのが嬉しくてならないのだろう。そんな年齢ではないのだが、せいぜい楽隠居を決め込もうと思い定めたような節が見られる。友人を誘って映画や芝居を見に行ったり、買い物を楽しんだりと、毎日なにやら楽しそうに出かけていく。そんな姿は、早乙女の目にも微笑ましく映った。

琢馬は決して器用な男ではなかった。呑み込みが悪く、同じ失敗を二度、三度と繰り返す。しかし生来の真面目さがそれを補い、最終的にはあらゆる仕事をマスターした。

年下のアルバイトにすら頭を下げ、実直に仕事に打ち込むその姿は、颯爽《さっそう》としたところこそなかったが、なかなか真似できることではないと早乙女は評価している。

それは、もうひとりのアルバイトである岩井《いわい》も同意見だった。岩井は早乙女と同様、この町に住む大学生である。気の置けない親友と言うにはほど遠いものの、無口な早乙女を疎《うと》んじることなく、ほどほどの距離を保ってくれるその姿勢が心地よい。一緒に働くには気楽な相手だった。

「やっぱり、琢馬さんがこの店を継ぐのかね」

あるとき、客足も絶えてふたりきりになると、岩井が不意にそう話しかけてきた。早乙女は軽く首を捻《ひね》って、応じる。

「さあ、そんなことはわからないけど。でも、奥さんの様子からするとそう考えているようだよな」

「琢馬さんが帰ってきてから、毎日嬉しそうだもんな、奥さん」

岩井はにやりと笑って、従業員出入り口の方に視線を向ける。いたずらっ子のような笑みは、岩井のいつもの表情だった。

岩井は男にしてはかなり身長が低かった。おそらく百六十センチそこそこだろう。しかしがっしりとした体軀は〝ちび〟と形容するには逞しく、バイタリティーに溢れている。大学ではレスリングをやっているのだと聞いて、早乙女はなるほどと頷いたものだった。

「でも立派だよな、琢馬さんは。もしおれだったら、あんなふうにアルバイトに頭は下げられないぜ。なんたって、オーナーの息子なんだからな。もうちょっと偉そうにしたって、こっちは別に悪い印象なんか持たないのに」

「同感だ」

「おれが大学を卒業するまでに、この店も代替わりするのかな。もししたとしても、二代目が琢馬さんだったら、おれ、このままアルバイトも続けられるな。前の旦那より、よっぽどいいオーナーになるぜ」

静恵の死んだ夫は、お世辞にも店員思いのオーナーとは言えなかった。店の利益だけを考え、アルバイトを単なる金で雇った使用人としか捉えていなかった。低賃金の割には、給料分を働かせようとあれこれ用事を言いつける。店の仕事以外の使いに行かされたことも、一度や二度ではなかった。

だから、オーナーが静恵に代わった後は、この店もずいぶん働きやすくなった。決められた仕事をきっちりこなしてさえいれば、静恵は他にうるさいことを言わない。気さくでさっぱりした性格の静恵は、岩井と軽口を叩き合うようなときすらある。早乙女にとって、現状に不満はまったくなかった。

おそらく現在の雰囲気は、琢馬が跡を継いだとしても持続するだろう。この一ヵ月余りの付き合いで、早乙女はそう考えていた。ふらりと帰ってきた息子が、かつてのオーナーのような性格である可能性もあったのだ。この小さな町では、他にアルバイトの口はほとんどない。常に資金難に苦しむ教会に生まれついた早乙女としては、オーナーがいやな人物に代わろうとここで働き続けるしかないのだ。それを思えば、琢馬の腰の低さには感謝すら覚える。

しかしそうしたアルバイトたちの思いとは裏腹に、琢馬の帰還を面白く思っていない者もいた。決して自分の気持ちを面に出そうとはしないが、なんとなく早乙女には察することができる。店長である君塚が、その人だった。

「でも、琢馬さんが跡を継いだら、店長はどう思うかね」

岩井は少し憂鬱そうに、そう切り出した。それを聞いて初めて、岩井もまた早乙女と同じように感じているのだとわかった。スポーツ馬鹿で一見鈍感そうに見える岩井だが、見るべきところはきちんと見ている。

「店長だって大人だから。今は多少苛々することがあっても、琢馬さんの真面目さは評価しているはずだよ」

「ふたりともいい人なのに、相性の善し悪しってのはあるんだな」

岩井が言うとおり、これまでこの店の雰囲気がよかった一因として、店長の君塚の人当たりのよさが挙げられる。君塚はアルバイトの早乙女たちを見下すようなところがなく、接していて世代の差をまったく感じさせない人物である。早乙女と岩井をかわいがってくれ、三人で酒を飲みに行ったことも何度かあった。真面目な働きぶりから、静恵の信頼も篤《あつ》い。

そんな君塚が、なぜか琢馬のことは気に入らないようだった。いささか愚鈍の気味がある琢馬が、どうにも癇《かん》に障るようである。同じ失敗を幾度も繰り返す琢馬に、怒声こそ上げないものの、内心で苛立っているような気振りが見られた。早乙女や岩井には示したことのない、神経質な表情だった。

「店長も真面目だからね。呑み込みがよくない琢馬さんに、苛々しちゃうんだろう。これがもっと計算高い人なら、オーナーの息子に取り入ろうとするところだろうけど、そんなことをぜんぜん考えないのは店長らしいじゃない」

「まあ、そういやぁそうだな。このままオーナーが代替わりすれば、店長にとって琢馬さんが雇い主になるわけか。それがわかっていても媚びたりできないのは、確かに店長らしいや」岩井は納得したように頷く。「まあ、たったの五人しか働き手がいない店なんだから、うまくやっていきたいものだよな。最近は琢馬さんも仕事を覚えたことだし、そのうち店長の評価も変わるだろう」

「そう願いたいね」

早乙女は同意してから、岩井の言葉を頭の中で転がした。

人は常に周囲との摩擦を抱えて生きていく。そう早乙女は感じている。早乙女の場合、摩擦の材料はその出自だった。教会に生まれたことを厭《いと》う気持ちはないが、しかしそれが重荷でなかったと言えば嘘になる。この町にいる限り早乙女は常に特別な子供であり、他の同世代の子供たちのような我が儘は許されなかった。さすがは牧師さんの息子だ、そうした賞賛を受けるよう、早乙女は幼い頃から自らを律する必要があった。それは第二の本能のように、今や早乙女の行動規範に根づいていたが、しかしふとした弾みに煩わしく感じることはある。どうにも耐えがたい出来事に直面したとき、それを暴力で解決できたらどんなにいいだろうかと、夢想することもあった。

常にそうした環境下に置かれて育った早乙女にとって、この店の雰囲気は奇跡的に得た平穏だった。君塚はこの町の人間ではなく、岩井もまた数年前に引っ越してきたばかりである。静恵も含めこの店の者は、早乙女を牧師の息子としてではなく、単なるアルバイトとして接している。それが、どうしようもない息苦しさを軽減させてくれた。

そんな安定した人間関係にも、やはり波風は立ってしまうようだ。しかもそれは、誰が悪いと断定できる類のことではない。早乙女としてはただ、この小さな不穏の芽がこのまま育たず立ち枯れになってくれるよう祈るだけだった。

7

熱心なプロテスタント信者である翔子は、早乙女と付き合い始めた当初から教会に来たがっていた。翔子は教会の雰囲気が好きで、ただそこにいるだけで落ち着くのだと言う。早乙女としては父と翔子を引き合わせるのが照れ臭く、なかなかその求めに応じる気になれなかったのだが、しかしついに押し切られることになった。翔子は早乙女の照れなどまったく気にする様子もなく、招待されたことを無邪気に喜んだ。

翔子が住む町から早乙女の教会にやってくるには、バスを乗り継がなければならない。いったん大学のある町まで出て、そこで乗り換える必要があるのだ。そのため早乙女は、一度大学で翔子と落ち合い、ふたりで教会に戻ることにした。翔子とふたりでバスに揺られる帰路は、早乙女になんとも不思議な感覚をもたらした。自分がこのような形で異性を自宅に呼ぶことになるとは、まったく想像もしていなかった。

翔子は窓外に流れていく風景を、子供のように飽かず眺めていた。大学を離れるにつれ田舎びていく光景が、物珍しく感じられるようだ。翔子の住まいは、最近開けた新興の住宅地にある。町内の人間全員の顔を知っているような小さな田舎町は、翔子にとって未知の国にも等しいのだろう。

「ねえ、早乙女君のお父さんって、どんな人？」

唐突に、翔子は早乙女に顔を向けて尋ねた。思いがけない質問に、早乙女はしばし戸惑う。

「どんなって……、まあ真面目な人だよ」

父の人柄を他人に説明したことは、これまで一度もなかった。問われて初めて、父はどのような人物なのだろうかと考える。ひと言では言い表せない複雑な要素を抱えている気がする一方、〝牧師〟の一語ですべて説明できるようにも思えた。

「そりゃ、不真面目な牧師さんなんていないでしょ」

あまりに当たり前の返事に、翔子はころころと笑う。早乙女は困惑して、逆に問い返した。

「だって、どんなふうに説明したらいいかわからないよ。君だって、お父さんのことをどういう人か説明できる？」

「明るい性格とか暗いとか、頭がいいとか悪いとか、いくらでも説明のしようがあるでしょ。あたしのお父さんは普通のサラリーマンだから、至って平凡な人よ。馬鹿みたいに明るいわけじゃないけど、それなりに冗談も言うし、あたしには優しいし、ちょっとお腹が出た普通のおじさん。そんなふうに教えてくれればいいのよ」

「なるほど」

早乙女は頷いたものの、しかし父を普通のおじさんと形容することはできなかった。牧師という聖職に就いているだけで、すでに父は普通の人間ではない。父は人の親である以前に、やはり牧師なのだ。宗教に関わる地位ほど、人を他律的に規定し、縛るものはない。

早乙女は父を形容する言葉を探した。痩身《そうしん》、寡黙、信仰。単語三つを並べたところで、もう次なる言葉は見つからない。これが、実の父に対する認識なのかと、早乙女は改めて愕然とする。父との間には、なんと大きな距離が空いているのだろう。

思い返してみれば、父は決してよき父親ではなかった。幼少期の記憶を甦らせても、ほとんど父に遊んでもらった憶えもない。父にとって最も関心があることは、牧師としての職務を全うすることであって、子育てではなかった。早乙女は実質、父のいない家庭に育ったようなものだった。

しかし父は、子供が嫌いというわけではなかった。経済的な必要性に迫られてとはいえ、保育園を併設しているくらいである、子供が嫌いではできないことだ。幼い子供の愛らしさに目を細めている姿を、早乙女は幾度も目撃したことがある。だがそれは、保育園の園長としての姿であり、子を持つ親の情愛の発露ではなかった。

なぜ父は、他人の子供を慈《いつく》しむように、己の息子を愛せなかったのだろう。早乙女は疑問を覚える。この年齢になってようやくわかることだが、父はなぜか息子を恐れているような節があった。そう、早乙女に対する父の隔意《かくい》は、恐怖に裏打ちされていたのだ。その感情の正体を、早乙女は知りたいと願う。

それはまだ幼い早乙女個人に対する恐れかもしれないが、そうではなく己の息子という存在への恐怖なのかもしれない。父と祖父との間に横たわっていた得体の知れない緊張を思えば、息子を持つこと自体になんらかの抵抗を覚えたとしても頷ける。父は早乙女が小学校に上がる以前からよそよそしかったのだから、その推測の方が当たっているだろう。わずか四、五歳の幼児に恐怖する理由など、父にあったとは思えない。

それでも早乙女自身は、寂しさを覚えたことは一度もなかった。父は自分の親である以前に、町の人から信頼される牧師であることを、物心つく頃にはすでに認識していたのだろう。父を独占したいと望んだことはかつて一度もないし、また父のよそよそしさを恨んだこともない。父は早乙女にとって、生まれたときから遠い存在だった。

それは、母が亡くなった後も変わらなかった。父ひとり子ひとりになっても、互いの情愛の薄さに変化はまったくない。むしろ父は、以前以上に早乙女と距離をおき始めたくらいだ。そして早乙女も、今の今までそれを当然のように受け止めていた。なんとも奇妙な親子だと、我が事ながら思う。

しかしこんな関係を、どう翔子に説明したらいいのだろう。早乙女は言葉を失ってしまう。翔子は自分で言うとおり、ごく平凡な家庭で幸せに育った女の子だ。牧師の家に生まれる特殊性には思い及んでも、互いにまったく関心を払わない親子関係など、想像することすらできないだろう。ありのままの実態を説明すれば、翔子は深甚《しんじん》な衝撃を受けてしまう可能性すらある。だから早乙女は、父の人となりは会えばわかるとしか言えなかった。

やがて、長い道中を終えてバスは終点に到着した。バス停に降り立っても、翔子はやはり興味深げに四方を見渡す。観光地にはとうていなり得ない侘びしい眺めだったが、早乙女が生まれ育った地というだけで翔子は感興《かんきよう》を覚えるようだ。早乙女は翔子を促して、教会へと歩き出した。

町中ですれ違った人は皆、早乙女の連れに好奇の目を向けた。やはり翔子はどこに行っても、その愛らしい容貌と不自由な脚で、他人の目を惹きつけずにはいられないようだ。翔子はそんな視線にはすでに慣れている様子で超然と歩を進め、早乙女もまたそれに倣《なら》った。気恥ずかしさは、並んで歩くうちにやがて薄れていった。

町外れにある教会はバス停から離れていたが、翔子は長い距離を歩くことを苦にしなかった。ゆっくりと歩くのであれば、脚の障害も問題ではない。翔子がこの散策を楽しんでいる様に、早乙女もささやかな幸福を覚えた。翔子に対して感じるいとしさを、改めて確認する。

町で一番の大きな通りを抜けると、前方に森が見えてきた。その森を背負うように、古い教会が建っている。すでに止まってしまって久しい時計塔を目に留め、翔子は歓声を上げた。

「すごい立派な教会なのね。あたしが通ってる教会なんて、最近建てられたからもっとずっと小さいのよ。こんなに大きい建物とは思わなかった」

「古いだけだよ。維持が大変なんだ」

早乙女は謙遜でなく、そう言った。実際、隙間風の吹き込む建物の居住性は、決してよいとは言えない。夏は暑く冬は寒い建物には難渋するが、しかし建て直すことは現状ではとても無理だった。

「でも、雰囲気があってすごくいい。あたしもこんな教会に通いたいな」

翔子の言葉に他意はなさそうだったが、早乙女は心臓が跳ねるような思いを味わった。仮に早乙女が翔子と結婚したなら、彼女はこの教会に住むことになる。だがそんな未来は、なかなか想像しにくかった。翔子と自分の人生の軌跡《きせき》が重なり合うことを夢想すると、奇妙な感慨に捉えられる。

翔子は軽く興奮しているらしく、自分から足を速めた。早乙女の方が後からついていくような形で、ふたりは教会の前に立った。早乙女が手を伸ばすと、古びたドアは軋み音を立てて開いた。

8

この時刻ならば礼拝堂には誰もいないだろうと予想していたが、案に相違して人の姿が見えた。ひとりは父であり、もうひとりは信者の中年女性だ。ふたりは同時に早乙女たちに目を向け、口を噤《つぐ》む。早乙女は軽い戸惑いを覚え、その場で立ち尽くした。

「お客さんですか。なら、後にします」

それだけを言い、踵を返そうとした。しかしすぐに、中年女性が言葉を返す。

「ああ、いいのよ。もうお話は終わったから、ちょうど帰るところだったの」

女性は気さくに言うと、コートを手にして立ち上がった。父も引き留めようとはしない。早乙女たちに遠慮したわけではなく、実際に帰る直前だったようだ。

「すみません」

早乙女は低頭して、数歩進み出た。女性は父に丁寧に頭を下げてから、「ごめんください」と断って早乙女の前を通り過ぎた。去り際に、好奇心に満ちた視線を翔子に向けたが、早乙女はむろん紹介するつもりはなかった。

ドアが閉まると、改めて早乙女は礼拝堂を奥へと進んだ。父がここにいたのならば、ちょうどよい。どういう形で翔子と引き合わせようか迷っていたのだが、牧師として礼拝堂に立っているのならそれが一番望ましかった。

「こちら、八城《やしろ》翔子さん。大学の知人です」

早乙女はそう無難に翔子を紹介した。早乙女のすぐ後ろに立った翔子は、ぺこりと頭を下げる。

「初めまして。八城といいます。早乙女君にはいつもお世話になっています」

早乙女は翔子を連れてくることを、事前に父には知らせていなかった。それでも父は、息子が突然ガールフレンドを連れてきたことにも戸惑うことなく、こちらこそと淡々と応じる。その表情に、感情の乱れはなかった。父はいついかなるときも、己の感情を面に出さない。少しは驚いてくれるのではないかという期待が裏切られ、早乙女はいささか残念だった。

「こちらの教会、ずいぶん歴史があるんですね。あたしが通っている教会は平成になってから建てられたくらいですから、こちらとはぜんぜん違うのでびっくりしました」

ほう、と父は声を上げた。あなたも信者なのですか、と確認する。

「だから連れてきたんです」

すかさず早乙女はつけ加える。プロテスタントの信者と知れば、父も受け入れてくれるのではないかという計算があった。

実際のところ、父が翔子をどのように迎えるか、早乙女には予想がつかなかった。息子の生活に無関心な父である。まったく意にも留めない可能性が最も高かったが、しかし逆に苦々しく思うのではないかという恐れもあった。父はやすやすと己を律することができる。そんな父からすれば、大学生の身分で女と付き合う息子を、容認できなくてもおかしくはなかった。

だから早乙女は、言い訳のように翔子が信者であることを言い添えたのだった。信者であれば、教会に来るのはごく自然な行為である。牧師である父と引き合わせるのも、至極当たり前のことだった。

「ごめんなさい、突然お邪魔してしまって。どうしてもこちらの教会に来てみたいと、あたしが無理を言ったんです」

謝ることはありません、と父は薄い微笑を浮かべて応じた。教会は誰に対しても門戸を開いている。そう翔子に答える父は、牧師の顔をしていた。

父と翔子の対面は、そのようになんの問題もなく成立した。早乙女は不意に、ふっと体が軽くなるような錯覚を覚えた。己がそれほど父の反応を案じていたのかと、いまさらながら驚く。どうやら早乙女は、自分で意識している以上にふたりを引き合わせることに重圧を感じていたようだ。

父は、信者から柔和な人柄として捉えられていた。父が激したところを、一緒に暮らす早乙女ですら一度も見たことがない。常に安定した感情を保ち、信者の悩みや相談に耳を傾け、親身にそれらに応じる姿は、まさに牧師の鑑《かがみ》である。誰からも頼られる父は、町一番の人格者と称しても決して過褒《かほう》ではなかった。

しかし間近に父を見る早乙女は、それだけが父の本質とは思えなかった。父の精神にはどこか、恐ろしいまでにしんと冷えた何かがある。まるで昆虫のように無表情な、まったく動じることのない何か。父は内部にそうした非人間的な部分を持っているからこそ、常に感情を乱すことなく平静でいられるのだ。早乙女はそう見て取っている。

とはいえ、それはあくまで早乙女の憶測でしかない。父の精神にそのような冷え冷えとした何かが潜んでいることを窺わせる行動や言動は、まったくないのである。父を尊敬する信者が早乙女の考えを知ったら、おそらくとんでもない邪推だと腹を立てるだろう。だから早乙女は、自分の憶測を誰にも話したことはない。

早乙女自身、単なる勘ぐりすぎであって欲しいと願っている。いくら情愛に欠けているとはいえ、実の父と子である。己の実父の心象風景に、荒涼たるものなど見いだしたくない。だから早乙女は、翔子と引き合わせることで父がこれまでにない反応を示すのを恐れていながら、ほんのわずかにそれを期待する部分もあった。父が世間並みの父親としての戸惑いを見せる様を、一度でいいから目撃してみたかった。

しかし実際には、早乙女の願いはまったく叶えられなかった。父はいつもの如く、淡々と翔子に接するだけである。息子がガールフレンドを連れてくるまでに成長したことへの感慨など、その面には少しも表れていない。父は早乙女の親としてではなく、この教会を預かる牧師として翔子に接している。早乙女はそれに安堵すると同時に、失望も感じている。

どうぞごゆっくりと父は言って、礼拝堂を出ていった。翔子は頭を下げて、父の後ろ姿を見送る。ドアが閉まると、いかにも嬉しそうに早乙女を見上げた。

「優しそうな牧師さんね。怖い人だったらどうしようと思ってたけど、よかった」

「怖くないよ。見てのとおり、田舎町の牧師だ」

「そうよね。考えてみれば、早乙女君のお父さんだもん、怖いわけないわね」

なぜ自分の父親だと怖くないのだろう、早乙女は翔子の言葉を不思議に思う。それは翔子に対する早乙女の態度が優しいという意味か。ならばそれは、思いがけない指摘と言わざるを得なかった。

早乙女は翔子にいとしさを感じるものの、特別に優しくしているつもりはなかった。男女を問わず、他人と普通に接するすべを早乙女は知らない。ただ相手に迷惑をかけないように振る舞い、言葉を選んでいるだけである。それは翔子に接するときだけでなく、他の知人に対しても同じであった。

翔子は早乙女のどこに、優しさを見いだしているのだろう。これまでの付き合いをざっと思い返してみても、翔子に優しくした憶えはなかった。にもかかわらず翔子は、早乙女の親だというだけで父を怖くないはずだと類推する。翔子の論理が早乙女にはわからなかった。

「天井が高いのね。今だったら、きっとこんな贅沢な構造にはできないんでしょうね。まるでヨーロッパの古い教会みたい」

翔子は礼拝堂をぐるりと見回しながら、感嘆の声を上げる。その大仰《おおぎょう》な物言いに、早乙女は思わず苦笑した。

「それは大袈裟だよ。古いといっても、せいぜい大正末期の建築だ。ヨーロッパの本当に歴史のある寺院とは、比べものにならない」

「でも、立派」

翔子は腰を落ち着けることなく、ゆっくりと礼拝堂の中を歩き始めた。正面に位置する主の像をじっくりと眺め、燭台などの古い什器《じゅうき》に興味を示し、これだけは確かに立派と言えるステンドグラスに見入る。そんな翔子を早乙女は、ただじっと見守り続けた。

「この教会の維持管理は、信者さんの手を借りてるの？」

翔子はようやく振り向き、そう尋ねてきた。早乙女は頷き、応じる。

「そうだよ。ぼくと父さんだけでは、手が足りないからね」

「お母さんが亡くなったのは、八年前って言ったっけ」

「ああ。ぼくが十二歳のときだ」

早乙女は胸の痛みをまったく覚えず、ただ事実を述べた。しかし翔子は、ふと表情を曇らせる。

「ショックだったでしょうね。それ以来、この広い教会でお父さんとふたりきりなのね」

「ショック……だったのかな。実は憶えてないんだ」

「憶えてない？　どうして？」

母が亡くなった当時の記憶が欠落していることは、これまで翔子に話していなかった。翔子の方が遠慮して、母の死に触れてこなかったからだ。翔子は心底不思議そうに、早乙女の顔をまじまじと見つめる。

「わからない。母さんが死んだ前後のことは、綺麗さっぱり忘れてるんだ。君が言うとおり、ものすごいショックだったのかもしれない。だから忘れちゃったんだと思う」

「かわいそうに……」

翔子の顔には、心からの同情が表れていた。翔子は他人の痛みをまるで自分のことのように感じられる、希有《けう》な心を持っている。それを知っているだけに、安易な同情を厭う早乙女も、翔子の言葉は不快でなかった。

「お母さんのご遺体とは、対面したの？」

「したらしい。それもまったく憶えてないけどね。車が炎上するほどひどい事故だったんで、死体は丸焦げだったそうだよ」

早乙女が淡々と語ると、翔子は軽く息を呑んだ。まさかそのような死に様とは思わなかったのだろう。しばし絶句して、わずかに目を潤ませた。

「――かわいそう。でも、主が与えたもうた試練は、決して無意味ではないわ。お母さんを亡くすという試練が、きっと早乙女君に福音をもたらすはず。以前に、主の愛を感じられないって言ってたわよね。あのときはあたし、びっくりして怒っちゃったけど、でもそんなことがあったのなら早乙女君の気持ちもわかる。それでもやっぱり、主の愛を疑っちゃ駄目。主は決して、無意味な試練なんてお与えにならないんだから」

翔子の言葉は、早乙女の胸を真っ直ぐに貫いた。なるほど、自分は母を喪ったことで特別な存在になっていたのか。それは思いがけない発見であり、早乙女の価値観を揺るがす指摘だった。翔子の不自由な体を早乙女は羨《うらや》んでいたが、実は早乙女もまた不幸を背負っていたのだ。母の死をいささかも不幸と感じなかったために、それに気づかなかったとは、なんとも皮肉である。

しかし、ならばなぜ、翔子には聞こえる福音が自分の耳には届かないのだろう。改めて早乙女は疑問に思う。母の死を不幸と感じられない心性が、神との距離を遠ざけているのだろうか。そうであるなら、是が非でも母が死んだときの様を思い出す必要があった。記憶が欠落するほどの衝撃を、今一度まざまざと甦らせなければならない。

そのときに初めて、自分にも神の声が届くのだろう。早乙女はその瞬間に思いを馳せ、しばし恍惚《こうこつ》となる。

9

みんなで一緒に飲みに行こう。そう提案したのは琢馬だった。琢馬がそんなことを言い出したとき、その場にいたのは早乙女ひとりだけだった。早乙女は一瞬考え、琢馬の誘いに応じた。おそらく琢馬は、自分の微妙な立場を理解しているのだろう。店員とのコミュニケーションをなるべく図り、一日でも早く溶け込もうと努めているに違いない。琢馬の努力に、水を差す気にはなれなかった。

「店長と岩井君と三人で飲みに行ったこともあるんでしょ。いいじゃない、そういうの。おれもぜひ参加させて欲しいな」

「そうですね。考えてみれば、琢馬さんの歓迎会もやっていないわけだし、飲み会もいいかもしれません。きっとみんな賛成するでしょう」

そうした親睦会を開けば、君塚と琢馬のぎくしゃくした関係も、少しは円滑になるかもしれない。店の雰囲気を大切に思う早乙女は、事態が好転することを強く願った。

今日のシフトでは、琢馬と君塚が交代することになっていた。琢馬は交代する三十分ほど前に、静恵に呼ばれて奥へと向かった。静恵は最近、琢馬に経理も把握させようとしているようだった。今もまた、帳簿の見方を教えるために琢馬を呼んだに違いない。

そんなときに、君塚は出勤してきた。自動ドアをくぐって入ってきた君塚は、店内に琢馬がいないのを見て取ると、確認するように尋ねた。

「あれ？　早乙女君ひとりなの？」

「ええ。あまり客も多くないので、琢馬さんは奥に」

正直に答えると、君塚はほんの一瞬、複雑な表情を浮かべた。だがすぐにそれを押し殺し、「ああ、そう」と続ける。

「また帳簿の見方を教わっているのか。オーナーも熱心だな」

その言葉が額面どおりのものか、あるいは皮肉なのか、早乙女は判断しようとしなかった。平素の君塚であれば、皮肉や当てこすりは決して口にしない。だがこと琢馬に関する限り、君塚は普通でなくなるのかもしれない。早乙女としては、言葉の裏を読んでいやな思いを味わいたくはなかった。

君塚は従業員出入り口に入ると、すぐに着替えて出てきた。早乙女にねぎらいの言葉をかけてから、レジ前のポジションを代わる。さっそくレジを開けて、釣り銭が足りているか確認し始めた。

そんな君塚に、早乙女は琢馬の提案を伝えた。もし難色を示すようであれば、自分が強引にでも誘おうと考えていた。

ところが案に相違して、君塚はあっさり「いいよ」と応じた。

「歓迎会ね。そういえばやってなかったな。やろうじゃない」

紙幣を手際よく数えながら、君塚は頷く。わだかまりなど少しも見せぬそんな態度に、早乙女は密かに安堵した。

「久しぶりにオーナーも交えて、五人で飲むのもいいな。きっとオーナーも喜ぶだろう」

「そうですね」

静恵もいける口であることは、従業員たちに知られている。だが静恵は夫を亡くして以来、酒を飲みに行くこともなくなっていた。そんな静恵も誘えば、いい気晴らしになることだろう。考えれば考えるほど、いろいろな意味で好企画のように思えてくる。

その日は非番だった岩井の都合も、翌日には確認が取れた。当然岩井も、断らずに承知した。

問題は、閉店の時刻だった。田舎のコンビニだから、二十四時間営業はしていない。だが一応十一時までは店を開けておく必要があり、店員の都合でそれを繰り上げることは許されなかった。仕方ないのでその日の夜だけは静恵がひとりで店に立ち、十一時を過ぎてから合流することになった。息子の歓迎会ということで、静恵は嬉々として損な役回りを引き受けた。

飲み会の場所は、町で二軒しかない居酒屋の一軒と決めた。まず全員、コンビニエンスストアに集合して、揃って居酒屋に向かう。席は予約してあったので、待たされることなく坐ることができた。

ビールと料理を適当に頼み、コップが運ばれてきたところで取りあえず乾杯となった。早乙女はさほど酒を飲まないが、岩井と君塚はそれなりに嗜《たしな》む。果たして琢馬はどうだろうかと注目していると、気持ちよく喉を鳴らして、くいっと一杯空けてしまった。

「あ、琢馬さん、いい飲みっぷりですね。どうぞどうぞ、どんどん飲んでください。今日の飲み代は奥さん持ちですから」

岩井が如才ないところを見せ、すかさず琢馬のコップにビールを注いだ。琢馬は相好を崩して、「どうもどうも」とそれを受ける。どうやら母親に似て、琢馬も酒が好きなようだ。

「じゃあ、店長もどうぞ」

すかさず琢馬は、ビール瓶を岩井から受け取って君塚のコップに向けた。君塚は素直に酌を受ける。君塚の表情は特別楽しそうではなかったが、さりとてこの場を居心地悪いと感じているようでもなかった。注がれたコップに少し口をつけてから、おもむろに言葉を向ける。

「琢馬さんは、帰ってくるまで何をやってたんですか」

それは、早乙女が知る限り君塚が初めて示した、琢馬の前歴への興味だった。早乙女も、琢馬が職を転々としたことは知っていても、その詳細までは聞いていない。以前、帰ってきたことにはいろいろな理由があるとだけ言って口を濁されてからは、深く詮索《せんさく》するような真似は避けていたのだ。君塚はそうした事情を知ってか知らずか、直截《ちょくせつ》に琢馬に尋ねたので、早乙女はいささか意表を衝かれた。

「改めてみんなに話すほど、立派なことをやってたわけじゃないですよ。皿洗いやら新聞の勧誘員やら、できることならなんでもやりましたね。何しろ学歴はないし、手に職もなかったから」

「コンビニでは働かなかったんですか」

帰ってきた当初の琢馬の戸惑いを見ればわかるだろうに、君塚はあえてそんなふうに尋ねる。琢馬は照れ臭そうに眉間《みけん》を掻いた。

「一度もなかったですねぇ。コンビニで深夜働けば時給が高いのはわかってたんですけど、当時は女房と子供がいたから、せめて夜は一緒にいたくて」

「結婚してたんですか？」

思いがけない告白に、岩井が素《す》っ頓狂《とんきょう》な声を上げた。だが岩井ならずとも、早乙女もその言葉には十二分に驚かされた。琢馬の立ち居振る舞いには、子供がいるような気配はまったく見て取れなかったからだ。

「うん、まあ、してたんだよ。勤め先で知り合った女が、優しいいい女でね。どうしても一緒にいたくて、結婚したんだ」

琢馬はすべて過去形で語る。現在の状況から類推するに、その結婚生活はすでに終わりを告げたのだろう。岩井も君塚もそれがわかるだけに遠慮して、先を促そうとはしなかった。しかし琢馬は、くいくいとビールを呷《あお》りながら続ける。

「結婚二年目に子供が生まれてね。女の子だった。おれは男が欲しかったんだけど、生まれてみれば女の子もかわいいもんで、他のどんな子と比べても自分の子が一番かわいいと思ってましたよ。……おっ、来た来た。食べましょう」

ちょうどそこに料理が運ばれてきたので、琢馬は述懐を中断して陽気に勧めた。琢馬の告白に驚かされた早乙女たち三人は、言われてようやく我に返る。岩井などは、まるで居眠りしていたところを注意されたかのように、慌てて料理に箸を伸ばした。

「いや、驚いたな。琢馬さんが結婚していたなんて。つまりオーナーには、もう孫がいるってことですね」

ようやく衝撃から立ち直ったか、料理をつつきながら君塚が合いの手を入れた。琢馬は照れ臭そうに笑う。

「はあ、まあ、驚くでしょうね。こんな半人前のおれが子持ちだったなんて聞けばね。おれ、子供が生まれたことも母さんには教えてなかったですから、今回帰ってきてからそのことを報告したら、こっぴどく怒られましたよ」

ははは、と琢馬は乾いた笑い声を立てる。その声はどこか虚ろな響きを伴っていて、平素の道化た態度にはそぐわぬ翳《かげ》りを感じさせた。琢馬の結婚生活が破局に至ったことは、聞かずとも想像がついた。

「連れてきて、会わせてあげないんですか？　オーナーにお孫さんを」

しかし君塚は、遠慮などしなかった。気配りに長《た》けた君塚にしては、いささか奇異なことだった。

「会わせようにも、死んじゃったものは会わせられないですから」

ぽつりと、琢馬はまたしても衝撃的な言葉を投げ出した。今度は聞き役に回っている三人全員、驚きの声を抑えることができなかった。

たっぷり一分間は沈黙していたかもしれない。誰も自分から口を開く勇気がなかったのだろう。もともと無口な早乙女はもちろんのこと、饒舌《じょうぜつ》な岩井でさえ黙り込んでしまったのだから、衝撃の大きさが知れる。琢馬はただ、自分の告白が深刻に受け止められて照れ臭いのか、ひたすら曖昧な笑みを浮かべながらビールを呷った。

「……どうして、ですか？」

ようやく言葉を発したのは岩井だった。問われて琢馬は、簡単に答える。

「交通事故でね。ふたりともいっぺんに。人間なんて、死ぬときは簡単なもんだなぁと思ったよ」

「そんなことが、あったんですか……」

岩井はまるで自分のことのようにショックを受けているようだった。そのまま黙り込んでしまい、手にしているコップをじっと見つめる。かえって琢馬の方が、そんな反応に慌てた。

「ごめんごめん。こんな話をして場を暗くしちゃうなんて、おれも無粋だよな。そんなつもりはなかったんだ。今日はおれの歓迎会ってことなんでしょ。だったらおれは、明るい方が好きだな。つまらない話は忘れて、今日はいっぱい飲もうよ。母さんの奢《おご》りだっていうことだからさ」

責任を感じたらしく、琢馬は不自然なまでに座を盛り上げようとする。しかし聞いたばかりの琢馬の過去をそんな音頭で忘れられるわけもなく、皆黙り込んだままだった。琢馬が無理に酌をしようとするので、付き合って岩井がコップを空ける程度だった。

「辛かった、ですよね」

ぽつりと、君塚が言葉を発した。自分の横に坐っている琢馬に顔を向け、正面から尋ねる。

「遠慮のないことを訊いて申し訳ない。奥さんと娘にいっぺんに死なれるなんて、とても耐えがたいでしょ。琢馬さんはどうやって耐えて、今ここにいるんですか」

なぜ君塚があえてそんなことを訊こうとするのか、早乙女にはその真意がわからなかった。だが君塚の表情からすると、単なる興味だけで詮索しているとはとても思えない。君塚なりに何か思うところがあって、聞きづらいことを尋ねているように見受けられた。

「耐えるも何も」それに対して琢馬は、微苦笑を浮かべて答える。「どうしようもないですからね。泣こうが怒ろうが、死んだ者は帰ってこないんです。ただ呆然として、気づいたら何ヵ月も経っていたというのが実感ですよ。大袈裟に聞こえるかもしれませんけど」

「いや、別に大袈裟には思いませんが」

君塚は満足いく答えが得られなかったような、不満げな表情だった。たまらず早乙女はその君塚に問う。

「どうしてそんなことを訊くんですか？　君塚さんらしくないですね」

君塚を咎める意図はなかった。ただどうにも抑えがたい疑問が、口を衝いて出てきただけである。しかし君塚は、早乙女の言葉にようやく己の不作法を悟ったようだった。

はっと顔を上げると、慌てて琢馬に詫びる。

「ごめん。デリカシーに欠けていた。琢馬さんの辛い過去を掘り起こすつもりはなかったんだ。詫びて許されることじゃないかもしれないけど、悪気があったわけじゃないのはわかってください」

「悪気があったなんて思いませんよ」

日頃仕事の上では君塚に辛く当たられているにもかかわらず、そんなことにわだかまりをまったく覚えていない様子で琢馬は首を振る。

「訊きたいんなら、訊いてくれてかまわないんです。遠慮されるのも、かえって居心地が悪いものだから」

「君塚さん。君塚さんも、親しい人を亡くしたことがあるんですか」

早乙女は見当をつけて質した。そうとでも考えなければ、あの配慮に欠けた質問は解せなかった。

するると案の定、君塚は沈鬱な顔でそれを認めた。考えてみれば早乙女は、君塚の過去をまったく知らない。偶然にも君塚も、琢馬と同じような経験をしていたというわけか。

「ぼくの場合は、母親と弟だ」琢馬とは対照的に、君塚は苦悶の表情を浮かべて吐露《とろ》する。「琢馬さんとは違って、母は自殺だった。ぼくと弟と、三人で無理心中を図ったんだ。その頃乗っていた安い中古車の中をガムテープで密閉して、排気ガスを引き入れた。ぼくと弟は、ちょうど眠っていたんだ。だから、母がそんなことをしようとしているとは気づかなかった。弟は眠っているうちに、死んだ。母も死んだ。それなのになぜか、母より体が小さかったぼくだけが生き残った。警察の説明によると、ぼくの坐っていた座席の横の窓だけ、ちょっと透き間が空いていたらしい。そのちょっとの透き間が、ぼくを生き残らせた。ぼくが九歳、弟が六歳のときのことだった」

あたかも君塚は、ここで何もかも告白しなければ己に不幸が降りかかるとでも思ったように、一気に捲《まく》し立てた。それは、最初に自分の身の上を語って場を沈ませた琢馬すら面食らわせるほどだった。ただでさえショックを受けていたらしき岩井は、もはや言葉もなくただ口を開けている。行きがかり上、早乙女が先を促した。

「どうしてお母さんは、無理心中なんて図ったんです？」

「夫への——つまりぼくの父親への当てつけだったようだよ。父は勤めていた会社を失業して以降、再就職の口も見つからず、毎日パチンコをして暮らしていたそうだ。ぼくたち兄弟は、母がパートに出て稼いだ金でなんとか生活していた。でも母は、あるときついに我慢が切れて、死にたくなってしまったということらしい。その際に子供を道連れにしたのは、後に残していくのが不憫《ふびん》だったというよりも、父に思い知らせるためだったようだ。つまりぼくたち兄弟は、それだけ父に大事にされていたってことだ」

確か君塚は、今でも父親とふたりで暮らしていると聞いていた。ということは、君塚は母が向けたほどの怒りを父には抱いていないということなのだろう。そう考えると、君塚子供の意思を無視して道連れにしようとした母親への怒りが、君塚の言葉には滲んでいるようにも思える。それは、対象がすでに死んでいるだけに、解消されることなく胸の底で燻《くすぶ》り続けているのだろう。ここにも不幸な人々がいる。早乙女はふと、神の視線について考えた。神の目は、彼らにはとうてい届いていない。

「――すまない。ぼくだけが不幸な顔をして喋ってしまって。まさか琢馬さんまでそんな過去を持っているとは思わなかったから、驚いたんですよ」

「こちらも、驚きました」琢馬は可能な限り慎重に言葉を選んでいるように、一語一語区切る。「おれこそ、自分だけが不幸だってずっと思ってましたよ。小さい頃におれも父親を亡くし、新しい親とは反りが合わず、ようやく自分の家庭を持てたと思ったら、あんなことになっちゃって。おれ、早乙女君の前でこんなことを言うのは気が引けるけど、この世に神様がいるなんてとても思えないんだ。だから、おれ以上に不幸な人間はいないって、今の今まで考えてました。そんなの、なんというか逆の意味で自惚《うぬぼ》れなんですね。自分だけが特別だなんてことはないんだ」

そう、琢馬の言うとおり、彼のような過去は悲惨ではあるが決して珍しくない。むしろ、君塚の過去とて特別ではない。現に早乙女も、母を不慮の事故で亡くしている。たまたま集まった四人のうち三人までが、身内を思いがけない形で喪っていた。身内を亡くすのは、ごくありふれたことでしかないのだ。

この世には不幸が満ちている。なぜ神は、世界をこのように創ったのか。早乙女の疑問は、結局そこに行き着く。こんな疑問を口にしたなら、翔子はおそらく先日と同様に立腹して窘《たしな》めることだろう。人が神の真意を忖度《そんたく》するのは、決して許されないことだ。神を人の尺度をもって測ってはいけない。

しかし、ならば人間はただ神を盲信していればいいのだろうか。琢馬も君塚もただ、祈りが足りなかったから身内を喪ったのだろうか。いや、そんなことはあり得ない。神の愛を信じていれば不幸を避けられるなら、牧師である父が妻を喪うはずがないからだ。不幸と祈りの間には、なんの因果関係もない。

つまりそういうことなのだ。今改めて早乙女は、卒然と悟る。神はいる。しかし、ここにはいない。神の不在こそ、琢馬や君塚の不幸を招き寄せたのだ。神は彼らのような人をただ冷徹に眺めているだけの、残酷な存在とは思いたくない。

神は不幸な者にも目を向けない。ではどうすれば、福音を聞くことができるのだろう。福音を聞くためならばどんな不幸をも甘受しようと覚悟している早乙女の決意は、ただ宙吊りになって行き場をなくすだけである。早乙女の前には絶望の曠野《こうや》が広がり、神はその最果てにすら姿が見えない。

10

よほど教会の佇まいが気に入ったのか、翔子は以後、足繁《しげ》くやってくるようになった。たとえ早乙女がアルバイトで留守にしていても、ただ礼拝堂にぽつんと坐って飽かず内装を眺めていたり、あるいは父となにやら言葉を交わしていたりする。そのうち日曜の礼拝にまで、わざわざバス二本を乗り継いでやってくるようになった。早乙女はますます近しくなる翔子を幾分くすぐったく感じたが、しかし決して不快ではなかった。なるべく長い間翔子と一緒にいたいと願っている自分に気づき、いまさらながら驚く。

だが、早乙女の意思も確認せずに翔子が勝手にやってくるようなことは一度もなかった。翔子は必ず訪ねてもいいかと早乙女に確かめてから、長い距離をバスに揺られてやってくる。慣れ親しんでもそんな態度はいっこうに変わる気配もなく、こちらの生活に一方的に踏み込んでこない気遣いにはやはり好感を覚える。翔子を深く知れば知るほど、早乙女は彼女に向ける思いを強くしていった。これもまた、思いがけない発見だった。

翔子はたいていの場合、礼拝堂で時を過ごした。翔子が来ているときは、父も遠慮するのか礼拝堂に入ってこようとはしない。そんな気遣いは照れ臭かったが、しかし同時にありがたくもあった。父も交えて三人で話したいとは、まったく望んでいない。

その日もまた早乙女は、大学から翔子を伴って帰宅した。父は外出していて、教会内には誰もいなかった。早乙女はいつものように翔子を礼拝堂に案内し、自分は台所に行ってインスタントコーヒーをふたり分淹《い》れた。翔子はその間、おとなしく坐って待っている。

「ねえ、今日は早乙女君の部屋に行かない？」

翔子はコーヒーカップを受け取ると、そのように言った。これまでにも翔子は、たまにそんなことを言い出すことがあった。早乙女の部屋は殺風景で、若い女の子が喜ぶような物は何もない。それでも翔子は、何が面白いのかしばらく部屋を眺め、やがて夕方になると帰っていく。幾度かそうしたことがあったので、早乙女は簡単に承知して翔子を教会の奥へと誘った。もともと所持品の少ない早乙女は、客を突然呼び入れても困るほど部屋の中は散らかっていない。

早乙女の部屋は、教会の背後に控える森に面していた。日当たりが悪く、この建物の中では決して快適な部屋とは言いがたかったが、それでも眺めだけはいい。部屋に入ると翔子は、いつも感嘆するように窓からの景色を楽しんだ。こんなところに住んでみたいと言う翔子に、早乙女は「虫が入ってくるぞ」と答える。すると翔子は決まって、困った顔で言葉を呑み込むのだった。

若い大学生が住んでいるにしては極端に娯楽設備に乏しい部屋だが、唯一目立つのが蔵書量だった。これだけは早乙女も、同年代の者には負けないのではないかと自負している。父が持っていた文学全集を読破して以来、早乙女は読書が一番の趣味になった。今では小説に限らず、興味のある分野の専門書も読んでいる。言語学、心理学、そして神学が、現在早乙女が最も興味を抱いている分野だった。

そうした蔵書にも、翔子は関心があるようだった。特に神学の本は、手に取ってぱらぱらと眺めたりする。両親ともに熱心な信者である翔子だが、こうした神学関係の本まで読み耽《ふけ》るような信仰ではないらしい。一般の信者の場合、やはり聖書か、せいぜいその解釈本までしか読もうとしないのが普通だ。だから翔子は、初めてこの部屋に足を踏み入れたとき、神学関係の蔵書量にずいぶん驚いたものだった。

「将来ぼくは、この教会を継ぐことになるだろうからね」早乙女は翔子の驚きにそう答えた。「それは昔から決まっていたことだから、なるべく意識的にこういう本を読んでいたんだよ。幸い、家にたくさんあったから」

「でも、すごい。小さい頃からこんな難しい本を読んでいたなんて。あたし、今読んでもちょっと難しいかも」

　翔子はおどけた表情で笑う。早乙女もつられて微笑んだ。

「もちろん、昔は何がなんだかわからなかったよ。今だってわかっているとは言いがたいけどさ。でも、牧師になるからにはそれなりの知識がないといけないと思ってね。強迫観念みたいなものがあったんだ」

「自分の進路が決まってしまっていることに、疑問を覚えたことはない？　牧師じゃなくて、何か他の仕事に就きたいと考えたことはなかったの？」

「それは、なかったな」さして考えることなく、早乙女は答える。「他の仕事に就きたいとは、まったく思わなかった。ぼくには牧師以外の選択肢はなかった。もちろん、父さんが無理強いしたわけじゃない。ぼくにとって牧師になることは、いずれ成長して大人になるのと同じくらいごく当然のことだったんだ。だから、疑問なんて持ったことはないよ」

「そう。それは幸せね」

翔子は嬉しい返事を聞いたように微笑む。翔子にとって牧師とは、どんな職業にも増して尊敬すべき対象なのだ。その仕事に就くことに早乙女が抵抗を覚えていないと聞くのは、翔子にとっても喜びなのだろう。

「じゃあ、親子三代でこの教会の牧師を務めることになるのね。それも珍しいんじゃない？」

「だろうね。少なくともぼくは聞いたことがないな」

「立派ね。早乙女君なら、きっと立派な牧師さんになると思う」

早乙女を見る翔子の眼差しには、少なからず尊崇《そんすう》が混じっているように見受けられる。他人からそのような目で見られることに、早乙女は違和感を覚えた。自分の選択は、他人から見ると誉められるようなことなのだろうか。それほど牧師とは、忌避される職業なのか。そうした疑問を浮かべるとき、世間の感覚とのズレを早乙女は自覚する。己が普通の生い立ちを辿ったわけではないことを、いやおうなく思い知らされる。

「ねえ、どうしてあたしが早乙女君のことを好きになったか、わかる？」

翔子は本棚から離れると、コーヒーカップを両手で包むように持ってベッドに坐った。いたずらを思いついた子供のような目で、早乙女を見上げる。早乙女も椅子に坐り、首を傾げた。

「それは、ぼくがプロテスタントの信者だったからだろ」

それ以外に、答えがあるとは思えなかった。翔子に思いを寄せる男は多かったが、キリスト教の信者は早乙女ただひとりだった。その共通点がふたりの距離を縮めたのは、間違いないはずだった。

「それだけじゃないよ。それはただのきっかけ。信者だから好きになったんだったら、礼拝に来る人みんなを好きにならなきゃいけないじゃない」

なぜわからないのかと、翔子は少しもどかしそうだった。しかしいくら考えてみても、自分のどこに翔子が魅力を感じたのか早乙女にはわからない。こうして部屋に翔子を招いている今でも、異性から好かれる要素が己に少しでもあるとは思えなかった。

「わからない？　降参って言うなら、教えてあげる」

「降参。見当もつかないよ」

「駄目ねぇ。早乙女君、自分に自信がないの？　ライバルがいっぱいいた中から、あたしの心を射止めたんだよ」

冗談めかして翔子は言う。早乙女も笑って、両手を挙げた。

「そのとおり。ぼくは自分に自信なんかないよ。降参するから、ぼくにどんないいところがあるのか、教えて」

「じゃあ、教えてあげる」翔子は舌を少し出して、唇を湿した。「早乙女君、初めて会ったときからずっと、あたしの脚のことを気にかけていたでしょ」

指摘され、早乙女は返事に困った。まさか、そのことを気取られているとは思わなかったのだ。

「他の人は露骨に見ない振りをするのに、早乙女君だけまじまじと眺めるから、気になっていたのよ」

「ごめん。不作法だったね」

早乙女は素直に詫びた。言い訳のできることではなかった。

「ううん。別にいいのよ。だって、気になっているのに目を背けられる方が、こちらとしてはずっと傷つくんだから。あたしの脚はそんなに見てはならないものなの、ってね。子供の頃からずっとそうだった。だからもう慣れてるんだけどさ。早乙女君みたいな人がいると、かえって周りの変な気遣いが煩わしく感じられるんだなぁって思った」

脚の障害をまったく気にしていないように振る舞う翔子だが、やはり完全に忘れ去ることは不可能だったようだ。自分の視線が翔子に改めて障害を意識させたのなら、あまりに申し訳ない。反省の言葉すら見つけられなかった。

「だから、いいんだって。そんな顔しないでよ。だって早乙女君は、単なる興味であたしの脚を眺めていたわけじゃないんでしょ。それがわかるから、ぜんぜん不愉快じゃなかったよ」

「もちろん、ただの興味なんかじゃない。でも、君の脚を気の毒に思っていたわけでもないんだ」

「気の毒に思ってもらう必要なんかないわ。こういう脚になった原因の交通事故は、車に乗ってた人が悪いんじゃなくってあたし自身のせいなんだもん。道に飛び出したことを後悔はしても、人から同情して欲しいと思ったことなんて一度もないわ」

翔子はきっぱりと言い切った。翔子の裡にそんなにも果断な部分があったとは、早乙女にとって目新しい発見だった。これまで早乙女は、ただかわいらしいだけの翔子しか見ていなかったのだと思い知る。新たな翔子の一面は、彼女の魅力を損なうことなく、さらなる彩りを加えた。早乙女は強く、翔子に異性を意識した。

「というわけで、あたしにとって早乙女君は最初から気になる人だったのよ。どうしてあたしの脚をそんなに眺めるのかなぁ、って。ただの興味や物珍しさじゃなくて、引きずってる脚を見る理由はなんだろう。ずっと、疑問に思ってたのよ」

「……ぼくは、羨ましかったんだ」

早乙女は正直に告白することにした。なまじいな言い訳は、ただ翔子を傷つけるだけでしかない。

「君はなんの疑問もなく、純粋に主の慈愛を信じていた。以前にも咎められたように、ぼくは君のように信じることができない。いずれ牧師になる身だというのに、主の愛が自分に降り注いでいるとは思えないんだ。そのことを、どうしてだろうとずっと考えていた。ぼくと君では、何が違うのかと。その答えが、君の脚だった。君だけじゃなくこの教会に通う人の中には、やはり体のどこかに障害を負っている人がいる。そういう人ほど、純粋な信仰を持っているものなんだ。だからぼくは、君の脚が羨ましかった。ぼくも君のようになれば、神がぼくというちっぽけな存在に気づいてくれるのではないかと考えたんだ」

早乙女の言葉に、翔子はただ驚いているようだった。目を丸くし、まじまじと早乙女の顔を見つめる。そこに怒りの色はなかったが、しかし早乙女を落ち着かなくさせる力を充分に有していた。早乙女は椅子から立ち上がって、窓際に立った。視線は外の森に向けているが、意識はすべて翔子に奪われている。

「そんなふうに考えてたんだ」ぽつりと翔子は、吐息のように言葉を発した。「なんだか、早乙女君がかわいそうになってきた」

「かわいそう？　どうして？」

翔子の反応は、早乙女にとって予想外だった。腹を立てられこそすれ、同情される謂《い》われはまったくないはずなのだ。それなのになぜ、翔子は早乙女を憐れむのだろう。

「早乙女君にとって、いずれ牧師になると決まっていることは枷《かせ》になっていないの？　早乙女君は真面目すぎるから、主の愛についてそこまで突き詰めて考えてしまっているのよ。主の愛を受け取っていない自分が、本当に牧師になっていいのかどうか疑問に思ってるんでしょ。そうじゃないの？」

「そのとおりだ。君の言うとおりだよ」

翔子は正確に、早乙女の長年の葛藤《かっとう》を見抜いている。翔子の洞察力には、ただ驚かされるだけだった。

「でも早乙女君は勘違いしてるよ。主は間違いなくあたしたちを愛してくれているけど、でもそれをこちらから求めちゃいけないの。主から愛してもらいたいと望むなら、こちらも主を愛さなければ。愛はこちらが主から受け取るものではなく、あたしたちが主に捧げるものなのよ」

翔子は真摯な態度で、言い募った。そこには空疎でない、真実の理解が籠っている。そう、早乙女には感じられた。

「それは、もっと日常のレベルでも同じことよ。あたし、早乙女君のことは好きだけど、早乙女君にあたしを愛して欲しいとは望まない。もちろん、本当は好きでいて欲しいと思うよ。でも、それよりもずっと自分が早乙女君のことを好きだっていう気持ちの方が大事だから。早乙女君も同じでしょ。早乙女君だって、あたしに何も求めないじゃない。あたしはそれが嬉しかったんだ。だから好きになったの。あたしには何も求めない早乙女君が、どうして主にはそんなに過剰なものを期待するの？　早乙女君なら、もっと自然に主を愛せるはずなのに」

「――ぼくは、勘違いしていたのか……」

蒙《もう》を啓《ひら》かれるとは、まさにこのことかもしれない。キリスト教信者にとっては常識とも言えるそんな知識が、なぜ自分には欠けていたのだろう。思い返してみても、父がそのように説いてくれた記憶もない。早乙女は地図も持たずに無人の砂漠を歩いていたようなものだった。自分の裡には決定的に、何か大切なものが欠落している。そう自覚しないわけにはいかなかった。

「早乙女君、こっちに来て」

翔子は立ったままの早乙女に、自分の隣に坐るよう求めた。言われるままに早乙女は、翔子と並んでベッドに腰を下ろす。翔子は正面から、早乙女の目を見つめた。

「偉そうなことを言っちゃって、ごめんなさい。いずれは牧師さんになる早乙女君に主の愛を説くなんて、本当に偉そうだよね。ちょっと恥ずかしい」

「そんなことはないよ。言われなければぼくは、ずっとこのままだった」

「でも、早乙女君の気持ちもわかる。だって、あたしも求めたくなるときもあるから」

翔子はそう言うや、体を早乙女に預けてきた。早乙女はそんな翔子を、戸惑いながら受け止める。自分がこれから何をするべきか、瞬時に洞察が訪れ、早乙女を戸惑わせた。

これまで早乙女と翔子は、唇を合わせたことは何度かあっても、それ以上の関係に進もうとはしなかった。早乙女が特にそれを望まなかったからである。自分の中に性欲があることは、早乙女とて自覚していた。しかしそのポテンシャルは、どうやら同年代の男に比べて極端に低いらしい。中学高校と、性欲を持て余して悶々《もんもん》とする同級生たちを観察するうちに、それが徐々にわかってきた。現にこれまで、翔子に対して肉欲を覚えたことは一度もなかった。これもまた、決定的な欠落のひとつなのだろうか。ならば、それはなんとしても埋めなければならない。ほとんど強迫観念にも近い思いで、早乙女はそう決心した。

翔子の顎に手を添え、上を向かせた。ふたたび視線が合ったが、翔子は逸らそうとしない。早乙女はゆっくりと唇を重ねる。翔子は小さな吐息をひとつ吐き、そして自分も早乙女の唇を求めた。

官能が早乙女を包み込もうとしていた。官能は鋭く、同時に鈍かった。激しく、また緩やかな波動が早乙女の裡から込み上げ、翔子に伝わる。翔子はそれを受け取り、己もまた震えた。波動の交歓は、どんな行為にもまして刺激的だった。それは早乙女にとり、真理の発見にも似た視野の拡大だった。ああ、意識が拡散する。早乙女は果てしなく広がり、そして世界と合一した。

11

歓迎会で互いの不幸を確認し合ったことで、君塚と琢馬の間に存在する緊張も少しは緩和するのではないかと早乙女は考えていたが、残念なことに事態は何も変わらなかった。むしろ早乙女が感じる限り、緊張は以前にも増して高まったようである。なぜそうなってしまったのか釈然としないが、しかしそれを君塚に直接確認しようとは思わなかった。この問題はあまりにデリケートすぎて、ただのアルバイトが口を差し挟むことではないと判断したのだ。

早乙女と岩井は大学生だから、夕方以前はどうしても君塚と琢馬が店に立つことになる。そのどちらかとの交代で早乙女が店に行くと、なんとも形容しがたい張り詰めた気配がふたりの間に横たわっている。正確に言うなら、琢馬の方はひたすら戸惑っているに過ぎない。わだかまりは一方的に、君塚の側から生み出されているのだった。

君塚はアルバイトの面倒見もよく、真面目で、陰湿なところはかけらもない性格だった。それは、もう二年近く一緒に働いている早乙女がよく承知していることである。だからこそ琢馬に対する君塚の態度は意外でならず、また同時に不可解だった。琢馬への隔意は、ただ「相性の悪さ」としか表現できない理由から発しているように思われる。

ある日のことだった。早乙女が店に入ると、シフトでは店にいるはずの君塚の姿がなかった。カウンターの内側には、困り果てた表情を隠さない琢馬が立っているだけである。いささか奇異に思ったものの、君塚の行方を尋ねるよりも前に早く店に出るべきだと考え、早乙女は手早く制服に着替えた。

幸い、店が混み合う時間帯ではなかった。それでも琢馬は、早乙女が店に出ると安堵したような顔をする。しばらく手持ち無沙汰そうにカウンターの内側をいじっていたが、やがて我慢しきれなくなって口を開いた。

「奥で母さんに会った?」

「ええ。でもちょっと挨拶した程度ですけど」

「何も言われなかった?」

「はい」

何かが起きたことは確実だった。早乙女が無言のままでいると、琢馬はうなだれてぽつりと言葉をこぼした。

「君塚さんが、店を辞めたいって言い出したんだ」

「辞める？　どうして」

思いがけない報せだった。すぐに、琢馬の表情と合わせて、何が原因なのか察する。

それほど君塚は琢馬の存在を疎んじていたのかと、改めて驚いた。

「はっきりした理由は言わないんだけど、きっとおれと一緒に働くのがいやなんだろう」琢馬はいかにも辛そうに、そう答えた。「君塚さんは、早乙女君たちにはいい店長なんだろ。それなのにおれが帰ってきたからって、何も辞めることはないよな。なんか、君塚さんに悪いことをしちゃったよ」

「それで、本当に辞めるんですか、君塚さんは」

「もちろん、母さんが慰留《いりゅう》した。今辞められても、はっきり言ってこの店としては困るので、後任の人が見つかるまで続けてもらうってことで、君塚さんも納得したようだ」

「今日のシフトでは、ぼくと交代のはずでしたよね。君塚さんはもう帰ったんですか？」

「うん。おれと一緒に店に立つのも煩わしいだろうからね。母さんが特別に認めて、早退してもらったんだ」

琢馬は天井を仰ぎ、大袈裟に嘆息した。だがそんな素振りも、早乙女の目にはわざとらしいとも映らない。琢馬は本気で、事態に困惑しているのだろう。

「ああ、どうしたらいいんだろう。やっぱり、おれなんか帰ってこなければよかったんだよな。おれ、君塚さんにもこの店にも迷惑をかけちゃったようだ。そんなつもりはぜんぜんなかったのに」

早乙女としては、琢馬の言葉を肯定することも、逆に慰めることもできなかった。琢馬が帰ってきたことで、この店に波風が立ったのは間違いのない事実だ。しかしそれは、琢馬ひとりの責に帰せることではない。一方的に疎んじている君塚にも、責任の一半はあろう。もう今となっては、琢馬がふたたび出奔すれば済むような問題ではないはずだった。

「君塚さんは、おれのどこが気に入らないんだろう。気に入らない部分があれば直すのに、ぜんぜん見当がつかないんだ。早乙女君、見ていてわからないかな」

「さあ。琢馬さんはずいぶんよくやっていると思いますよ。バイトのぼくがこんなことを言うのも生意気ですが」

「でも、がんばってるだけじゃ駄目なんじゃないかな。どうしても気に入らない点があるから、君塚さんも辞めるとまで言い出したんだろう。おれ、どうすればいいのかわからないよ。おれがまた出ていったら、母さんも悲しむだろうし」

「それはそうです」

君塚か琢馬か、どちらかを選択するという話になれば、静恵としては息子を採らざるを得ないはずだ。それがわかるからこそ、君塚は辞めたいと言い出したのではないだろうか。しかしやはり、そこまで琢馬を嫌う理由は理解できない。

「じゃあ、今度それとなく、ぼくから訊いてみましょうか。あんまり期待されても困るけど」

「そうしてくれる？　それは助かるよ」琢馬は早乙女の言葉に飛びついた。「母さんが間に立とうとしても、どうしたっておれの味方みたいになっちゃうだろ。ここはどうしても、中立な人に間に入って欲しいんだ。アルバイトの早乙女君にそんなことまで頼んでしまうのは酷だって思うけど、頼めるのは君と岩井君しかいない。頼むよ。本当に恩に着る」

　琢馬は手を合わせて、何度も拝むような仕種をした。それを見て早乙女は、君塚が嫌うのは琢馬のこうしたところなのかもしれないなと考えた。

　その翌日、琢馬は休みを取って遠出した。明らかに早乙女が君塚と話をしやすいようにするための配慮だろう。早乙女としてはいささか憂鬱だったが、一度引き受けたことを反古《ほご》にするわけにもいかない。客足が途絶えたときを見計らい、君塚に話しかけた。

「君塚さん、店を辞めたいんですって？」

　すると君塚は、尋ねられることを覚悟していたような表情で、きっぱりと頷く。

「ああ、そうなんだ。オーナーには世話になったけど、いろいろ考えることがあってね」

「琢馬さんのことでしょ、原因は。違うんですか？」

　曖昧な尋ね方をするつもりはなかった。こういうことはかえって直截に訊いた方がいい。そう判断して、早乙女は正面から質問を向けた。

「まあ、そうだね。そういうことなんだ」君塚も悪びれずに答える。「こんな小さな店だろ。だから、ひとりでも気が合わない人がいたら、それだけでずいぶんやりにくくなるもんだな。ましてそれがオーナーの息子じゃ、雇われてる立場のこちらとしては喧嘩にもならない」

君塚の口調には皮肉が籠っていた。これもまた、平素の君塚らしくないことである。なぜ君塚は、琢馬のこととなると日頃の自分を見失ってしまうのか。どうにも不可思議でならない。

「琢馬さんのどこが、そんなに嫌いなんですか？」

奥にいる静恵に遠慮して、早乙女は声を落とした。君塚は困ったように、鼻の頭を掻く。

「どこがと言われても困るんだけど、どこなんだろうな」

他人事《ひとごと》のような言い方をするが、しかしごまかそうという意図はなさそうだった。すぐに君塚は後を続ける。

「たぶんぼくは、彼の太平楽な態度がいやなんだと思う。この前話したように、ぼくにとって母の行いはトラウマになっている。これは、他人に話して理解してもらえることじゃないとわかっているよ。何しろぼくは、実の母親に殺されそうになったんだ。こんな経験、誰とも共有できるものじゃない」

確かにそれはそうだろう。早乙女は話を聞いていて思う。しかしそれがどうして、琢馬の態度に腹を立てる理由になるのか。早乙女は黙って先を待った。

「だから、ぼくにとって母親は特別な存在なんだ。こんなことを言うと甘ったれてると思われるかもしれないけどね。意識しても、しなくても苦しい、忘れようにも忘れられない人が母なんだよ。それに対して琢馬さんは、義理の父が嫌いだからという理由だけで、母親を捨てた。結婚して子供まで作っていたのにそれを知らせなかったんだから、完全に母親のことを忘れていたんだろう。そんな行動が、ぼくは気に入らなかったんだと思う」

しかしそれは、個人の事情というものではないか。内心で早乙女は考えた。母を捨てて出奔するに至るまでには、琢馬にだって様々な葛藤があったはずだ。それを推し量ることもせず一方的に行動だけを見て批判するのはフェアではない。そう早乙女は感想を抱いたが、取りあえず君塚が語るに任せた。

「もちろん、今はオーナー自身が許してるんだから、ぼくがとやかく言うようなことじゃない。それくらいはわかっている。だからぼくも、極力自分の感情は抑えて接しているつもりだった」

「なら、どうして？」

「許せなかったんだ」

君塚はすかさず答えた。まるでそれは、汚いものでも吐き出すかのような態度だった。

「ぼくは、なんとか我慢しようとした。たった五人しかいない店なんだ、無理をしてでもみんなで仲良くやっていこうと努力した。でも、あんな話を聞いたらもう駄目だった。どうにも我慢できなくなった」

「あんな話？」

「この前の飲み会での話だよ。妻子を交通事故で亡くしていたって話」

あの話のどこに、君塚は許しがたいものを覚えたのだろうか。早乙女には見当がつかない。

「ぼくは自分の生い立ちを、他人に同情して欲しいと望んだことは一度もない。わかってもらえるはずがないからね。でも琢馬さんは、ぼくと同じくらい悲しい目に遭った人だった。本当なら、ぼくが二十数年も感じてきたこの怒りを、ぶつける対象のない腹立ちを、理解できるはずなんだ。それなのに彼は、ただ淡々と自分に課せられた運命を甘受していた。妻子が死んでも、怒るでも泣き喚くでもなく、ただ呆然としていたと言った。ぼくにはそれが許せなかったんだ」

悲しみの表現は人それぞれだろう。受け止めがたい悲しみに直面し、放心してしまうのは決して本人の咎《とが》ではない。そういう状態にならなければ、心が壊れてしまう人もいるのだ。誰もが皆、理不尽な出来事に対し敢然《かんぜん》と立ち向かう気力を有しているわけではない。

かく考える早乙女とて、母の死を完全に忘却している。これもまた、君塚に言わせれば現実からの逃避だろう。君塚はこんな早乙女も許せないと感じるのだろうか。尋ねてみたい衝動を、早乙女はなんとか抑え込んだ。

「……わからないだろうな、早乙女君には」

ふと興奮が冷めたように、君塚は語調を緩めた。首を振って、それきり口を噤む。思わず激した自分を恥じているかのように、早乙女の目には映った。

しかし早乙女は、もはや君塚が抱える鬱屈に興味はなかった。己が直面していない不幸の正体を見極めたい。母の死に様を記憶の底から呼び覚まさないことには、本当の信仰など摑み得ないのではないか。

早乙女の思考は、結局神への憧憬《しょうけい》に至る。神を思う心の前に、他人の諍《いさか》いは些事《さじ》でしかなかった。

12

早乙女は自室に戻り、机に向かった。肘をつき、額に手を添え、父とのやり取りを反芻《はんすう》する。父の説明はどうにももどかしく、かえって早乙女に疑念を抱かせた。父は現実から目を背けているのだろうか。これまでまったく意識することもなかったが、どうやら母の死には隠蔽《いんぺい》しなければならない何かが存在するようだった。それが明らかになることを、父は恐れている。

もともと、父と対話する機会は少ない。それは思春期に差しかかって以降のことではなく、もっと以前、物心ついた頃からそうだった。父は明らかに、早乙女を避けていた。そして早乙女も、それを恨む気持ちはなかった。父親とはそうした存在であろうと、醒めた受け止め方をしていた。

だから、早乙女の方から父との対話を望んだことは、これまでほとんどなかった。食卓こそ一緒に囲むものの、そこに家族の団欒《だんらん》はない。ふたりとも黙々と食事を終え、そして食器を片づけるだけである。他人が見たら心底が寒くなるような光景かもしれないが、しかし早乙女はそれを荒涼とした親子関係とは思っていない。早乙女にとって父とのこうした関係は、至って心地のいいものとなっている。

早乙女がアルバイトを終えて帰宅すると、父はいつものように書斎に籠っていた。たいていの場合父は、在宅中は書斎で聖書や神学関係の本を読んでいる。早乙女が抱く父のイメージは、教会で信者に神の愛を説く牧師というよりも、熱心に本を読み耽る学究肌の人だった。早乙女の本好きは、明らかに父の影響下に育まれた嗜好《しこう》だった。

ノックをすると、低い声でいらえがあった。早乙女はドアを開け、一礼する。父と濃密な関係を結んでいない早乙女ではあるが、敬意だけは覚えていた。だから早乙女は、父に対しても礼を尽くし、敬語を使って話をする。

坐りなさい、と促され、言われるままに丸椅子に腰を下ろした。父は肘掛けつきの椅子を回し、早乙女に向き合う。父の顔は自分に似ている、久しぶりに正面から眺め、早乙女は感じた。自分の二十数年後は、このような顔になっていることだろう。

『すみません。読書の邪魔をしてしまいまして』

栞《しおり》を挟んで本を置いた父に、早乙女は詫びた。それに対し父は、ゆっくりと首を振って応じる。

『大丈夫だ。本はいつでも読める。お前がわざわざこうして話をしに来るならば、読書などは二の次だ』

『ありがとうございます。実は、少しお尋ねしたいことがあるのです』

『尋ねたいこと？』

父はまったく見当がつかない様子で、首を傾げた。早乙女は躊躇なく切り出す。

『母のことです。母が死んだ前後のことを、教えていただけませんか』

『なぜ？』

父は間髪を容《い》れず問い返してきた。その間合いは、いささか早すぎるように早乙女には感じられた。

『ご存じのように、ぼくはその頃のことをまったく憶えていません。記憶が薄らぐほど小さい頃の話ではないのですから、ショックによって前後の出来事を忘れてしまったのでしょう。それほどのショックとはいったいなんだったのか、知りたいのです』

『お前の母が死んだのは、お前がまだ小学生のときだった。小学生にとって母親は、大きな存在だ。母が不慮の死を遂げれば、それだけでショックなのは当然ではないか』

父の口調は、何をいまさらそんなことを尋ねるのだと言いたげだった。しかし父の言葉に早乙女は、どこか違和感を感じる。当時の自分にとって母とは、それほど大きな存在だったのだろうか。記憶に残っている母を呼び起こしてみても、早乙女はまったく懐かしさや慕《した》わしさを覚えない。そんな母が死んだことにより自分が衝撃を受けたとは、どうにも想像しにくかった。

『母の死が衝撃だったのは確かでしょうが、そのせいで記憶を失うほどとは思えません。他に何かがあったのではないですか』

『だがそうは言っても、実際にお前はその前後をすっかり忘れ去っているのだろう。忘れてしまったから、大したショックだとは思えないのではないか』

父の弁は筋が通っていて、早乙女の質問をはぐらかそうとしているようには聞こえなかった。しかしそれでも早乙女は、額面どおりに受け取れなかった。父は何かを隠している。直感的に、そう感じた。

『当時はショックだったとしても、今はもう平気です。母が亡くなったときの様子を、詳しく教えてもらえませんか』

『お前にはもちろん、母親の死を詳しく知る権利がある。知りたいと望むなら、教えよう』

父はその言葉どおり、事故の詳細を語った。車で峠を越えようとした母は、カーブを曲がりきれずに谷底に落ちた。車は炎上し、母の死体は元の面差しをとどめぬほど黒く焼け焦げていたという。早乙女が十二歳のときのことだった。

しかしそれらの事実は、すでに早乙女も承知していることでしかなかった。母の死に様は、中学生の頃には知っていた。にもかかわらず、欠落した記憶がそれで埋められたという実感はない。現に早乙女は未だ、自分が見たはずの光景——母の遺体の有様や葬儀の様子などを、まったく思い出せずにいる。それはつまり、封印の原因が母の死だけではないからではないのか。早乙女はそう訝っていた。

『母はなぜ、ハンドル操作を誤ったのですか？』

『わからない。不注意だったとしか言いようがない』

『母は、車の運転が苦手だったんですか』

『得意と言えるほどではないが、ペーパードライバーとは違った。日常的に車に乗っていたのだから、運転に慣れていたのは間違いない。だからこそ油断してしまったのだろう』

『隣町に、何をしに行こうとしていたんですか』

『買い物だと思う。詳細は知らない』

『お父さんはそのとき、何をしていたのですか』

『信者さんの家を回っていた。だから母さんが隣町に何をしに行ったのか、聞いていなかったんだ』

いくら質問を向けても、早乙女を満足させる言葉は引き出せなかった。父の表情にまったく変化はなく、顔色から何かを察することもできない。それでも早乙女は、なお食い下がった。

『母は、誰かと会おうとしていたわけではないんですか』

根拠があって尋ねたわけではない。取りあえず口にしてみただけの、ただの思いつきである。しかしそう問うた瞬間、穏やかな湖のように静まっていた父の顔に、わずかな波が立った。それは一瞬にして消えてしまったが、早乙女は見逃しはしなかった。

『誰かと会う約束があったんですね』

『違う。そうではない』

父は言下に否定した。そのきっぱりとした物言いは、虚偽を口にしている者のそれではなかった。

そのとき早乙女は、ある大事なことを思い出した。事故当時のことではない。それ以後現在に至るまでに町の人が向けてきた、同情の籠った眼差しである。それを早乙女は、ただ母を喪った子に向ける憐れみと捉えていた。しかし実際には、もっと違う意味が込められていたのではないか。

『では、車の同乗者がいたのですか』

父はその問いに答えようとしなかった。沈黙は、早乙女の推測が的を射ていることを雄弁に物語っている。なるほど、だから隠していたかったのか。早乙女は半ば納得した。

『同乗者は、男性ですか』

『だったらなんだと言うのだ。母さんとその男性との間に下世話な関係を想像するのは、死者を冒瀆《ぼうとく》する行為だぞ』

『では、実際には違うというわけですね』

『もちろんだ。そう、私は信じている』

父ははっきり断言した。それが本音かそうでないか、早乙女には判断がつかない。

『ぼくが母の死に衝撃を受けたのは、ただ母が死んだからではない。母がひとりで死ななかったからだ。そう解釈していいんですね』

早乙女が念を押すと、父は悲しげに眉根を寄せて首を振った。

『お前の心の中の動きは、私にもわからない。お前の深層心理が忘れたいと望んだのなら、それを無理に思い出す必要はないのではないか。むしろ記憶の封印は、お前のためを思った神の御業《みわざ》かもしれない。そう受け取ることはできないか』

『神は、ぼくなどというちっぽけな存在を知らない。それはおそらく、ぼくがまだ真摯な祈りを神に捧げていないからだと思うのです』

『そう思うのなら、祈りなさい。身命を賭して祈った果てには、必ず新たな何かが見えてくる。祈りは、どんな行為よりも強い力を有しているのだから』

『祈るためには、神に届く言葉が必要なのです。神に届く言葉は、今のままでは手に入らない。耐えがたい悲しみこそ、神に届く言葉を生み出すのではないでしょうか』

『お前はすでに、充分悲しみを味わっている。後は祈るだけだ』

『足りないのです。ぼくは母の死を忘れている。はっきりとそれを思い出し、心が張り裂けるほどの悲しみを背負わなければ、神に届く言葉は発せられない』

『神は、すでにお前に目を向けておられるよ』

父はそう言いきったが、しかし先の断言とは違って言葉は弱々しかった。早乙女は父の言葉を真に受けることはできなかった。

『ぼくは、思い出したいのです。母が誰と死んだのか、教えてくれませんか』

『知る必要はない。いや、知るべきではない』

『なぜです？』

尋ねても、父は答える気がないようだった。以後父は、どんな言葉も発することがなかった。

回想から我に返ると、額の熱さに気づいた。どうやら少し熱っぽいようだ。久しぶりの父とのやり取りは、自覚している以上に早乙女を興奮させたようだ。この興奮は、いっかな静まる気配がなかった。

父との問答は、早乙女にただもどかしさを植えつけただけだった。期待していた、霧が晴れて視界が開けるような瞬間は訪れない。自分の裡には未だ、手探りでも辿り着けない深淵が存在する。淵の底には、どんな光も届かぬ漆黒の闇が沈殿しているように感じられた。その闇を己が手で掬《すく》い取ってみたい、ふと身裡からそんな欲望が込み上げてきて、早乙女を揺さぶった。それはなぜか、翔子を抱いたときの官能に酷似していた。

13

不安定になっている。早乙女は自分の状態をそう自覚していた。何をするにも上の空で、ともすれば己の思考に没入している。しかしその思考とて、出口の見える筋道立ったものとはとうてい言えず、結局同じところをぐるぐると巡っているに過ぎない。こんな精神状態になったことは、二十年の生涯で初めてのことだった。

原因は、いやになるほどわかっていた。神への愛は求めるものではなく、捧げるものだという翔子の指摘。それは早乙女がこれまで立っていた基盤を揺るがし、落ち着かなくさせる力を有していた。蒙を啓かれたはいいが、かつて信じていた寄る辺に代わる何物も見つけられずにいるのが、今の早乙女だった。だから早乙女は、ひたすら翔子に依存した。

翔子は早乙女を拒まなかった。おそらく翔子は敏感に、早乙女の混乱を察しているのだろう。相手の都合も考えない早乙女の誘いにも、いやな顔ひとつせずに応じた。自分が早乙女に依存されていることを、翔子は喜びと感じているようでもあった。

早乙女はほぼ毎日、翔子を教会に招いた。最初のうちこそ、父のいないうちにと配慮していたが、やがてそんなことも気にかけなくなった。父が自分に関心を持っていないことはわかっている。ならば、自室で何をしていようと憚《はばか》ることはない。そう開き直ると、あらゆることへの抵抗感がなくなるようで、早乙女の気分を楽にした。

翔子もやがて、早乙女のそうした親子関係を理解するようになった。父親が在宅していると知っていながら快楽を求めることに最初は抵抗を示した翔子だったが、次第に緊張も解け、しなやかな反応を示し始めた。翔子はどんな状態でも自制を失わず、決して我を忘れることはなかったが、しかし好ましい程度に奔放《ほんぽう》だった。早乙女は翔子の示す反応ひとつひとつに感じ入り、驚嘆した。一度触れるたびに翔子は、別の相貌を露わにする。あたかもそれは、翔子の中に別の人格が何十人も眠っているかのようだった。早乙女はそうした翔子の顔をすべて引き出し、白日の下に曝《さら》してやりたいと欲望した。

早乙女にとってはまた、そうした翔子を前にした己の反応も驚きであった。自分の裡にこれほど強い衝動が眠っていたのかと、愕然とする思いを味わう。この激しい欲望は、果たして本当に自分の中から湧き出てくるものなのだろうか。それまで抱えていた性欲のポテンシャル・エネルギーとはあまりに違う水位の高さに、そんな疑いすら抱いてしまうほどだった。それほどに早乙女は、飽かず翔子の体を求めた。

それは、己を律することにひたすら執着して生きてきた早乙女が、初めて望んだ逃避だった。一度逃避の味を覚えた者は、ひたすら自堕落に坂を転げ落ちていく。頭の片隅では確かに警鐘が鳴っていることを感じ取っていたが、それは遠く微かな音でしかなかった。そうした早乙女をただひとり諫《いさ》めることのできる立場にある翔子も、今はともに逃避の快楽に酔っているだけだった。

だから、それは起こるべくして起こったと言えた。その兆候を早乙女に告げた翔子は、半ば困惑したような、しかし同時に突き上げてくる喜びを抑えきれないような、矛盾した表情を浮かべていた。

「間違い……ないのか」

思わず早乙女は確認してしまった。避妊をまったく考えていなかったのだから、いずれは出来《しゅったい》する事態ではあった。それでも早乙女は、自分の遺伝子を受け継ぐ者がこの世に誕生しつつあるという事実に面食らった。言葉で告げられてもまったく実感が湧かないというのが、正直なところだった。

「たぶん、間違いないと思う」

羞恥心《しゅうちしん》故か、翔子は俯いたまま認める。早乙女の反応に怒ることもなかった。

「病院に行ったの？」

「ううん、怖いから、まだ。でも、妊娠検査薬を使ってみたら、陽性だった」

「そうなのか……」

〝責任〟という単語は、すぐには浮かんでこなかった。とはいえ、本当に自分の子かと疑うほど、誠意に欠けているわけではない。ただ早乙女は、ひたすら困惑していただけだった。

「だからね、一度ちゃんと病院で検査してもらおうと思うの。一緒に行って欲しいんだけど……いや？」

恐る恐る、翔子は上目遣いで早乙女の顔色を窺う。早乙女としては、とてもいやとは言えなかった。

「うん、わかった。一緒に行こう」

「ありがとう！」

翔子は心底嬉しそうに手を合わせ、喜びを示した。そんな子供っぽい仕種をする翔子の体内に、新たな命が宿っているかと考えると、強烈な違和感を覚える。自分のものとは思えぬ強い性衝動といい、翔子の妊娠といい、すべてが早乙女には白昼夢のように思えてならなかった。

とはいえ、現実から目を逸らすわけにはいかなかった。当然考えねばならない事態に思いを致し、暗然となる。翔子はいったい、この事態をどのように受け止めているのだろうか。

「それで、妊娠してたらどうするの？」

「まだ、考えてない」

すると翔子も、とたんに表情を曇らせる。まだ大学生でしかないふたりにとって、妊娠は手放しで喜べることではないという事実を思い出したようだ。早乙女は続けて、質問を重ねる。

「君は産みたいのか、産みたくないのか」

「そんな――、早乙女君はどうなの。産んで欲しいの、産んで欲しくないの？」

逆に問い返され、言葉に詰まった。自分が子供を持つということ自体、これまでまったく想像していなかったのである。いきなり判断を迫られても、決断を下せるわけがなかった。

ただ、己に正直になるなら、子供など欲しくはなかった。まだ若いからという理由からではない。たとえ人の親になるにふさわしい年齢に達しようと、自分は子供を欲しないだろう。子供を持つには、少なくとも十数年はその人生に責任を持たなければならない義務を伴う。そうした責務に、果たして自分は耐えられるのだろうか。人の親になる資格があるのか。

返答に困る早乙女の表情から、翔子も敏感に察したようだった。曇った表情のまま、自分の事情を話し始める。

「あたしはもちろん、妊娠してたら堕ろしたくないわ。中絶なんて、主の教えに反することだから。でも、もし産むとしたら、親に内緒にしておけることではないでしょ。うちの親に話したら、いったいなんと言うかしら……」

翔子の親は、ごく普通の感覚を持ったサラリーマンだという。まだ二十歳の娘が結婚前に妊娠したなどと聞けば、驚きのあまり寝込んでしまうかもしれない。早乙女とて、まったく挨拶もなしに済ますわけにはいかないだろう。それを思うと、どうにも憂鬱になる。

「経済的な問題もあるよ。産むなら、お金がかかるだろ。生まれてからだって、たぶんぼくらが考えるよりずっとお金が必要なはずだ。そんな経済力は、まだぼくにはないよ」

「わかってる。もし産むと決めたら、親の援助を当てにしないわけにはいかないわよね」

金銭的援助となれば、翔子の親だけでなく早乙女の父にも当然期待しなければならない。しかしあの父が、息子の不始末に金を出すであろうか。おそらく眉ひとつ動かさずに、自分でどうにかしろと言い放つに違いない。そもそも教会には、無収入の息子が子供を持つことを許すような経済力はないのだ。教会の財政は常に逼迫《ひっぱく》し、余力はまったくない。

父は、己の妻の妊娠を知ったとき、果たしてどのように感じたのだろう。早乙女は想像を巡らせる。やはり今の自分のように、ひたすら戸惑いを覚えたのだろうか。それとも人並みの喜びを味わったのか。どちらも父には似つかわしくないように思える。おそらく父は、無感動にただ「そうか」と頷いただけだったのではないか。

父にこのことを告げてみたい。早乙女はふと、そんな衝動を覚えた。父の無表情を見れば、早乙女はきっと笑いの発作に見舞われることだろう。父はそんな息子に、怪訝な視線を向けるはずだ。それを考えただけで、早乙女は早くも笑い出したくなった。

覚えず、早乙女は微笑を浮かべていたようだった。翔子はそれを見て、明らかに誤解した。安堵したように顔を綻ばせ、言う。

「まあ、起きちゃったことはしょうがないか。親に言うのは憂鬱だけど、当たって砕けろだね」

いつもの明るい調子に戻って、笑みを浮かべた。早乙女は微笑んだまま、そんな翔子に観察するような目を向ける。彼我の思いはなんと隔たっているのだろうと面白がりながら。

14

翔子の妊娠を告げたときの父の反応は、半ば予想どおりであり、半ば意外でもあった。表情も変えずに「そうか」と頷かれたときには、思わず空疎な笑い声を立てそうになったが、続く言葉にそれを呑み込んだ。父は冷ややかに、「それでどうするんだ」と尋ねたのだった。

早乙女は答えに詰まり、かろうじて「まだわかりません」と言った。そんな息子に父は、「よく考えて結論を出しなさい」とだけ言い添えた。望みどおりの反応が得られなかったことに、早乙女はいささか拍子抜けの思いを味わった。

それに対して翔子の方は、こちらは予想どおりに大変な騒ぎとなったようだ。翔子の父親は烈火の如く怒り、母親はただおろおろし、翔子は泣きじゃくったという。それでも最終的には三者とも落ち着き、まともに話し合うことができたのは、翔子の家庭がごく健康的な関係を築いているからだろう。それは翔子にとっても幸いなことだと、早乙女は他人事のように考えた。

「お父さんが早乙女君に会いたがってる」

大学キャンパス内にある芝生に腰を下ろし、冬の寒々しく晴れ渡った空を見上げながら、翔子は早乙女に告げた。それは充分に予想されたことだったので、いまさら早乙女も狼狽したりはしなかった。

「わかった。会いに行くよ。でもその前に、君のご両親はなんと言ってるのか、知っておきたい」

「結論は保留」翔子は肩を竦めてみせる。「常識的に考えるなら、産むなんていう選択肢はないんだろうけど、でもうちは両親もクリスチャンだからね。なるべくならそんなことは避けたいのよ。といっても、こちらの一方的な都合で子供を産んでいいものじゃないでしょ。だからお父さんは、早乙女君と話をしたがっているの」

「ぼくが産んで欲しくないと言ったら、勝手に産むわけにはいかないってこと？」

「お父さんは、あたしに私生児なんか産ませたくないのよ。もちろん、それはあたしだって同じ。お父さんはできるならすぐにも、もし無理なら卒業を待って、あたしたちをちゃんと結婚させたいと考えているわ」

「君はどうなんだ」

「……それは、あたしも同じよ。早乙女君と結婚して、あたしたちの子供を産みたい」

結婚か。想定もしていなかったことを言われ、早乙女は面食らった。しかし改めて考えてみれば、結婚をまったく視野に入れていなかった早乙女の方がどうかしているのだろう。男女が親密な交際をし、その結果子供ができれば、普通は結婚を考えるものだ。そんな当たり前のことを自分も考慮しなければならないとは、どうにも不思議でならない。

「じゃあ、近いうちに君の家に伺うよ。お父さんの都合を聞いておいて」

「うん」

早乙女の返事を自分の言葉への肯定と受け取ったのか、翔子は嬉しそうに頷いた。早乙女はその誤解を解こうとしなかったが、それは単に面倒に感じたためだった。

話をするなら早い方がいいということで、その週の日曜日には翔子の家を訪問することになった。先方は早乙女の父も交えた話し合いを望んだが、取りあえず最初は早乙女だけということで納得してもらった。この問題に父を引き込むことは、極力避けたい。自分個人の問題で父を煩わせるのは、早乙女にとって苦痛にすら感じられることだった。

翔子の父親は、早乙女に対する戸惑いを隠しきれないようだった。怒りを覚えているはずだが、しかしそれを露わにしては話が先に進まない。仕方なく己を抑え、なんとか鷹揚《おうよう》な態度を装っているといった様がありありと窺えた。

そんなふうに繕《つくろ》う必要はないのに。父親の内心を一瞬で見て取り、早乙女は考える。感情を抑える必要などないのだ。早乙女に対して腹が立つなら、それをぶつけてくれた方がいい。

「初めまして。私が翔子の父です」

翔子の父親は、そんなふうに無難に切り出した。ソファに坐った父親は、痩せた体を背凭《せもた》れに預け、主導権は自分にあるのだと示すように胸を張る。翔子と並んで坐った早乙女は、背筋を伸ばし、両手を腿《もも》の上に置いた。

早乙女です、と応じているところに、翔子の母親がお茶を運んできた。そしてそのまま、父親の横に落ち着く。ふたりがこうして並んでみると、翔子は明らかに母親似であることが見て取れた。翔子の整った顔立ちは、母親の血を色濃く受け継いだ結果だった。

母親は父親のように虚勢を張ることなく、困惑を隠そうとしなかった。早乙女に視線を向けては慌てて逸らし、翔子にもの言いたげな目を向ける。そんな様子はあまりに痛々しく、たまらず早乙女は詫びを口にした。

「このたびはご心配をおかけして、本当にすみませんでした」

すると両親は、早乙女がいきなりそんな態度に出るとは予想していなかったらしく、顔を見合わせて困った顔をした。推察するに、まず最初に説教をし、その上でおもむろに若いふたりに将来を考えさせるという段取りだったのだろう。相手の予定を狂わせてしまったことを、早乙女は後悔した。

「正直に言って、娘から話を聞いてショックだったし、腹も立った。うちはご存じのようにクリスチャンだし、相手のことを聞けば、なんと牧師さんの息子だというじゃないか。よけいに、どうしてなんだと腹が立った。でも、もうそんなことは言ってもしょうがない。これからのことを考えなければならない。君もそう思うだろう?」

「ええ」

父親の穏やかな話しぶりを、早乙女は残念に思った。虚勢が破れ、生の感情が剝き出しになる瞬間を見てみたい。そう望んでここにやってきたのに、どうやら父親の自制心は思いの外《ほか》に強いようだ。早乙女が欲した罵声《ばせい》は、両親の口から飛び出しそうにない。

「それならば、みんなで考えよう。選択肢は、ふたつだ。産むか、産まないか。産まないことを選ぶのは簡単だ。だが果たしてそれでいいのかと、私たちは考えてしまう。これが十五、六の娘の話であれば迷う余地はないが、翔子はもう二十歳だ。自分の人生を自分で選んでもいい年になっている。安易な道ではなく、将来を見据えた選択をさせてやりたい」

「でもね、産むことはひとりでできても、育てることはふたりが揃っていなくちゃいけないと思うの」たまらずといった様子で、母親が発言した。「産むのは勝手、なんて思わないでくださいね。翔子ひとりだけでは、こういうことにはならないんですから」

両親はともに、奥歯に物が挟まったような物言いをした。早い話が、きちんと結婚して子供を産むことを早乙女たちに望んでいるのだろう。しかしそれを無理強いすれば、早乙女がどんな反応を示すかわからない。親が口を挟んだことでふたりの仲に亀裂が走ってはまずいと、必要以上に慎重になっているようだった。

「お父さんとお母さんがおっしゃりたいことはよくわかりました。でも、今すぐここでご返答するわけにはいきません。ぼくにとっても大事なことですから、もう少しいろいろなことを考えてみたいんです。お時間をいただけますか？」

早乙女が毅然《きぜん》とした口調で言うと、気圧《けお》されたように父親は頷いた。

「もちろん、それはそうだ。軽率な判断だけはして欲しくない。結論を急がせるつもりはないから、じっくり考えてくれ」

母親も、さも物わかりがよさそうに相槌を打つ。翔子は冷静なやり取りが嬉しいのか、いつにも増してにこにこと笑っていた。

子供なんて欲しくない、結婚する気もない。そう言い切ったなら、この家族はいったいどういう反応を示すだろう。早乙女はひとり、静かに夢想した。父親は無理に被った鷹揚さの仮面をかなぐり捨てるだろうか。母親は他人の目があることも忘れて取り乱すだろうか。翔子はそれでもなお、まだ微笑み続けることができるだろうか。

それらを確かめてみたいという欲求は早乙女の中で大きく膨れ上がったが、しかし結局、その後の時間を和やかな歓談で過ごしただけだった。常識が邪魔をしたのではない。ただ単に、今がその時ではないと判断しただけである。

その瞬間は、いずれ必ずやってくる。おそらくそれは、忘我の心地を味わわせてくれるだろう。根拠もないそんな予感が、早乙女の裡にはあった。早乙女はその時を、一日千秋の思いで待ち侘びる。

15

店を辞める意思を明らかにしてから、君塚は休みがちになった。それまでの働きぶりが勤勉だっただけに、そうした態度の変化は早乙女たちを戸惑わせた。琢馬は気の毒にも落ち込み果て、終日寡黙に仕事に打ち込んでいる。静恵は息子と従業員の確執に苦慮していても、なんら打つ手がなくただ傍観するしかないようだった。

静恵はなんとか君塚を慰留しようとしていた。しかし君塚の辞意は固く、もはや翻意《ほんい》はあり得ないらしい。仕方なく静恵も、後任の店長を探しているようだったが、田舎町のこととて、すぐに人材が見つかるわけもない。ぎすぎすした雰囲気は、解消の気配すらなく持続していた。

このままでは、君塚の後釜に琢馬がそのまま坐るしかないというのが現状だった。それもまた君塚の神経を逆撫でることになるだろうから、静恵としては極力避けたいようだったが、状況は他の選択を許さない。これまでは君塚がやってきた収支計算も、琢馬が代わりに行うようになった。

だから早乙女が店に入ると、琢馬が難しい顔をしてレジの金を数えていることも珍しくなくなった。まだ計算に慣れないのか、琢馬はいつも困惑した顔をしている。だが店の会計だけはアルバイトが関われる範囲外のことなので、早乙女が手伝うわけにもいかなかった。琢馬は助けを求めるような目を早乙女に向けるが、結局何も言わずに帳簿をじっと睨む。そんなことが幾度か繰り返された。

ある日のことだった。君塚が休みがちになってからオーバーワーク気味だった琢馬が久しぶりに休暇を取り、店にいるのは早乙女と岩井のふたりだけだった。夕方のピーク時を過ぎ、客足が一段落したところで、不意に岩井が声を潜めて話しかけてきた。

「あのさあ、ちょっといやな話を聞いちゃったんだけど、知ってるか？」

「なんのこと？」

君塚が辞めたがっているのは確かにいやな話だが、そんなことであればいまさら知っているかと尋ねてくるわけもない。岩井の質問には、心当たりがなかった。

「いや、早乙女に話してもいいのかどうか迷ったんだけどさ、ちょっとおれひとりの胸に納めておくのは重い話なんで、聞いてもらえるか」

「いいよ」

早乙女は簡単に応じる。どんな話でも、自分に関係することなら知らないより知っていた方がましだった。岩井は奥にいる静恵の耳を気にして、いっそう声を小さくする。

「昨日のことなんだ。コーラが切れかけてたんで、おれが補充したろ。そのときに裏に回ったら、たまたま奥さんと琢馬さんが話をしているのが聞こえたんだ。ふたりとも、おれがそばにいることには気づいてなかった。だから声がそのまま漏れてきて、おれにも聞こえちゃったんだよ」

「何を言ってたんだ」

「うん、それがさ」

岩井はまだ躊躇するように、一度言い淀んだ。だがすぐに、思い定めたといった顔つきで先を続ける。

「どうもこのところ、店の収支が合わないらしいんだ」

「収支が？」

思いがけない話だった。反射的に、困惑した様子で金を数えていた琢馬の顔を思い出す。

「どういうこと？　琢馬さんの計算が間違っているのか」

「いや、そうじゃない。琢馬さんも最初はそう思って、何度も計算をやり直したらしい。それでもやっぱり、収支は合わなかったそうだ」

「どうして……」

すぐにひとつの可能性を思いついたが、自分の中で打ち消す。そんなことがあるわけもない、早乙女は己の想像に嫌悪を覚えた。

だが岩井は、そんな早乙女の内心を知らず、言いづらそうに続ける。

「君塚さんの帳簿づけに、おかしなところがあったらしい」

「君塚さんの計算が間違っていたの？」

あくまで早乙女は、君塚を信じたかった。しかしそんな思いは、岩井の言葉で否定される。

「違うよ。君塚さんが意図的に数字を操作していたみたいなんだ」

つまり、君塚が店の金を横領していたというのだろうか。そんな馬鹿な。早乙女は内心で吐き捨てた。あの君塚が、そんなことをするわけがない。

「何かの間違いだよ。琢馬さんか君塚さんのどっちかが、計算を間違っているんだ」

「おれもそう思いたいよ。奥さんも最初は、琢馬さんの指摘を信じなかったようだ。もう一度自分も計算し直してみるって、昨日は言ってた。でも今日の奥さんは、やけに暗い顔をしてただろ。あれはたぶん、琢馬さんの指摘が間違ってなかったからじゃないかな」

「それは岩井の憶測だろ。想像でものを言うのはやめろよ」

自分でも思いがけず、口調が強くなった。日頃無口で感情を乱さない早乙女の激しい語気に、岩井は軽く面食らったようだった。「そうだな」と口の中でもごもごと呟き、頷く。早乙女もすぐに自分の態度を反省し、詫びた。

「ちょっと言い過ぎた。ごめん。でも根拠のない噂話をするのはやめようよ。君塚さんに対してはもちろん、奥さんや琢馬さんにも失礼だ」

「うん。そのとおりだ。慎むよ」

岩井は悔いているように答え、それきりその話は終わった。以後はふたりとも閉店まで、その問題については触れようとしなかった。

翌日は君塚が出勤してくる予定だったが、定時になっても姿を現さなかった。父親と住んでいるはずのアパートに電話を入れても、留守番電話が応答するだけである。仕方なくその日は、静恵が店頭に立って穴を埋めた。このところ休みがちだった君塚だが、無断欠勤は初めてのことだった。

さらにその次の日にも、君塚からの詫びの連絡は入らなかった。電話をしても、もう留守番電話にすら繋がらないらしい。たまらず静恵がわざわざアパートまで訪ねてみたが、君塚はおろか同居している父親すらいなかったそうだ。君塚の心が店から離れてしまったことは、もはや誰の目にも明らかだった。

その話を聞いて早乙女は、捨て置けない気持ちになった。翔子の妊娠という眼前の大問題があるにもかかわらず、君塚の去就の方がずっと気がかりでならない。いても立ってもいられなくなり、ついに自ら君塚のアパートに足を運んでみることにした。自分に対してなら、君塚も思うところを話してくれるかもしれないという期待があった。

早乙女は大学の授業を一時限さぼり、バスに揺られて隣町に赴いた。君塚の家を訪れたことはなかったが、住所はわかる。地図を片手に探すと、さして苦労することもなく行き着くことができた。

君塚の住むアパートは、木造モルタルの二階建てだった。築年数が古いことを物語って、スティール階段の塗装は剝げ、外壁には罅《ひび》が無数に走っている。こんなところに住んでいたのかと、早乙女は少々驚きを覚えた。しかし田舎町のコンビニの店長では、そんなに高給取りのわけがないと改めて気づく。

君塚の部屋は、一階の一番奥だった。暗い廊下を通って、ドアの前に立つ。一度軽く息を吸ってから、呼び鈴を押した。

しかし、中からのいらえはなかった。しばし待って、もう一度ボタンを押す。それでも内部でチャイムが鳴っている音もしない。もしかしたら、呼び鈴の電池が切れているのか。

「すみません。早乙女です。いらっしゃいませんか」

仕方なくドアを叩いて、中に声をかけた。在宅しているなら、必ず聞こえるはずだった。だが依然として、なんの反応もない。早乙女はドアを叩き続けた。

その音に反応したのは、隣の住人だった。何事だとばかりに顔を覗かせ、早乙女に無遠慮な視線を向けてくる。四十絡みの女は、ぶっきらぼうに「引っ越したよ」と言った。

「引っ越した？」

そんなことではないかという予感はあったが、しかし改めて告げられると愕然とする。

早乙女は重ねて、女に問いかけた。

「いつですか？」

「おとといかな。急に引っ越したんでびっくりしたよ」

「どちらに引っ越したか、わかりますか」

「さあ、そんなことまでは」女はどうでもいいことのように首を傾げた。「大家さんなら知ってるんじゃない？」

「大家さんですか。どこにいらっしゃるんです？」

「そこの、向かいの家だよ」

女は顎で、道を隔てて建っている一軒家を示した。早乙女が礼を言うと、それきり興味を失ったように顔を引っ込めた。

早乙女はすぐに、教えられた家の呼び鈴を押した。幸いに家人が在宅していて、応対に出てきてくれた。早乙女は君塚の知人だと名乗り、行方を捜しているのだと説明する。連絡もなく引っ越していたと知って大変驚いたと言い添えると、大家も同感とばかりに頷いた。

「そうなんですよ。急な話なんで、こちらもびっくりしました。引っ越すなら、一ヵ月前には言っておいてもらわないと困るんですけどね」

「引っ越し先はご存じないですか」

「それが教えてくれなくてね。なんだか、逃げるような引っ越しだなぁと思いましたよ」

確かにそのとおりなのかもしれない。早乙女は口に出さず考えた。君塚の行動は、店の帳簿を操作していたという疑惑を自ら認めるようなものだった。早乙女にとっては未だ信じがたいことだったが、もはや厳然たる事実と認めるしかないようだ。

静恵はこの始末を、いったいどうつけるつもりだろう。早乙女は憂う。横領となれば、ことは単なる従業員同士の確執では済まない。れっきとした刑事事件として、警察の捜査の手が入っても仕方のない事態だ。果たして静恵は、警察に通報するだろうか。

水位が上がりつつある。早乙女は肌でそれを感じた。

16

翔子の両親と会った日以来、早乙女は翔子と言葉を交わすことを避けてきた。翔子を疎ましく思い始めたわけではない。君塚のことが心配で、それどころではなかったというのが本音だった。だがそんな説明を翔子にできるわけもなく、勢い早乙女は彼女を避けるようになった。早乙女にとって翔子の妊娠は、優先順位が低い事項でしかなかった。

そんな態度の変化に、翔子はただ戸惑っているようだった。よくある男の変心と受け止め、思い悩んでいる様が窺える。何しろ早乙女は、大学で翔子に会ってもすぐに姿を消してしまうし、電話をかけても素っ気ない口振りですぐに切ってしまうのだ。どんなに鈍感な女でも、自分が避けられていることに気づくはずだった。

君塚の件が落ち着きさえすれば、ふたりのこれからを考えることもできる。早乙女は心の中で、そう呟き続けた。決して逃げるつもりはないし、翔子のことを嫌いになったわけでもない。そのことをわかって欲しかったが、言葉にしないで通じるわけもなかった。

会うたびに翔子の表情には、憂愁《ゆうしゅう》の翳が濃くなっていった。その原因が自分の態度にあるかと思うと胸が痛むが、しかし今はどうしようもない。優しい言葉のひとつもかけてやれないことはないものの、そうすればこの態度の変化について説明をしなければならなくなる。他に気がかりなことがある、などと告げれば、翔子はどんな反応を示すだろう。それを考えると、気の毒には思ってもただ放っておくしかなかった。

しかし翔子とて、ただ落ち込んでいるつもりはないようだった。何度となく早乙女に、きちんと話し合うことを求めてくる。その表情は、最初のうちこそ意識的に笑顔を絶やさぬように心がけているらしき努力が窺えたが、やがて形相が変わり、目に強い決意が浮かび始めた。苛立ちを必死に抑えている気配が言葉にせずとも伝わってくる。当たり前といえば当たり前のことなのだが、早乙女にとってはいささか煩わしかった。

そして翔子は、ついに痺れを切らした。大学構内ではまともに話ができないと悟ったか、直接コンビニまでやってきたのだ。教会を訪れる際は必ず事前に了解を得る配慮を見せていた翔子だけに、その行動には驚かされた。まさかそこまでのことはするまいと、早乙女の方も高を括っていた。

さすがに早乙女も、己の仕打ちを反省した。日に日に自分の中で育っていく新しい命のことを思えば、一日でも早く結論を出したいと翔子が望むのは当然だ。それをわかってやらず、事態の解決を後回しにしたことには言い訳の言葉もない。先に教会に行っていてくれと翔子に頼み、自分は早退して帰宅した。

父は外出しているようだった。それでも教会の礼拝堂は、常に外来の客に向けて開放されている。翔子はうなだれた後ろ姿を、礼拝堂の入り口に向けていた。早乙女が中に入っていくと、暗い表情で振り向いた。

「ごめん。遅くなっちゃった」

「いいのよ」

翔子は笑顔も見せず、首を振る。翔子にこんな表情をさせているのは自分だと認識すると、痛切な悔悟の念が込み上げてきた。すぐにも抱き締めて、詫びの言葉を告げてやりたくなる。しかし翔子の厳しく引き締められた面が、そんな甘い行動を敢然と拒絶していた。

「ここじゃ話もしにくい。ぼくの部屋に行こう」

早乙女は有無を言わさず、翔子を自室へと招いた。翔子は無表情なまま、ついてくる。何か言うべきだろうと感じたものの、早乙女は他にかける言葉を見つけられなかった。翔子はこれまでと同じように、ベッドに腰を下ろした。早乙女は椅子に坐り、翔子と向き合う。翔子は目を伏せ、決して早乙女の顔を見ようとしなかった。

「どうして、ずっとあたしのことを避けてたの？」

翔子は呟くように切り出した。いきなり早乙女は返答に詰まる。

「避けていたわけじゃないんだ。ちょっと大事なことがあって、そちらで頭がいっぱいで……」

「あたしが妊娠したことより、もっと大事なことがあるの！」

翔子は一転して激し、声を荒らげた。視線を合わせなかったのが嘘のように、早乙女を正面から睨んでいる。皮が一枚ずるりと剝け、見たこともない顔が現れたように感じた。

「信じられない。そんなことを言われるとは思わなかったわ。あたしが妊娠して困っているなら、そう言ってくれればよかったのに。あたし、すぐに消えてあげるから」

「そんなつもりはないんだ。君のことを嫌いになったわけじゃない。本当にただ、今はぼくたちのことをどうすればいいのか考える余裕がなかったんだよ」

「それが信じられないって言ってるのよ。どうして？　付き合っている相手が妊娠したのに、それよりも気になることがあるって言うの？　そんな話、信じられない。忘れようったって忘れられることじゃないでしょ」

「それはそうなんだけど……」

翔子にうまく説明することは難しそうだった。客観的に見れば、君塚のことはあくまで他人事である。自分が恋人を妊娠させたことよりそちらの方が気がかりだったと言っても、誰も額面どおり受け取ってはくれないだろう。それは早乙女自身もよくわかっていた。

「はっきり言って。あたしのことが重荷になったんでしょ。あたし、しつこくする気なんてないから。もう会いたくないって言ってもらえれば、このまま二度と早乙女君に会わないようにする」

「だから違うんだ。そんなつもりはない。君と別れることなんて、ぜんぜん考えてなかったよ。嘘じゃない」

「じゃあ、どうしてあたしのことを避けてたのよ？」

「それはだから、ちょっと他に問題を抱えていて……」

「どんな問題？」

「バイト先のことなんだ。店長さんが姿を消しちゃって」

「それ、早乙女君が心配しなきゃいけないことなの？　あたしのことより大事なの？」

　正面から尋ねられても、答えることはできなかった。即答しない早乙女に、翔子はようやく鋭い視線を向ける。

「ねえ、はっきり言って。あたしに子供を産んで欲しくないんでしょ。この前、お父さんとお母さんが婉曲《えんきょく》に結婚を迫ったりしたんで、気分を害しちゃったんじゃないの。産んで欲しくないなら、そう言って欲しいのよ。あたし、早乙女君の負担になんかなりたくないから」

「だから――」

　違うんだ。そう続けようとして、早乙女は言葉を呑み込んだ。何度繰り返そうと、翔子が納得するような説明はできない。それに、子供を産んで欲しくないのだろうと問われれば、それを否定することもできなかった。早乙女の裡で、徐々に苛立ちが募る。

「ねえ、何か言ってよ。あたし、早乙女君の気持ちもわかるつもりだよ。まだ二十歳で子供なんて持ちたくないよね。子供を産むなって言われても、早乙女君を恨んだりしない。だから、はっきり言って欲しいのよ」

どうしたら翔子を黙らせることができるのだろう。早乙女は急速に気持ちが醒めていくのを自覚しながら、形相の変わった翔子の顔を観察した。ただ黙ってくれればそれでいいのだ。早乙女は決して嘘をついているわけではないが、もうこちらの言い訳を聞き入れて欲しいとも思わない。今はただ、口を噤んで欲しいだけだ。

そして早乙女は、卒然とひとつの手段を思いつく。なるほど、人はこのようなとき、暴力に訴えるのだろうか。眼前のうるさい女の頰をはたけば、この耳障りな騒音は静まるのか。ならば、躊躇する必要はない。

最初は手加減をした。軽く、ほとんど触れる程度に翔子の頰を叩く。だがそれは翔子にとって衝撃だったらしく、信じられないものを見たように目を見開いた。そこにはもはや情愛のかけらも見られず、ただ蔑《さげす》みだけが滲んでいた。

「そう。こういうとき、女を殴る人だったのね、早乙女君は。知らなかった。知らなかったわ」

「君が、こちらの言うことをぜんぜん聞いてくれないからだ」

「聞くわよ！　だからちゃんと説明してと言ってるでしょ！　説明してくれないのはそちらじゃない！」

翔子はもはや、声を抑えようという配慮すらできないようだった。金切り声を張り上げ、力の限り早乙女をなじる。ぼくはこんな醜い女を何度も抱いたのだろうか。早乙女はほとんど呆然として、怒りに歪んだ翔子の顔を眺めた。

もう一度、今度は相手に痛みを与えようと意図して、頬を平手打ちした。ぱしりと小気味よい音がして、翔子は口を噤む。自分の頬に手を当て、痛みを反芻するかのように撫でた。

それでも翔子の目から、気力は失われなかった。さらなる抗議が、今にも口から飛び出してきそうな気配がある。それを恐れて早乙女は、続けざまに翔子を殴った。何度殴っても翔子は、いっかな黙り込む気配がなかった。

いつしか早乙女は、女の顔面を拳で殴りつけていた。鼻血が飛び、早乙女の顔に飛沫がかかる。「やめて、やめて」と哀訴する声が聞こえるような気がしたが、耳を貸す必要はないだろうと判断した。女は立っていられなくなり、膝からくずおれそうになった。その襟首を摑み、鼻柱に拳を叩き込む。

なぜぼくはこんなことをしているのだろう。ふと我に返る瞬間が、早乙女にも訪れた。しかしすぐに、自分の行為が相手に福音を与えているのだと気づく。女は交通事故で体が不自由になり、早乙女には聞こえなかった福音が聞こえるようになったのだ。ならば、こうして暴力を与えることでも、女は神に近づくに違いない。この一打一打が、女に福音をもたらすのだ。

そして早乙女もまた、己の行為によって神に近づいているような気がした。他人に幸せを分け与える者は、己もまた幸せを摑むことができる。こうして女を殴り続けていればきっと、早乙女にも福音が届くことだろう。そうか、神への道はこんなところにあったのか。早乙女は感激に打ち震える。

早乙女が手を放すと、女は力なく床に倒れ臥《ふ》した。もはや失神しているのかもしれない。それでも早乙女は、慈愛の心を維持し続けた。蹴り上げた爪先が脇腹に突き刺さったとき、女は海老《えび》のように仰《の》け反った。

17

君塚はそれきり、店に姿を現さなかった。おそらく、もう二度と戻ってくる気はないのだろう。静恵もそれを了解し、保留にしていた辞表を受け取ることにした。操作されていた帳簿の件は、結局警察沙汰にはしないことにしたようだった。

これで、店長職は琢馬が引き継ぐしかなくなった。そうと決まると琢馬は、それまでの落ち込みぶりを表面上は払拭《ふっしょく》して、張り切っている様子を見せた。おそらく責任を感じたのだろう。明らかな空元気で店を守《も》り立てていこうとする琢馬の姿は、早乙女の目には痛々しくすら映った。

しかし、それもたった一日だけのことだった。思いも寄らない事態が出来《しゅったい》し、静恵も琢馬も通常の業務どころではなくなった。本当ならば休みのはずの岩井まで緊急招集され、店の番をすることになった。静恵たち親子は早乙女らアルバイトに店を任せると、奥に籠って善後の対策を相談した。

「何があったんだよ」

理由も告げられずに呼び出され、そのまま店に出てきた岩井は、なにやら不穏な気配を察して不安そうだった。早乙女は未だ信じられない思いを抱えつつ、説明する。

「ここの店の売り上げを信用金庫に預けているのは知っているだろ」

二十四時間営業ではないとはいえ、午後十一時まで店を開けているため、安全を考えて売り上げは夜間貸金庫に預けている。岩井もそれは承知しているので、不審そうに「ああ」と頷いた。

「それが、どうしたんだ」

「信用金庫の口座のキャッシュカードは、奥さんだけが持っていた。でもそのカードが、別の物にすり替えられていたんだ」

「別の物に？」岩井は驚いて、目を瞠る。「どういうことだよ」

「口座の金は月に一度しか出し入れしないから、奥さんもカードがすり替わっていることに気づかなかったらしいんだ。カードは、もう期限が切れたクレジットカードだった。名義人の名前は、知らない人だった。たぶん、捨てられていたのを拾ったんだろう」

「口座の方は大丈夫なのか」

「もちろん、大丈夫のわけがない。ごっそり引き出されていたようだ」

「誰がそんなことを？」

問い返す岩井だが、訊かずともそれはわかっているはずだった。静恵が保管しているキャッシュカードに近づけるのは、店の従業員だけだ。そして、売り上げをごまかして消えた者がひとりいる。小学生の足し算よりも、答えは簡単に出るはずだった。

無言のままでいる早乙女に、岩井は舌打ちで答えた。今聞いた話を、嘘だと否定したい気持ちが態度に出ている。しかし岩井ひとりが信じないと激昂したところで、事態はもはや動かしようもない。それがわかるだけに、岩井はただ黙り込むしかなく、苛立ちのあまり舌打ちをしたのだろう。岩井の心の動きは、手に取るように理解できた。

「金額は？」

一番大事な点に気づき、岩井は尋ねてくる。早乙女は首を傾げて、「さあ」と応じた。

「聞いてない。でも、奥さんの血相からして、少なくない金額なんだろうな」

「どうしてそんなことをしたんだろう。そんなにこの店に恨みがあったのかな」

「君塚さんが考えていたことは、ぼくらには理解できないよ。ただ事実として、君塚さんは行方不明になり、多額の売り上げが消えた。そういうことだ」

「帳簿のごまかしとは違って、今度は警察沙汰にしないわけにはいかないだろうな。ちっ、いやなことになっちまった」

まったく同感だった。これまで二年間、君塚とは円満な関係を築いてきただけに、衝撃も大きい。身近な人が犯罪者になることが、これほど信じがたいとは思わなかった。

こんな事件は、新聞の中でだけ起こっていることだと考えていた。

静恵と琢馬は、岩井が店に出て以降一度も顔を見せなかった。おそらく、正確な損失額を計算しているのだろう。そして夕方のピーク時を過ぎた後に、制服警官と私服の男が連れ立ってやってきた。私服の男は、説明されずとも刑事だとひと目でわかった。警官たちは早乙女に案内を乞うと、店の奥へ入っていった。

警官たちは、一時間ほどで帰っていった。静恵は歓迎しかねる客を見送ると、早乙女たちに眉を顰《ひそ》めて見せる。その顔には怒りより、呆れ果てたような感情が浮かんでいた。おそらく、恩を仇で返した君塚に腹を立てるより、自分に人を見る目がなかったことを悔いているのだろう。

対照的に琢馬は、おとといに倍する落ち込みようだった。大の大人がとる態度とも思えぬほど、落胆を体全体に表している。よく見ると、目に涙すら浮かべていた。いささか滑稽ではあるが、しかし同情を覚えずにはいられなかった。

「店を閉めたら、ちゃんと説明するから。遅くなっちゃうけど、いいかしら」

静恵は早乙女たちに向けて、そう言った。早乙女は岩井と顔を見合わせ、ただ頷く。静恵は「ごめんね」とだけつけ加えて、ふたたび店の奥に消えた。琢馬はもの言いたげな視線を向けてきたが、しかし何も言わずにその後に続く。

その日に限って、客足はいつもより多かった。何があったというわけでもないはずなのに、ひっきりなしに客はやってきた。早乙女と岩井のふたりともレジの前に立ちっぱなしでいなければならないほどで、気づいてみればもう閉店の時刻といった忙しさだった。そのために早乙女たちは、この件について話し合う暇もなかった。

店のシャッターを閉め、裏口から静恵たちの居住空間に入った。静恵と琢馬は、難しい表情で額を突き合わせている。静恵は早乙女たちを見ると、「こっちに来て」と自分の前に差し招いた。

早乙女と岩井は、自分たちが叱られるわけでもないのに、正座をして静恵たちに向かい合った。琢馬は下を向いたまま、顔を上げようとしない。静恵はいっそさばさばしたような口振りで、説明を切り出した。

「岩井君も、早乙女君から概略を聞いたでしょう。そういうわけで、思いっ切り去り際に砂を蹴り上げられちゃったのよ」

「君塚さんが持ち逃げしたことは間違いないんですか？」

岩井が確認を求める。その質問に静恵は、肩を竦めて答えた。

「他に誰がいるの？　あたしたちではない、あなたたちでもない。他にはいないでしょ」

「でも、証拠が……」

「だから警察を呼んだのよ」静恵はきっぱりと言い切った。「あたしだって、こんなことは信じたくないわよ。君塚さんとはずっと一緒にやってきたし、信頼もしてた。だから帳簿づけも全面的に任せていたんだし、それで間違いなんてまったくなかった。今度のことは、本当に寝耳に水としか言いようがないのよ。それでも、事実は事実ね。人間は豹変するってこと」

「被害額は、いくらくらいなんですか」

「今月の売り上げ、ほぼ全額」

　静恵はあっさり言うが、この店にとっては大打撃のはずだ。フランチャイズ制のコンビニエンスストアでは、月の売り上げのすべてが自分たちの収入になるわけではない。ひと月の売り上げがごっそり消えてなくなれば、本部に払わなければならないフランチャイズ料にも困ることになるはずだった。保険でどうにかなることであればいいのだが。早乙女はただ、店の行く末を案じる。

「こうなると、大目に見てやるわけにもいかないでしょ。帳簿の操作くらいなら、ちょっとした小遣い銭程度だから、目を瞑《つぶ》ることもできた。でもこんな金額では、もう黙っているわけにはいかない。まあ、行方を晦《くら》ましているらしいけど、警察なら簡単に見つけてくれるでしょう。持っていかれたお金がどれくらい戻ってくるか、疑問だけど。勉強料だと思って、多少は諦めるわ」

　鷹揚なことを言う静恵だが、ショックを受けていないはずがなかった。ここにいる者の中では、静恵こそ一番君塚と付き合いが長かったのだ。裏切られた衝撃は、早乙女たちの比ではないはずである。それでも気丈に振る舞う静恵に、早乙女は感嘆する。

　それに対して琢馬は、いつの間にか洟《はな》を啜《すす》り始めていた。母親の恬然《てんぜん》とした物言いを聞くうちに、やりきれなくなったのだろう。琢馬の責任とは言えないが、この店の調和を乱したのは間違いなく彼なのだ。落ち込むなと言う方が無理かもしれない。

「……おれのせいなんだよ。おれのせいで、母さんにもこの店にも迷惑をかけてしまった。いつもそうなんだ。おれは一所懸命やっているのに、何もかもちぐはぐでおかしくなっちゃう。おれは疫病神なんだ」

ついに琢馬は、そんなことを言い始めた。静恵は弱気な息子を窘める。

「何を言ってるのよ。悪いのはあなたじゃなくて、お金を横領するような人でしょ。気が合わないのはお互い様。それを理由に店の金を持ち逃げするような人間は、もう犯罪者なんだから。あなたが責任を感じるようなことじゃないわ」

母さんは知らないんだよ。

「どういうこと？」

「おれが出ていってから、この家だってこんなに小綺麗に建て直せたじゃないか。おれがいたら、たぶん無理だったはずだ」

「わけのわからないことを言わないで。それのどこが疫病神なのよ。店を建て直せたのは、たまたま時流に乗っただけ。あなたがいなかったことは関係ないわ」

「それだけじゃないんだ。この家を出てから、これまでにも同じようなことが何度もあった。おれが勤めた会社は、いくつも倒産したんだよ。おれが行く先々はいつも、経営が立ちゆかなくなるんだ。この店だってそうだ。おれが来たから、こんなことになっちゃったんだ」

「偶然よ、そんなの。あなたは高校を中退して学歴がなかったから、潰れそうなところにしか就職できなかったってこと。疫病神だなんて、馬鹿なこと言わないで」

「それだけじゃない。女房と娘が交通事故で死んだのだって、おれのせいなんだ」

「そんなこと、言うものじゃないわ。何を言い出すの」

「おれのせいなんだ」頑なに琢馬は繰り返す。「あの日は本当は、三人で出かけるはずだった。それなのにおれは、前の日の仕事の疲れが残ってて、家で寝ていたかった。だから女房は、娘とふたりで自転車で買い物に行ったんだ。その途中で、車に轢《ひ》かれて死んだ。おれも一緒に行けば、自転車は一台しかなかったから歩くことになる。徒歩だったら、事故に遭わずに済んだんだ。だから、女房と娘が死んだのもおれのせいなんだよ」

　この告白は、静恵も初耳だったらしい。言葉を失い、ただ呆然とする。それは早乙女たちも同様だった。

「おれなんか、死ねばいいんだ」さらに琢馬は続けた。「おれがいたら、みんなが不幸になる。そういう人間なんだよ、おれは。疫病神なんだ。死んだ方がましなんだ」

「い、いい加減にしなさいよ。人間には、他人を不幸にするような特別な力なんてないの。あなたはただ運がなかっただけ。なんでも自分のせいみたいに思うのはやめなさい」

「母さんはわからないんだ……」

　琢馬は母親の反論に、ただそう答えるだけだった。また深くうなだれ、ただ「死にたい、死にたい」と繰り返す。そんな姿は、正視するのが辛くなるほど憐れだった。

琢馬を救ってやりたい。早乙女は心底そう望んだ。妻子の死がそのような状況であったなら、確かに琢馬としては耐えがたいだろう。どんな慰めの言葉も、空疎にしか響かないはずだ。こんなとき父ならば、どのようにこの憐れな男を救おうとするだろうか。

考えてみても、すぐに答えは見いだせなかった。この世には不幸が満ちている。早乙女にとって神は、依然遠い存在でしかない。

18

早乙女はひと晩、文字どおり寝食も忘れて己の思考に没頭した。早乙女の脳裏には、アルバイトを始めてから今に至るまでの、店での様々な思い出が浮かんでは消える。記憶の中の君塚は、やはり店の金を持ち逃げするような人物ではなく、早乙女にとって数少ない心を開ける年長者だった。君塚が犯罪に走ったことは、未だ信じがたい。

そして琢馬も、短い間の付き合いながら好感の持てる相手だった。不器用だが生真面目な琢馬は、決して不快な存在ではない。むしろ君塚と同様、長く付き合っていきたいと思わせてくれる人である。そんなふたりの接触がこのような事態を引き起こしたとは、早乙女にとって何よりも耐えがたい。

琢馬の苦悩は、早乙女の苦痛でもあった。琢馬の苦しみを軽減することは、早乙女の気持ちを楽にすることでもある。とても他人事ではなく、だから早乙女は一心に琢馬の救済方法を考えた。これほどひとつのことに思いを集中した経験は、かつて一度もなかった。

そして暁闇《ぎょうあん》を打ち破る光がカーテンの隙間から射し込む時分に、早乙女はひとつの解答を得た。その瞬間早乙女は、神の朧《おぼろ》な姿を目視したように思った。

その日は大学の講義があった。早乙女は身支度を整え、いつものようにバスに揺られてキャンパスに向かった。一睡もしていない状態では睡魔との闘いが大変ではないかと予想していたが、案に相違して目は冴えていた。琢馬を救う手段を発見したことが、早乙女を軽い興奮へと追いやっていたのかもしれない。

今日は週に一度の、コンビニでの仕事が休みの日だった。売り上げを持ち逃げされるという大事件の後でも、店を開けないわけにはいかない。おそらく今頃は、琢馬と岩井のふたりで店を切り盛りしているはずだ。琢馬は未だ、耐えがたい苦痛を胸に抱えているのだろうか。一刻も早くそこから救い出してやりたいと、早乙女は切望する。

しかし、それにはもうしばらく待たなければならなかった。岩井が店にいるうちは、早乙女の思いつきを実行に移すことはできない。確か岩井は、九時で店を上がるはずだった。田舎町のコンビニなので、九時を過ぎると客足もぐっと減る。以後閉店までの二時間は、店に立つのは琢馬ひとりになる予定だった。

早乙女はいつもどおり、静かな夕餉《ゆうげ》を父とともに摂った。父の平素と変わらぬ表情を眺めているうちに、自分の得た解答が唯一無二のものであるという確信が湧いてくる。

おそらく父に話したなら、早乙女の考えを肯定してくれるだろう。だが実際には、早乙女は何も打ち明けるつもりはなかった。いずれ牧師になる早乙女は、自ら判断し、道を選ばなければならない。

父は食後、自室に引き籠った。後は入浴か用便のとき以外、部屋から出てくることもない。早乙女も自分の部屋に戻り、時が経つのを待った。時の流れは弛緩《しかん》し、いっかな時計の分針は進もうとしなかった。そんな奇妙な時間の流れの中で、早乙女はただその瞬間を待ち侘びる。

そして、時刻は午後十時四十五分になった。早乙女は身支度を整え、一度台所に立ち寄ってから、コンビニエンスストアに向かった。町外れに位置する教会から歩けば、十分強でコンビニに到着する。人通りはほとんど絶え、往来を行く人影も見られないはずだった。

早乙女は特に急ぐこともなく、坦々《たんたん》と歩を進めた。やがて、前方にひときわ明るい照明の光が見えてくる。この時刻に照明を点けている店は、コンビニ以外にない。だがそのコンビニも、もうじき消灯して店を閉める。

腕時計に目を落とすと、ちょうど針は十一時を指し示していた。一拍遅れて、コンビニの照明が次々に消える。早乙女は店から五十メートルほどの地点で立ち止まり、琢馬が外に出てくるのを待った。

すぐに、見慣れた小太りの体軀《たいく》が姿を見せた。電動シャッターのスイッチを押して、それが閉まるのを待っている。早乙女は足を踏み出し、そちらに向かった。

背後から名を呼ぶと、琢馬は驚いて振り向いた。早乙女を認め、「どうしたの?」と不思議そうに問うてくる。早乙女は琢馬の前まで真っ直ぐに歩き、そして言った。

「琢馬さん、苦しいですか。ぼくはあなたを苦しみから救い出すことができます」

「何?　なんだって?」

唐突な早乙女の弁に、琢馬は面食らったようだった。ぽかんとした顔で、早乙女をまじまじと認める。その無防備な腹に、早乙女は教会から持ち出した包丁を突き立てた。刃先の尖った包丁は、想像よりも遥かに手応えもなく、するすると琢馬の腹に呑み込まれていった。

「な、なんだよ。何をするんだよ」

琢馬は自分の身に生じたことが理解できないようだった。目を大きく見開き、自分の腹に突き立った包丁の柄を凝視する。腹部からはじわりと血が滲み出し、滴となって地面に落ちた。

「琢馬さん。神は不幸な者を愛するのです。琢馬さんは神に愛される資格を持っている。あなたはこれで、神の御許に行ける」

早乙女は限りない慈愛を込めて、琢馬の耳に囁いた。だが残念ながら、琢馬がその言葉を理解したとは思えなかった。ただ包丁の柄と早乙女の顔に交互に視線を走らせ、言葉にならない音を口から発し続ける。早乙女は返り血を浴びないように気をつけながら包丁を抜き取り、今度は琢馬の喉に突き立てた。琢馬はうがいをするような音を立てて、膝から地面に倒れた。

琢馬の魂が神の許へ還っていく。これでようやく琢馬は、長い苦しみから解放されるだろう。

そして早乙女は、琢馬の魂に福音が届くことを、早乙女は強く望んだ。

早乙女は、星が瞬く天を見上げた。ああ、福音が聞こえる。神はようやく、自分というちっぽけな存在に気づいてくれたようだ。ならば祈ろう。心からの祈りを神に捧げよう。神はすぐそこにいるのだから。

早乙女は微笑み、主への感謝を口にした。

第三部　超越者

1

若いふたりの背中が遠ざかっていく。早乙女輝《ひかる》は祭壇の前に立ったまま、人生の新たな一歩へと踏み出していく若い夫婦を見送った。新婦を幼い頃から知っているだけに、早乙女も感慨がひとしおだった。これまで何組も若い夫婦の門出を祝福してきたが、今日は特に思い入れが強い。

新婦は両親がクリスチャンということもあり、物心つく頃にはすでに教会に出入りしていた。早乙女は成長の過程を逐一見届けてきたことになる。遠方の大学に入学しても家を出ていくことなくこの町にとどまり、日曜の礼拝も休まず通い続けていた。そんな熱心な信者が結婚式を挙げるなら、この教会以外に式場は考えられなかった。

もちろんこんな田舎町のこととて、披露宴を執り行う施設もない。わざわざマイクロバスをチャーターし、隣町まで親族を運ぶそうだ。そうまでしてこの教会での挙式にこだわってくれたことを、早乙女は嬉しく思う。若い夫婦に神の祝福があることを、心から願う。

新婦の体にはすでに、新たな命が宿っているという。本人から直接聞いたわけではないが、たまたま親族たちの立ち話を耳にし、知った。どうやら予定どおりの結婚ではなく、妊娠したために急遽《きゅうきょ》入籍することにしたらしい。なるほどそう聞けば、二十歳という若い年齢で結婚する意味も頷ける。人によってはそんなふたりをふしだらとして眉を顰《ひそ》めるかもしれないが、早乙女にはむしろ好もしく感じられた。すでに宿った命を空しくするような真似を、神は喜ばないだろう。ハプニングに潔《いさぎよ》く対処し、生まれてくる命を育てる選択をしたふたりに、早乙女は温かい思いを抱く。やがてやってくる新たな生命に、幸多からんことを祈る。

若い夫婦は、親族たちの拍手に包まれて教会の出口へと向かった。早乙女は手を上げ、親族たちにも後に続くよう促す。そして自分も、最後尾について外に出た。

出口で列席者ひとりひとりに挨拶をしていた新郎新婦を、親族たちは二列になって待った。業者の女性が配った花びらを、出てきたふたりの頭上に降らせる。若い夫婦の顔には、三人分の幸せが浮かんでいるように早乙女の目には映じた。新婦の眸《ひとみ》には、初々しい涙が浮かんでいる。

拍手が鳴りやんだところで、教会を背にしてひとしきり写真撮影が行われた。牧師である早乙女も、親族にまじって写真に写る。最後にもう一度新郎新婦に祝福の言葉を述べたことで、簡素な結婚式はすべて終わった。新郎新婦を先頭に一同はマイクロバスに乗り、去っていく。後に残った花びらを、業者が掃き集め始めた。

業者にひと言ねぎらいの言葉をかけ、早乙女は教会に戻った。礼拝堂を抜け、居住スペースに向かう。事務室のドアを開けると、俯いていた郁代《いくよ》が顔を上げた。頬を涙が伝っている。その表情を見て、早乙女はすべてが終わったことを知った。

「やっぱり、駄目でした」

洟《はな》を啜《すす》り上げ、郁代は涙声でそう言った。郁代の前には、血塗《ちまみ》れになったバスタオルが広げられている。その中央には、すでに動かなくなった仔犬が横たわっていた。目を瞑《つぶ》った仔犬の顔に変化は見られないが、だからといって仔犬が自分の死に怯えなかったとは言い切れない。人間以外の生物が死に恐怖を覚えるのか、早乙女は未だにわからずにいる。

「最後に、切なそうにくぅんと鳴きました。それで、血の固まりを吐き出して、息が止まりました。牧師様、このワンちゃんは苦しんで死んだのでしょうね。どうして自分がこんな目に遭わなきゃいけないのかと、人間を恨みながら死んだのでしょうね」

郁代は理不尽さに耐えきれないように、早乙女に訴えた。早乙女は答える言葉を持たない。犬の気持ちは、早乙女には理解できない。

「苦しかったでしょうね。こんなに体が小さいんだもん、車に轢《ひ》かれたりしたら全身の骨がバラバラになっちゃうわよね。まだ生まれて一年も経たないのに、どうしてこんな死に方をしなきゃいけないんでしょう。神様はなぜ、こんな小さな命まで召し上げるのでしょうか」

郁代は感情が高ぶるあまり、自分を抑えられずにいるようだった。とどめようもなく、仔犬の死に憤《いきどお》る言葉が口から溢れてくる。

この問いかけには、早乙女は冷静に応対することができた。生物の死には、人一倍考察を深めてきたという自負がある。神の真意には未だ理解が及ばないが、人間としてなすべきことは承知していた。

神は仔犬の死を欲したわけではない。仔犬の死は、自ら定めたものなのだ。仔犬はこの世に生まれいづる前に、己の運命について神と約定を交わした。その約定に従い、仔犬は定められた生を終えたのだ。だから仔犬の死を悲しむ必要はない。すべてはあらかじめ決まっていたことなのだから。

「そうなのですか？　ならばなぜ、この仔犬はわざわざ生まれてきたのでしょう。一年にも満たない生に、いったいどんな意味があったのでしょうか」

それはわからない。早乙女はただ首を振るだけだった。早乙女とこの仔犬は、ほんの数分前にまみえた関係でしかない。仔犬が生まれてから今に至るまでのプロセスを知らない早乙女には、郁代の問いに答えることなどできない。

仔犬は郁代が飼っていたわけではない。郁代がこの教会に来る途中の道に、血塗れになって横たわっていたそうだ。おそらく道に飛び出し、通り過ぎる車に轢かれたのだろう。憐れんだ郁代が教会に運び込んだときには、すでに寿命は尽きようとしていた。だから早乙女は、仔犬の死そのものには驚きを覚えない。

「あたし、そんなの納得できません。せっかく生まれてきたのに子孫も残すことなく、ただ無意味に死んでいくことを自分で望むなんて。きっと神様は、このワンちゃんがこんなに愛らしいから、自分の手許《てもと》に置いておきたくなったんです。神様に愛されたから、ワンちゃんはこんなに早く死んでしまったんです。牧師様の教えには背くことになりますけど、あたし、そう信じます」

そう解釈して、自らの裡《うち》で仔犬の死を落ち着かせることができるなら、こちらの言葉に耳を傾ける必要はない。早乙女は淡々と、郁代に告げた。早乙女は己の言葉に、他人の考えを変えさせるだけの力があるとは思わない。自分が語る言葉はすべて、他者からの受け売りである。この程度の人間が牧師として敬意を表されていることに、早乙女は長い間違和感を覚えている。

神の目は世界の隅々にまで行き届いている。だが神は、ひとつひとつの命の行く末になんら興味を持っていない。それが、長い間かかって早乙女が到達した認識だった。神が小動物の生死に一喜一憂するわけがない。なぜなら神は、すべてに超越した存在だからだ。

しかし早乙女は、そんな考えを郁代に語ることはなかった。神の無関心を諭したところで、郁代の悲しみは癒《い》えまい。ならば、己にとって最も好ましい解釈に縋《すが》るのが救いではないか。真理は神の許にあるのではなく、ひとりひとりの胸の裡にこそ存在する。

そう考えたとたん、まるで郁代の悲しみに感染したように、不意に早乙女の胸にも仔犬の死を悼む思いが押し寄せてきた。ほとんどぼろ切れのようになった小さな命が、痛切なまでの欠落感を早乙女に植えつける。この仔犬が死んだところで、世界はなんら変わらない。その無意味さを、早乙女は憐れに感じた。

生物の死は神との契約であると説いた人物を、早乙女は思い出す。彼は自らの言葉を証明するように、直後に命を落とした。彼は己の信じる人生の結末に、きっと満足したことだろう。だが仔犬は、自分の死に満足しただろうか。これを運命と、従容《しょうよう》と死に就くことができただろうか。

できたわけがない。たかが仔犬一匹に、そのような死生観が備わっていたはずもない。ならばやはり、仔犬にとって死は唐突で理不尽だったはずだ。その理不尽さに郁代は、素朴に憤っている。郁代の素朴さは、早乙女の胸を打つ。

これが他者を喪う痛みか。早乙女は新鮮な思いで郁代を見下ろした。体の痛みを知らない早乙女は、心もまた痛みを覚えない。実の父母が死んだ際ですら涙を流さなかった早乙女の心は、体と同様無痛症であるとしか思えない。かつてはそんな己の心には欠陥があるのではないかと悩んだ時期もあったが、今ではそんな揺らぎも収まった。自分は牧師として、大きなアドバンテージを持って生まれたのだと悟っている。

しかし今、早乙女は仔犬の死を憐れに感じた。神の冷徹さの前に平等であるはずの生き物の死に、初めて悲しみを覚えた。この感情を、早乙女は大事に思うべきなのだろうかない。それとも牧師としてあるためには不必要な夾雑物《きょうざつぶつ》なのか。今はどちらとも判断がつか。

早乙女は最前送り出した若い夫婦を思う。夫婦の間には、新たな命が芽生えている。去りゆく命があれば、やってくる命がある。こうして世界は経巡《へめぐ》っていき、ひとつひとつの生の意味は限りなく卑小になっていく。仔犬一匹の死に悲しむ必要は、どこにもありはしない。

それなのに郁代は、まるで己の半身を喪ったように嘆き悲しんでいる。なんの関わりもなかった仔犬の死に憤り、この世の理不尽を精一杯神に問おうとしている。その無知が、不遜《ふそん》さが、早乙女には羨ましかった。

早乙女は目を閉じ、神に召される小さな命のために祈りを捧げた。

2

仔犬の死体は、教会の裏の森に埋めることにした。いくら憐れに感じようと、ペットでもなかった犬一匹のために葬儀を行うわけにはいかない。穴を掘って葬ってやろうと早乙女が促すと、郁代はハンカチで目許を押さえたまま頷いた。早乙女は努めて丁寧に、バスタオルで仔犬をくるんでやる。

物置からシャベルを取り出して、裏の森へと足を向けた。開発という言葉とは無縁のこの町では、風景は何十年も変わっていない。この森も例外ではなく、早乙女が幼少の頃から何ひとつ変化がなかった。かつて何匹も蛙や虫を殺したこの森に、今また仔犬を埋めようとしている。

森に入ってしばらくしたところで立ち止まり、早乙女は一本の木の根元を足で探った。冬に抗するために身を縮こまらせているかのような森は、地面も固く引き締まっている。これを掘るのはいささか骨が折れそうだと、足先の感触から判断した。

息子の創《そう》がいれば手伝わせるところだが、今はあいにく大学に行っている。郁代の助力も大して当てにはならないだろうから、しばらくは固い地面と格闘しなければならないようだ。早乙女は覚悟を決めて、服の袖を捲《まく》った。

木の根が入り組んでいない場所に見当をつけてから、スコップの先を打ち込んだ。力いっぱい突き刺したつもりだが、スコップの先はほとんど土に食い込んでいない。まるで鉄板にスコップを突き立てたような手応えだった。早乙女は郁代に悟られない程度に小さくため息をつき、スコップに足を載せて体重をかけた。

全体重を委《まか》せるようにしてスコップを地面に埋め込み、梃子《てこ》の要領でなんとか少量の土を掘り起こした。石が多いわけでもないのに、地面には悲しいほど小さな穴しか開かない。それでも諦めるわけにはいかないので、休まずに同じことを繰り返した。郁代は依然、顔を曇らせたままバスタオルにくるまれた仔犬を抱き、早乙女を見守っている。

「大丈夫でしょうか、牧師様。何かお手伝いできないでしょうか」

ただ見ていることに引け目を感じたのか、郁代がそんなふうに声をかけてくる。だが大の男の早乙女ですら苦労するこの地面に対し、郁代に何ほどのことができよう。大丈夫とだけ応じて、早乙女は黙々と作業を続けた。

結局小一時間ほどかかって、ようやく仔犬一匹を収められる穴が掘れた。仔犬をバスタオルごとそこに横たえ、上から土を被せる。あまり深く掘れなかったので、子供や他の犬に掘り返されないよう、しっかりと埋める必要があった。土を盛るときは、郁代も素手で作業を手伝った。

すべてを終えたときには、初冬の気候にもかかわらず全身に汗をかいていた。息を切らしている早乙女に、郁代は丁寧に頭を下げる。

「本当にどうもありがとうございました。あたしが仔犬を拾ってきたばかりに、牧師様にこんなお手間をとらせてしまいまして」

早乙女はその言葉に、ゆっくりと首を振る。確かに少々疲れはしたが、しかし厭《いと》わしい疲労ではない。牧師として当然の務めと思うし、死にゆく仔犬を拾ってきた郁代の優しさにも胸を打たれる。しんとした悲しみは残り続けているものの、小さな達成感が早乙女を満たしていた。

「教会に戻りましょう。お茶を淹《い》れます」

郁代は早乙女の手からスコップを奪うように取ると、先に立って教会に戻った。郁代は教会に通うようになって、もう二年になる。妻が死んでからは多くの信者に生活を支えてもらってきたが、わけても郁代には世話になっていた。教会の台所には、早乙女よりも郁代の方がずっと詳しいに違いない。

郁代は迷う気振りもなく茶筒を探し出し、魔法瓶から急須に湯を注いだ。そしてそれを、ダイニングテーブルに着いている早乙女の前まで運んでくる。互いの前に置かれた湯飲み茶碗を挟んで、向かい合った。

郁代の表情は暗い。それは仔犬の死を目の当たりにした今に限ったことではなく、平素から笑うことに罪悪感を覚えているように、明るい表情を見せなかった。郁代の過去を思えば、それも無理からぬことである。それでもこの二年間で、ずいぶんと雰囲気が穏和になったと早乙女は感じている。それが教会に通っているためだとしたら、なんとも嬉しいことだ。

外聞を憚《はばか》るような理由で婚家を追い出され帰ってきた女に、この田舎町の人々は冷たい。郁代の両親ですらひたすら恥じ入り、娘を連日なじったと聞く。ただでさえ心に傷を負って帰ってきた郁代に、この町の冷たさはいっそう応えたことだろう。ここに生まれ育った早乙女は、そんな田舎町の狭量さに深く恥じ入った。だからこそ、せめてこの教会にいるときくらいは安らぎを覚えてもらいたいと、郁代を遇してきた。郁代は今でも、この教会の中でしか呼吸ができないと感じているはずだった。

まだ三十一歳でしかない郁代は、世間の基準に照らせば充分に若いはずである。だがその面差しにはいささか疲労の色が濃く、女性を最も魅力的に彩るはずの明るさが決定的に欠けていた。早乙女は記憶にないが、十代の頃の郁代は町でも評判の美少女だったそうだ。その面影を残して郁代の顔立ちは驚くほど整っているものの、それでもかつての輝きは残滓《ざんし》すらとどめていない。今はもう、郁代に言い寄る男もいない。

「あの仔犬、あたしみたいですよね」

しばらく無言で湯飲みを口許に運んでから、おもむろに郁代はそう切り出した。早乙女は不用意な相槌は打たず、無言で郁代の言葉の続きを待つ。そんな早乙女の呼吸を承知しているように、郁代は問われずとも自分の発言の意味を説明した。

「あたしが拾ってあげなければ、あの仔犬はずっと道ばたに倒れてて、そのまま冷たくなっていたはずなんです。誰も助けの手を差し伸べようとはせず、ひとりで死んでいったんです。牧師さんが埋めてあげなければ、きっと保健所の人が取りに来て、ゴミとして処理してたでしょう。だからあの仔犬は、あたしなんです」

郁代の心の傷は深い。たかだか二年で癒《いや》されるほど、そんな生やさしい傷ではなかった。我が子を奪われる母の思いとは、いったいいかばかりなのだろう。痛みを感じることのできない早乙女には、想像も及ばない。

だが郁代が負った傷の深さだけは、こうした言葉の端々から感じ取ることができる。早乙女にできることは、ときに彼女の言を優しく受け止めることであり、ときに厳しい言葉で励ますことだけだった。今は、あえて厳しさを選択する。

あなたは犬などではない。あなたが亡くなればご両親はもちろんのこと、大勢の人が悲しむ。人間はひとりで生きられる生物ではない。どんなに関わりが薄いと感じていようと、人ひとりの死は周囲に波紋を呼び起こさずにはいられないのだ。だから人間は、犬とは違う。

「そうでしょうか。本当にあたしが死んでも、悲しむ人なんているのでしょうか。だったらなぜ、あたしが帰ってきたとき母は温かく迎えてくれなかったんでしょう。恥曝《さら》しなどという言葉を、どんな気持ちであたしに向けてきたのでしょう。あたしは母の心根を思うと、寒々しい気持ちになります。どうしようもない孤独に、身が竦《すく》みます」

正直に言えば、郁代の母がとった態度には、早乙女も憤りを覚える。人間として許しがたい罪を、母親は犯したと思う。だが残念なことに、郁代の母は信者ではなかった。いくら早乙女が町で一目置かれる存在とはいえ、信者でもない人を窘《たしな》めることはできない。他人の家庭のことに口は挟めない。

だから早乙女は、郁代の苦しみを和らげてやることにだけ専念してきた。それがどれほどの効果を生み出しているか疑問だが、恨みを覚えつつも郁代がこの町にとどまり続けているのは、早乙女との対話を彼女が欲しているためではないかと思える。現に今、早乙女が最も多く言葉を交わす相手はこの郁代だった。郁代はもはや、家族よりも近しい関係と言わざるを得ない。

もちろん早乙女がそうまで頻繁に郁代と接するのは、牧師としての責務と受け止めているからだった。しかし口さがない世間は、そう素朴には見てくれない。郁代と早乙女の仲を勘ぐる向きは、どうやら少なくないらしい。

そして残念なことに、そんな見方はあながち見当外れとも言えないのだった。郁代は絶対口に出そうとしないが、ともすればその視線には、牧師ではなく異性に向ける熱い思いが混じる。それは早乙女の自惚れでも勘違いでもなく、厳然とした事実だった。郁代は早乙女に、単なる好意以上の感情を覚えている。町の人は敏感に、そんな郁代の気持ちを見て取っているのだろう。

妻を亡くしている早乙女は、その気持ちに応えるのになんの障害もない。だが早乙女は、牧師と信者としての一線を越えるつもりはない。郁代の存在を煙たく感じることはないが、特別な好意は持ち得ない。痛みを知らない心は、異性を愛することも知らない。郁代を女性として愛することはできない。だが信者の苦しみを救うためには、どんな努力も惜しまない。早乙女のそんな思いが郁代に伝わっているのか、まだ判然としない。

それでも早乙女は、牧師としての責務を果たさずにはいられなかった。

あなたは孤独ではない。なぜなら、あなたが死ねば私が悲しむ。そう言葉を向けると、郁代は胸を衝かれたように驚きを顔に上せ、そしてわずかに涙ぐんで低頭した。

3

服に血がついてしまった。教会からの帰り道に、郁代はようやく気づいた。仔犬を抱いて教会に向かうときについたのだろうが、動転していてまったく気にしなかった。こんな汚れた服のまま早乙女牧師と接していたかと思うと、恥ずかしさのあまり消え入りたくなる。牧師が気に留めていなければいいがと願うが、白いブラウスについた赤い染みは誰の目にも目立って映るだろう。意気阻《そ》喪《そう》し、上着で胸の辺りを隠すようにして家路を急いだ。

早乙女牧師は今日も優しかった。牧師と交わした言葉を思い出すだけで、どうしようもない無気力に覆い尽くされた郁代の心にも、わずかな活力が湧いてくる。親が親であることを放棄した今、郁代にとって本当の意味での親は早乙女牧師だった。牧師は親であり、兄であり、そしてただひとり心を許せる異性だった。早乙女牧師の存在がなければ、郁代は今ここにはいない。

郁代にとって世界は、いつの間にか敵ばかりになっていた。まるで覚めない悪夢のただ中にいるようだと、いつも思う。何がきっかけだったというわけではない。ふと気づいてみれば、何もかもがすべて裏目に出て、郁代を追いつめていった。郁代は精一杯抗ってみたものの、一度勢いのついた流れはどうにもとどめようがなかった。濁流に押し流されるままに、気づいてみればここにいたというのが偽らざる実感だった。

郁代が溺れているとき、手を差し伸べてくれる人は誰もいなかった。夫に見捨てられ、親になじられ、友人は皆離れていった。本当の孤独とはどういうものなのか、郁代はいやでも認識せざるを得なかった。孤独は耐えがたいまでに寒々しかった。一点の明かりも温もりもない、無明の闇。それが真の意味でのまったき孤独なのだと、郁代は感受性が死に絶えようとしている心で感じた。

自殺を選ぶ者はまだ、気力が残っている人だ。心底絶望した者は、能動的に何かをなす力すら持ち合わせていない。郁代が自ら命を絶とうとせず、母や親類縁者になじられるままこの町にとどまり続けたのは、それに対処する気力がなかったからだ。浴びせられる罵声は、脳に届かずただ郁代の上を通り過ぎていった。何も見えない、何も聞こえない、真っ暗な世界でしか郁代は安らげなかった。すべてに見捨てられた郁代には、闇だけが唯一の優しさであった。

精神の死は時間の問題だった。いや、すでに一度郁代の心は死んだのかもしれない。だとしたら、今こうして郁代が生きているのは、大いなる奇跡だ。奇跡は、教会に初めて足を踏み入れたあの日に起きた。

郁代が町を歩いていたのは、特に目的があってのことではなかった。精神が活動を停止した状態では、体が勝手に動くのを止めようがない。ふらふらと当てもなくさまよううちに、町外れの教会に行き着いた。

礼拝堂の扉は、そのとき開いていた。中にはいくつもの古びた木製のベンチと、祭壇が見えた。祭壇の前には、身長の高い痩身の男性が立っていた。それが、早乙女牧師だった。

なぜ立ち止まり、礼拝堂の中をじっと見つめていたのか、自分でも判然としない。だが神の導きが本当にあるのだとしたら、あれこそがそうだったのだと今は信じられる。牧師は佇んでいる郁代に気づくと、中に入るよう促した。郁代は誘われるままに、礼拝堂の中に入ってベンチに腰を下ろした。

そのとき牧師は、特に何かを語りかけてきたわけではなかった。むしろ、郁代を無視しているような態度だった。そこに自分以外の人間がいることなど、まったく念頭にないかの如き素振りで、熱心に聖書を読み続けている。郁代は呆然とした心持ちのまま、その朗読に耳を傾けていた。

そのまま一時間ばかり、ひと言も言葉を交わすことなく時が流れた。やがて郁代は立ち上がり、自宅へと戻った。牧師は迎え入れたときと同様、見送るときにも何も言わなかった。それを奇妙と感じたのは、しばらく後のことだった。

その日から郁代は、教会に通うようになった。当時はキリスト教徒でもない自分がなぜ教会に行こうとするのか、その理由がわからなかったが、今ならば理解できる。あのとき郁代は、牧師から拒絶の意思をまったく感じ取らなかったのだ。周囲がすべて敵になってしまった状態で、牧師の無関心は郁代にとって救いだった。

牧師は郁代が礼拝堂に坐っていても、咎めない代わりに歓迎もしなかった。話しかけてこようとはせず、信者がいるときにはそちらの相手をし、いないときには聖書を読むか祈っていた。その無関心ぶりは徹底していて、郁代は自分の姿が牧師の網膜に映っていないのではないかと疑った。そんな想像はなんとも愉快で、郁代は久しく忘れていた笑みを小さく口許に刻んだ。

郁代が声を発したのは、そんな状態がひと月ばかり続いた頃のことだった。「牧師様」、そう声をかけると、早乙女牧師は初めて郁代の存在に気づいたように、わずかに目に驚きの色を上せた。本当にあたしが見えていなかったのかしらと、郁代は内心で面白がった。牧師は低い声で、なんでしょうと問い返した。

——信者でなくても通っていいのでしょうか。

郁代が最初に向けた言葉は、そんな質問だった。牧師は思いがけないことを訊かれたように、しばしじっと郁代を見つめてから、おもむろに頷いた。

——もちろんです。現にあなたはずっとこの教会にやってきている。一度でも拒否したことがありますか。

その返事を聞き、郁代は愕然として身を強張らせた。単語ひとつひとつはなんの変哲もないのに、とうてい信じがたい言葉を聞いたように、なかなか牧師の返事が脳に染み渡らない。にもかかわらず唐突に大量の涙が溢れ出し、自分でもとどめようがなかった。

意味を理解したのは、その後のことだった。

ああ、あたしは受け入れられている。淡々とした牧師の言葉が、郁代には神の声として耳に届いた。人間の精神は孤独に耐えられるようにはできていない、誰かに受け入れられることが必要なのだ。そんな当たり前のことを、郁代はそのときはっきりと認識した。

その日から郁代は、積極的に牧師の言葉に耳を傾けるようになった。牧師は郁代に向かって話しかけてくることもあるが、たいがいは自分の世界に籠っている。それでも郁代は、牧師の発する声を聞いているだけで満足だった。もちろん、牧師が読み上げる聖書の言葉も、静かに胸に響いた。

正式に洗礼を受けることに、躊躇《ちゅうちょ》はまったく覚えなかった。母は郁代のすることすべてに眉を顰めるようになっていたが、取り立てて反対はしなかった。この町において教会は、信者以外の者からも敬意を持たれている。出戻りの娘がふらふらしているよりも、信心に熱中している方が外聞がいいのだろう。母が咎めないのを幸い、郁代は毎日教会に通い詰めた。

牧師たち親子の生活は、女性信者のボランティアに支えられていることを、郁代はほどなく知った。八年前に妻を亡くした牧師は、以来独身を貫いている。女手がないからといって身辺を汚くしておくような牧師ではないと思うが、しかし信者の家を一軒一軒訪ねて歩く生活をしている身には、日常の家事に割ける時間も少ない。洗濯はともかく炊事と掃除は、ほとんど女性信者に任せきりというのが現状だった。

もちろん郁代は、その役割も買って出た。親許にいて愚痴を四六時中聞かされるより、教会で家事をしている方が遥かに楽しい。できるならひとりですべて引き受けたいほどだったが、他の信者の手前そうもいかないのが残念だった。早乙女牧師はそんな郁代に目立った感謝を示しはしなかったものの、迷惑がる様子もなかった。そのことが、郁代にはこの上もなく嬉しい。

　そんな毎日を続けている限り、この狭量な町での暮らしもさほど苦ではなかった。当初こそ心ない噂に傷つけられもしたが、やがて時が経つにつれそれにも慣れた。人々も郁代を話題にするのに飽きたのか、視線に籠る冷たさこそ変わりないものの、あからさまに当て擦られるようなこともなくなった。少なくとも、教会に通う信者とは普通にコミュニケーションが成り立つようになった。それだけでも郁代には、大変な変化に思える。

　そして気づいてみれば、もう二年もの年月が過ぎ去っていた。生きてはいけないと思い込むほど失意の底にあったあの日々から、二年も経ったことに郁代は驚きを覚える。この二年間は郁代の人生において、特別な時間だった。耐えがたいほどの悲しみと、それを埋め合わせる充実感。郁代はこの二年が幸福だったのか不幸なのか、未だに評価できなかった。ただ確かなのは、今の状態がこの先何年も続いて欲しいと自分が望んでいることだけだった。

　実家に近づくにつれ、郁代の足取りは重くなる。母は未だに飽きもせず、出戻ってきた自分の娘をなじり続けている。父の方はもう少し理性的で、最近では郁代の味方をするようになってくれたが、それでも居心地のいい実家とはとても言えない。母の顔を見ただけで郁代は、気鬱がぶり返してくる。

　郁代がかろうじて実家で見つけられた居場所は、店の中だけだった。定食屋を営んでいる実家は、町には他に飲食店が少ないこともあって、それなりに繁盛している。かつては父母ふたりだけで切り盛りできていたが、年を取るにつれて体が追いつかなくなってきたようだ。その不足分は、郁代が店に立つことで埋め合わせている。忙しく立ち働いている限り、母から罵声を浴びることもない。

店は昼時に開けてから一度休み、そして夕方にまた営業を再開する。その間の休みに、郁代は毎日教会に通うようにしていた。本当は夕方の開店に向けて仕込みをする時間なのだが、母と一緒に厨房に立つ気にはなれない。幸い、仕込みはまだ父母ふたりだけで充分に手が足りているようだ。手伝えと言われないのをいいことに、郁代は連日店を抜け出しているのだった。

しかし夕方の開店時刻までに戻らないと、母はくどくどと小言を繰り返す。だから郁代はぎりぎりまで教会にいて、それから早足で実家に帰る。急がなければならないと焦る気持ちと、母の顔を思い出し憂鬱になる気分を両方抱えるのが、いつもの郁代の心持ちだった。

こぢんまりとした商店街が前方に見えてきた。古ぼけたアーチ型看板のすぐ脇に、郁代の実家である定食屋は暖簾《のれん》を下げている。郁代はガラス戸を引いて、その暖簾をかき分けた。「ただいま」と声をかけると、父だけが「お帰り」と返事をしてくれる。母が応じようとしないのはいつものことだ。

時刻は四時五十分だった。気が早い客は、そろそろ店に入ってくる。郁代は手を洗ってから、エプロンを身に着けた。お冷やの準備などをし、開店に備える。

「いらっしゃいませ」

最初の客は、暖簾を外に出したとたんにやってきた。六十絡みの男性だが、顔に見憶えはない。この小さな町では住人の顔すべてをいやでも知ってしまうので、見知らぬ客がやってくるのは珍しかった。客は入り口のところで少し立ち止まり、店内に素早く視線を走らせると、壁際の席に坐った。郁代は失礼にならない程度に相手の風体を観察しながら、お冷やを運んだ。

男は高価そうなスーツを着ていた。脱いで丸めたコートも、とても安物には見えない。髪は尋常に七三に分けられていたが、その顔つきには何か普通でない気配が見て取れた。取り立てて目を惹く異相というわけではないものの、特別な年輪が刻まれているような重みのある顔である。ひと言で言うなら、ひどく印象的な男だった。

スーツを着ているからには、何か仕事でこの町に立ち寄ったのだろうか。とても観光客には見えないし、そもそもこんな町には観光するような名所もない。おそらく食事をしたら、その足で帰っていくのだろう。郁代はそんなふうに、男の行動を想像した。

男は壁の品書きを見て、鯖《さば》の味噌煮定食を注文した。その声は低くくぐもっていたが、聞き取りにくくはなかった。むしろ耳に心地よいと言えるほど、ある種の艶《つや》を感じさせた。郁代はその声を、もう少し聞いてみたいと思った。

「新聞はありますか」

そんな郁代の気持ちを読み取ったわけでもないだろうが、男は続けてそう言った。郁代は応じて、ラックから新聞を取り出し、運ぶ。男は礼を言って受け取った。それきり、口を噤《つぐ》んで紙面に目を落とす。郁代はテーブルから離れてテレビに視線を向けたが、意識はどうしても男の方に引き寄せられていた。男の正体に、人並みの興味を覚えていた。

十分ほどで料理ができあがり、トレイに載せて運ぶと、男は「ありがとう」と応じた。

「昼飯を食いはぐっていたんでね、腹が減ってる。こんなに早くから開いててくれて、助かったよ」

男が気安く話しかけてきたことに、郁代は軽く驚きながら、ぎこちなく応じた。

「そうですか。それはよかったです。料理がお口に合うといいんですけど」

「ああ、うまそうだ」

男は頷くと顔を上げ、正面から郁代の目をじっと覗き込んだ。男の視線には、人を威圧するような力が感じられた。まるでライオンに見つめられたようだ。郁代は内心でそう感じながらも、自分から目を逸《そ》らすことはできなかった。男が割り箸を取るために視線を外したときにようやく、体がわずかに痺れているのを感じた。

4

死んだ妻の顔に似ている。早乙女は最近、息子の顔を見るたびにそう感じる。男女の違いはあれど、顔の造作はまるでコピーしたようによく似ていた。どこか儚《はかな》げな気配すら漂わせる、線の細い顔立ち。血の繋がりとはなんと強いものなのだろうと、改めて驚く。

だが息子の創が亡妻と似ている点は、ただ容貌だけだった。背格好や性格、雰囲気は妻とは似ても似つかず、不気味なほど早乙女のそれを受け継いでいる。なまじ顔立ちが妻を思い起こさせるだけに、それ以外の点の酷似は、なんとも奇妙に感じられた。悪い冗談だという気がしてならない。

創は自分のレプリカのようだ。食卓を挟んで向かい合い、早乙女は思う。創は幼いときから無口で、めったに自分から話しかけては来ない。早乙女自身も決して口数が多い方ではないから、勢い父ひとり子ひとりの食卓は沈黙に占拠されることになる。思えば自分と父との関係も、このような隔たりを抱えたものだった。血脈とはこんなところまで律儀に伝えていくものなのかと、いささか滑稽《こっけい》に感じる。

妻が生きてさえいれば、それでも少しは違った関係が築けていたのかもしれない。創とのコミュニケーションをもっと密にしたいと望んでいるわけではないが、自分と父との関係をこうして再現してしまったことには、いささか忸怩《じくじ》たる思いを抱いていた。だが残念ながら、妻は母と同じように交通事故で死んでしまった。妻をそんな末路に追い込んだのは自分かもしれないと、早乙女は考えることがある。

亡妻とは見合いで知り合った。大学を卒業し、牧師職を継ぐために勉強をしていた早乙女は、他に女性と知り合う機会もなかった。それを見かねた信者が、知り合いの娘を紹介してくれた。そんな出会い方は亡き父と母の関係をそのまま踏襲していたが、十年一日の如く変化のないこの田舎町では、同じことを繰り返すのはいわば必然だった。

だが早乙女は、父母の壊れた関係まで受け継ぐ気はなかった。だから結婚するなら、それなりに妻を大事にしたいと思っていた。妻は朗らかな性格で、初めて顔を合わせたときから会話の主導権を取ってくれた。無口な早乙女に退屈することもなく、常に場を明るくする気配りができた。そんな点が気に入り、早乙女は一緒になる気持ちを固めた。

父の誤りは、結婚して子供を作るのが人間として当然のことだという思い込みに発していると、早乙女は認識していた。そのため、自身は決して子供を望みはしなかった。父が早乙女を愛せなかったように、自分もまた己の息子を愛せないのではないかという懸念《けねん》もあった。

妻は清楚《せいそ》な印象の女性だった。結婚当時二十代前半だった妻は、まだ可憐《かれん》という形容詞がよく似合うような女性だった。だから早乙女は、性生活には過大な期待は持たなかった。大学時代に付き合っていた女性と性体験を持ったことがあったので、セックスに対する幻想もなかった。

ところが妻は、思いがけず性に対して貪欲《どんよく》だった。欲望の水位は、明らかに早乙女のそれを越えていた。快感を得ることにためらいや後ろめたさなどまったく覚えず、果敢に様々な行為に挑戦したがった。妻の望みは、早乙女にとって興味深かった。

痛覚に障害を持って生まれた早乙女は、人一倍触覚に興味を持っていた。何かに触れること、他人に触れられることに特別敏感だという自覚がある。学生時代にセックスに熱中したのも、そうした興味が理由のひとつだった。痛みを覚えない自分の体が、性的な快感は人並みに得られることが嬉しくもあった。

妻のセックスへの好奇心は、とどまることがなかった。互いの体から快感を抽出《ちゅうしゅつ》するような行為を繰り返すうち、妻はより深い悦楽を得られるようになっていった。忘我の表情を浮かべる妻は、この上なく幸せそうだった。

しかし結婚して一年も経つ頃から、早乙女はわずかな齟齬《そご》を覚え始めた。妻と自分が感じる欲望には、質的な差異があるように思えてきたのだ。確かに妻と体を重ね合わせれば、一定の快感は得られる。だが妻がその快楽の度合いをどんどん増していくのに対し、早乙女はある地点で踏みとどまっていた。限界まで行き着いてしまったように、その先の快楽はどうしても得られない。妻だけがひとり愉悦《ゆえつ》の彼方へと走っていくような、そんなイメージを抱いた。

その差異が男女の違いに起因するのか、それとも自分固有の問題なのか、早乙女には判断がつかなかった。女の方が深い快感を得られるという話は聞く。置き去りにされたような感覚は、男なら誰もが覚えることなのかもしれない。しかし早乙女は、そのように自分を納得させることができなかった。快楽の限界は、痛覚障害が遠因なのではないかと思えてならなかった。

例えば、掌をシャープペンシルの先でつついてみる。ある程度の強さで皮膚を押している間は、そこに尖った物が接している感覚は得られる。だがその限度を超せば、普通なら痛いと感じるはずだった。それが通常の感覚だと、早乙女も知っている。しかし早乙女の場合、接触している感覚と痛みとの境目は存在しなかった。掌に先端が食い込むほど力を込めようが、痛みはまったく感じない。ただ物が接している感覚が持続するだけだ。いわば触覚は、一定の地点で頭打ちになっているのだった。

性的な快感もそれと同じではないだろうか。そんな疑いを、早乙女はどうしても捨てきれなかった。快楽と痛みは相似形なのだ。目も眩むような快感は、死の恐怖と接している。眼前にぽかりと口を開けた深淵を覗き込まないと、真の愉悦は味わえないのだろう。ならば、肉体の恐怖を感じ得ない早乙女は、忘我の快楽も得ることはできない。

そう気づいたとき、急速にセックスへの興味を失った。前後して妻も妊娠したので、自然に体を重ね合わせる回数も減った。早乙女に不満はなかった。性欲を吐き出す機会が減ってもそれを持て余さない体は、やはり欠陥があるのだと自覚を新たにするだけだった。

創が生まれた後も、早乙女の認識は変わらなかった。だがそんな夫の変心に、妻は戸惑いを覚えたようだった。出産によって自分が女としての魅力を失ったのではないかと、むきになって体型を元に戻すよう努力した。そんなことが理由ではないのだと早乙女が説明しても、いっかな納得することはなかった。

小さな齟齬は、雪玉が雪崩《なだれ》へと成長するように、加速度的に大きくなっていく。セックスの回数が間遠になるのと比例して、妻との心の距離も開いていった。それは理由は違えど、父母の心が離れていく過程に酷似していた。ああはなるまいと強く己を戒めていたはずなのに、結局は同じ道を辿ってしまう自分を、早乙女は冷笑した。

だから妻が母と同じように交通事故で身罷《みまか》ったのも、早乙女には必然のように感じられた。もしかしたらこれは、母の鬱屈を放置しておいた自分への罰なのかもしれないと考えることもある。しかしその罰は誰が与えたものかと思考を進めると、とたんに行き詰まった。神がこんな些細なことに自らの手を煩わせるわけもない。

そして早乙女は、創とふたりの生活に移行した。馬鹿馬鹿しいまでに忠実な、親子関係の再現だ。唯一の違いは、創には痛覚異常がないことだけだった。創はどこまで快楽を得られるのだろうと、父親にはあるまじき興味も覚える。

創は大学に入り、ガールフレンドができたようだ。特に隠そうともしていないので、ふたりが肉体関係を持っていることが見て取れる。もちろん早乙女は、それを咎めるつもりなどない。自分もまた大学在学時に性体験を積んだことを思えば、息子にだけそれを禁じることはできなかった。むしろまったく同じような人生を歩んでいるのだと、息子に告げてみたい誘惑に駆られる。創はそれを聞いて、どんな感想を持つだろう。

もともと父親の前では寡黙な創だが、最近は特に何かに思い悩んでいるような様子が見られる。それがガールフレンドとの関係についてなのか、それともまた別のことなのか、早乙女にはわからない。話すようにこちらから促すべきなのかもしれなかったが、創がそれをありがたがらないのは目に見えていた。早乙女自身が放っておかれたかったように、おそらく創も父親の関与を望みはしないだろう。だから早乙女は、創が自分から悩みを相談してこない限り、見て見ぬ振りを続ける。

「ごちそうさまでした」

黙々と箸を口に運んでいた創は、食事を終えると丁寧に頭を下げた。そのまま食器を重ね、台所に運ぶ。自分の食べたものは自分で片づけるのが、父子の間のルールだった。早乙女の背後から、食器を洗う音が聞こえてくる。

早乙女もまた、淡々と食事を続けた。幼少の頃から長い間続いている、早乙女家のいつもの食事風景だった。

5

時計の短針が2の文字に近づいてくると、郁代はいつもそわそわする。二時にいったん店を閉めれば、教会に行くことができるからだ。四十五分頃から店内の古ぼけた時計を意識し始めるのだが、するとなぜかとたんに時の歩みは遅くなるように感じられるから、なんとももどかしい。それまではあっという間に過ぎ去っていった時間が、まるで郁代に意地悪をしているように遅々として進まなくなる。郁代は苛々しながらも、浮き立つ思いを抑えきれずに何度も文字盤に目をやる。

だから二時直前に客がやってくると、表情にこそ出さないものの、郁代は激しく落胆する。二時前に店に入ってきた客は、追い返すわけにもいかないからだ。その客が食事を終えて出ていくまで、郁代は店を離れるわけにいかない。その分教会で過ごす時間が短くなってしまうわけで、悠然と箸を動かしている客に密かに恨みの眼差しを向けることになる。

その日は一時半から客足が途絶えていたので、郁代はこれ幸いと閉店の準備を進めていた。テーブルを拭き、床を軽く箒《ほうき》で掃き、新聞雑誌類を整頓《せいとん》する。二時になるまで暖簾をしまうわけにはいかないが、もうこの時刻になれば店は閉めたも同然だった。

あと数分で、エプロンを外し店を出ていける。時計の秒針を目で追いながら、頭の中でカウントダウンをしていたときだった。不意に店のガラス戸が開いたので、郁代は息を止めてそちらに目をやった。こんな時間にやってくるなんて、なんと無神経な客だろうと、理不尽な怒りすら覚えた。

だがその怒りは、中途半端に胸の中でつかえた。入ってきた客は、あまりに意外な人物だったからだ。

客は、昨日のスーツ姿の男だった。

男はスーツからラフな服装に着替えていた。手編み風のセーターにスラックスという出で立ちは、年格好にそぐわず若々しいが、決して似合っていなくはない。むしろ昨日のスーツ姿より、威圧的な気配が消えて好もしいほどだった。郁代は一瞬の戸惑いから立ち直ると、「いらっしゃいませ」と平静な声で客を迎えた。

「すまないね、店を閉める間際に。まだ大丈夫かな」

男は暖簾をかき分けて顔を出すと、そんなふうに郁代に尋ねてきた。ふだんであればいやな顔をしないよう努力しなければならないところだったが、今は驚きの方が強かった。「かまいませんよ、どうぞ」と応じて、男を迎え入れる。

二日続けてやってきたところからすると、どうやら男はこの町のどこかに泊まったようだ。仕事を済ませればすぐに去っていくだろうと考えた郁代の予想は、見事に外れたことになる。宿泊施設がひとつもないこの町でひと晩過ごしたのなら、男はどこかの家の客だったのだろうか。抑えきれず、好奇心が湧いてくる。

男は客席に坐ると、「一番簡単にできるのは何かな」と尋ねた。閉店間際に入ってきたことを、申し訳なく思っているようだ。そんな気遣いに、郁代は幾分好意を覚えた。当然のような顔をして、ゆっくり食事をしていく客も少なくないのだ。

「焼き魚定食なら早いですけど」

厨房にいる父に確認し、その返事をそのまま男に伝達した。男は「じゃあ、それを」と言って、新聞に手を伸ばそうとする。慌てて押しとどめ、郁代が席まで新聞を運んだ。

「ありがとう」

男はまた正面から郁代の目を見た。弱い意志など呑み込んでしまいそうな、力強い眼差しだ。そんな視線を受け止めることができず、郁代は自分から目を逸らす。男は口許に笑みを刻み、郁代の手から新聞を受け取った。

男が新聞を読んでいる途中で、定食ができあがった。運んでいくと、男は新聞を畳んですぐに食べ始める。急いで食べているようだが、それが卑しげに見えないのはなぜだろうと、男の食べっぷりを見守りながら不思議に思う。ただの客に必要以上の好奇心を抱いていることを、郁代は充分に自覚していた。

五分もかからず、男は定食を綺麗に平らげた。割り箸を箸袋に戻し、丁寧にどんぶりの上に置く。そして郁代に顔を向けると、ひとつ頷いた。郁代は吸い寄せられるように、男のテーブルに近づいた。

「ごちそうさま。おいしかった」

「それはよかったです」

郁代はようやく小さく微笑むことができた。客に向かって微笑んだことなど、考えてみたら初めてのことだった。

「昨日の食事が旨《うま》かったのでね。忘れられずにまた来てみたんだ。気に入ったから、これからもちょくちょく寄らせてもらうよ」

男は気さくに、そんなふうに続けた。郁代はついに好奇心に負け、問いかけてしまった。

「この町の方じゃないですよね。どなたかを訪ねていらっしゃったんですか」

「ああ。知り合いが住んでいるんでね。しばらくそこに厄介になることになったんだ。とはいえ居候の身なので、三度三度の食事まで甘えるわけにはいかない。だから、これからもこちらで厄介になると思うよ」

「そうなんですか」

どちらのお宅にいらっしゃるんですか——、続けてそう尋ねたくなる気持ちを、かろうじて抑える。いくらなんでも、そこまで詮索するのは不作法に過ぎた。

「たぶん、夜も来る」

男は言って、ふたたび渋い笑みを浮かべた。すると、どこか威圧的な気配を漂わせていた風貌が、心なしか和らぐ。この人はなんのためにこの町にやってきたのだろう。郁代はもっと男を知りたい欲求を感じた。

「じゃあ」

勘定を終えて男が出ていったとき、時刻は二時十五分になろうとしていた。その時刻を確認しても、郁代は苛立つこともなかった。

6

「お前、何を馴れ馴れしくお客さんと話してるんだい」

男が出ていくと、厨房から母がやってきた。閉まったガラス戸をじっと睨むように見つめ、その視線をそのまま郁代に向けてくる。そこには母親らしい慈愛の感情は微塵も見られない。もしかしたら軽蔑すら混じっているのかと思わせるほど、冷ややかだった。

「いけないの？」

いつもなら母の非難めいた言葉など無視するところだが、今はどうしても聞き流すことができなかった。久しぶりに、母の理不尽な態度に抗おうという気概が湧いてくる。

「いけなくはないよ。お前みたいに無愛想な女が立っていると、店が辛気臭くなるっていつも言ってるだろ。ふだんから、そんなふうにお客さんとお喋りすればいいのさ」

母は吐き捨てるように言って、食器を片づけようとする郁代の手から強引にトレイを奪い取った。そのまま厨房に戻り、手荒く食器を流し台に沈める。父はいつものことと、知らん顔をして椅子に坐り、たばこをくゆらせ始めた。

「いいんなら、いちいち文句を言わないでよ」

黙っていた方がいい。理性がそう訴えていたが、我慢がならず言い返してしまう。口にして初めて、これまでに溜め込んでいたストレスの大きさに気づいた。母に対する恨み、腹立ちが、瞬時に腹の底で膨れ上がる。その勢いに、自分で驚くほどだった。

母は郁代が口答えしたことに面食らっているようだった。食器を洗う手を止め、ぽかんとした表情を浮かべる。郁代はそんな母をひと睨みして、自分から目を逸らした。こんな人間とは関わり合いたくない。そう、心が訴えていた。

しかし母は、郁代の口答え程度で怯むほど、扱いやすい女性ではなかった。すぐに驚きから立ち直ると、手を拭きながらもう一度厨房から出てきた。

「お前がお客さんと話をするのはいいよ。でもね、その気があるならいつもそうして欲しいものだよ。気に入った客にだけ愛嬌《あいきょう》を振りまくような、そんな尻軽な女に育てた憶えはないね」

なんというひどい言い種だろう。いつものことながら、母の言葉の刺々《とげとげ》しさに気持ちが冷える。母はなぜ、自分の子供が苦しんでいるときに手を差し伸べることができないのだろうか。その苦しみを倍加させるような、酷《むご》い仕打ちを加えるのか。母の心境は、自分自身も人の親となってみれば、ますます理解できなかった。

郁代が婚家から帰ってきたとき、母は形相を鬼のようにして怒り狂った。土下座をして謝ってもう一度やり直させてもらえと、何度も何度も呪文のように繰り返した。もちろん郁代とて、言われずともそれくらいのことはした。それでも許してもらえなかったからこそ、仕方なく実家に戻ってきたのだ。そうした経緯は、母にもきちんと説明したはずだ。それなのになぜ、母はいつまでもわかってくれないのだろう。

母はわからないのではない、わかろうとしないのだ。今となっては郁代も、そうした母の心境を理解している。嫁に出した娘が病気、それも外聞の悪い精神の病気に罹《かか》ったなどと聞けば、現実から目を逸らしたくなる気持ちはわからなくもない。だからこそ母は、頑なに郁代を拒絶し続けるのだろう。

不可解なのは、それでも娘のことを案じていると、自分では思い込んでいる点だ。夫に捨てられ、子供を奪い去られ、何もかも失って戻ってきた郁代に、母は温かい言葉のひと言もかけなかった。それどころか、そのまま死んでしまえとでも言いたげな、とても聞くに堪えない罵詈《ばり》雑言《ぞうごん》をくどくどと毎日毎日浴びせ続けた。郁代はそんな母の態度に、憎しみしか見いだせなかった。母は自分に恥をかかせた娘を憎んでいるのだ、そう郁代は確信せざるを得なかった。

それなのに母は、それが郁代のためだったと今でも信じている。耐えがたい言葉をぶつけることで郁代が実家にいられなくなり、婚家に戻っていくことこそが娘の幸せだと思い込んでいるのだ。だから郁代が母の言葉を聞きたくないと言えば、なんという親不孝かとそれまでに倍する恨み言を続ける。そんな態度には、執念すら感じられるほどだった。

思い返してみれば、母は昔から執念深い人だった。プライドが異常に強く、恥をかかされることを極度に恐れていた。親戚や郁代の友達の親に見栄を張り、嘘で自分の履歴を塗り固めるような女だった。実家は資産家で、大学は東京の一流女子大に進学したものの、現在の夫に見初められて仕方なく定食屋の女将《おかみ》に収まったのだと、誰に対しても説明していた。郁代にもそんな嘘を平気でついたので、幼い頃は本気でそれを信じていた。資産家のはずの祖父母がなぜ、アパートに住み平凡な身なりをしているのか、ずっと不思議でならなかった。

母の嘘は、ひょんなことからばれた。郁代が大学進学を考える時期になったとき、父がうっかり口を滑らせたのだ。父さんも母さんも高卒なんだから、お前にはせめて短大くらい行かせてやりたい。そんな率直な心境の吐露が、すべてを露見させるきっかけだった。郁代は驚き、母さんは一流女子大出身ではなかったのかと問い返した。父はうんざりした顔で、そんなわけがあるかと吐き捨てた。どうして東京の一流大学を出て、こんな田舎町の定食屋に燻《くすぶ》ってる。母さんも父さんも、大学進学を希望する生徒なんてひとりもいないような名もない三流高校を卒業しただけだ。そう暴露した父の顔には、怒りが浮かんでいた。母の嘘には、長年苦々しい思いを抱いていたのだろう。そのときには衝撃のあまり父の心境を理解できなかった郁代だが、今ははっきりとわかる。母の嘘は、微笑ましいと笑って済ませられるレベルを大きく逸脱し、精神の卑しさをはっきりと露呈させる類のものだった。

どうしてそんな嘘をつかなければならないのか、郁代はなかなか腑に落ちなかった。その理由に、まったく思い当たる節がなかったのだ。だから郁代は、率直に母に問い質《ただ》した。母さんは大学に行ってないんだって？　どうして今までそれを隠してたの？

母の表情は強張り、目は異様に見開かれた。過去の己の悪行がばれたとしてさえ、人はあれほど形相を変えはしないだろう。見たこともない母の反応に郁代は面食らい、続ける言葉を失った。母は郁代の両肩に摑みかかると、どこでそれを知ったのだと問い詰めた。

父さんが教えてくれたのよ。郁代は恐怖のあまり声を詰まらせ、かろうじてそう答えた。母は口をきつく結び、ぎりぎりと歯を嚙み鳴らした。そして手加減も抜きに郁代の頰を平手打ちすると、部屋に引き籠ってしまった。取り残された郁代は、呆然として頰の痛みも感じられなかった。

その夜は、かつてないほど深刻な夫婦喧嘩が繰り広げられた。なぜ喋ってしまったのだと母は父をなじり、父はそんな母の態度に反発する。みっともない嘘を娘にまでつき続けるなと、父は何度も諫《いさ》めたが、母は聞く耳を持たなかった。半狂乱になった母は、もはやまともな会話ができる精神状態ではなかった。郁代は自室に籠り、そんな醜い諍《いさか》いを聞くまいと、ひたすら耳を塞ぎ目を閉じていた。

言い争いは、きちんとした決着を見ることもなかった。言葉が通じなくなった母に嫌気が差した父は、家を出て知人宅に転がり込み、その夜は戻ってこなかった。それでも店を閉めておくわけにはいかないので翌朝には帰ってきたのだが、母は恨み言を口にしない代わりに、徹底して夫のことを無視した。郁代の記憶では、それは一ヵ月ほど続いていたように思う。

母は父を心底恨んだのだろう。肥大したプライドが負った傷は、ひと晩やふた晩で治るほど浅くはなかった。おそらく、あれから十数年経った現在でも、傷は癒えていないに違いない。母の執念深さを知った今なら、はっきりとそう言える。

それは郁代への態度の変化からも、窺えることだった。恥をかかされた母は、その怒りの矛先を郁代にまで向けた。口を滑らせた父も腹立たしいが、直接の原因を作った娘も憎い。それが母の理屈だった。

母は夫を無視し続ける一方、郁代には過剰に干渉するようになった。進学のための勉強に時間を費やさねばならない郁代に、あれこれと用事を言いつけるようになったのだ。それは店の出前であったり、厨房の手伝いであったり、あるいは郁代のためと称した買い物であったりした。母は自分が行けなかった短大に娘が進もうとしていることが、どうにも受け入れがたかったのだろう。徹底して勉強の邪魔をし、郁代の大事な時間を奪った。

当時の郁代はまだ、母のそうした過干渉を撥ねつける勇気を持たなかった。なぜ母がそうした行動をとるのか、ただ不思議に思うだけで、自分の親が異常だとは考えもしなかった。母の干渉は、確かに郁代のためという一面もあった。だからこそ、これは愛情が強すぎるせいなのだろうと解釈していた。

結局郁代は、勉強不足が祟《たた》って第一志望の大学には合格しなかった。母がもう少し時間をくれればと残念に思う気持ちはあったが、それでも恨むことはなく、ただ自分の実力不足を恥じた。だが母は、そんな郁代の心情をまったく理解しなかった。自分が邪魔をしたくせに、今度は志望大学に受からなかった郁代を罵《のの》り始めたのだ。

後で知ったことだが、母は郁代がその大学を受験することを、知人や親類に吹聴して回っていたのだった。確かに第一志望の大学は、受験するだけで賛嘆の目を向けられるような難関校だった。母はそうした反応への期待を抑えきれず、自慢する機会をフルに行使していた。見栄っ張りな母にしてみれば、それは至極当然の振る舞いであった。

しかし、結果は不合格だった。郁代はまたしても、母に恥をかかせた格好になる。母は自分の学歴詐称がばれたときと同様、醜く形相を変え、郁代を無能呼ばわりした。そんな心ない言葉に耐えきれず、郁代は何日も泣き暮らした。

それでも郁代は、まだ母の愛情を信じていた。プライドを傷つけられない限り、母は至って穏和で優しい女性だったのだ。郁代の学校での生活に何くれとなく気を配り、悩みがあればどんな些細なことでも必ず相談しろと言葉をかけてくれた。父がそれとは逆に昔気質《かたぎ》な人で、郁代への愛情を態度にすら示そうとしないだけに、母の気遣いはなんとも嬉しかった。郁代は母の干渉を鬱陶しいとは思いもせず、こちらに関心がないと見える父を疎ましく感じていた。

母が少しおかしいのではないかと気づいたのは、ある男性と付き合い始めてからのことだった。第二志望の大学に通っているときに知り合った同じ年の男子学生と、郁代は友人同士で何度か集まるうちに親しくなった。当然、家に電話がかかってくるようになり、郁代もそれを心待ちにしていたのだが、なぜか期待するほど男子学生は連絡をしてくれなかった。そのうちに、どうにも互いの主張が嚙み合わなくなることが増えた。男子学生が電話をしたと主張している時刻には在宅していたはずなのに、そんな連絡は受けていないのだ。どちらかの勘違いではないかと最初は疑ったが、よくよく突き詰めて話し合ってみれば、その電話は母が受けていたのだった。どうやら母が、男からの電話を取り次いでいないのだと判断せざるを得なかった。

郁代はなかなかその結論を受け入れる気になれなかったが、やがていやでもはっきり認識する日が来た。母が郁代の部屋に入り込み、勝手にあちこち見て回っている現場に出くわしてしまったのだ。それまでにも、自分の持ち物が知らぬ間に動いていることはあった。しかしそれは、母が掃除をしてくれたからだろうと好意的に解釈していた。まさか家捜しでもするように、住所録や手紙まで開いて調べているとは思いもしなかった。

母は娘と男の仲がどれだけ進展しているか、常に目を光らせていたかったのだ。部屋漁りの現場を見つけられても、悪びれることなくそう言い放った。親として、娘の身を心配するのは当然のことだ。悪い男に引っかかってないか、見守り続ける義務がある。だから無断で部屋を探すこともあるが、それはお前を思ってのことなのだ。堂々と主張して、母は部屋を出ていった。郁代はただ呆然と、そんな母の後ろ姿を見送るだけだった。

その日以来母は、既得権を得たかのように、公然と娘の行動を監視するようになった。電話で話をしていれば、離れたところに立ち、じっと耳を傾けている。母のそうした視線に曝され、これまでも会話を盗み聞きされていたに違いないと、ようやく郁代は気づいた。郁代はそのとき、怒りよりも恐ろしさを覚えた。母の視線を感じると背筋が強張り、それ以上電話をし続けることができなくなった。

そんな調子では、男子学生との仲が疎遠になるのも当然のことだった。自然消滅するように交際は途絶え、郁代は学校と自宅を往復する日々に戻った。大学から真っ直ぐ帰ってくる娘に、母はいたく満足そうだった。

　男子学生との別れに関しては、母に恨みを持たなかった。この程度のことで壊れる関係であれば、それは本当の絆ではなかったのだと自分に言い聞かせた。だがそれでも郁代は、常に自分に向けられている母の視線を忘れられなかった。このまま母の目の届く範囲にいるうちは、母が死ぬまで束縛から逃れられない。母の愛情を無条件に受け入れ続けてきた郁代が、初めて疑念を抱いた瞬間だった。

　郁代は大学卒業後は地元の企業に就職するつもりだったが、母には内緒で東京の会社の面接も受けた。地方在住者では就職に不利だという情報は持っていた。だからおそらく不採用だろうが、それでも万が一に賭けた。もし採用されるようなことがあれば、自分の運命は変わる。大袈裟な表現だが、そのときの郁代はそんな心境だった。

　果たして、郁代は採用された。その連絡を受け、郁代は狭く閉ざされていた視界が開けたような解放感を覚えたが、同時に当然出来《しゅったい》するひと悶着を恐れ、憂鬱にもなった。単身上京することなど母が許すわけもないと、打ち明ける前からわかりきっていた。

　郁代の懸念は、寸分も違わず当たった。母は理性をかなぐり捨てた例の形相になり、猛反対した。親に内緒で東京に出ていく計画を立てるような、そんなふしだらな娘に育てた憶えはない。どうしてもひとり暮らしをするつもりなら、親子の縁を切るとまで言い切った。

母の束縛からは逃げたい。だが、親子の縁を切りたいとまでは望まない。郁代は極端な母の言葉に悩み、塞ぎ込んだ。一度あの凄まじい形相になってしまった母を、言葉で説得できないのはもう承知している。ならば縁を切る覚悟で上京するか、あるいは母の束縛を今後も甘んじて受けるか。あまりに深く悩んだために、郁代は円形脱毛症を患《わずら》ったほどだった。

そんな郁代に救いの手を差し伸べてくれたのは、意外なことに父だった。それまで郁代たち母子の関係にはまったく立ち入ろうとしなかった父が、娘の悩む姿を見かねたように、仲裁に入ってくれた。お前がそう望むなら、東京に出ていくがいい。母さんがなんと言おうと、責任はすべてお父さんが取ってやる。父はぼそぼそと、俯き加減でそう言った。

その態度はぶっきらぼうで、堂々とした物腰とはとうてい言いかねた。それでも郁代の耳には、かつてないほど力強く響いた。父はその晩、夜を徹して母と話し合った。もちろん母は納得しなかったが、父が強引に押し切った。その結果父は、再度母から無視されることになったものの、それを苦にする様子もなかった。父はそれまでどおり、淡々と厨房に立ち料理を作り続けていた。

郁代はそんな父に、初めて感謝を覚えた。無骨な父を恨んだこともある自分を、激しく恥じた。父と母が示す愛情の差異を、ようやく理解できる年になっていた。父の愛情は、母の濃厚すぎる干渉の前では確かに淡い。だがその淡さが、郁代には涙が出るほどありがたかった。

　卒業を迎えるまで、母の過剰な干渉は変わりなく続いた。その間母は、うんざりするほどしつこく郁代に翻意《ほんい》を促した。その執拗さはまさに母の真骨頂で、絶対に説得には応じまいと決意していても、言葉の洪水から逃れるためならいっそ頷いてしまいたいと思わせられるほどだった。母は様々な手を使って郁代を引き留めたわけではない。ただひたすら「行かないでくれ」と愚直に繰り返すだけなのだが、それがかえって郁代の神経を苛《さいな》んだ。郁代の円形脱毛症は、結局実家を出るまで完治することはなかった。

　郁代がそんな毎日を耐え抜くことができたのは、ただ我慢し続ければやがて解放されると希望を持っていたからだった。四月になれば東京に行ける。物理的に距離が離れれば、さすがの母ももはや干渉することは不可能だろう。そう信じていたからこそ、郁代はなんとか母の執拗《しつよう》な言葉を撥ねつけることができたのだった。

　そして待望の日がやってきた。郁代は家族と離れる寂しさを微塵も覚えず、実家を後にした。不足気味だった酸素が突然供給されたような、なんとも安楽な気分に満たされていた。未知の土地でのひとり暮らしには不安もあったが、しかしそれを上回る圧倒的な解放感が、郁代を浮き立たせた。

　会社は小規模だったが、それだけにアットホームな雰囲気で、郁代を温かく迎えてくれた。社会に出て仕事をすることには戸惑う面も多かったものの、自ら望んで選択した道を歩む充実感は大きかった。東京での新しい生活にも、この調子ならすぐにも順応できそうだった。

予想されたことだったが、母は毎日のように電話をかけてきた。最低一回、休日は下手をすると日に三度もかかってくることがあった。郁代は正直、それにうんざりする気持ちもあったが、だからといって電話をしてくるなとはとても言えなかった。この時点ではまだ、郁代も母の愛情を信じることができていた。

長期休暇に帰省している限り、母は至って上機嫌だった。上京する際の悶着など、綺麗さっぱり忘れているようだった。母は郁代にはなんの相談もなく帰りの切符を送ってきたが、もともと帰省するつもりだった郁代は特に不満もなかった。機嫌よく迎えてくれる母を見て、やはり適度に距離をおいた方が良好な関係を築けるのだと、認識を新たにした。

思い返せば、この東京での二年のOL生活が、最も幸せな時期だったのかもしれない。郁代は振り返って、そう思う。友人に恵まれ、家族との諍いもなく、仕事は楽しかった。やがて友人の紹介で、ある男性と知り合い仲を深めていった。郁代の東京での生活は、不幸の影すらない満ち足りたものだった。

就職二年目頃から、母は地元企業への転職を望み始めた。二年の間にぎくしゃくした関係が修復されたこともあり、郁代も母の干渉への警戒心が薄れていた。母が強く望むなら、地元へ帰るのもいいかと思えるようになった。いずれ結婚するのであれば、母の許で家事を学ぶことも必要だ。こちらも成人しているのだし、いくらなんでも昔のような過干渉がそのまま復活するとは考えられなかった。

だが、付き合っている男性は東京に残ることを希望した。今後も付き合っていきたいと考えるなら、そう望むのが当たり前だ。郁代も男性とは離れがたかったので、転職することはやめた。母にも、さして深く考えることなくその決断を伝えた。

郁代がかつての母の形相を思い出したのは、そのときのことだった。母は郁代の説明を聞くなり、突然電話口で怒鳴り始めた。怒声があまりに大きかったため、とても意味を理解することはできなかった。それほど母の喚《わめ》き声は理性を欠き、人間というより獣の咆哮《ほうこう》に近かった。つい数秒前まで普通に話していただけに、その変貌ぶりはいかにも異様だった。

ああ、母は変わっていない。その声を聞き、郁代は地元に帰る考えを捨てた。実家に戻れば、またかつての生活を繰り返すだけだ。社会人となった娘の自主性を尊重するような、そんな成熟した発想を母が持てるわけもない。母にとって郁代は、今でも幼児期と同様、全面的な庇護下に置かれるべき存在だったのだ。母は濃密すぎる庇護の翼を広げ、郁代が戻ってくるのを待っている。

二年前と違い、郁代も闘う覚悟を最初から固めていた。だから母との言い争いにも、決して負けることはなかった。東京に生活の基盤を築いていたことも大きかったし、何よりも交際中の男性の存在が郁代に闘争心を植えつけた。今回も父の援護を得て、郁代は無理矢理に東京での生活を続けた。母はそのことを根に持ち、郁代を長い間許そうとしなかった。

そのとき以後、母は電話をかけてこなくなった。それは怒りの表明だったが、郁代にとってはかえって気が休まった。母の干渉を邪険に思うことには、未だ気が引ける面もある。しかし二十歳を過ぎた子供への過干渉は、やはり普通でない。こちらも大人になったのだということを、母にもわかってもらわなければならなかった。

電話をしなくなった代わりに、母はなんの前触れもなく郁代のアパートを訪ねてくるようになった。万が一のときのために合い鍵を渡したところ、郁代の不在時に部屋に上がり込む権利を勝ち得たとでも思い込んだようだった。勤め先から戻ってきたら照明が点いていたのでびっくりすることが、ふた月に一度はあった。郁代は交際中の男性がいることを母に隠していたが、母がそうしてプライバシーに立ち入ってくるなら、ますます秘密にしておかなければならないとの思いを強くした。今や母は、慕わしさを覚える肉親であるのと同時に、警戒すべき対象でもあった。

勝手にアパートに上がり込む母は、かつてと同じように、郁代の所持品を漁っていた。それに気づいてからは、何度もやめて欲しいと頼んだが、母はいっこうに聞き入れることはなかった。母の主張は以前とまったく変わりなかった。東京は危ないところだから、悪い男に引っかからないように注意しなければならない。でもお前はまだ子供だから、男の嘘に簡単に騙されてしまうだろう。だから自分が、相手がいい人かどうか見極める必要があるのだ。母はそんな理屈で、己の振る舞いを正当化した。

郁代はそれでも、まだ母に公然と逆らう勇気を持たなかった。母の桎梏《しっこく》の許に成長した郁代にとって、母の存在はあまりに大きかった。干渉を鬱陶しいと思っても、見捨てられてしまうことには恐怖を覚える。母への思いは、まさに愛憎半ばといった形容がふさわしかった。

結局、交際中の男性がいることは、告白する前に母に知られてしまった。郁代が留守にしている間に男性から電話がかかってきて、それを上京中の母が受けてしまったのだ。郁代が帰ってくるのを待ちかまえていた母は、男から電話があったとだけ言って、猛然と怒り始めた。あんな男と付き合うことは許さない。お前の結婚相手は自分が探してやるから、親の目を盗んで交際するようなふしだらな真似はするな。頭ごなしにそう言い募るだけで、理性的な対話は望むべくもなかった。たった一本の電話を受けただけでどうして相手の人となりまで把握できるのか、郁代はそう問い返してみたかったが、まともな返事が返ってこないのはわかりきっていた。だから郁代は、ひと言も言い返すことなくじっと母の怒りが収まるのを待った。これまでの苦い経験から、郁代も母との接し方を学んでいた。

しかし、母に口答えはせずとも、言いなりになる気は毛頭なかった。母には別れたとだけ報告し、実際にはこれまで以上にこっそりと交際を続けた。他のことならいざ知らず、付き合う男性だけは自分の意思で選びたかった。

男性との交際は、四年目にひとつの転機を迎えた。特に何かきっかけがあったわけではないのだが、ある日男性がプロポーズをしたのだ。郁代はまったく躊躇することなく、それに応じた。男性が優しく責任感のある性格だということは、四年の付き合いで充分に承知している。加えて勤め先は一流会社で、現在も将来も生活は保証されていると考えていい。あらゆる意味で、男性は申し分のない相手だった。

結婚となれば、もう母に交際を隠し続けるわけにはいかなかった。夏休みに帰省する際に男性を連れていき、いきなり引き合わせた。婚約者を連れていくと事前に言っておけば、母も身構えてしまうだろう。不意を衝いた方が、話はスムーズに運ぶのではないか。そんなふうに郁代は計算していた。

だが母は、そうした小細工の通用する相手ではなかった。あろうことか、男性を目の前にしていながら、結婚など許さないと言い放った。理屈に基づいた発言ではない。ただひたすら、秘密にされていたことに腹を立てているだけなのだ。だからまともな話し合いが成立するはずもなく、男性は鼻白み、郁代は間に立っておろおろした。母の頑迷な態度にうんざりした父は険しい顔で黙り込み、郁代はついに泣き出した。それを潮に男性は引き下がり、両親との顔合わせは非常に気まずいまま終了した。郁代は恥ずかしさと絶望のあまり、しばし言葉を発することができなかった。

やはり、母の意向を斟酌《しんしゃく》しようとしたのが間違いだったのだ。郁代は落ち着いてから、そう悟った。あくまで母が反対するなら、駆け落ちしてでも強硬に結婚するまでのことだ。母の頑迷さへの怒りはそのまま闘争心に移り変わり、郁代に力を与えた。男性はあくまで母の許しを得てからにしたいと望んだが、郁代はもう無駄な努力はしなかった。

結婚式の招待状はむろん出したが、結局母は式にも披露宴にも出なかった。男性側の親族の手前、母は病気で来られないということにしたものの、郁代は肩身が狭かった。父だけでも列席してくれたのが、わずかな救いだった。父は例によって、感情を面に出さずむっつりとしていたが、それでもこの結婚を心から喜んでくれているのはわかった。母の仕打ちに心が痛めば痛むほど、父の無骨な優しさが身に染みた。

郁代は一日でも早く子供が欲しいと望んだ。子供さえ生まれれば、いくら頑なな母でも許してくれるのではないだろうか。なんといっても、母にとっては初めての孫なのだ。かわいくないはずがない。孫をかわいがろうとすれば、郁代の選択を容認せざるを得なくなる。そう、郁代は考えていた。

幸いに夫も子供好きだった。早く子供が欲しいという気持ちは一致していたので、後は妊娠するのを待つばかりだった。郁代の新婚生活に影を落とすものは母の存在だけで、それ以外は信じられないほど幸せだった。出産によって自分の人生が大きく変わるとは、この時点の郁代には予想できるはずもなかった。

いざ妊娠し、子供を出産してみると、思ってもみなかったことが頻出《ひんしゅつ》した。まず母は、孫が生まれてもなんら態度を変えなかった。赤ん坊を連れて帰省しようとしても、母は絶対に郁代を家に上げないと言い張った。親を裏切った娘など、もう自分の子供とは思わない。どこで何をしようと勝手だが、いまさら親を頼るような真似はするな。それが、母の主張だった。

母に頼るつもりはなかった。母に子供の顔を見せようと思ったのは、それが親孝行になると考えたからだ。それなのにこんなふうに曲解されてしまうのは、なんとも寂しいことだった。母は郁代が土下座でもしない限り、絶対に許すまいと心に誓っているのだろう。郁代はこのときようやく、母に普通に愛されることを諦めた。

郁代にとって予想外だったことは、他にもあった。出産と前後して、夫の仕事が急に忙しくなったことだ。ただでさえ手のかかる乳児期の子育てを、郁代はひとりで引き受けなければならなくなった。夫は午前様どころかそのまま会社に泊まり込むような激務を背負い、郁代と言葉を交わす暇すらなくなっていた。

軋《きし》みは、もしかしたら結婚前から生じていたのかもしれない。だがその音はあまりに小さく、郁代の耳には届かなかった。軋む音がはっきりと聞こえるようになったときには、もう遅かった。郁代の意思ではどうにもならず、すべては急坂を転げ落ちるように悪い方向へと向かった。すべて片がついてみれば、郁代は何もかも失い、ただ呆然としているだけだった。

ほとんど身ひとつで婚家を追い出された郁代は、正常な判断能力を失っていた。深い絶望は、人間を精神の抜け殻にする。思考することを忘れた抜け殻は、ただ本能に従い実家に戻った。あれは帰巣本能というやつだろうかと、今になって郁代は思う。

反対を押し切って結婚した郁代を、母が歓迎するはずもなかった。母は容赦のない罵声を浴びせ、まるで憎むべき対象のように扱った。それでも郁代が実家を出ていかなかったのは、ただ思考能力が摩耗《まもう》していたからである。母の口にする言葉を、郁代はまったく理解していなかった。

しかし母は、郁代を口汚くなじるだけで、実際に追い出そうとはしなかった。親の情に根ざした優しさのためではない。母はただ、「それ見ろ」と言いたいだけなのだ。あんな男と結婚するからこんなひどい目に遭うのだ。親の言うことに逆らった罰を思い知るがいい。母は自分の主張の正当性を確認できたことで、いたく満足のようだった。だからこそ、それを思い知らせることのできる相手を手許に置いておきたいのだった。

悔しいことに郁代は、そんな母に反駁《はんばく》する言葉を持たない。結果だけを見れば、母の主張が正しかったと言わざるを得ないからだ。だから郁代は、実家に戻ってからはずっと、母に口答えひとつせず黙々と働き続けた。体を動かしている間だけは、己の来し方を思い返すこともなかった。

そんな郁代が、初めて母の言葉に逆らった。それは郁代の精神が立ち直りつつある証左とも言える。通常ならば母は、喜んでしかるべきだった。それなのに、母はいっそう下劣な言葉を郁代に浴びせるだけである。郁代は耐えきれなくなり、閉店後の後片づけも放り出して店を飛び出した。母の怒鳴り声が背後から追ってきたように思ったが、むろん立ち止まりはしなかった。

――神はなぜ、このように過酷な運命をお与えになったのか。

郁代は何度も疑問に思う。早乙女牧師はその言葉に、運命は与えられたものではなく自ら定めたものだと答えた。牧師の言葉に癒されてきた郁代だが、その教えだけはどうしても容認できない。自分からこんな運命など、絶対に望むはずがないからだ。

今の郁代は、早乙女牧師の支えがなければ生きていけない。だからこそ、牧師の言葉に疑いを挟みたくなかった。このたったひとつだけの受け入れがたい教えは、郁代の心に染みを作っている。消したいと切望してもどうしても消えることのない、違和感を伴う染みだった。

7

早乙女はファンダメンタリストではない。だから聖書に書いてあることすべてが真実であるなどと、盲信はしていない。現在の科学の常識に照らし合わせれば荒唐無稽《こうとうむけい》としか言いようのない記述は頻出するし、どのようにも恣意《しい》的に解釈できる曖昧《あいまい》な文言も多い。それらまで真実と強弁し、矛盾を糊塗することに汲々《きゅうきゅう》とするような姿勢が本当の信仰とは、どうしても思えない。聖書は遥か大昔に書かれた文献であり、そこに誤謬《ごびゅう》が含まれているのは当然のことだ。早乙女は、聖書をそのように冷静に評価している。

だが一方で、すべての真実は聖書に記述されていると信じてもいる。幼少の頃から早乙女は、道に迷えば必ず聖書を繙《ひもと》いていた。それは、先代の牧師である父の態度に倣《なら》ったものだった。思い返してみれば、父はいついかなるときも聖書を読んでいたように記憶している。父が愛読していた聖書は、何十何百回と読み返されたことを示して、手垢がつき背表紙は破れ、今にもバラバラになりそうだった。それでも父は、新しい聖書に買い換えようとはしなかった。単に書き込みを新しい本に書き写すのが面倒だったということもあるだろうが、それだけでなく、その傷み具合を己の信仰の深さの象徴のように感じていたのではないか。自分の聖書が月日を経て傷み始めた様を見て、早乙女はそう推測する。

早乙女はひとりの人間としての父を尊敬してはいない。だが牧師としては、愚直であったが故にその信仰心を高く評価してもいいと思っている。父の跡を継ぎ、小さいとはいえこうしてひとつの教会を任される立場になってみれば、父の迷いのない信仰心が羨ましかった。だから早乙女は、片時も聖書を手放さず読み続ける。そこにありとあらゆる疑問の答えが書いてあると信じて、難解な記述の意味を読み取ろうと努力する。日曜日以外の父は、信者の家を訪ね歩くことに時間を使っていた。だが早乙女の代になると、信仰に生活のすべてを捧げる人も少なくなった。親が信者だから、という理由だけでは、今の若い人は教会に通ってこない。自ら進んで神の言葉を聞こうとしない者に、神の愛は説けない。勢い早乙女は、教会でひとり聖書を読む時間が増える。信者が減っていくことへの不安も、特に感じない。

今日も早乙女は、一心に聖書を読んでいた。一度熱中すると、周囲の雑音は思考から完全に閉め出される。そのため、背後から声をかけられるまで、来訪者があったことには気づかなかった。振り向くと、そこには俯き加減の郁代がいた。

そうか、もう郁代が来る時間か。腕時計で時刻を確認し、早乙女は頷く。昼食直後から聖書に読み耽っていたから、かれこれ二時間以上になるが、時間経過はほとんど一瞬にしか感じられなかった。郁代がやってこなければ、早乙女はそのままずっと読書に没頭していただろう。郁代が来てくれることで、一日の減《め》り張りができているようなものだった。

「失礼しました。お勉強の邪魔をしてしまいました」

早乙女が聖書を手にしているのを見て、郁代は狼狽した。郁代はふだんから、相手の顔色を窺うようなところがある。今も自分が早乙女の精神集中を破ってしまったことを気にして、目に見えておろおろし始めた。郁代の過去を思えばやむを得ない心の動きではあるが、しかしいちいちそれを宥《なだ》めてやらなければならないのも、いささか骨が折れた。

大丈夫です、気にしないでください。言葉を返すと、郁代はそれが本音だろうかと疑うように、上目遣いで早乙女を見た。あまりに卑屈なそんな態度に、早乙女は胸が痛む。いったいいつになったら、郁代の心の傷は癒えるのだろう。人間が他人に対し、このように卑屈に接するのは健康的ではない。郁代と接するたびに、早乙女は己の力不足を痛感する。

今日も郁代は、建物内の掃除と夕食の支度をするために来たのだろう。だが今日は、日がな一日聖書を読んでいるつもりだった。家事をこなすのに他人の手を借りるまでもない。だから早乙女は、遠慮の意図を込めて今日は手伝いは必要ないと断った。すると郁代は、それを拒絶と受け取ったようだった。数回瞬きを繰り返すと、耐えがたい言葉を浴びせられたとばかりに消沈する。そのあまりに大袈裟な反応に、早乙女は続ける言葉も見つけられなかった。

「あたし、お邪魔でしょうか。もうここに来ない方がいいんでしょうか」

縋りつくような目つきで、郁代はそう訴える。早乙女は冷静に、そんな相手を見つめた。

過敏になっている。早乙女はそう見て取った。郁代はこれまで、あらゆる局面で拒絶され続けてきた。実母に拒まれ、夫に見捨てられ、漂流するようにこの町に戻ってきた。だから郁代は、少しでも受け入れられないと感じると、大袈裟に反応する。ちょうどそれは、赤剝けた皮膚に触られた怪我人の反応のようだった。郁代の心には、未だ薄皮すら張らず剝き出しの傷口が開いている。

そうではない。今日はたまたま時間があるので、手を煩わせる必要がないのだ。早乙女は努めて優しく、そう言い聞かせた。

郁代は早乙女に、また疑うような目を向けた。それは見捨てられた孤児の目つきのようでもあり、女性が無意識に見せる媚《こ》びのようでもあった。郁代の依存心には、わずかとはいえ男性としての早乙女を慕う気持ちが混じっている。そのために早乙女は、郁代の不安を全面的に受け止めることができなかった。

「では、少々お話を伺わせていただきたいのですが、よろしいでしょうか？」

　また拒否されるのではないかと恐れるように、郁代は言葉を途切れさせながら言う。もちろんかまわないと、早乙女は快諾した。

「また母とぶつかってしまいました。母はあたしを憎んでいます。たったひとりきりの娘なのに、濃厚すぎる愛情を受け止められないからという理由で、心底憎悪しているのです。どうしてあたしだけが、こんなひどい運命に置かれているのでしょう。どうしてあたしは、肉親の情に恵まれないのでしょうか」

　郁代の問いは、今日初めて発せられたものではなかった。これまでに幾度も、早乙女はその質問に答えている。だが郁代は、いっこうに満足する様子がない。納得いく答えを早乙女が考え出すまで、郁代は同じ問いを繰り返すつもりだろうか。

　運命は他人から与えられたものではない。自らが決め、自ら切り開いていくものだ。運命を呪い、神の真意を疑うのは愚かしい。蟻に人間の視点が想像できないように、人間には神の真意を読み解くことはできない。どんなに理不尽と感じられようと、神がこのように世界を創ったことには理由があるはずだ。

　早乙女は代わり映えのしない答えを、語句を入れ替え表現を改め、郁代に説いて聞かせた。もちろん、郁代がこれで満足するわけはないとわかっている。現実の痛みの前に、言葉が空しいことを早乙女は充分に承知していた。それでも空疎な言葉を繰り返せるのは、早乙女が痛みを知らないからに過ぎない。

「ならば、あたしが悪いのでしょうか。あたしが母の押しつけをすべて受け入れ、夫が望むように完璧に家事をこなしていれば、こんな不幸はなかったと牧師様は言うのでしょうか」

何があったのか知らないが、郁代は珍しく食い下がってきた。よほど母との間で、腹に据えかねることがあったのだろう。これ以上興奮させないように気を配りながら、早乙女は応じた。

あなたが悪いわけではない。誰が悪いと、特定できることなんてないのだ。繰り言は、自分を苦しくさせる。気持ちを光に向ければ、神の愛が胸に染み透《とお》るはずだ。

「あたし、もう疲れました。あたしは後悔をせずに生きていけるほど、強い女じゃありません。ひとりで毅然と生きていく気力も、特別な才能も何もない平凡な女です。誰かに支えられ、あたしも誰かの心の支えになり、小さな幸せに満足して生きていければそれでいいんです。たったそれだけのことが、高望みなのでしょうか」

どんな言葉を向けようと、郁代が満たされないのはわかっていた。郁代が救われる手段はただひとつ、早乙女が異性として郁代を受け入れることだけだろう。それがわかっていながらも、早乙女は郁代に求愛することはできない。いくら牧師だからといって、そこまでして信者を救わねばならない義務はないと思うし、するべきでもない。だから早乙女の言葉は、ただ空回りする。

誰でも苦悩を背負って生きています。苦しみと無縁の人は、この世にいません。それを少しでも和らげるために教会があり、牧師がいるのです。苦しいときはいつでも訪ねてきてください。

「神様は、どうしてそんな苦しい世界を作ったのですか？　どうして幸せに満ちた世界にしてくれなかったのですか？」

郁代の反駁は鋭かった。早乙女は己の言葉の欺瞞《ぎまん》を見抜かれたような気がして、絶句する。神の真意は誰にもわからないと郁代に繰り返しても、この問いの回答にはならないだろう。他ならぬ早乙女自身が、神の真意を忖度《そんたく》する不遜を犯してでも、その謎を解き明かしたいと強く望んでいた。

救いは、必ずやってきます。それを信じて、今は待ち続けてください。

逃げでしかない。早乙女は自らの言葉にうんざりする。明らかに救われる手段がある女性を目の前にしながら、何もできない自分がいる。いったい牧師とは、なんのために存在するのか。この程度の無力な自分に、どうして牧師が務まるだろう。

神に問いかけても、答えを得られないのはもうわかっていた。聖書を読むしかない。そこに答えが書かれていると信じて、ひたすら読み続けるしかない。揺るぎない信仰心で聖書を読んでいた父の背中を、早乙女は懐かしく思い出す。

8

足許が頼りなく、まるで泥濘《でいねい》の中を歩いているようだった。郁代は半ば思考が停止したような不確かな心持ちのまま、教会を後にした。

己の身を切り刻むような自己嫌悪に苛《さいな》まれていた。一瞬とはいえ自分は、早乙女牧師の言葉を疑ってしまった。とうてい納得いかないと、強い拒絶が心に生まれた。あらゆる環境で拒絶され続けてきた郁代を、牧師は無条件で受け入れてくれたというのに、その大恩を忘れて反発した。郁代は自分自身が許せなかった。

縋るしかない。自分にはもう、牧師に縋るより生きるすべはない。そんなことは、誰に言われるまでもなく充分に認識しているつもりだった。それなのに心は、牧師の言葉を受け入れがたいと感じる。郁代にとっては神よりもずっと崇高な存在の牧師に、欺瞞の匂いを嗅ぐ。これでは確かに、誰が悪いわけではなく己自身が不幸を招き寄せていると言われても仕方ない。今の状況から抜け出したいのであれば、思考を停止し、ただ牧師に盲従すればいいのだ。それこそが、救いへの近道だと固く信じろ。郁代は己に言い聞かせる。

神なんて信じられなくていい。神の愛など、一度として感じたことがなかった。それが信仰心の不足のせいだと咎められても、郁代は耳を貸す気はない。もし信じることで平安を得られるのだとしても、それは神が与えてくれるのではなく、自らの信仰がもたらすものだ。神が存在しなくても、郁代はいっこうに困らない。

しかし、早乙女牧師を信じられないなら、確実に我が身に不幸を呼び寄せる。かろうじて得たわずかな光明を、進んで捨て去るに等しい。だから郁代は、牧師が神を信じろと言うなら、そのまま鵜呑みにしていればいいのだ。神の存在を疑っていても、神の仮借なさを憎んでいても、牧師だけは受け入れなければならない。信仰とは、自らを奴隷の地位に置くことだとようやく悟る。

牧師は信者の相談に親身に耳を傾ける。だが郁代には、それが仇になっているのかもしれない。郁代は牧師が命じるなら、どんなことでもできる。こちらに考える暇を与えず、強引に導いて欲しいと思う。それなのに牧師は、常に柔らかく郁代の苦悩を受け止めるだけだ。ぐいぐいと手を引っ張り、今この場所から連れ出してくれようとはしない。

ここから抜け出したい。心の奥に封印していた渇望が、思考の空隙を縫って表に飛び出してしまった。誰でもいい。こんな苦しい毎日から連れ出してくれるなら、言いなりになる。だから牧師様、あたしをここからどこか遠いところに誘《いざな》ってください。牧師様の行くところなら、あたしはどこにでもついていきます……。

不意に、背後から車のクラクションが聞こえた。郁代は思考を破られ、飛び上がって驚く。その唐突さに身が竦み、振り向くこともできなかった。

「危ないですよ。そんなにぼうっと歩いていたら」

続けて、そのように呼びかける声が聞こえた。ようやく声の方向に顔を向け、郁代はまた別種の意外感に打たれた。車に乗っていたのは、思いがけない人物だった。

「どうしたんですか。あまり顔色がよくないようですが」

男は車の窓から首を出して、郁代にそう話しかけた。広いだけの道路は閑散としていて、他に人通りもない。男が郁代に声をかけているのは明らかだった。

「ご、ごめんなさい。ちょっと考え事をしていました」

詫びる必要はないのに、郁代は何度も頭を下げた。男は怪訝そうに、そんな郁代の態度をじっと見つめる。男の目つきが鋭いだけに、その視線には圧迫感を覚えた。郁代はもう一度低頭して、その場を立ち去ろうとした。

「お待ちなさい。食堂に帰るのですか。なら、送っていきましょう」

男は昨日今日と続けて食堂にやってきて、郁代に強い印象を残した客だった。昼間に来たときと同じ服装のまま、車の運転席に着いている。郁代は男の申し出を検討することもなく、ふらふらと車に近づいた。ドアのそばに寄り、「いいんですか？」と尋ね返す。

「お忙しいんじゃないんですか」

「忙しいことなんかないですよ。言ったでしょう、私は知人の家に居候しているんだが、日中からごろごろしているのもどうも気が引けてね。用もなく、こうして車を転がしていたんですよ」

男は口許に笑みを刻むと、郁代の返事も待たず助手席のドアを開けた。「さあ」と促され、郁代は言われるままに車内に入る。自分が見知らぬ男の車に乗り込むという、無謀な真似をしている自覚はなかった。

男はすぐに車を出したが、なかなか話しかけてこようとはしなかった。郁代は横目でちらちらと男の反応を窺い続け、やがてたまらずに自分から口を開いた。

「あの、すみません、甘えてしまって」

「いいんですよ。私の名前は棚倉《たなくら》。あなたは？」

「ああ、失礼しました。野口《のぐち》郁代といいます」

答えると、また会話は途切れた。棚倉の方には、あまり積極的に郁代と言葉を交わそうという意図がないようだ。それならばと郁代も口を噤んだが、どうにも沈黙が重苦しく、仕方なく話しかけた。

「どちらのお宅に泊まってらっしゃるんですか」

「田辺《たなべ》のところです。おわかりになりますか」

「ああ、はい。存じています」

確か田辺は、子供がないまま妻と死に別れ、ひとり暮らしをしていたはずだ。自炊が苦でないらしくあまり食堂にはやってこないが、狭い町のこととて面識はある。田辺の家ならば、確かに友人ひとりを泊めておくくらいのスペースはあるだろう。郁代は納得したが、しかし同時に多少不思議にも感じた。田辺とこの棚倉の間に、そうして生活をともにするほどの友情があるとは想像しにくかったのだ。田辺は五十前後の年格好で、棚倉とは十歳は違う。加えて、田辺はお世辞にも見栄えがいいとは言えない貧相な小男だが、対照的に棚倉は凜《りん》とした気骨を感じさせる風貌である。共通の基盤があるとは思えなかった。

「よんどころない事情で会社を辞めましてね、気分転換のつもりで、田辺のところに転がり込んだんです。観光地で遊ぶ手もありましたが、こういう変哲もない町もなかなか落ち着く」

「そうですか。あたしにとっては、なんの面白みもない町ですが」

ふと、本音が漏れてしまった。会ったばかりの人に言うことではないが、外部の人間だという心安さが、つい口を軽くした。

「あなた、何か辛いことを抱えていますね」

いきなり、棚倉はずばりと指摘した。郁代は面食らい、絶句する。

「なに、特別な洞察力なんて必要ありませんよ。あんなに暗い顔をして歩いていたら、誰にだってわかる。――そうだ、少し時間はありますか？　夕方の開店時間までには、まだ暇があるでしょ」

「はい、ええ……」

「じゃあ、少しドライブしましょう。暇を持て余していたんだ。付き合ってください」

有無を言わせぬ、強引な誘い方だった。普通の女なら警戒するところだろうが、今の郁代には棚倉の強引さが新鮮だった。母のいる食堂に戻るよりは、面識もなかった男とのドライブの方がよほどましだ。郁代はさして考えることなく、了承する。

「よかった。じゃあ、山の方に行ってみましょうか」

棚倉は言って、進路を変更した。紅葉の季節も終わり、眺望は大して面白くもないはずだが、町中を走るよりはいい。郁代は特に反対もしなかった。

「野口さん、あなた、親御さんとうまくいってないでしょ」

またしても棚倉は、核心を衝く言葉を投げてくる。今度は郁代も言葉を失わず、しっかりと「ええ」と認めた。

「それも、見ただけでわかりますか」

「わかりますよ。店の料理は旨かったが、ピンと張り詰めた空気があるのはいただけない。客商売は、もう少し温かい雰囲気じゃないと」

「すみません」

もっともな指摘なので、郁代としてはただ謝るしかなかった。そんな郁代に、棚倉は初めて笑いかけた。

「あなたが謝ることはない。こうして話をしていればわかるが、あなたの方は親と対立なんてしたくないはずだ。それなのに向こうが、あなたを受け入れようとしない。違いますか？」

「なんでもお見通しなんですね、棚倉さんは」

いちいち見抜かれるのを不気味に感じてもおかしくないはずなのに、郁代はなんとも思わなかった。むしろ、不思議な爽快感すらある。第三者が自分に注意を向けているという事実が目新しく、嬉しくもあった。

「父親と息子がうまくいかないのは、私も実感として知っている。同じようなことが、母親と娘の間にも起こるのでしょう。うまくいってないのは、両親両方とですか。それとも母親とですか」

「母です」すかさず郁代は答える。「母とは、もう何年もうまくいっていません」

「そうですか。そういうぎくしゃくした関係も、時間が経つにつれて自然解消するものですが、そんな簡単なことではなさそうですね」

「離れて暮らしていればいいんだと思います。実際、二年ほどはうまくいっている時期もありました」

「どうして戻ってきたんですか」

棚倉は淡々と問い返す。いつの間にか心の奥に踏み込んだ話になっていたが、郁代は不愉快には思わなかった。

「婚家を追い出されたんです」

恥を曝している意識もなかった。会ったばかりの人に何を言うのかと、良識が微かに自分の軽率さを咎めたが、逆に大して深い知り合いでないからこそ話しやすかった。聞いてくれる相手を欲していたのだと、いまさら気づく。

「あたし、駄目な女なんです。女失格なんです」

「とてもそうは見えないな。あなたのどこが、女として問題あるんです？」

「あたし、子育てに失敗したんです。子供を育てられなかったんです」

そんなことまで話すのかと、驚くもうひとりの自分がいる。同時に、露悪的に語ることに爽快感を覚える自分もいる。どちらも郁代自身だった。

車は町を離れ、林道に分け入っていた。徐々に上り坂になっていく。棚倉は真っ直ぐ前を見たまま、郁代の言葉を繰り返した。

「子供を育てられなかった？」

「ええ。たとえ話じゃないですよ。そのまま文字どおりです。ひどい親でしょ」

棚倉がどういう返事をするか、聞いてみたかった。こんな話を聞けば、誰もが呆れる。軽蔑する。郁代は無意識に、そんな反応を期待していた。

「聞かせてもらえますか」

棚倉はプライバシーに踏み入ることにも、まったくためらわなかった。その乱暴ともいえる詮索が、今は心地よい。

「就職して一年経った頃に、かつての夫と知り合いました。優しくて、力強くて、あたしにとっては完璧な男性でした。あたしはそれまで、ずっと母に束縛されて生きてきました。夫からプロポーズされたとき、これでようやく自分の人生を生きられると、眩暈《めまい》がするほど嬉しかったものです」

言葉は自然に口からこぼれた。どういう順番で語ろうかと考える必要はなかった。棚倉は相槌を打とうとしなかったが、郁代は相手が聞いていようといまいと、もはやどうでもよかった。

「夫は結婚してからも、理想的な配偶者でした。経済力と決断力に恵まれ、あたしはすべてを夫に託していればよかったのです。もともとあたしは、あらゆる決定権を母に奪われていました。それがずっと不満だったのに、小さい頃からそうした生活を送っていたせいで、自分で何かを決めることができなくなっていたんです。今から思えば、何もかも決めてくれる人を母から夫にすげ替えただけでした。だから結婚生活が破綻《はたん》したのは、全部あたしのせいなんです。夫は最後まで、理想的で完璧な男性でした」

それは偽らざる実感だった。夫を恨むことができたら、どんなに楽だっただろう。だが夫にはまったく非がなく、一方的に自分だけが悪いという状況では、逃げ場がない。夫の完璧さに郁代は苦しめられたが、だからといってそれはまったく夫のせいではなかった。ただひとつ夫が犯した過ちは、郁代を妻として迎えたことだけだった。

「結婚三年目に、子供が生まれました。女の子です。あたしはずっと子供が欲しいと思っていましたが、まさか女の子が生まれるとは思いもしませんでした。妊娠する前から、根拠もなく自分は男の子の母親になると決めつけていたのです。今から思えば、自分が母とうまくいっていないから、娘を持つのが怖かったのだと思います」

生まれた子供が女の子だったことに、郁代はひどく戸惑った。狼狽したと形容しても、大袈裟ではない。それまで郁代は、育児雑誌などを買い込んで子育ての準備を完璧にしていたにもかかわらず、新たな命を前にして立ち往生した。どのように接したらいいのか、まったくわからなかったのだ。

「頭の中が真っ白になりました。それまで勉強したことが、赤ちゃんが女だと知ったとたん、綺麗に消えてなくなってしまったんです。自分が抱いている物体が、自分のお腹の中から出てきたとはどうしても思えませんでした。あたしには、母性が決定的に欠けていたんです」

郁代は赤ん坊を抱くことにも恐怖を覚えた。乳首を吸われることにどうしようもない嫌悪を覚え、勢い赤ん坊をベビーベッドに寝かしたままにしておいた。赤ん坊が泣いても、抱き上げてやることができない。耳を塞ぎ、ただ部屋の隅に蹲《うずくま》り続けた。

「あたしは子育てを放棄したんです。どうしても、子供を普通に愛することができませんでした。心に欠陥がある女なんです」

「ネグレクト、ですね」

初めて棚倉が口を挟んだ。驚いて郁代は、棚倉の横顔を見つめる。そんな言葉を知っているとは、思いもしなかった。

「そうです。よくご存じですね」

「人間が他人に振るう暴力に興味がありましてね。本を何冊か読んだ程度の知識ですが」

「……精神科の先生に、そう言われました。児童虐待のひとつです。あたしは暴力なんて振るいたくないのに、自分の子供を虐待していたんです」

「カウンセリングを受けたのなら、ネグレクトがあなたの罪ではなく、病気のせいだとわかったでしょう」

「確かに先生は、あたしの過去に原因があると診断しました。自分でも、納得できました。あまりにわかりやすい原因ですから。でも、先生の診断を理解するのと、納得するのは別です。誰よりもあたし自身が、自分の振る舞いを許せなかったんです」

「自分を責めていても、心の病気は治らない。そうも言われたでしょ」

「言われました。それでも自分を許すことはできませんでした。生まれたばかりの赤ん坊がお腹を空かせているのに、ミルクもあげないで放っておくなんて、信じられないひどい親です。それが、あたしのことなんです」

郁代のネグレクトは、ほどなく夫に知られた。遊びに来た夫の母親が、ひと目で異状に気づいたのだ。郁代は自分が子育てを放棄していることを認めた。夫は愕然とし、信じられないと嘆き、だが最終的には事実を受け入れた。発育不全という医者の診断が下っては、いくら郁代を信じたいと願っていても、現実から目を背け続けることは不可能だった。

「あたしは夫の母に、離婚を言い渡されました。あたしにはそれに逆らう権利なんてありません。娘を手放し、夫と別れ、何もかもを失って実家に戻ってくるしかありませんでした。こんなあたしを、実家の母は恥曝しと罵りました。あたしには返す言葉がありません。きっと母は、あたしを一生憎み続けるでしょう」

　喋り続けることで、奇妙にも心が軽くなっていった。かつて、早乙女牧師に己の恥をすべて曝したときにも味わった浮遊感だ。他人に過去の罪を語ることは、自分を罰する行為でもある。自己を責め苛んでいるときだけが、わずかに心が癒される瞬間だった。

　車は林道から、カーブの多い山道に入っていた。棚倉はあまりスピードを出さず、カーブのひとつひとつを丁寧に通り過ぎていく。郁代は窓から、徐々に深くなっていく谷底を見下ろした。改めて、己の罪深さを思い知る。

「夫は完璧な人だと言いましたね。しかし、それは本当なのかな」

　長い沈黙の末に、棚倉はぽつりと言った。郁代は棚倉が何を示唆しているのかわからず、首を傾げた。

「どういうことですか？　未練で言うわけじゃないんですけど、夫は非の打ち所のない人でした。あたしはそんな夫に釣り合わない女だったんです」

「ネグレクトが起こる家庭では、往々にして夫が子育てに無関心なケースが多いそうです。あなたの旦那さんがもう少しサポートしてくれれば、状況は違っていたんじゃないですか」

「夫は忙しかったんです。毎日遅くまで残業があって――」

「忙しさは理由にならない」

　郁代の言葉を途中で遮《さえぎ》り、棚倉はぴしゃりと言った。その語気の鋭さに、郁代は思わず身を竦ませる。

「子育ては女の役目と決まっているわけじゃない。どんなに仕事が忙しくても、父親にできることは少なくない。子供とふたりきりで置かれるストレスを自分のことと実感できたら、旦那さんももっと違う対応ができたんじゃないかな」

　棚倉の指摘に、郁代は言葉を失った。これまで誰も言ったことがなく、郁代自身考えたこともない指摘だった。慌てて記憶を甦らせるが、確かに夫とふたりで赤ん坊の面倒を見たという憶えはない。それは自分が子育てを放棄していたからだと、これまで郁代は思い込んでいた。

「ネグレクトが起こる原因は、単純じゃない。親が置かれている環境や、生い立ちなど、複合的な理由で不幸が起こるんだ。あなたに責任がまったくないとは言えないが、全面的にひとりで背負うのはおかしい。カウンセリングで医者はそのように言わなかったんですか」

「……わかりません」

　言われたのかもしれない。だが棚倉のように、厳しいまでにきっぱりとした口調ではなかった。医師の言葉は郁代の心に届かず、表面を軽く撫でただけで通り過ぎていった。傷を癒す力など、とうていありはしなかった。

「自分をむやみに責めるのはやめた方がいい。そんなことは無意味だ。あなたはまだ若い。これから何十年も生きていかなければならないんだ。今後の人生をずっと、自分を責め続けて生きていくつもりですか。そんなことをしても、誰も喜びませんよ。また新たな不幸を呼ぶだけだ」

鑿《のみ》のようだ。棚倉の言葉をじっと聞きながら、郁代はそう感じる。棚倉の口調には甘い部分が微塵もなく、厳しさのみで構成されている。その厳しさは刃となり、郁代の硬く窄《すぼ》んだ心の表面に食い込んだ。精神科の医師の知識も、早乙女牧師の優しさもこじ開けることができなかった心の檻を、棚倉の言葉は鑿となって叩き壊す。その強引さに、郁代はただ戸惑った。

「自己憐憫《れんびん》、なんでしょうか」

ふと疑惑を覚え、問いかけた。自分が自分を憐れんでいるとは、これまで考えたことがなかった。しかし棚倉の厳しさを前にしては、己がただ甘えているだけのように思えてくる。この甘えを早乙女牧師は見抜いていたから、あともう一歩を踏み込んでこなかったのだろうか。

「誰だって、自分がかわいいものだ。それは、決して他人に咎められるようなことじゃない」

棚倉は一瞬だけ横を向き、郁代に笑いかけた。郁代はその言葉の意味が呑み込めず、しばし混乱した。わかるのは、自分が否定されていないという信じられない事実だけだった。

「偉そうなことを言った。これも年寄りの小言と思って、聞き流してください」

しばらくしてから棚倉は、幾分剽《ひょう》げるように言った。車はいつの間にか下り坂に差しかかっている。

「いえ、とんでもない」慌てて首を振ってから、郁代はなんとか言葉を紡ぎだした。

「あのう、なんと言っていいのかわからないのですが、ありがとうございました」

精一杯の感謝を込めて頭を下げると、棚倉は照れたように応じた。

「また飯を食いに行きます」

なんと温かい言葉だろう。郁代は胸が満たされるのを感じる。

9

遠ざかっていく客たちの背に向けて、早乙女は深々と低頭した。横では、創もまた同じように頭を下げている。だが客はそれに気づいているのかいないのか、一度も振り返ろうとはしなかった。二度と早乙女たち親子を視界に入れまいとする、頑なな意志が肩に仄見えた。

客たちが見えなくなると、早乙女は踵《きびす》を返して教会に戻った。創が後に続き、ドアを閉める。そして思いがけぬ大きな声で、「すみませんでした」と詫びを口にした。早乙女は驚いて立ち止まり、息子を振り返る。

「すみませんでした。不愉快なことで時間をとらせてしまって」

このような言葉を息子が発するとは、いささか予想外だった。自分はどうだったろうかと早乙女は回想するが、はっきりとは思い出せない。

これから気をつけることだ。無難であるが故にこの事態には最もそぐわない返事をして、早乙女は終わりにしようとした。だが創はもっと父との対話を望んでいるようだった。祭壇の前で立ち止まった父に、硬い顔で近づいてくる。

「はい。もうこんなことは決してしません」

創は殊勝な反省を口にしたが、それは先ほどまで応対していた客にはあまり聞かせられない類の言葉だった。「決してしない」とは、ガールフレンドを妊娠させるような不手際のことだろうか、それとも行為そのものか。早乙女は疑問に思ったが、問い質しりはしない。

息子から、交際中の女性を妊娠させたと告白されたときは、さして驚きもしなかった。ごくありふれた事件であり、取り立てて騒ぐほどのことでもないと思ったからだ。現に、子供ができたという理由で結婚を急ぐカップルは少なくない。そうした例を間近で見ている早乙女にしてみれば、息子だけがそのようなふしだらな真似をしないと思い込む根拠はなかった。

ただ、その事実に創がどう対処するかには、まるで他人のように興味があった。責任をとって結婚するか、中絶手術を選択するか、あるいは卑怯に逃げ出すか。早乙女はその後相談されないのをいいことに、ずっと傍観者を決め込んでいた。

しばらくは創も、ひとり悩み続けているようだった。それでも、事後報告は何もない。そうこうするうちに、数日前にようやく事態の変化があった。ガールフレンドは結局、流産したというのだ。

息子の恋人の妊娠には驚かなかった早乙女だが、その報には軽い衝撃を受けた。まさか、そこまで自分の過去と重なるとは思わなかったからだ。早乙女自身もかつて、すでに名前も憶えていない女友達を妊娠させてしまったことがある。そしてふたりの関係は、流産をもって終わりを迎えた。早乙女は女友達の妊娠に対し、なんら積極的な対応をしなかった。目を逸らしていたというよりも、重みを持って受け止めることができなかったのだ。自分の遺伝子を継ぐ存在が、他人の子宮内で育っているという現実は、どうしても認識不可能だった。

今となっては詳細は忘却の霧の彼方に消えてしまっているが、女友達との関係は苦い最後を迎えたはずだった。早乙女は内なる必然に導かれ、女友達に暴力を振るった。その結果、胎児は流れこの世に生を受けることがなかった。女友達はなぜか、そのような仕打ちを受けても早乙女を刑事告訴しなかった。先方の親から抗議もなかったのだから、早乙女に暴力を振るわれたこと自体を秘密にしていたのではないかと思う。その後一度も会うことがなかったので、本当のところは早乙女にもわからない。

創は成長するにつれ、父親である早乙女に不気味なほど似てきた。まるで自分の人生をそのまま再現しているフィルムを見るかのようだ。寡黙に神の存在を希求するその態度は、若き早乙女そのままである。だから早乙女は、息子の苦悩を我が事のように見て取ることができた。

先ほどまで気まずい時間を共有していた客は、創のガールフレンドの両親だった。両親は娘と創が結婚することを希望していたらしいが、流産したからにはその話はなかったことにして欲しいと申し出てきた。娘自身が、もはや創との結婚を望んでいないという。相手が望みもしない結婚など、無理強いできるわけもない。先方の両親の申し出を拒否はできず、創も抗わず受け入れたことで、話し合いは終わった。両親は自制の網からついこぼれてしまったような恨み言をひとつだけ残し、去っていった。もう二度と、この教会にやってくることもあるまい。

先方の両親がわざわざ足を運んできたからには、早乙女も息子の行動には関与しないと知らぬ顔をしているわけにはいかない。親として当然の義務を果たして面会したまでだが、創は思いがけず恐縮していた。これをいい機会と、早乙女は自分の疑問を質す。

ガールフレンドは、なぜ流産したのか?

「さあ」

創は一瞬口籠り、そして首を振った。そのわずかなためらいに、早乙女は不安を覚える。流産の原因もまた、自分の過去の繰り返しではないかと疑った。

創は暴力とはまったく無縁の性格だと、早乙女は認識している。幼い頃に母を亡くし、父と男ふたりの生活を送ってきたにしては、粗暴なところがかけらもない。むしろ、同年代の青年と比べても生真面目に道徳を遵守する方だろう。創は何事に対しても、真摯な態度で取り組む子供だった。

しかし早乙女は、それでも息子に対する疑いを拭えなかった。生真面目さは、他人に対して向けられるとき刃となることがある。それは、己の過去を振り返ってみても明らかだった。

どうしてガールフレンドは、もうお前と結婚したいとは思わないのだろう。続けて早乙女は、質問をぶつける。これに対しても創は、首を傾げて応じた。

「わかりません。たぶん、ぼくの未熟さのせいでしょう」

母親に似た端整な顔立ちは、厳しく引き締められているにもかかわらず、どこか心ここにあらずといった様子が見られた。この問題はすでに、創の裡では解決済みとして整理されているのだと早乙女は知った。

お前はそれでいいのか。もはや尋ねるまでもないと思いつつ、重ねて問う。息子の返事は予想どおりだった。

「仕方ありません」

早乙女はそれを聞き、諦念を込めて頷く。創はそれで話は終わりとばかりに、一礼して自室に戻っていった。その後ろ姿を見送り、早乙女は一抹の不安を感じる。創の歩んでいる道を、正しいと肯定する根拠をどうしても見つけられない。それは、自分の過去の否定でもあった。

早乙女は己の来し方を罪深いとは思わない。仮に他人と違う判断をしたことがあったとしても、それは無痛症という特異体質のなせる業であり、自らの罪とは自覚していなかった。だが息子は、自分とは違う。痛みを感じることができる息子は、それなのになぜ父の人生を繰り返すのだろう。

その疑問は、ここ数年来早乙女の脳裏に居坐り続けているものだった。これは運命の皮肉か、神のいたずらか。己の力を超えた必然を早乙女はどうしても感じてしまうが、しかしそれを超越者の責任として片づけてしまうのは、これまでの信仰が許さなかった。

結局、考えるだけ無駄なのだ。早乙女は積極的にそう結論する。迷いは信仰心の揺らぎでしかない。いつものように聖書を開くと、不安は泡沫《ほうまつ》の如く消え去り、心には影すら残さなかった。

10

血色がよくなった。鏡で自分の顔を見て、郁代は気づく。顔色とはすなわち、表情の多寡である。つい数日前まではデスマスクのように固定されていた顔が、今は生きた人間のそれになっていた。表情がこれほどに内心を反映させるものとは、郁代にとって目新しい発見だった。

生気に乏しい顔を見慣れた身にとっては、今の血色のよさはいささか面映ゆかった。

そうか、かつてはこのような表情で毎日を過ごしていた時期もあったのだ。郁代はまるで前世の記憶のように思い出す。かつての夫と知り合ったとき、郁代の顔は常に明るさに彩られていた。まさかそれを数年後に失うことになるとは想像すらしない、不変なる幸せを信じて疑わない顔だった。

当時の血色が甦ったことで、自分がいかに棚倉に救われているか自覚した。棚倉は約束を違えず、必ず一日に一度は食堂にやってきた。どちらかといえば無口な棚倉は、郁代を相手に軽口を叩くような真似はしない。静かに新聞を読み、運ばれてきた料理を丁寧に平らげて、帰っていくだけだ。それでも郁代は、棚倉がやってくるのを心待ちにした。自分の視野に棚倉がいるだけで、ゆらゆらと揺れていた己が倒れずに済むような気がした。

顔つきが前夫と知り合った頃に戻っても、それが棚倉への恋情のためとは思わなかった。棚倉と自分ではふた回り以上も年齢が違うし、それ以前に人間の格のようなものが段違いだと感じている。分不相応な相手に恋心を抱き、傷つくような愚を繰り返す気はない。棚倉との距離を縮めたいという望みはまったくなく、遠目からでも眺めていられればそれだけで郁代は幸せだった。恐れるのはただ、棚倉がこの町から出ていく日を迎えることだけであった。

棚倉とはその後も何度かドライブをした。最初のときのように、教会からの帰り道で声をかけられ、一時間ほど付き合うことが数回続いた。一度や二度ならともかく、何度も続けばそれが偶然でないことは明らかだ。棚倉が何を思って郁代を待っているのか、今ひとつ真意が摑めない。自分で言うように、暇を持て余して話し相手を欲しているだけかもしれない。理由はどうあれ、求められるのは何よりも嬉しいことだった。

やがて、そのドライブは恒例となった。時刻を取り決め、落ち合って出発するようになった。勢い、教会にいる時間は少なくなる。かつては一分でも長く教会にいたいと望んでいた郁代だが、今や気持ちは急速に冷えていた。あれほど求めても得られなかった救いが、こんなところにあった。相対的に教会の価値は、郁代の中で低くなっていた。

郁代は自分の現金さに苦笑するが、しかし恥ずかしいこととは思わなかった。信仰心を失ったわけではない。辛かったこの二年間、早乙女牧師の存在が支えになったことは事実だった。その恩を忘れるつもりはなく、だから教会への奉仕はきちんと果たしたい。果たした上で、自分の余暇を好きに過ごすのは自由だと考えていた。

鏡台に置いた腕時計を見ると、約束の時刻の五分前になっていた。郁代は上着を手に取り、家を出る。母が冷ややかな目を向けているのはわかっていたが、そんなことはまったく気にならなかった。棚倉と会っていることが町でどのように噂されようと、もはや郁代にとってはどうでもいいことだった。

それでも棚倉のために、町外れで落ち合う配慮は忘れなかった。自分は何を言われてもいまさらかまわないが、棚倉がこの町に居づらくなってしまうのは避けなければならない。棚倉には、一日でも長く滞在していて欲しかった。

何も目印のない四つ角が、待ち合わせの場所だった。棚倉の車が先に来ていることもあるし、郁代が棚倉を待つこともある。今日はすでに、棚倉の車が路肩に停まっていた。

「遅くなりました」

サイドウィンドウをノックし、棚倉の注意を惹いた。助手席に乗り込んで、待たせたことを詫びる。棚倉は短く「いえ」とだけ言って、郁代を迎えた。

「では、行きましょうか」

棚倉はサイドブレーキを下げて、車を出した。ただ時間を共有するためだけのドライブなので、目的地はない。隣町まで足を延ばすこともあるし、山道を上り下りして終わることもある。どこに行くかは、棚倉任せだった。

ぽつぽつと、当たり障りのない天気の話をした。棚倉は自分から話題を探して話しかけてくるような、そういう世故《せこ》に長《た》けたところはない。誘っておいて黙っているのは礼儀に反しているとも言えるが、郁代にはそんな不器用さが好ましかった。棚倉が饒舌《じょうぜつ》であったら、おそらく自分はこうして一緒に車に乗っていないと思う。

「今日は、教会の仕事はいいんですか？」

話の流れで、棚倉がそう問いかけてきた。郁代は軽く頷く。

「はい。今日はあたしの当番ではありません。あたしばかりが毎日押しかけては牧師様の迷惑になりますから、たまにはお休みした方がいいんです」

「どうして迷惑になるんです？」

大して興味もなさそうに、棚倉は尋ね返す。郁代は少し迷ってから、結局正直に答えた。

「あたし、この町の鼻つまみ者なんです。どうして戻ってきたのか、町の人なら誰でも知ってます。ろくでもない女だと、陰口を叩かれているのもわかってます。そんな女が出入りしてたら、教会だって迷惑なはずです」

「牧師さんがそう言っているのか」

「いえ、とんでもない」慌てて否定した。「牧師様は素晴らしい方です。こんなあたしでも、優しく受け入れてくださいました。あたしがこの町に居続けるのは、牧師様がいらっしゃるからなんです」

「なら、気にすることはないでしょう。私は信仰心のかけらもない人間だからよくわからないが、教会があなたの心の支えになるなら、他人の目なんて気にする必要はないんじゃないかな」

「そう……ですね」

今は支えが別にある、とは言えなかった。そんな告白をしては、今の適切な距離感が損なわれてしまうかもしれない。それに、棚倉はいずれ去っていく人だ。必要以上に頼り切り、その挙げ句虚脱を味わうような馬鹿な真似はしたくなかった。

「牧師さんは独身なのかな」

棚倉の察しのよさには、いまさら驚かなかった。町の者がどのように噂しているか、どうやら正確に見抜いているようだ。

「はい。大学生の息子さんがいらっしゃいますが、奥様はかなり以前に亡くなられています」

「病死なのかな。それとも事故？」

「交通事故と聞いています。事故があった当時、あたしは東京に住んでいたので詳細は知らないんですが」

「交通事故ね。誰かに轢かれたんですか」

「いいえ。そうじゃなく、自分で運転を誤ったそうです。ちょうどこの山道を運転しているときに、カーブを曲がり損なったのだとか」

「カーブを曲がり損なった」

なぜか、棚倉の眼光が鋭くなったようだった。何を気にしたのか、郁代には見て取れない。

「お願いがあります。何も言わずに聞いてもらえませんか」

ふと語気を強め、棚倉は言った。何事だろうかと不審に思いつつ、郁代は頷く。

「はい。どんなことでしょう」

「牧師さんの奥さんが亡くなった状況を、詳しく知りたい。できる限り、情報を集めてもらえませんか」

「どうしてですか？」

「何も言わずに聞いて欲しい。もし理由が必要なら、お願いはしませんが」

すっと、見えない扉が閉まりそうな気がした。郁代は慌てて言い繕《つくろ》う。

「いえ、理由なんていいんです。棚倉さんが興味あるなら、信者の方に訊いてみます」

「あまり露骨に嗅ぎ回るようなことはしないでください。あくまで自然に聞き出して欲しいのです。できますか」

「たぶん」

釈然としないまま、応じる。棚倉の頼みならば、できる限り力を貸したかった。

「その他にも、牧師さんに関して変わった話があったら、私に教えて欲しい。例えば、牧師さんのお母さんが亡くなったときの状況とか」

「牧師様のお母さん？」

いったい棚倉は、何を望んでいるのだろう。目的もなくこの町に滞在しているのだとばかり思っていたが、もしかしたら何か狙いがあってのことなのかもしれない。棚倉と牧師の間に、どんな繋がりがあるのか。

問い質したい気持ちは強かったが、詮索すれば棚倉は郁代から離れるだろう。それがわかるだけに、疑問は心の奥に封じ込めるしかなかった。

「牧師さんのお母さんも、やはり車の事故で亡くなっているのですよ。山道で、カーブを曲がりきれずにね」

初耳だった。早乙女牧師の母は、郁代が生まれた頃に死んでいる。その死は遠い過去のことであり、詳細についてはこれまで耳にしていなかった。

牧師は母と妻を、同じような状況で亡くしている。果たしてそこには、何か因果関係があるのだろうか。棚倉の目的も気にかかるが、郁代は牧師の秘密により強い興味を覚えた。

「頼めますね」

もう一度強く言われ、郁代ははっきりと頷いた。それが牧師に対する裏切りとは、少しも思わなかった。

11

翌日から郁代は、教会で顔を合わせる信者となるべく言葉を交わすよう心がけた。幸い、この二年間の信仰生活で、信者たちの態度は軟化している。郁代から話しかけても、露骨に無視されるようなことはなくなった。世間話を望むなら、誰でも気軽に応じてくれた。

他人との接触に臆病になっていた郁代には、なかなか自然に話を持ちかけることができなかった。だから情報は思うようには集まらなかったが、それでもお喋りな人はいるもので、日を重ねるうちにいくつかの耳寄りな話を聞くことができた。いずれも、平穏だけが取り柄のようなこの田舎町では、人々の記憶に長く残るのが当然の事件ばかりだった。

断片的な情報を総合するに、この教会は三つの死に取り巻かれていた。早乙女牧師の母の事故死、同じく妻の事故死、そして信者の墜落死。いくら小さい町とはいえ人の死はさして珍しくもないが、不慮の事故がこうして一ヵ所に集中しているのはやはり奇異な印象があった。果たしてこれは、ただの偶然なのだろうか。

特に注目すべきは、牧師の母と妻の死亡状況が、まるで模倣したかのように酷似していた点だ。口さがない人々の話によれば、どうやら牧師の母も妻も、ひとりきりで死んだわけではないらしい。配偶者とは別の男性と車に同乗し、挙げ句事故を起こしたという。その間柄がどのようなものだったかは明らかにされていないが、卑しい想像を広げようと思えばいくらでも広げられる状況であるのは間違いなかった。

「違うのは、牧師様のお母さんは助手席に坐っていたのに対し、奥さんは自分で運転していたことくらいです。もちろん事故を起こした場所は違いますが、カーブを曲がりきれずに車道から谷に落ちて炎上したのはまるっきり同じでした」

棚倉と会い、車の中でそのように報告した。棚倉は厳しく表情を引き締めたまま、ハンドルを握っている。その横顔には、どこか安易な接近を拒む峻烈《しゅんれつ》さが仄見えた。まるで別人のようなその表情に、郁代は緊張する。

「両方とも、ただの事故として処理されたのですね」

郁代の報告を聞き終え、おもむろに棚倉は口を開いた。厳しさは、声にも及んでいる。

「はい。そのようですね。事故の状況が似ているのは、ただの偶然のようです」

「偶然か」

棚倉はあまり納得していないようだった。しばらく考え、また問いかけてくる。

「牧師さんの奥さんと一緒に死んだ人は、どういう男ですか」

「隣町に住む塾講師だったそうです。牧師様のお母さんの方はよくわかりませんが、少なくとも奥さんは、その男性と後ろ暗い関係にあったようです」

「牧師さんも気の毒なことだ。母親も女房も、旦那以外の男に狂って馬鹿な死に方をしたってわけか」

棚倉の口調には、嘲《あざけ》りの色が見られた。棚倉は牧師を恨んでいるのか。そのときになってようやく、郁代は気づく。だがあの牧師がなぜ、人から恨まれなければならないのだろう。郁代にはまったくその理由が思い当たらなかった。

「女房が死んだとき、牧師さんはどういう態度だったんですか。ショックを受けていたのか、それとも女房のことを怒っていたのかな」

「さあ、そこまでは……」

情報がまだ不足していたことを恥じ、郁代は小声になる。棚倉はちらりと横目で郁代を見て、言葉を重ねた。

「牧師さんが女房の浮気に腹を立て、事故に見せかけて殺したという可能性はないのかな。そういう噂も立ってなかったんですか」

「そんな――」

棚倉の妄想に、郁代は絶句した。牧師が嫉妬に狂って妻を殺すようなことが起こるわけもない。他の人なら知らず、あの早乙女牧師にはそのような熱い感情は似合わなかった。

「それはあり得ません。牧師さんはそんな方ではないんです」

「他人の心のことは、外からは窺い知れないものだ。絶対にない、とは断言できないんじゃないか」

「でも、牧師さんは違います。牧師さんはたぶん、嫉妬なんて感情は持ってないと思います」

「嫉妬を感じない？　それは女房の素行に興味がなかったという意味かな」

「そう……かもしれません」

郁代は早乙女牧師の平常心を、非人間的と感じることがある。それほど牧師は、感情を乱すことがないのだ。それは言ってみれば、執着の欠如でもある。牧師は世俗的なことにはいっさい興味がないのだろう。

「牧師ってのはそういうものなのかな。それとも早乙女牧師だけが特別な人なのか。どっちなんだろう」

「わかりません。あたしは他の牧師さんを知りませんから」

郁代は力なく首を振る。だが内心では、早乙女牧師は特別な存在なのではないかと考えた。あのような人が、他にいるはずもない。

「浮気をしていた女房が、その愛人とともに事故で死んだと聞けば、普通はそこに犯罪の匂いを感じ取るでしょう。早乙女牧師がどんな立派な人物か、私は知らない。でももし万一犯罪に関与していたのなら、それは正当に罰せられるべきだと思いませんか。あなたが尊敬する人の罪を暴こうというのだから、手伝いをさせるのは心苦しいが、不可解な点は明らかにされなければならない。そうでしょう？」

強く同意を求められ、郁代は考える間もなく頷いた。棚倉の力強さには、とうてい逆らうことができなかった。

「時計塔から落ちて死んだ人のことも含めて、私はもっと牧師の身の回りで起きた事件について知りたい。手伝っていただけますね」

道が直線なのをいいことに、棚倉は助手席の郁代をじっと見つめた。その眼光に射竦《いすく》められ、郁代はただ「はい」と答えるだけだった。まるで催眠術にかかったようだと、頭の隅でぼんやり考えたが、警戒する気持ちは湧かなかった。

12

ここ数日の創は、何かひとつのことに思いを奪われているようだった。ふだんから無口な創は、父と挨拶程度しか言葉を交わさないが、それでも常と違うことは見ただけでわかる。ガールフレンドとの関係が壊れたことを思い悩んでいるのかと早乙女は推察したが、なぜかそれだけではないような気がした。恋人の妊娠は、創の裡ではさほど大きな問題ではないように思えてならなかった。

創が帰宅した気配を感じたとき、早乙女はすでに床に就いていた。遅くまでアルバイトをしている創は、早乙女の就寝後に帰ってくることも珍しくない。ふだんの早乙女はそんな創をわざわざ出迎えたりはしなかったが、その日はなぜか眠りが浅く、一度目を覚ますとなかなか睡眠に戻れなかった。仕方なく、水でも飲むかと自室を出る。空気が乾燥しているせいか、喉が渇いていた。

台所から戻る際に、礼拝堂の照明が点いているのに気づいた。奇異に思い覗いてみると、創がベンチに腰を下ろしうなだれている。何か一心に思い詰めているらしく、早乙女が覗いていることにも気づかない。反応がないのを見て取り、早乙女はその場を後にしようとした。

「お父さん」

ドアを閉めようとしたときだった。ようやく物音が耳に届いたらしく、創が呼び止めた。早乙女は振り返り、息子の顔を見る。創の表情には重い苦悩が浮かんでいるようだった。

「少し、お話を聞かせてもらえませんか」

創がそのように求めてくるのは、これで二度目だった。早乙女は創を苦悩から解放してやるすべを知らないが、求めを拒否する気は毛頭ない。応じて、創の横に腰を下ろした。

「お父さん、人はなぜ、苦しみを背負って生きているのでしょうか」

前置きもなく、創はいきなり問いをぶつけてきた。創の疑問は、若かりしときの自分の疑問でもあった。創を納得させられる自信はまったくないが、それでも真摯に答えたいと早乙女は考える。

試練を、お前は無意味だと思うか。

まずそう問い返す。創はしばし考え、首を振った。

「苦しみがなければ、人間は思索することがないと思います。考えることを放棄すれば、神は見えません。苦しみにこそ、神に繋がる道がある。ぼくはそう考えています。間違っていますか？」

創はいずれ、この教会の牧師職を継ぐ身である。神についてはそれなりに考えることがあるだろうとは思っていたが、それがどの程度の深度に及んでいるか、早乙女は把握していなかった。思いがけぬ深い考察に、早乙女は喜びを覚える。

それでいい。お前は人に教えを乞うまでもなく、自分で真理に辿り着いている。いつの間にか成長していた息子を誇らしく思いながら、早乙女は答えた。

「しかし、考えること自体が己の身を切り刻むほど、大きな苦しみだったならどうでしょう。いつかは救いがあると信じることもできないほど巨大な苦悩は、人をいたずらに苦しめるだけではないのですか」

創は自分の辿り着いた結論に、万全の自信を持ち得ないでいるようだった。揺らぎもまた、神を思うのに必要な要素である。すべてを悟ったと錯覚した瞬間、神は遠くなる。世の事象に、無意味なことは何ひとつない。すべて、精妙なバランスの下《もと》に配置されている。その意味を読み取れないのは、人間としての視点しか持っていないからだ。神の意図を忖度するのは、禁断の果実に手を伸ばすのに等しい。

「では、苦しみの意味を考えてはいけないと言うのでしょうか」

創は早乙女の説明に満足できなかったようだ。それはそうだろう。早乙女も、自分の理解が間違っているとは思わないが、苦しみの渦中にいる人に有益だなどと自惚れてはいない。貧困に喘《あえ》ぐ人を救うのは経済的援助であり、病苦に苦しむ人を救うのは医療だ。言葉ではない。

苦しみが大きければ大きいほど、神は近くなる。苦しみが、お前を神に近づけてくれる。

そう語りながら、早乙女は己の言葉を皮肉に感じた。苦しみが神へと到る道ならば、早乙女は永久に神に近づくことはできない。苦しみの正体を、早乙女は未だに実感していないのだから。

創は父の言葉に反論しなかったが、それでも悩みが解消されたようには見えなかった。苦しみを背負ったその顔を、早乙女はふと羨ましく思う。

自分の言葉を見つけようとするのは、決して悪いことではない。それでも、信じることだけは忘れるべきではない。

最後に言い残し、早乙女は立ち上がった。創は父の助言を噛み締めるように、ゆっくりと頷いた。早乙女は礼拝堂を後にする。

その日はそのまま寝てしまったので、創が何時まで礼拝堂にいたのかわからなかった。創は翌朝いつもどおり大学に行き、そして帰ってきてから父と夕食をともにした。食卓を挟んで相対した創は、昨夜とは一転してどこか晴れ晴れとした顔をしている。自分なりに、苦しみを一ヵ所に落ち着かせることができたようだ。そのことを早乙女は、牧師としても父親としても嬉しく思う。

早乙女の一日の終わりは早い。入浴の後はいつまでも起きていずに、十時には床に就く。今日もその日課を破ることなく、早々に就寝した。明日もまた今日と同じ一日が訪れることを、疑いもしなかった。

眠りを破られたとき、すぐにはその原因がわからなかった。しばし天井を見つめ、目覚めてしまったことに戸惑う。もう一度寝直そうと、瞼を閉じた。視界がふたたび闇に閉ざされると、今度は聴覚が鋭敏になった。そのときになってようやく、水音によって眠りから引き戻されたのだと気づいた。

時刻を確認すると、深夜零時を回っていた。こんな時間に創は、いったい何をしているのだろう。寒い夜に布団から出るのは億劫だったが、確認する必要を強く感じた。早乙女は身を起こし、上着を羽織って水音のする方へと向かった。

水音は台所から聞こえた。何かを洗っているらしい。ドアノブに手をかけ、一気に開いた。流し台に向かっていた創は、慌てた様子もなく振り向いた。

「ああ、お父さん」

創の顔には、喜びが満ちていた。こんな幸せそうな息子を、早乙女は見た憶えがない。いったい今夜、創に何があったのだろう。創はこんな夜中に何を洗っているのか。

創の手許に視線を移し、早乙女は眉を寄せた。創が洗っているのは、白く曇った包丁だった。

「お父さん、ぼくは今夜、人をひとり救ってきました。バイト先の店長の琢馬さんを、苦しみから解放してあげたのです」

創は誇らしげに言った。

13

耳を疑う情報は、仕入れから帰ってきた父が持ち帰った。いつもは無言で帰宅し、厨房に立つ父が、帰ってくるなり大声で「おい」と母を呼びつけた。店の掃除をしていた郁代は、何事だろうかと手を止めて父を見やった。

「人が殺された。コンビニの息子だ」

「えっ」

父の言葉を軽んじ、ろくに耳を貸そうともしない母だが、さすがにこの言葉には反応した。口をぽかんと開け、まじまじと父を見返す。父は硬い表情で、もう一度繰り返した。

「コンビニの息子が殺されたんだ。店の前で、血塗れになって倒れていたそうだ」

「コンビニの息子って、最近帰ってきたあの放蕩《ほうとう》息子？」

母は父の言葉を自分に理解させるように、確認した。父は顎を引く。

町でただ一軒のコンビニエンスストアに、出奔していたひとり息子が帰ってきたことは知っていた。島本《しまもと》琢馬とは同じ年なので、小学校中学校と同学年だった。ただ、そうは言っても取り立てて親しい間柄ではない。琢馬が町に戻ってきてからも、数えるほどしか言葉を交わしていなかった。

その琢馬が死んだという。人ひとりの死だけでもこの小さな田舎町では大事件だが、ましてそれが殺人とあっては大激震にも等しい衝撃だった。

「どうしてよ。強盗？」

母の問いかけには不安が滲んでいた。コンビニの店長が店先で殺されたと聞けば、誰もがまず真っ先にその可能性を考える。業種は違っても同じ客商売をしているからには、金目当ての強盗が一番恐ろしかった。

「わからない。犯人はまだ捕まってないそうだ」

「怖いわねぇ。この町でそんな恐ろしいことが起こるなんて、信じられないわ」

母とは決定的に相容れないと自覚している郁代だが、この言葉にはまったく同感だった。いったいあのコンビニで、何があったのだろう。

「そういえば、前の店長さんが突然辞めちゃったわよね。なんか、帰ってきた息子と反りが合わなかったらしいじゃない。まさか、あの店長さんが犯人じゃないでしょうね」

母は強い嫌悪を示して、顔を歪めた。コンビニで売っている弁当は、外食の手段が少ないこの町では大きな商売敵《がたき》だった。母は以前から、コンビニに敵意を持っている。

「思いつきでそんなことを言うものじゃない。人ひとりが死んでるんだぞ」

それに対して父は、ごく真っ当に窘めた。父は朴訥《ぼくとつ》なだけに、常識人でもあった。

母は不満そうな顔をして、開店のための下準備に戻った。「だって怖いじゃない」と、反論にもならない言葉をぶつぶつと呟いている。郁代も休めていた手を動かし、清掃の続きに取りかかった。

夜に店を閉める頃には、さらに多くの情報が集まった。店にやってくる客の誰もが、この事件に言及したためだ。客たちがそれぞれに持ち寄る情報で、琢馬の死亡状況はほぼわかった。この狭い田舎町では、人の口に戸は立てられない。

琢馬はどうやら、店を閉める際に何者かに襲われたらしい。刃物で腹と喉を切り裂かれていたという。だが凶器はその場に残っていない。犯人が持ち去ったようだった。

シャッターはきちんと閉まっていて、こじ開けられた形跡はなかった。店内は荒らされておらず、その日の売り上げも手つかずだった。金銭目当ての強盗ではなさそうだと、人々は噂している。

この商店街に軒を並べる店は、いずれも閉店が早い。深夜まで開けていたところで、客はほとんどいないからだ。一番最後まで開いているのが、琢馬のコンビニだった。だからコンビニを閉める頃には人通りがまったくなく、事件を目撃した人は見つかっていなかった。琢馬を殺したのが町の者か、あるいは外からやってきた人物か、どちらともまったくわからないらしい。もちろん、動機も今のところ不明だ。

一日の仕事を終えて、郁代は改めて旧知の故人を思った。郁代が抱いている琢馬のイメージは、内気で引っ込み思案な少年だった。影の薄い男の子でしかなかった琢馬が、義理の父と反りが合わず出奔したと聞いたときには、かなり面食らったものだ。他人の気持ちは表面上からは窺い知れないと考えたことを、はっきりと思い出す。

母が毛嫌いしているので、郁代もほとんどコンビニを利用したことがなかった。東京での生活が長かった郁代だが、この町に戻ってきたときには都会の利便性を綺麗に忘れ去っていた。田舎町に引き籠れば、それなりに生活圏も完結する。だから琢馬とも、ほとんど顔を合わせる機会がなかった。

郁代が気になったのは死んだ琢馬よりも、コンビニでアルバイトをしていた早乙女牧師の息子のことだった。創にとっては、琢馬は近しい存在だっただろう。そんな人が無惨に殺されたことに、創はショックを受けているのではないだろうか。無口な青年である創と言葉を交わしたことはほとんどないが、それでも牧師を介して縁を感じる。創の心境を思い、郁代は胸が痛んだ。

翌日、郁代はいつものとおり教会に足を運んだ。創は大学に行ったのか、不在だった。早乙女牧師はといえば、事件のことは耳に入っているはずなのに、表面上はまったく動じた様子もない。ふだんと同じく礼拝堂で神に祈りを捧げ、信者の家を訪問するために出ていった。

郁代はざっと掃除を終えてから、牧師たち親子のために夕食を作ることにした。冷蔵庫の中身を確認し、温めるだけで済むメニューを頭の中で作る。そして商店街に向かい、割り当てられている範囲の食費で買い物を済ませ、教会の台所に戻った。買ってきた野菜を広げ、水洗いをしてから包丁を取り出そうとする。

手を伸ばし、ふと戸惑った。いつもは流しの下の包丁受けに収まっている包丁が、なぜか見当たらなかったのだ。水切り籠を探してみても見つからない。奇妙に思いつつ、他の包丁で野菜を刻んだ。

教会を後にして、棚倉と落ち合った。棚倉は教会から離れた場所に車を停め、郁代を待っている。どうせ教会は町外れにあるのだから、近くで落ち合えばいいのにと郁代は思うが、なぜか棚倉は頑なに教会に近寄ろうとはしなかった。そこにも、教会に対する棚倉の隔意《かくい》が見て取れた。

「お待たせしました」

詫びて、車に乗り込んだ。棚倉は短く応じて、車を出す。そして珍しく、自分の方から話題を振ってきた。

「こんな町で殺人事件が起こるとは、驚きですね」

「はい。本当にびっくりしました。早く犯人を捕まえて欲しいものです」

「殺された人のことは、ご存じですか」

「ええ。小学校中学校と、同級生でしたから」

「ほう。じゃあよけいにショックだったでしょう」

「でも、もうずいぶん昔のことですし。同級生といっても、特別な交流はありませんでした」

「犯人に心当たりはありますか」

「まさか」郁代は眉を吊り上げて、否定した。「ぜんぜんわかりません。成人してからは、ほとんどお付き合いもなかったですから。むしろ、コンビニで働いていた人の方が詳しいと思います。もし亡くなった琢馬君のことを知りたいのなら、今度聞いておきますけど」

「コンビニの店員と知り合いなんですか」

「知り合いというほどじゃないんですけど。牧師様の息子さんなので」

「牧師の息子」

棚倉は言って、しばし沈黙した。郁代は未だ、棚倉の目的が読めない。だからこの情報が棚倉にとって重要とは、まったく思いもしなかった。

「牧師の息子が、コンビニで働いていたんですね。じゃあ、被害者のこともよく知っているんだ」

「たぶん、そうだと思います。少なくともあたしよりは」

「なるほど」

棚倉は頷き、またしばし考え込む。そして、前方を睨んだまま続けた。

「事件の後、その息子とは会いましたか？　今日も教会に行ったんでしょう」

「行きましたけど、会いませんでした。大学に行っていたようです。ああ、そういえば……」

今になって、教会の台所から包丁が消えていたことに、恐ろしい意味を見いだした。琢馬の身に突き立てられた凶器は、まだ発見されていない。その事実と包丁の消失は、無関係と言えるのか。

「なんです。何かあったんですか」

郁代は曖昧に語尾を呑み込んだが、それを棚倉は聞き逃さなかった。鋭い口調で問い質してくる。棚倉にそのように尋ねられると、郁代は隠しておけなかった。

「たぶん、関係ないとは思うんですけど、教会の台所から包丁が一本なくなっていたんです」

「なんだと」

棚倉は急ブレーキを踏んだ。制動に振り回され、郁代はシートに体を叩きつけられる。

驚いて、棚倉の横顔を見た。

棚倉はもう一度「なんだと」と繰り返して、郁代に目を向けた。手を伸ばし、郁代の肩を乱暴に摑む。郁代は痛みを覚え、顔を歪めた。

「それは、間違いないんだな。包丁がなくなったのは、事件の後のことなんだな」

「き、昨日は教会に行っていないので、確かなことはわかりません。でも、おとといは間違いなくありました」

気圧《けお》されて、従順に答える。すると棚倉は、「そうか」と頷き微笑んだ。唇の両端を吊り上げるようなその微笑は、これまで一度として見たことがない表情だった。どこか禍々《まがまが》しさすら感じさせる笑みを浮かべた眼前の男は、郁代が知っている棚倉とは別人のようだった。

「そうか。そうなのか」

棚倉は何度も口の中で唱えた。だがそれでも笑みは深くなるわけではなく、依然として淡く口許にとどまっていた。一方、目は冷ややかな色をたたえ、愉快な気配は微塵も見られない。一変した印象に郁代はただ戸惑い、怯えた。

棚倉は無言でアクセルを踏み、車を再発進させた。そしてそれきり、山を越えて隣町に着くまで自分からは口を開こうとしなかった。郁代はその間、運転席の男に話しかけることもできず、ひたすらじっとしていた。

棚倉は目的地があって車を運転しているようだった。迷うことなくハンドルを操作し、町中を進む。そしてスピードを落とすと、ある建物の中に入っていった。郁代は驚き、声を上げた。

「何をするんですか。どうしてこんなところに……」

「付き合ってくれ」

棚倉は短く答えた。空いている駐車スペースに車を突っ込み、エンジンを切る。そこは車で乗りつけられるモーテルだった。

「えっ、そんな――」

棚倉は外に出て車を回り込み、助手席側のドアを開けると、郁代の腕を摑んだ。そして乱暴に引きずり出す。その有無を言わさぬ振る舞いに、郁代は神経が痺れたように何も抵抗できなかった。言葉すら喉につかえ、悲鳴も上げられない。

棚倉は堂々とした態度でチェックインし、部屋に向かった。スティールのドアを開けると、大きなダブルベッドに郁代を突き飛ばす。郁代は慌ててスカートの裾を合わせたが、そんな恥じらいは棚倉の強引さの前では無意味だった。棚倉は郁代の手を押さえ込むように、上にのしかかってきた。

「やっと、摑んだ。やっと見つけたんだ」

棚倉は郁代を押し倒しながらも、心はここではないどこかに飛んでいるようだった。その気迫に押され、郁代は呆然とする。唇を押しつけられると、体から力が抜けていった。そんな自分の反応で、こうなることを望んでいた己の本心に気づいた。

棚倉は紳士であろうとする意思を忘れたかのように、驚くほど荒々しかった。その手の動きに、郁代は強く魅了された。

14

男がじっと背中を見つめていることに、早乙女はかなり前から気づいていた。だが神に祈りを捧げているさなかでは、振り向くこともできない。男の方も、早乙女の祈禱《きとう》が終わるのを待っているようだった。相手が声をかけてこないのをいいことに、早乙女は一心に祈り続ける。

男が近づいてきたのは、早乙女が瞑目をやめ、振り向いたときだった。男は焦れた様子もなく、悠然とした足取りで祭壇へと向かってくる。早乙女は男の顔に、遠い記憶を刺激されたような気がした。だが、男の素性に心当たりはない。

「お祈りは、終わりましたか」

男は祭壇の手前で立ち止まり、許可も得ずにベンチに腰を下ろした。早乙女は立ったまま、相手を見下ろす。男は厳しい顔つきに、どこか冷ややかな笑みを浮かべていた。男は微笑むことで他人を威嚇《いかく》できる類の人間だった。

早乙女は男の言葉に頷き、何か用があるのかと尋ねた。男はそれに答えようとせず、たばこを取り出すと吸い口を木のテーブルにとんとんと軽く叩きつけた。

「ここは禁煙ですか」

そうだと答えると、男は残念そうに肩を竦め、火を点けないままくわえる。男はもったいぶっているというよりも、愉快なことに着手するのを惜しんでいるかのような気振りが見て取れた。早乙女は男を警察官ではないかと疑ったが、それにしては振る舞いが妙である。黙って相手の出方を待った。

「コンビニの店長殺し、犯人は牧師さんですか」

いきなり、男はそう問いかけてきた。早乙女は眉ひと筋動かさず、その言葉を受け止める。男はそれが意外だったらしく、わずかに表情を変化させた。

「ほう。大したもんだ。あんた、賭け事をやりゃ強いよ」

用件はなんでしょう。初めて早乙女は、男を促した。どうやら男が、ただの世間話をしにやってきたわけでないことは間違いなさそうだった。

「犯人が牧師さんじゃないとすると、息子さんかな。そうだろ」

男の口振りは確信に満ちていた。まさか、創の犯行現場を目撃したというわけではあるまい。もしそうであるなら、早乙女が犯人なのかと尋ねるわけもないのだから。つまり、この問いかけはブラフと見た方がいい。なんらかの反応を引き出し、それによって確証を得ようという罠だ。

どういったご用でしょうか。早乙女は辛抱強く繰り返した。男は口許に冷笑を浮かべたまま、一方的に続ける。

「ずいぶん腹の据わった牧師さんだな。実際にこうして会うまでは半信半疑だったんだが、自分の考えに自信を持ったよ。先代のとぼけっぷりも堂に入ったものだった。あんた、親父さんにそっくりだね」

どちら様でしょうか。早乙女は相手の言葉を奇妙に思いながら、問いかけ続ける。ふたたび、朧《おぼろ》になりかけている記憶が刺激された。

「棚倉、っていう者だ。もっとも、名乗ったところでわかりゃしないだろうけどな。そっちにゃ憶えがないだろうが、こっちははっきりあんたのことを憶えているぜ。そのガラス玉みたいな目つき、ガキの頃からちっとも変わっちゃいない」

どこでお目にかかったのか、思い出せません。焦らさないで、教えていただけませんでしょうか。あくまで丁寧に、早乙女は答える。

「さあて、どういう順番で話したものか」

そう言って棚倉と名乗った男は、唇からたばこを離した。それを指先で弄《もてあそ》びながら、早乙女の背後のステンドグラスに視線を向ける。その眼差しは、ステンドグラスを通り越してどこか遠くを見つめているようだった。

「牧師さんは、信者でない者の過去も聞いてくれるのかな。退屈かもしれないが、ちょっとこちらの話を聞いてくれよ」

棚倉はそう前置きすると、早乙女の返事も待たずに語り始めた。奇妙な成り行きに、早乙女はやむを得ず耳を傾ける。棚倉を無視してこの場を去ってしまうことはできなかった。

「昔、おれには惚れた女がいたんだ。気っぷがよくて、人の面倒見がよく、誰彼かまわず笑いかける女だった。といっても尻が軽いわけじゃなく、亭主以外の男なんて男とは思っていないような堅い女だった。つまり、おれはその女に岡惚れしてたってわけだ。とうてい叶うような思いじゃなかったんだよ」

棚倉は依然として冷笑を浮かべているが、いつの間にかその笑みは早乙女ではなく、自分自身に向けられているようであった。棚倉が己の過去を嗤《わら》っているのは、特別に鋭敏でなくとも簡単に見て取れた。

「まして女の亭主は、恩義がある人だった。おれは堅気じゃなく、女の亭主から盃をもらっている身分だったんだ。早い話がヤクザ者よ。女は組長の女房さ。もちろん、おれは自分の気持ちを爪の先ほども外に出しゃしなかった。見てるだけで幸せだったんだから、我ながらかわいいもんじゃないか。三十過ぎのヤクザ者が、惚れた女に手を出しもしないんだから、まったくお笑いぐさだぜ」

棚倉の言葉に、ようやくある記憶が掘り起こされた。顔は鮮明に思い出せないものの、声が記憶に残っている口調と一致する。早乙女は思わず驚きを顔に上せたが、棚倉はそれに気づいているのかいないのか、淡々と先を続けた。

「だが、その女があるとき、不意にいなくなった。理由を聞いて驚いた。亭主を捨てて、男と逃げたというんだ。女の名誉のために言うが、とうていそんなことをしそうにない女だったんだよ。おれは今でも、魔が差したんだと思っている」

当然、亭主の組長は怒り狂った。棚倉はそう説明する。顔を潰された組長は、なんとしても女房と男を連れ戻すよう、組員に命じた。

「おれも腹が立った。もしかしたら、組長よりも頭に来てたかもしれない。向こうにすりゃ言いがかりだろうが、おれは裏切られた気分だった。男と逃げるなんて真似ができるなら、その相手はおれじゃなきゃいけなかったんだ。それなのに女は、おれを選ばなかった。それはおれに言わせりゃ裏切りだった」

女たちの足取りを追うのは困難だった。女が残していった物を洗いざらい調べ上げても、行く先の手がかりはまったく見つからなかったからだ。ただの衝動に任せた行動ではなく、周到に準備した上での振る舞いだったことがそれで明らかになった。

「許せなかったよ。おれは女が男と逃げたと聞いてもまだ、女が強引に連れ去られた可能性を心のどこかで信じていたんだ。だが現実は、ふたりで示し合わせた駆け落ちだった。そんなこと、あの女がしちゃいけなかったんだ。なぜなら、女はおれにとっちゃ偶像だったからだ。あの人は生身の女なんかじゃなく、誰も触れることのできない女神だった。おかしいかい。ヤクザ者が女のことを女神なんて思うたぁ、おれだっておかしくって腹の皮が捩《よじ》れるよ。それでも、そう思い込んじまったんだからしょうがない。組長の女だからこそ、おれにとっては女神も同然だったんだ。そんな女が、男を作って逃げた。おれのそのときの気持ち、あんたにゃわかるかい？」

問われても、早乙女にはわかるはずもなかった。人を恋う気持ちがどのようなものか、早乙女は未だに知らない。だからヤクザが女性を愛することのどこが滑稽なのか、棚倉の自嘲気味の言葉を聞いても理解できなかった。

「組長は付き合いのある日本全国の暴力団に触れを回し、女を捜させた」

一方棚倉は、自分でも労を惜しまず、かつて女が一度でも行ったことのある地にいちいち足を運んだという。そしてそんな地道な努力が、駆け落ちから三ヵ月後に実を結んだ。女は仙台の安アパートにいるところを発見された。見つけたのは、他ならぬ棚倉だった。女に対する怒りが、執念が、女を見つけさせたのだろうと棚倉は語る。

「アパートにいたのは女だけだった。男はたまたま出かけていやがったらしいが、おれたちの気配を察してそのまま逃げた。おれはそれを知って、その野郎を自分の手で殺してやると誓った。怒りで目の前が赤くなるような経験は、あのときが初めてだった」

アパートの中は、質素ながらもひととおりの家財道具が揃っていた。その様は、明らかにつましく暮らしている夫婦のそれだった。棚倉は室内の様子を見て、我を忘れて荒れ狂った。すべての家具を破壊し尽くさずには済まない暴力衝動に襲われ、自制が利かなくなった。手下《てか》の者たちがそんな棚倉を呆然と見ているのに気づいたのは、壊す物がついになくなった後のことだった。棚倉は驚きの目を向ける手下たちを、容赦なく殴りつけた。

連れ戻された女は、怯える気振りも見せなかった。己の行動を悔いる言葉は、ついにその口から聞かれなかった。女は組長の前に組み伏せられても、悪びれることなく堂々としていた。組長を裏切ったことは詫びても、駆け落ち相手を本気で好きだったと言い切って憚《はばか》らなかった。

「組長はそれを聞いて、切れた。脳の血管が切れるんじゃないかと思うくらい、顔を真っ赤にして激怒した。だがおれは、逆に全身から力が抜けた。どうしても体に力が入らず、拳を握り締めることすらできなかったよ。その場に立っているのがやっとだった」

怒り狂った組長は、女に無慈悲な仕打ちを加えた。若い組員たちを集め、三日三晩に亘《わた》って女を嬲《なぶ》らせ続けた。女はそれでも、不様に泣き喚いたりはしなかった。まるで最初から覚悟を決めていたかのように、陵辱《りょうじょく》の限りを尽くされても無表情のままだったという。

「もちろんおれも、女を抱こうとした。死んだ方がましという、この世で最悪の目に遭わせてやろうと思った。だが結局、おれは女を抱けなかった。力が抜けたきり、自分で自分がどうにもならなかったんだ。女に腹立ちをぶつけようにも、おれは役に立たなくなっちまった。恋い焦がれた女を抱ける絶好のチャンスだっていうのに、情けないことにぴくりともしなかったんだよ。それ以来、おれは女を抱けない体になっちまった。もっとも、こんな年になってそれもようやく治ったがね」

音《ね》を上げない女に業を煮やし、組長は地方の置屋に叩き売った。そこで女は、身を売る生活を送ることになったという。女をそうした境遇に落とすよう手配したのは、組長に命じられた棚倉自身だった。

「女は最後まで、毅然としてやがった。自分がこれからどんな一生を送るか想像はついたはずなのに、仕方ないと笑って済ませそうな雰囲気すらあった。その態度はまさに、おれが惚れた女そのものだった。おれはどうしようもない怒りを抱えながらも、そんな女にほれぼれしていた。おれはそのときになってもまだ、女に惚れてる気持ちを捨てきれなかったんだ」

だが、と棚倉は続けた。女は別れ際に、ふと詫びを口にした。「ごめんよ、棚倉」と、最後の最後に弱気になったようにつけ加えた。それを聞いて棚倉は、理性を失った。女の顔面を、拳で正面から殴りつけた。手加減もできなかったその一撃が、棚倉が女に触れた最初で最後の機会だったという。

「どうして女が詫びたのか、おれにはわからない。面倒をかけたことに対する言葉だったのかもしれないし、もしかしたらおれが岡惚れしていたことに気づいてたのかもしれない。どちらにしても、女は謝るべきじゃなかった。組長には土下座して詫びても、おれには謝ったりすべきじゃなかった。もし何も言わずにいてくれたら、おれはいつか女を忘れていたかもしれない。それなのに女は、あんなことを言った。おれはあのときの女の口調を、今でもはっきり憶えている」

だから――、棚倉は語気を強める。

「だからおれは、その後も男を捜し続けた。女をおれから奪いやがった男を、地の果てまでも追いつめるつもりだった。だが男は、半端者の割に逃げ足だけは早かった。追いつめて追いつめて、ようやくその足跡を見つけても、いつも今一歩のところで取り逃がす。そんなことを繰り返しているうちに、この町に辿り着いた。ありゃあ、今から三十二年も前のことだったな、牧師さんよ」

早乙女が十二歳の時に、ヤクザに追われて教会に逃げ込んできた男がいた。朝倉暁生。まるで天使のように整った顔立ちを、早乙女は今でもはっきり思い出せる。

朝倉を追ってきたヤクザはふたりいた。アロハシャツを着たチンピラと、ダークブルーのスーツを着た男。スーツの男の記憶は今、三十二年の時を経て眼前の男と一致した。

「ここまで追いつめたんだよ、朝倉の野郎を。だが奴は、この町でぷっつりと行方を晦《くら》ました。おれはさんざん捜し回ったが、結局奴を見つけることはできなかった。最後に朝倉の名前を耳にしたのは、奴が事故で死んだ後だった」

棚倉は、弄んでいたたばこを握り潰した。いつの間にか、顔からは表情がなくなっていた。

「おれがどんな気分だったか、想像できるかい、牧師さん。あんなに悔しかったことは後にも先にもなかったよ。朝倉の野郎は、おれがこの手で切り刻んでやるはずだった。それなのに奴は、おれの手から逃れて黒焦げになりやがった。しかも、またしても他人の女房と一緒だったっていうじゃないか。朝倉にとっちゃ、組長の女房と逃げたのはただの遊びだったのか？　女は本気で好きだったと言い切ったのに、朝倉はまた別の女を作って、その挙げ句に死んじまったのか。そんな馬鹿なことがあってたまるかよ、なあ。どうしてそんなひどいことができるんだ。朝倉って野郎は、極道のおれたちよりももっとひどい、殺しても飽き足りねえ人間の屑だ。おれは朝倉を追っている間ずっと、どうやってあの野郎を殺すか考えてた。どうやったら、女を弄んだ自分が馬鹿だったか、思い知らせてやれるだろうとひたすら考え続けていた。だが結局、そのどれひとつとして実行することはできなかった。あれ以来おれの中には、でっかい怒りの固まりが居坐っちまって、出ていかねえんだ。まるで腫瘍《しゆよう》のようにな」

棚倉は自分のみぞおちを指差し、早乙女を見上げた。棚倉の眸には、怒りよりもしんとした悲しみが滲んでいるように見えた。

「朝倉と一緒に死んだのは、あんたのおっかさんなんだろ。つまり、朝倉を匿《かくま》ったのはあんたたち親子だったってわけだ。おっかさんが朝倉と一緒に死んで、あんたは匿ったことを後悔したかい？　あんたの親父は、自分の慈悲深さを嘆いたかい？　おれはそれがどうしても聞きたかったんだ」

棚倉の眼差しは、救いを求める者のそれに酷似していた。ここにも苦しみを背負っている人がいる。早乙女は男を憐れに思った。

父は悔いたかもしれない。だが私には、母の死はもっと違う意味を持った。早乙女は率直に答える。

「もっと違う意味？　それはなんなんだよ」

棚倉は問い返すが、とても簡単には答えられなかった。だから早乙女は、ただ首を振って応じる。棚倉はそんな早乙女の反応に満足しなかった。顔を醜く歪め、沈んだ声で言った。

「なあ、教えてくれよ、牧師さん。あんたのおっかさんは、若い男に狂って死んだ。親父さんは女房を寝取られたんだ。しかも相手は、あんたのおっかさんを遊び相手としか思わねえような男だった。そのことを、いったいどう思ってるんだ。神様の教えっつうのは、そんなひどい野郎のことまで許せるものなのかよ」

朝倉に関する記憶は、今でも鮮明に思い浮かべることができる。駆け落ち相手とのことは本気だったと語った朝倉の目、それを聞いた朝倉の姉が流した涙、いずれも、早乙女にとっては忘れがたいものだった。

母と朝倉の仲は、疚《やま》しいものではなかったと信じる。なぜなら、朝倉は本気で相手の女性が好きだったと言ったからだ。早乙女は静かに答えた。

棚倉の表情が、一瞬強張った。目を見開き、突き刺すような視線で早乙女を凝視する。なるほど、これがヤクザとして半生を生きてきた男の眼光か。視線を受け止めながら、早乙女は冷静に観察した。

罵声を上げるかもしれない。そう予想したが、しかし棚倉の反応は至極穏やかだった。顔色を変えたことを恥じるように、自分から視線を逸らして天井を見上げる。

「全部終わってみりゃ、残ったのは腹の中のいがいがしたしこりと、女も抱けない体だけだ。それなのに、恨みを晴らす相手は勝手に死んじまった。おれの恨みは、宙ぶらりんになった。おれは誰かに恨みをぶつける必要があったんだ。だから、六十を過ぎて組から足を洗ったのをいい機会に、おれはこの町に戻ってきた。ここの住人で、借金で首の回らなくなっている男を見つけ、そいつの身を綺麗にしてやる代わりに家に上がり込んだ。そうして、朝倉を匿った牧師の弱みを握ろうと、ずっと待ってたんだ。朝倉が死んじまった今、おれの恨みを受け止めるべき人間はあの牧師しかいなかったからな」

父はとうに死んだ。早乙女は事実だけを淡々と告げる。

「わかってるよ、そんなことは。この町に来てすぐ、あの牧師が死んじまってることは聞いた。でもよ、じゃあおれのこの気持ちはどうなるんだ。おれはこんな気持ちを抱えたまま、年取ってくたばらなきゃならないのか。いやなこったね。それだけはまっぴらごめんだ。おれはこの恨みを晴らすために、安楽な生活を捨ててこんな田舎までやってきたんだ。忘れられるものなら、とうに忘れてる。それができねえから、こうしてやってきたんだよ。だからおれの恨みは、先代の牧師が死んでるならあんたに受け取ってもらうしかないんだ。もちろんおれだって、それがとんでもない逆恨みだってことはわかってるさ。ヤクザったって鬼じゃねえ。そんな理不尽な言いがかりをつけるにゃ、少しばかり気が引けたよ。だが今、そんな弱気もいっさいなくなった。おれはあんたに恨みをぶつける正当な理由を得たんだ」

棚倉はふたたび、天井から早乙女に視線を戻す。語気は二度と激することもなかった。

「おれは女と朝倉が本気で惚れ合っていたことなんて、知りたくなかった。あくまで女が弄ばれた立場だったと、嘘でもいいから信じていたかった。それなのにあんたは、おれが一番聞きたくなかったことを口にした。朝倉の気持ちなんて、この年になって聞きたくなかったよ。だからおれは、あんたを恨む。あんたの生活を無茶苦茶にしてやりたい。これはおれにとっちゃ、筋の通った理屈なんだよ」

わかるだろ。棚倉はまるで同情を求めるように、そう言い括《くく》った。早乙女を正面から見つめる目は、決定的な答えを欲している。だが早乙女は、それに答えてやることができない。

どうやって恨みを晴らすつもりか。かろうじて、そう問い返すだけだった。

「朝倉が死んだ直後、この教会の時計塔から落ちて死んだ人がいたらしいな。それだけじゃない、あんたの女房も、なぜか朝倉とおっかさんと同じように、山道から車ごと転落して死んでいる。おれは両方とも、あんたが関わってるんじゃないかと睨んでる。違うか」

早乙女はその質問を無視する。棚倉は無反応に残念そうな顔をした。

「その線から、何かをほじくり出せるかもしれないと思ってた。だがいかんせん、あまりに昔の話だ。警察でも気づかなかったことを、おれが今になって見つけ出せるはずもない。そう悔しく思っていたところに、今度の事件が起きた。凶器はここの台所にあった包丁だろう。あんたの息子が持ち出して、コンビニの店長を刺し殺したんだ。そうなんだろ。とぼけても無駄だぜ」

早乙女の脳裏に浮かんだ疑問は、なぜ棚倉が包丁の紛失を知っているのかということだった。棚倉が早乙女のいない間に忍び込み、確かめたとは思えない。誰かに聞いたのだろう。町の住人でもない棚倉に、そんなことを聞き出せるほど親しい人がいるとは意外だった。

コンビニの事件は、牧師としても町の住人としても、痛ましく思っている。だが、それ以上の関わりは何もない。早乙女としては、そう答えるよりなかった。

「そうかい。まあそうだよな。あんたがそう出てくることは、こっちだってわかってた。今日はただ挨拶に来ただけだ。せっかく手に入れた大事なカードは、一番効果的に切らせてもらうよ」

棚倉は言って、スーツの懐に手を入れた。そこから取り出された物を見て、早乙女はわずかに眉を顰める。棚倉が手にしていたのは、ビニール袋に入っている包丁だった。

「この包丁、見憶えがあるだろ」

棚倉は目の前にビニール袋を翳《かざ》し、わざとらしくじっくりと眺めた。包丁の刃は多量の脂にまみれ鈍く光り、柄には土がついていた。

「牧師さん、あんた、土を掘る手間を惜しんだね。この季節、土は凍って固くなってるんだろ。だから一度掘った穴を掘り返して、そこに大事な物を埋めた。でもな、本気でこの包丁を始末したかったんなら、犬の死骸なんかと一緒に埋めちゃ駄目だよ。犬を裏の森に埋めたことを知っているのは、牧師さんひとりじゃないんだから」

棚倉の口調は、恫喝《どうかつ》というよりも相手の失態を諫《いさ》めているかのようだった。早乙女は素直に、己の浅慮を認める。

棚倉はビニール袋を懐にしまい、立ち上がった。そして自分から視線を逸らすと、ゆっくりと礼拝堂の外へと消えていく。その後ろ姿は、復讐に燃えるヤクザというよりも、人生に疲れた敗残者のように見えた。

棚倉の告白は早乙女に驚きを与えはしたものの、恐怖を植えつけることはついにできなかった。早乙女はただ、棚倉が背負い続けてきた苦しみだけを思う。その苦しみを癒す手段は、わずかしかなかった。

15

店の暖簾をしまおうとして、郁代は手を止めた。あまりに思いがけない人物が歩いてくるのを認め、目を見開く。相手は真っ直ぐに、郁代に近づいてきた。

ちょうどお仕事も終わったようですね。早乙女牧師は店内に目をやり、そう問いかける。郁代は軽く狼狽しながらも、「ええ」と応じた。

「お食事ですか。もしそうなら、何かお作りしますが」

牧師が店にやってきたことは一度もない。母が煙たがっていることをなんとなく察しているのだろう。その牧師が、わざわざ足を運んできた。ただ食事に来ただけとは思えなかった。

案の定、牧師は首を振った。少し話ができないかと、いつもと変わらぬ口調で求めてくる。

「話、ですか。もちろんかまいませんが」

そう答えながらも、郁代は戸惑いを隠せなかった。立ち話というわけにはいかないが、さりとて店の中に牧師を入れれば母が渋い顔をするだろう。どうすればいいのかと、途方に暮れた。

すると牧師は、正確に郁代の内心を見抜いて、二階で話をするわけにはいかないかと持ちかけた。店の片づけを後回しにすればまた母の機嫌を損ねるのは目に見えていたが、そばでやり取りを聞かれるよりは遥かにましだ。そう判断して、牧師の希望を受け入れた。

「すみません。散らかってますが」

二階の自室に牧師を請《しょう》じ入れた。客を招くことを想定していない部屋だが、もともと郁代の所持品は少ない。謙遜《けんそん》するほど、他人に見せて恥ずかしいくらい散らかっているわけではなかった。

居間から座布団を持ってきて、牧師に勧めた。牧師は丁寧に礼を言って、腰を下ろす。正座をしたその姿は、背筋がすっと伸び、泰然とした佇まいだった。郁代は相対することに気後れし、牧師の正面からややずれたところに坐った。

棚倉、という人物をご存じですか。牧師は前置きをせず、単刀直入に尋ねてきた。半ば覚悟していた郁代であるが、やはりそのことなのかと身が竦む思いを味わった。

「はい、知っています。ここ最近、食堂によくいらっしゃるお客さんです」

やはりそうですか。早乙女牧師は視線を畳に落とした。その態度は、残念でならない事実を聞かされた人のようだった。

午前中に、棚倉が教会にやってきた。牧師は語調を変えることなく、淡々と続ける。棚倉は牧師の息子である創が、コンビニの店長殺しの犯人だと指摘したという。

郁代は言葉を失い、ただ沈黙するだけだった。棚倉がそのように思い込んでいることは、郁代も承知している。だがだからといって、こんなにもすぐに直接教会に乗り込んでいくとは思わなかった。今になって初めて、自分の軽率さを後悔した。

創が犯人だと指摘する根拠は、教会の台所から包丁が消えていたことでした。それを棚倉さんに教えたのは、あなたですね。

牧師はわずかに体を動かし、正面から郁代を見つめた。郁代は居たたまれなくなり、顔を上げられなかった。

「……はい、そうです。軽率でした。まさか、棚倉さんがそんなふうに邪推するとは思わなかったんです」

郁代は自分の気持ちを偽った。棚倉に包丁が消えたことを教えたとき、創に対する疑いがまったくなかったわけではないのだ。しかし、それを正直に告白する勇気はなかった。

あなたは、本当に創が人殺しをしたと思いますか？　牧師はあくまで言葉を荒らげない。口調に、糾弾の色は微塵もなかった。そのことが、かえって郁代の自責の念を煽る。

「とんでもない！　そんなわけないと思ってます。包丁がなくなっていることには、何か他の理由があるのですよね」

疑念を晴らしてもらいたく、郁代は逆に尋ねた。たかが包丁一本のことで、牧師との間に積み上げてきた信頼関係を失いたくない。理由を説明してもらえたら、自分から棚倉にそれを伝えようと思った。

だがなぜか、牧師は郁代の問いに答えようとはしなかった。正面からじっと郁代の目を覗き込むだけで、口を開こうとしない。郁代はその視線に圧力を感じ、目を逸らした。

牧師はしばし郁代を見つめ続けてから、ふっと息を吐き出した。そして、棚倉がどういう用件で教会にやってきたのか、語り始めた。

棚倉が元ヤクザであること。密かに惚れていた組長の妻が、男と出奔したこと。妻は見つけて連れ戻したものの、男には結局逃げられたこと。それを匿った早乙女親子に逆恨みを抱いていること。そのために、包丁がなくなったことを盾に取り、なんらかの報復を考えているらしいこと――。

郁代はそれらの説明に、深甚《しんじん》な衝撃を受けた。郁代が知る棚倉は、確かに目つきに鋭さが混じるものの、基本的には紳士だった。前身がヤクザとは、まったく思いもしなかった。郁代に見せていた態度は、すべて演技だったのだろうか。昨日見せたあの荒々しさこそ、本当の棚倉だったのか。

「棚倉さんは、逆恨みから牧師様の弱みを握ろうとしていたんですか。そのために、この町にやってきたんですか」

確認せずにはいられなかった。棚倉が教会に対して含むところがあるのはわかっていたが、まさかそのような理由だったとは。知らぬこととはいえ、自分がその手伝いをしてしまったことを、郁代は痛烈に悔いた。

早乙女牧師は怒りも示さず、ただ頷く。郁代はさらに尋ねた。

「では、あたしはそのために利用されたのでしょうか。棚倉さんは、最初から利用するつもりであたしに近づいてきたのでしょうか」

認めたくなかった。棚倉に目的があったとしても、郁代に見せた誠実な態度まで疑いたくはなかった。棚倉は郁代の苦しみを受け止め、肯定してくれた。すべての罪が郁代の上にあるわけではないと、ただの慰めではない力強い口調で言ってくれた。その言葉に、郁代は救いと安らぎを見いだした。それらが打算に基づいていたのだとしたら、郁代が得た安らぎもまた嘘だったのか。そんなことは、とうてい認めがたかった。

牧師は今度は首を捻った。自分にはわからないと、短く答えるだけだった。牧師はいつでも正直で、慰めのために偽りを口にするようなことは決してなかった。

「でも、でも、あたしはただ包丁がなくなっていると教えただけです。それ以上のことは何も言っていません。創さんが犯人でなければ、なんの意味もないことですよね。だから、あたしの愚かさのせいで牧師様に迷惑がかかることなんてないですよね」

必死に考えた末に、一条の光明を見つけた。そうだ、棚倉は逆恨みをするあまり、的外れな疑いを教会に向けている。疑惑が真実でないのなら、教会は何を言われようと平気なはずだ。郁代はその考えに縋り、自分を安心させようとした。

だが牧師は、またしても不可解な沈黙に入ってしまった。創は犯人ではないと、きっぱり否定してくれない。その反応に、郁代は徐々に体の芯が冷えてきた。どうしようもない震えが湧き起こり、無意識に牧師から身を遠ざけた。

「違うんですか？　本当に、創さんが犯人なんですか？　棚倉さんの疑いは、妄想なんかじゃないんですか？」

あなたは車に轢かれた仔犬を森に埋めたと、誰かに話したことがありますか。早乙女は郁代の問いかけには応えず、逆に尋ね返した。郁代はすぐにはその質問の意味を理解できなかったが、やがて恐ろしい推測がじわじわと思考を浸食し始めた。

「まさか……、あの仔犬を埋めたところに包丁が――」

言葉にしてから、郁代は慌てて己の口を手で塞いだ。口に出したとたんに、それが事実として確定してしまうような恐怖を覚えた。

もし棚倉さんの指摘が事実だとしたら、あなたは創を警察に訴えますか。牧師は依然として変わらぬ口振りで問う。郁代はすぐに、大きく首を振った。

「言いません！　あたしは誰にも言いません！　創さんが犯人なんて、信じませんから」

しかし疑ってはいる。牧師は郁代の揺れる気持ちを正確に見抜く。郁代は言葉に詰まり、ふたたび両手を口許に持っていった。拳を握り締め、口に押し当てる。

「棚倉さんは、これからどうするつもりなんでしょう。いったいどんなふうに復讐するつもりなんでしょう」

わなわなと震える唇から、かろうじて言葉を押し出した。牧師は一瞬考えて、答える。

私に一番効果的に打撃を与えるには、創を警察に逮捕させることでしょう。息子に何もしてやれずにいる私ですが、親であることまで放棄したわけではありません。創が逮捕されれば、心が痛みます。

口調に乱れはないが、そこには感情が滲んでいるように郁代の耳には聞こえた。ふだんからまったく動じることを知らない牧師が、初めて感情を乱している。郁代は心を揺さぶられた。

なんという巨大な過ちか。郁代の胸には、血が滲み出すほど強い悔悟の念が込み上げた。郁代が今も生きているのは、紛れもなく早乙女牧師のお蔭だった。心が定着する場所を失い、ただ消えゆくのを待つばかりに浮遊していた郁代を、牧師は現世に繋ぎ止めてくれた。この大恩がある限り、たとえ全世界が牧師の敵となろうと、郁代だけは牧師を裏切ってはならなかった。創だけでなく牧師自身が人殺しであろうとも、信頼の気持ちを揺るがせてはならなかったのだ。

それなのに郁代は、一時の気の迷いから、牧師を窮地に追いやった。卑小な寂しさに負け、男の温もりを棚倉に求めた。その結果は、ただ女としての身を利用されただけだ。なんという愚かさだろう。郁代の気持ちは、絶望への急坂を転げ落ちていく。

「……なんとお詫びすればいいのか、わかりません。あたしは今、自分の愚かさがどうしても許せません。闇よりも暗い奈落に、心が落ちていきます。もうあたしは、神に救われる権利すらない馬鹿な女です。自分で自分が許せません」

喉に両手を当て、声を絞り出した。己が一生救われないことを悟り、その絶望は郁代を押し潰しかねなかった。早乙女牧師は、そんな郁代に憐れみの目を向ける。

救われない人なんて、この世にひとりもいません。心を光に向ければ、福音が必ず訪れます。

「あたしは救われるべきではありません！　牧師様に温かい言葉をかけていただく資格すら、最初からなかったのです。苦しみを肩から下ろしたいなどと、望んだこと自体が間違っていたのです！」

牧師は郁代の叫びに、困惑した表情を浮かべた。感情を面に上せない牧師には珍しいことだった。牧師は数秒瞑目し、そして優しく言った。

死になさい。

「えっ？」

向けられた言葉が理解できなかった。牧師は苛立つことなく、あくまで優しく繰り返す。

死になさい。あなたの苦しみはあまりに大きすぎる。あなたが救われるには、死ぬしかありません。死になさい。

「あたしは、死ねばいいのでしょうか」

そうです。死になさい。そうすれば、あなたは苦しみから解放される。

そう言って、牧師は腰を上げた。一礼して、呆気《あっけ》ないほどあっさりと部屋を出ていく。郁代は立ち上がって送り出すこともできず、ぴしゃりと閉ざされた襖《ふすま》を呆然と見つめた。

思考は停止している。その中で、牧師の言葉だけがはっきりとこだましていた。牧師の言葉は、神の声にも等しい。もう、逆らうような愚かな真似はしない。

ふらふらと階段を下り、風呂場に向かった。風呂桶の蓋を開けると、昨日の残り湯が溜まっていた。郁代は洗面所から、女性用の剃刀《かみそり》を持ち出した。それを手首に当て、一瞬もためらうことなく引く。赤い液体が迸《ほとばし》る手首を、風呂桶に沈めた。

これが救いだったのか。郁代は牧師の言葉をしっかりと嚙み締める。母の桎梏に苦しんだ日々、そしてそれが遠因となり、自分の娘をどうしても愛せなかった苦悩、味方になってくれなかった夫。犯罪者を見るような義母の目、追い打ちをかける母の痛罵、町の住人の冷たい視線。どうしても逃れることのできなかった、あまりに大きすぎる苦しみ。

これまでに一度も死を考えなかったわけではない。幾度自殺を試みようとしたことか。しかし結局死ぬこともなく生き続けていたのは、ただの自己欺瞞でしかなかったのだ。こうして手首を湯船に浸《つ》けていると、そのことがはっきりとわかる。郁代は救われることを恐れていただけだった。

だがもう恐れない。迷うことはない。なぜなら、誰よりも敬愛する早乙女牧師が道を示してくれたからだ。この先に救いがあると、牧師は断言してくれた。臆病な郁代の背を、牧師はようやく押してくれた。牧師の言葉に、間違いなどあろうはずもない。郁代はただ、教えに従って進めばいい。

本当の安らぎが、すぐそこに見える。

16

日が翳ると、冬の厳しい寒気が世界を包み始める。冷気は手で触れるほどに張り詰めている。厳冬だった。身が凍るほど寒い日は、神を近しく感じる。仮借ない冬の厳しさは、神に酷似している。

早乙女は暖房が利く自室ではなく、あえて礼拝堂で聖書を読んでいた。透徹した大気が、夾雑物なしに神の言葉を脳に運ぶ。身が透明になっていくのを自覚する。体では決して感じ得ない官能が押し寄せ、早乙女を忘我の境地に誘《いざな》う。

だから早乙女は、闖入者に読書を妨げられたとき、めったにないことに舌打ちをした。憎しみすら込めて、背後で開いた扉を睨む。礼拝堂に入ってきた人影は、己の不作法を反省する気振りもなく、荒々しい足取りで近づいてきた。

「郁代が死んだ」

棚倉は早乙女に摑みかからんばかりの勢いで、言葉をぶつけてきた。手が宙を泳ぎ、かろうじて自制したといった風情で引き戻される。午前中とは一転して、棚倉の顔に余裕は見られなかった。

「郁代が死んだ。自分で手首を切って自殺したんだ。風呂場で事切れているのを発見された」

そうらしいですね。棚倉の説明に、早乙女は聖書を閉じて静かに応じる。郁代の死は、真っ先に教会に知らされていた。

「あんたが殺したんだな」

視線で人を殺せるのなら、早乙女を殺してやりたいという意思が籠った眼差しだった。棚倉の形相は、早乙女にとって少々意外だった。

どうしてです？　早乙女は問い返す。なぜ私が殺さなければならないのですか。

「おれが郁代をスパイとして使ったからだ。だからあんたは腹を立てて、郁代を死なせたんだ」

スパイとはどういう意味ですか？　それに、野口さんは自殺したと聞いています。私が殺したとは、どういうことですか。

「とぼけるなよ。あんたが死ねと命じたんだ。郁代はあんたに心酔してた。あんたが死ねと言えば、素直に従う。それがわかっていて、あんたは郁代を死なせたんだ」

誤解です。私に野口さんを憎む理由はありません。野口さんは熱心な信者でした。私に恥じるところがあるとすれば、野口さんを救えなかった己の無力さです。

「聞こえのいいことばかり言っても駄目だ。おれは食堂の女将さんに聞いた。あんたは今日、郁代を訪ねたんだろう。郁代はあんたが帰った直後に、手首を切ったんだ。あんたとの話し合いにショックを受け、死にたくなったのは間違いない。あんたは人殺しだよ」

棚倉は拳を握り、傍らの机を強く殴った。感情を乱す棚倉を、早乙女は冷静に観察する。棚倉が荒れる理由に、心当たりがなかった。

「あんたはひどい人だよ。あれほど一途にあんたを慕っていた女を、いとも簡単に死なせやがった。キリスト教ってのは、自殺を禁じてるんじゃなかったのか？ それなのに、牧師のあんたが自殺を勧めるなんて、そんな馬鹿なことがあっていいのかよ。あんたは人間の命を虫けら程度にも思っていないんだ。許せねえ」

私たち人の子は、判断などしてはいけないのです。理解されないだろうと承知しつつ、早乙女は教えを説いた。私たちはすべてを神に委ねなければなりません。野口さんが亡くなったのは、私が勧めたからではありません。野口さんの意思であり、神との契約です。

「ふざけるなよ！」案の定、棚倉は礼拝堂に響き渡る怒号を発する。「わけのわからないことを言ってごまかすな。郁代はあんたに殺されたんだ」

吐き捨てて、椅子に坐り込んだ。込み上げる感情を持て余すように、髪の毛を掻きむしる。

「憐れな女だった。愛されたことがなく、だから人を愛することを知らず、そのすべての原因が自分にあると思い込んでいた。三十年以上も生きてきて、郁代は一度も安らぐことがなかったんだよ。誰もあいつを受け入れてやらなかったからな」

私は一度として野口さんを拒絶しませんでした。言い訳ではなく、ただの事実を早乙女は口にする。そのことが、いっそう棚倉の怒りを煽ったようだった。

「そうだよ！　だから郁代は、あんただけが心の寄る辺だったんだ。郁代にとっちゃ、あんたは神様以上の存在だったんだよ。それがわかってるのか？」

私は神ではありません。一介の牧師です。

「だから郁代を救わなかったと言うのか。神様じゃなきゃ、憐れな女ひとり救えねえって言うのかよ。ご立派なもんだ」

あなたはなぜ腹を立てているのですか？　あなたは野口さんを利用したのでしょう。そもそもあなたがそんなことを考えなければ、野口さんも死ぬ必要はなかったのじゃないですか。

「ああ、おれが死なせたようなもんだ。おれは女を利用することなんて、屁とも思っていなかった。長い間、そういう生き方をしてきたからな。正直に言やぁ、郁代にも利用するために近づいたんだよ。郁代がこの教会に出入りしていることを知ったから、目をつけたんだ。だがな、おれだって人間だ。極道だって、人の気持ちのかけらくらいは持っている。かわいそうな身の上話を聞きゃ、憐れに思う心くらいは残っているさ。利用はしたが、しかしそれっきりにするつもりなんてなかった。郁代がおれと一緒にいたいと望むなら、そばにいてやるくらいのことはできた。それが何かおかしいか」

棚倉は顔を上げて、再度早乙女を睨み据える。怒りを露わにした棚倉は、早乙女の目に好ましく映った。

己の死をこれほど悼んでくれる人がいれば、郁代も満足だろう。郁代の生涯は確かに幸薄かったかもしれないが、こうして必ず報われるのだ。早乙女は人の一生の精妙さに感嘆する。

「なんだよ、あんた、笑ってんのか。女がひとり死んだ程度でヤクザが腹を立ててるのがおかしいのか。郁代が死んだのがそんなに滑稽なのかよ」

笑った自覚はなかったが、表情に満足感が漂ったのかもしれない。それを見咎め、棚倉は声を荒らげた。

「えっ、おい。人が死んでも、あんたは笑うのか。人間じゃねえな」

そうではありません。あなたと知り合えて、郁代さんも幸せだっただろうと思ったのです。

「ふざけるな」

棚倉は跳ねるように立ち上がり、握り締めていた拳を早乙女の頬に叩き込んだ。がつんという衝撃があったが、痛みは襲ってこない。早乙女は表情を変えず、棚倉を見返した。

その異様な反応は、棚倉をたじろがせたようだった。確かに殴ったはずだがと訝しむように、己の拳を見つめる。そしてもう一発、満身の力を込めて早乙女を殴りつけた。早乙女はよろけて祭壇に縋りついたが、視線は棚倉から逸らさなかった。

「あんたは……、人間じゃないのか。そうか、そうだったのか」

棚倉は不気味なものから身を遠ざけるように、一歩後ずさった。そして頭を振り、改めて早乙女を睨む。

「もっとじっくりいたぶってやるつもりだったが、どうやらあんたにゃ言葉も暴力も無意味なようだな。なら、さっさとカードを切らせてもらうぜ。目の前で息子が警察に連れていかれても涼しい顔をしてられるかどうか、見物させてもらう」

言って、棚倉は携帯電話を取り出した。一、一、〇とボタンを押し、耳にあてがう。興奮を抑えきれないように、肩で息をしていた。

祭壇に背中をぶつけたときに、燭台が床に落ちていた。早乙女は立ち上がって、それを拾い上げる。古い燭台は、片手ではいささか持て余すほど重量があった。その重みを充分に掌で感じてから、振り回した。

頭頂部で燭台を受け止めた棚倉は、己の身に起きたことが信じられないように驚愕の表情を浮かべた。そこに、ふた筋の血が流れ込む。血流は両目を経由して、顎まで伝い落ちた。棚倉はもの言いたげに唇を動かしたが、声にはならなかった。

続けて、今度は蠟燭を差す部分を正面から突き出した。あばら骨の間を通って、先端が肉に突き刺さる手応えを得る。棚倉は驚きを顔に浮かべたまま、棒のように仰向けに倒れた。徐々に光を失っていく目は、虚空を睨んでいた。

棚倉の手から転げ落ちた携帯電話は、回線が繋がったままだった。「もしもし、どうしました?」と相手の声がスピーカーから聞こえてくる。早乙女は拾い上げ、通話を切った。持ち慣れぬ物の処理に困り、しばし手の中の端末を見つめ続ける。

顔を上げたのは、視線を感じたためだった。己を見つめる者と、正面から視線が交錯する。早乙女は静かに、相手の名を呼んだ。

——創。

17

創は倒れている棚倉を見ても、顔色を変えなかった。生死を冷静に確認するように観察してから、礼拝堂の中に入ってくる。

「これは、ぼくのせいですか」

棚倉の傍らに立ち、早乙女に問いかけた。棚倉の最期の言葉を聞いたらしい。早乙女は首を振って応じる。

そうではない。私の愚かさが招いた事態だ。お前の罪ではない。

「そうでしょうか。この人が警察に通報するなんて言わなければ、お父さんも殺す必要はなかったんじゃないですか」

この人もまた、長い間苦しみを背負っていた。これでようやく解放されたのだ。

「でも、警察に電話が繋がったようでしたね。携帯電話は、発信者のいる場所を特定できるはずです。すぐに警察がやってくるでしょう」

お前が心配することはない。私のしたことだ。早乙女は動じることなく息子に言った。

「お父さんこそ、何も知らなかったことにしてください。ぼくはすでに、人をひとり殺しました。この上もうひとりを殺しても、同じことです。お父さんが殺人の罪を背負うことはありません」

創の言葉に、早乙女は微苦笑を浮かべた。ひとり殺すもふたり殺すも同じという理屈なら、何も創に罪を被ってもらう必要はない。早乙女もまた、三十二年前に人をひとり殺しているのだから。

創がどのような考えに基づいてコンビニの店長を殺したのか、早乙女は説明を聞いていない。だが創のことだから、怨恨や金銭の縺《もつ》れなど、そのような世俗的な動機から殺したわけではないだろう。創はコンビニの店長を「苦しみから解放した」と言った。創もまた、早乙女が郁代に死を勧めたのと同じ論理で、コンビニ店長の命を絶ったのかもしれない。

行こう。早乙女は息子を促した。創は不思議そうに、父である牧師を見上げる。

「どこへ」

神の許へ。

暗くて歩きにくいのではないかと案じたが、思いの外に足許は月明かりに照らされていた。澄み渡った夜は、淡い光をあまねく地上に降り注ぐ。車の中から持ってきた懐中電灯を、早乙女は消した。それでも、さして不自由には感じない。

棚倉が乗ってきた車を使い、山道を上った。途中、母が、そして妻が転落したカーブを行き過ぎたが、特別な感慨はない。思えば母も妻も、早乙女にとっては遠い人だった。同じく息子との間にも埋めがたい距離を感じていたはずだったのに、今こうして道行きをともにしている。これが己に定められた運命だったのかと、早乙女はいまさら蒙《もう》を啓《ひら》かれた思いだった。

チェーンをつけるためのスペースに、車を乗り捨てた。そこから徒歩で車道を歩き、適当な地点で道を逸れた。創はどこを目指しているのか問おうともせず、黙って後についてくる。創の寡黙さを、早乙女はいとしく思った。

ガードレールを越えて降り立つと、地面には霜が立っていた。歩くたびに、くっきりと足跡が残っていく。早乙女たち親子の後を追う者がいれば、追跡は至極簡単だろうが、もはやそのようなことはどうでもよかった。早乙女は逃亡しているのではない。冬の夜の中にいる神を目指しているのだった。

道なき道は歩きにくかったが、下生えが枯れ果てているのがまだしもだった。早乙女も創もスニーカーを履いているので、不自由は感じない。眼前に突然現れる小枝に注意しながら、一歩一歩大地を踏み締めた。森は生物の気配とてなく、触れれば手が切れるほどの静けさだけがあった。

傾斜はさほどきつくなかった。標高が千メートルにも満たない、低い山である。舗装路を辿れば、徒歩でも頂上までは数時間で到達するだろう。しかし早乙女は、あえて森の中へと分け入っていった。人が切り開いた道を進むだけでは、神へ辿り着けないような気がする。急がず、だが着実に歩を進めることは、きっと充実感を与えてくれるだろうと予想した。

透徹した寒気だった。車を降りた瞬間から、思わず肩を竦めたくなる冷気に包まれた。厚着はしてきたが、だからといって寒さを忘れられるほどではない。動くことが体を温めるただひとつの手段だった。早乙女は一心に足を動かす。

真っ直ぐに進むうちに、いつしか足許は上り坂となっていた。時計を見ると、教会を出てから一時間以上経っている。さすがに息が上がってきて、早乙女は立ち止まりひと息ついた。葉を落とした木々の合間に、遥か遠い頂《いただき》が見える。

振り返ると、創もまた軽く息を乱していた。額に汗を浮かべ、肩で呼吸をしている。創の背後に見えるのは通り過ぎてきた森だけで、もはや舗装路は視界から消えていた。それを確認し、早乙女はふたたび歩き出す。

斜度が増すにつれ、それまでのようなペースでは進めなくなった。疲労もあって、一歩一歩が重く感じられる。そのうちに、爪先を霜に突き刺すようにして歩くと楽だとこつを摑んだ。左右の木の幹に手をかけながら、自分の体を持ち上げるようにして斜面を進んだ。

歩いていれば寒いとは感じないが、それでも衣類に覆われずに露出している部分がじんじんと痺れてきた。もしかしたら、気温は氷点下になっているのかもしれない。そのうちに指先、鼻、耳から感覚が失われていった。自分という意識と繋がっている実感が持てず、肉体の一部から単なる付随物へと変化していく。こんな標高の低い山でも、なんの準備もせずに分け入れば寒気は脅威となる。凍傷になるかもしれなかった。

早乙女はまた立ち止まって、耳を引っ張ってみた。耳たぶ、指先ともに何も感じない。分厚いコートの上から触っているような、もどかしい感覚しか得られなかった。気づいてみれば、足先も同じく感覚を失っている。ずっと霜に突き刺すように歩いていたのだから、それも当然だろう。水分が靴の中に染み込み、爪先から体温を奪っているのかもしれない。

体から感覚が失われつつあるのは創も同じらしく、なんとか実感を取り戻そうと、手を握っては開く動作を繰り返している。その様を見て、早乙女もしばし真似をしてみた。するとぼんやりとだが触覚が戻ってきて、痺れがぶり返す。手を口許に持っていき、息を吹きかけると、痺れは痒《かゆ》みに似た感覚に変じた。

凍傷になれば、己の体の一部を失うことになる。それを創は恐れるだろうか。早乙女は考えながら息子の顔を見たが、感情を覗かせる表情は浮かんでいなかった。不平もその口からは漏れず、ただ父だけを一心に見つめている。そんな息子に頷きかけ、早乙女は動き出した。

やがて、小さな渓流に行き合った。凍りつくことなく、細い流れが山上から続いている。それを見て早乙女は、急激に喉の渇きを覚えた。時刻を確認すれば、すでに出発から二時間半が経過していた。そろそろ休息をとる必要がありそうだった。

渓流の岸に跪《ひざまず》き、両手を水の中に入れた。本当ならば皮膚が切れそうなほど冷たいのだろうが、温度を感じることはできなかった。それを幸いと、掌で水を掬《すく》って口許に持っていった。渇ききった口中に、清涼な水を流し込む。一度では足りず、何度も同じことを繰り返した。

創も早乙女の傍らで水を飲んでいる。だが創はさほど貪《むさぼ》ることなく、すぐに満足して濡れた口許を拭った。地べたに腰を下ろし、深く息を吐く。若い創にも、この無謀な登山行は応えているようだ。

ようやく喉が潤《うるお》い、早乙女は渓流から離れた。濡れた手をハンカチで拭こうとポケットを探ったが、うまく取り出せない。自覚する以上に指先の自由が失われているようだ。仕方ないので、コートに手を擦りつけて水気を払った。

一度坐り込むと、もう二度と動きたくない気分が押し寄せてきた。これが苦痛なのかと、早乙女は自問する。苦しいからそこから逃避したいのか。人はいつも、このような思いの中で生きているのか。ならば、逃げてはならない。苦痛をはっきりと実感するまで、己の身を酷使しなければならない。

重ね着した服の下では、汗をかいていた。動いているときには感じなかった冷気が、坐り込んだとたんに猛威を振るい始める。あっという間に汗は引き、代わって寒さが体の芯に染み込んできた。体が冷え切ってしまっては、もう動けなくなる。早乙女は腰を浮かせた。

創は短い休息に執着しなかった。早乙女に続いて立ち上がろうとする。だが思うように足が動かないらしく、よろけて傍らの幹にかろうじて取りすがった。そんなに疲れているのかと、早乙女は奇異に感じた。

どうしたと声をかけると、創は困ったように早乙女を見た。

「靴擦れです。少し痛い」

答えて創は、また坐った。苦痛をこらえる表情を浮かべ、右脚の靴を脱ぐ。早乙女は懐中電灯を点けて、創の足先を照らした。

クリーム色の靴下に、血が滲んでいた。拇指球《ぼしきゅう》の周辺が擦れたようだ。血が出るほどだから、相当痛いだろう。だが早乙女は、それを見ても適切な治療方法は思いつけなかった。今は絆創膏《ばんそうこう》一枚とて持ち合わせていない。

「大丈夫です。なんとかなります」

強がって、創は言った。靴下も脱ごうとするが、早乙女と同様うまく指が動かないらしく、しばし苦労する。やがて諦めて、靴下の上から患部を握り締めた。そんなことをしてもどうなるものでもあるまいに、それで痛みを打ち払えたかのように創はまた靴を履いた。

無理をする必要はない。早乙女は息子に言葉をかけた。それでも創は、小さく首を振るだけだった。目には、あくまで父と行動をともにするという強い意志が見える。その目を見て、早乙女は心配するのをやめた。

渓流を離れ、ふたたび森に入っていった。渓流沿いに歩くことも考えたが、岩場は足を踏み外す危険性が高い。崖ではないので滑落する心配はなくとも、渓流に落ちて全身ずぶ濡れになれば致命的だ。いざとなればしがみつける木がある森の方が、何かと安心だった。

早乙女は背後を気にかけながら、ゆっくりと進んだ。創は幾分足を引きずりながらも、無言で父を追ってくる。創の負担を考え、なるべく歩きやすいようコース取りをした。急ぐ道行きではないから、迂遠《うえん》でも着実に進むことを選択する。

森の中には茶色くなった落ち葉が堆積している。傾斜がきつくなるにつれ、それに足を滑らせるようになった。何度もよろけて地面に手をつくうちに、掌を切ってしまった。ぱっくりと裂けた傷口から、血が流れる。しかし痛みはない。ただ生暖かさを感じただけだった。創も同じく転んで怪我を負い、痛みに舌打ちしている。早乙女は創の痛みを共有したいと、淡い望みを抱いた。

疲労はピークに達しようとしていた。忘我の境地に至り、ただ機械的に足を動かしているだけだった。己の体が意思の制御下から離れ、勝手に動き続ける感覚。視線は確かに足許に向けているはずなのに、頭上の広い視点から己を見下ろしているような錯覚すら覚えた。

ふと、足許が陥没した。早乙女は足を取られ、穴に落ち込んだ。平坦に見えた地面は、落ち葉に覆い隠された穴だったようだ。そこに右脚を踏み込み、早乙女は転倒した。

「大丈夫ですか」

狼狽した創の声が聞こえたが、すぐには答えられなかった。大丈夫なのかそうでないのか、痛みを感じない体ではとっさに判断がつかない。掌をついて上体を引き上げ、穴から転がり出た。

創の手を借りて立ち上がろうとした。だが右脚を踏み出した瞬間、力が入らず膝からくずおれた。どうやら足首を捻《ひね》ってしまったらしい。痛みはなくとも、体の自由は確実に失われていた。

「少し、休みましょうか」

創は提案する。早乙女としては応じるしかなかった。

木の根元に腰を下ろし、足首を触ってみた。腫れているような感触はない。これから腫れてくるのか、それとも指先から感覚が失われているためか、どちらとも判然としなかった。

靴擦れを確認した創と同じように、早乙女も靴を脱いで自分の足首を見てみた。創に懐中電灯を渡し、照らしてもらう。苦労して、靴下を踝《くるぶし》まで押し下げた。

一見したところ、足首はどうということもなかった。おそらく、大した捻挫《ねんざ》ではないのだろう。そう判断して、早乙女はすぐに靴を履いた。しばらく休めば、歩けるようになる。腕時計に目を落とすと、時刻は午前三時をとうに回っていた。

寒いのか、創は早乙女に寄り添うように腰を下ろした。肩が触れ合い、じんわりと創の体温が伝わってくる。息子の温もりを感じるのは、何年ぶりのことだろう。思い返そうとしても、うまく頭が働かなかった。

火照った体は、動きを止めるとすぐに冷えた。体温が急速に失われていく。森はなお深く、頂までの距離は把握できなかった。まだここで朽ちてしまうわけにはいかない。なかなか言うことを聞かない体を叱咤し、木の幹にしがみつきながら立ち上がる。創も耐えがたい疲労を感じているだろうに、父に手を貸してくれた。

「歩けますか」

心配そうに尋ねてくる。早乙女はゆっくりと創の手を外し、自力で足を踏み出してみた。右脚に体重をかけても、痛みは襲ってこない。先ほどのように膝から力が抜けることもなかった。

頷いて、また歩き出す。もともと歩みは遅くなっていたが、このアクシデントでさらにスピードが落ちた。気持ちはまだ萎《な》えていなくても、体がそれを裏切る。右脚を引きずらずに歩くことは不可能だった。

途中で長い枝を見つけ、それを杖代わりに使うと、少しは楽になった。左脚を出し、枝を右前方に突いて、右脚を引き寄せる。そしてまた左脚を出し、枝を突き、右脚を引きずる。同じ動作を何度も繰り返すうちに、ふたたび意識が遊離し、頭上から己を見下ろす錯覚が舞い戻ってきた。足を引きずる男と、それにつき従う若者。頂までは、もう少しだった。

森の中は静まりかえっていた。小動物も、こんな深夜では眠りに就くのだろう。静寂を破るのは、ただ早乙女たち親子の息づかいだけだった。完璧な静寂は、耳鳴りを呼ぶ。早乙女はずっと、金属質の高い音を聞き続けていた。

ふと、そこに人の声が混じった。早乙女は立ち止まり、背後を振り向く。すると創は、何事かという目をぼんやりと向けてきた。創が言葉を発したわけではないようだ。早乙女は頭を軽く振り、歩き出す。

また、呼びかけが聞こえた。今度は立ち止まらず、視線だけを上げた。上方から見下ろす錯覚は、同時に消え去る。視野には月明かりに照らされた太い幹の群だけがあった。

声は早乙女の名を呼んでいた。その声に、早乙女は確かに聞き憶えがあった。遠い昔に幾度も耳にした女性の声。これは妻の声だったか、それとも母か。一心に考えたが、結局わからなかった。

幻聴に過ぎない。早乙女は声に意識を向けるのをやめた。声の主が誰かもわからないようでは、呼びかけの意味を考えても無駄だ。今はただ、己と息子の息づかいだけを聞いていたい。ここにこうしていることを、間断なく実感していたい。

「お父さん」

今度ははっきりと、幻聴ではない声で呼び止められた。立ち止まり、我に返る。気づいてみれば、目の前に土の壁があった。崖だった。

見上げると、崖の頂部が視野に入った。ここが頂か。頂上ではなくとも、稜線上の岩峰であることは間違いなかった。早乙女はそこを目指し、右に回り込んだ。

崖を左手に見て、上り勾配を進んだ。体は重く、一歩足を動かすためには渾身《こんしん》の力を必要とした。それでも頂がそこにあるかと思えば、不思議に体の底から新たな力が湧いてきた。歩みを止めることなど、思いも寄らなかった。

やがて上り勾配も果てを迎えた。木々の連なりを抜けると、不意に視界が開ける。足許は、切り落としたように遥か眼下にあった。左手にある崖の頂部は、ほんの五メートルほど上方に見えた。

登るしかない。覚悟を決めて、崖に取りついた。崖にはほどよく岩や木の根が露出していて、手がかり足がかりには事欠かない。常に三ヵ所の支点を確保するようにして、着実に体を持ち上げていった。

捻挫した右足首が痛まないのが、今は幸いだった。両手でしっかり崖にしがみついていれば、右足首も体を支える役に立つ。足場を踏み外さないことだけに神経を配り、ひたすら頂を目指した。

下から見上げたときにはさほどの高さとも思えなかったが、いざ登り始めてみれば、頂は遥かに遠かった。これで限界と幾度も思いながらも、もう少しもう少しと己をごまかし、次の足がかりを探す。しかし、いっこうに頂に近づいている気はしなかった。登った分だけ頂が逃げていくような、そんな錯覚を覚えた。

休んだら、気力が尽きる。それだけは思考力の麻痺した頭でも理解できた。一センチでも、一ミリでも上に体を運ばなければならない。頂までの距離が無限にあるのなら、自分もまた無限に登り続けるだけのことだ。そう覚悟を固めると、体はともかく、気持ちだけはすっと楽になった。

果てしない努力の積み重ねだった。崖に取りついてから何時間も経ったような気がした。それでも頂は、無限の果てにあるわけではなかった。ついに頂部に手が届く瞬間がやってきた。最後の力を振り絞り、体を無理矢理引き上げる。そのまま仰向けに横たわり、ひたすら空気を貪り吸った。

続いて創の手が頂部にかかった。それに気づき、早乙女は体重が倍にも感じられる抵抗を振り切って上体を起こした。両手で息子の手首を掴み、引っ張る。じりじりと創の体が持ち上がり、腰が崖の縁を越えた。創が頂部に身を投げ出した瞬間、体力の最後の一滴が尽きたことを早乙女は知った。

そこは十メートル四方ほどの、狭い空間だった。どちらを向いても垂直気味に落ち込む崖で、眼下に森が見える。見上げれば夜空に手が届きそうで、前方には視界を遮るものは何もなかった。

小石が転がる地面に、創はそのまま仰向けになった。激しい息づかいだけが、静まりかえった夜に響く。早乙女もまた、その傍らに身を横たえた。達成感と安堵が、いちどきに押し寄せてくる。

しばらく、呼吸が静まるまでじっとしていた。不思議に、もはや寒さは感じなかった。視野に広がるのは広大な夜空、傍らには己の血を継いだ息子。早乙女は満足だった。

創。早乙女は呼びかける。息子は静かに、「はい」と応じた。身裡から、様々な衝動が込み上げてくる。それをうまく整理することができず、早乙女はしばし沈黙した。疲労の極にある頭では、思考もうまく働かない。仕方なく、思いつくままに言葉にしてみることにした。

私の母は、ある日ふらりとやってきた男と一緒に死んだ。早乙女はそこから語り起こした。母と父の関係。母が抱えていた鬱屈。そこにやってきた朝倉。朝倉の中に母が見いだした平穏。父の嫉妬。母と朝倉の死。父の欺瞞。

――私は父を愚かしいと思った。父のようにはなるまいと、ずっと己を律し続けた。それはお前の母と結婚してからも変わらなかった。変えようがなかったのだ。

だがその結果、妻の気持ちは私から離れていった。妻は、大きく逸脱した。他の男に安らぎを求めたのだ。それは、私への復讐だったのかもしれない。私には妻を咎める権利はない。

子供だった私は、母と朝倉の関係を冷静に見つめていた。そこに通う感情を、単なる男女のそれとは思わなかったからだ。しかし妻と愛人の仲は、母たちとは似て非なるものだった。私が母たちに感じなかった生臭さを、お前は自分の母親に感じ取った。私は母を傍観するだけだったが、お前は憤った。許しがたいと感じたのだ。

「……ぼくは、母を憎んだのでしょうか」

創は空を見上げたまま、ぼんやりと問い返す。早乙女は暫時《ざんじ》迷って、認めた。

妻が車で出かける前に、お前は車内にゴムボールを投げ込んだ。妻は気づかなかったが、私は目撃した。事故後の警察の調査によると、そのゴムボールがブレーキペダルに引っかかり、車の減速を妨げたという。そのために妻は山道を曲がりきれず、愛人とともに谷底に転落したのだ。子供の投げ入れたボールが、ふたりの命を奪った。

「では、ぼくが母を殺したのですね」

もちろん警察は、不幸な事故と判断した。だが私には、お前の殺意が感じられた。私が間違っていなかった証拠に、お前は自らの記憶を抹消した。私が事故原因を教えたわけでもないのに、母親の死にまつわるいっさいを忘却した。それはおそらく、罪の意識から逃れるためだったのだろう。

「そう……だったのですか。お父さんが隠していたことは、それだったのですか」

私はお前の罪を問おうとは思わなかった。妻の死に様には、母の最期が重なる。そこに、意味を見いだしたからだ。お前に罪があるとしたら、私にも等分に罪がある。私は車にゴムボールを投げ込まなかっただけだ。

「ぼくはとっくに、神に見つめられていたのですね。ぼくは神の視線を感じるために、琢馬さんを殺しました。それは、無意味なことだったのでしょうか」

島本琢馬さんの父親を、私は知っている。私にこの世の成り立ちを説いてくれたのが、その父親だ。彼は、身をもって私に真実を示してくれた。彼の死によって、私は迷いを打ち払った。彼の名は、久永琢郎といった。

「身をもって……？　琢馬さんの父親は……教会の時計塔から落ちて死んだのですよね……」

創の声が遠くから聞こえるような気がした。創の声が弱々しくなっているのか。己の意識が遠のいているのか。どちらとも判然としなかった。早乙女は息子に言葉が届くようにと念じながら、告白する。

私が突き落としたのだ。久永さんは、運命は自ら決めたものだと私に教えてくれた。

だから久永さんの死は、彼自身が決めたことだった。少なくとも彼は、そう信じていた。私は従容と死に就いた彼を見て、その言葉に偽りはないと知った。今でも彼には感謝している。

人の一生は、小さな輪の連鎖だ。ひとつひとつの輪の形は違っても、いずれ同じリズムが生まれる。だから人は、己の血を残したがる。そうすることで、死への恐怖を克服する。私に殺された久永さんは、息子を残した。その息子を、私の子供であるお前が殺した。いつまでも続く連鎖だ。私が決め、お前が決め、久永さんが決め、その息子が決めた、神へと到る連鎖だ。

神は私を咎めなかった。久永さんの考えを否定しなかった。神は大いなる沈黙で、すべてを肯定する。私はその沈黙に、神の意志を見て取っていた。

それでも私は、ずっと神の声を聞きたいと念願してきた。いつか神の声を聞く日が来ると信じていた。私は今、この連鎖の意味を神に問いたい。私とお前がなぜここにこうしているのか、そのわけを知りたい。なあ、創。お前もそう望むだろう……。

問いかけは、沈黙で応じられた。早乙女は傍らに目をやり、微笑んだ。そうか、もう眠ったのか。私も少し疲れた。しばし休むとしよう。

空の果てが、紫に滲んでいた。完璧な夜空を浸食して、朝日が昇ろうとしている。早乙女は手を伸ばし、夜を抱く。体の中に、星々が落ちてくる。ああ、なんという合一感か。天に続く道が見える。神がすべてを肯定する声が聞こえる。早乙女の体は、多幸感に満たされる。
神が、すぐそこに見える。

解説

三浦天紗子

イヤミスはいまや女性作家が得意とするフィールドという印象だが、天童荒太『孤独の歌声』や『家族狩り』、貴志祐介の『黒い家』や『悪の教典』など男性作家の書いた傑作も多い。後味の悪さで言えば、貫井徳郎もまた天下一品。惨殺事件の被害者一家となった家族の知られざる顔が浮き彫りになる『愚行録』、悪意のないエゴイズムが残酷な結末へ結びつく『乱反射』、エリート銀行員が妻子を殺害した真相へ小説家が肉薄していく『微笑む人』など、読み終わった後も真相の衝撃を引きずるような苦いミステリが得意だ。

殺人などわかりやすい悪の背景には、無自覚な偏見、ちょっとした悪意や不道徳、歪んだ正義感などが取りかえしのつかない状況へと結びつくことがあるものだ。そこを腑分けし、同時に、読者に重い問いを突きつけてくるのも貫井ミステリらしさだろう。実際の事件でも、起きた出来事を非難するのはたやすい。犯罪者心理は、陰惨な事件において十分に解読されることなく、〝心の闇〟と単純化して語られやすい。人として、犯罪行為を糾弾するのは当然としても、犯行に至るやむにやまれなさを無視せず想像することも必要ではないかと、彼は物語を通して訴えてくる。悪人の犯意よりも、善人の中に潜む邪心を浮かび上がらせて、人間の空恐ろしさを描き出す。それが貫井徳郎という作家である。

作中で扱う犯罪についても、彼は連続殺人や誘拐などミステリの王道に加え、社会変化がもたらす新手の悪を積極的に物語に取り込んでいく。『転生』で描かれたのは臓器移植の是非だ。発表当時、日本では始まったばかりの先鋭的な題材だったはず。『私に似た人』では、テロの日常化を〈小口テロ〉と呼んで描き、現代の不穏さの行き着く先を彷彿とさせた。よく調べ、消化して書く人でもある。冒頭で書いたとおり、彼はイヤミスの名手と呼ばれることもあるが、私はもっと学者肌な書き手ではないのかと思っている。

そんな彼が強くこだわっているように見えるのが、宗教や信仰というテーマである。ご存じのように、デビュー作『慟哭』では新興宗教がモチーフとして使われた。喪失感から怪しげな新興宗教に救いを求めていく〈彼〉の物語と、幼女連続失踪事件を追うキャリア組の変わり者〈佐伯〉捜査一課長や、警視庁捜査一課所属の丘本警部補らの捜査の行方。奇数章偶数章で振り分けられたふたつのストーリーが異なる視点で語られ、緊張感を増していくその果てに、別々だと思われていた物語が交錯。驚くべき真相にたどり着く。犯人が理解しがたいある儀式にのめり込むさまと、冷めた思考でそれを語り続けるギャップ。〈彼〉の視点がリアリズムを基調としているだけに、恐ろしいほどの狂気を感じてしまう。それでいて、幼女連続失踪事件の残酷な真相がある種の共鳴を誘うのは、そこに大切な人を失った絶望や孤独を、神や信仰は癒やしてくれるのかという普遍的な問いかけがあるからだ。

彼はまた『夜想』という作品で、ひとは苦悩の渦中で何を求めるのかを描いた。主人公は、長距離トラックの居眠り運転事故によって、目の前で妻子を亡くす悲劇を味わったカーディーラーの雪籐直義《ゆきとうただよし》。ショックで抜け殻のようになっていた矢先、物に触ることでそこにこもった思念を読み取ることができる不思議な能力を持った天美遙《あまみはるか》と出会う。やがて遙の力をもっと多くの人に役立てたい、同時に、恵まれた境遇とは言えない遙の力になりたいと人生をつぎ込む。並行して語られるのは、シングルマザーの嘉子の問題だ。娘の反抗期に手を焼いていたが、ある朝、娘は忽然といなくなり、連絡が取れなくなる。娘を捜して占いなどを転々とするうち、評判の女教祖に見てもらうことになったが……。ここからはどんでん返しの連続だ。遙を取り巻く環境が新興宗教サークルのように変質していくさまや、雪籐が癒されていたものの正体、嘉子自身の自己暗示の苦い顛末などが、次々と明かされる。

その二作の間に書かれたのが本書『神のふたつの貌』である。初版は二〇〇一年。二〇〇四年に文庫化されているが、しばらく入手困難だった。初版から二十年ぶりにこうして新装版文庫で読めることになったわけだが、神の存在が信じられなくなるような時代だからこそ、いっそう求められる作品だと思う。ただし、先述した『慟哭』『夜想』とはまるで違うアプローチで描かれている。それら二作が己が信じたい何かにすがる人間の弱さや愚かさをえぐっていったのに対し、本書ではプロテスタントというキリスト教派を媒介にして「宗教とは何か」という大きな問いに向き合う。凶事は起きるが、重きが置かれているのは犯罪の糾弾ではない。貫井は、神の言葉を欲しながらも疑い、格闘していく人間について、死や幸福の意味について、主人公たちの思考を借りて掘り下げていくのだ。貫井はクリスチャンではないし、教義などは本から得た知識に違いない。にもかかわらず、まるで神の言葉を血肉にした人間さながらの語り。これにつかまれない読者はいないだろう。

〈人間はもしかしたら、神に見捨てられた存在なのかもしれない。〉

神の存在を認める一方で、そんな疑念を抱く十二歳の早乙女輝《ひかる》の苦悩から、物語の幕は開く。主な舞台は、大正末期に建てられたという田舎町の教会だ。早乙女は、祖父の代から聖職に就く一家のひとり息子である。森を背負うようにそびえる教会には町が丸ごと見下ろせる時計塔もあって、古いものの、雰囲気を漂わせた建物のようだ。

早乙女の父は信者たちから厚い信頼を寄せられている立派な牧師だが、父にとっては神だけが至高の存在。母は、信仰より、心のつながりを求める人並みの願いが叶えられないことに苛立つ。それゆえ、夫婦仲は常に〈緊張の水位〉が意識される波乱を含んでいて、少年は父に甘えたり母に懐いたりという、およそ子どもらしい天真爛漫さとは無縁に育つ。

そんな家族の関係性を変えてしまったのは、教会に逃げ込んできた美しく年若い朝倉暁生だった。ヤクザの情婦に手を出して追われているところを匿ってもらい、その縁で教会に居つくことになる。如才ないこの青年は、みるみるうちに母や町の人たちや信者たちの信頼を得てしまい、とりわけ母にとっては救いですらあった。ところが、朝倉が運転する軽ワゴンは事故を起こし、同乗していた母とともに事故死してしまうのだ。

それでも早乙女は神の存在は疑うことはなかったが、ずっと神に問い続けていた。神は人間を愛しているのに、なぜ不幸はなくならないのか。不幸な人が救いを求めても、それに応えようとしないのか。望んでも得られない救いであれば、信仰そのものが無意味ではないのか。母の死後、身のうちに湧くたくさんの問いに、丁寧に答えてくれたのは、父よりも、教会の信者の久永琢郎《ひさながたくろう》だった。流れ者の朝倉をドライバーに雇っていた人物でもある。久永は説く。〈人間の人生は、神との約束を見つけだすためのもの〉で、どんな運命も〈天命〉なのだと――。実は早乙女には無痛症という生まれつきの障がいがあり、痛みというものを一度も味わったことがない。だから身体の痛みはもちろん、母の死に心を痛めることさえないのかと、彼は憂いを深くする。母の死も、自分の体質も、自ら望んで与えられたものなのか。そんな思いが膨れ上がったとき、早乙女は時計塔の上で自らある悲劇を作り出し、神の声を待つ。

そんな第一部から月日が流れ、第二部は二十歳になった早乙女を追っていく。早乙女は大学生になっており、コンビニでアルバイトもしている。祖父や父に倣って神を信じ、将来は牧師職を継ぐつもりでいるけれど、いまだ神の愛が自分に注がれていることを感じられない。そんな彼の前に現れたのが、熱心なプロテスタント信者でもある同じ大学の八城翔子だ。彼女は幼いころに遭った交通事故のせいで左脚が不自由なのだが、〈主は決して、無意味な試練などお与えにならない〉と信じている。早乙女は、翔子と語り合えば語り合うほど、福音を求めているのに得られない自分と、すでに得ている彼女との違いは何なのかという壁に突き当たる。早乙女は十二歳のときに母を亡くしていて、その前後の記憶がない。神との距離を縮めるのは、記憶を失うほどの不幸を取り戻せばいいのかとも考える。そんな折りに、早乙女は、アルバイト先は何かしらの重い不幸を背負った人間ばかりが集まっていたと知る。中でも、オーナーのひとり息子である琢馬が自分を卑下するさまを憐れに感じた。早乙女はその苦しみを解放してやりたいと、不穏な計画を実行に移す。

第三部は、第一部と第二部を俯瞰し、縒り合わせるような位置から書かれていく。早乙女輝は四十代半ばの牧師になっていて、息子の創《そう》が、かつての自分のように神の存在に翻弄されながら神について深く考えている手応えを持っている。そのことに喜びを見出しながら、自分の人生と二重写しのように見える創の人生に、早乙女は父として不安を覚えてもいた。郁代という信者の女性、そして郁代に近づいていく棚倉という正体不明の男が、早乙女父子と関わったのもまた、神との契約なのか。ふたりの登場によって、物語は急展開し、予想もしない結末へと進んでいく。

三部という構成に、作者のあるたくらみが仕掛けられているが、それにいつ気づくかはこの作品を楽しむ上でそれほど問題にはならないと思う。ただ思うのは、安易な救いは安易な依存にしかならないことを、またも貫井は描きたかったのかもしれないということだ。

ラストで全能の父なる神は、早乙女父子の選択をどう受け止めたのか。試練を与える神の厳しい貌とすべてを肯定する神の慈愛に満ちた貌、ふたつの貌のうち、どちらを向けたのか。その答えは、信仰をめぐる長い旅を終えた読者ひとりひとりの中にある。

（ライター・ブックカウンセラー）

初出誌「別冊文藝春秋」
「全能者――神のふたつの貌　第一部」一九九九年夏（第二二八）号
「絶対者――神のふたつの貌　第二部」二〇〇〇年春（第二三一）号
「超越者――神のふたつの貌　第三部」二〇〇一年春（第二三五）号

単行本　二〇〇一年九月　文藝春秋刊
本書は二〇〇四年に刊行された文春文庫の新装版です。

ＤＴＰ制作　言語社

文春文庫

神《かみ》のふたつの貌《かお》

定価はカバーに
表示してあります

2021年4月10日　新装版第1刷

著　者　貫《ぬく》井《い》徳《とく》郎《ろう》
発行者　花田朋子
発行所　株式会社　文藝春秋

東京都千代田区紀尾井町3-23　〒102-8008
TEL 03・3265・1211㈹
文藝春秋ホームページ　http://www.bunshun.co.jp

落丁、乱丁本は、お手数ですが小社製作部宛お送り下さい。送料小社負担でお取替致します。

印刷製本・凸版印刷

Printed in Japan
ISBN978-4-16-791679-4

（　）内は解説者。品切の節はご容赦下さい。

追憶のかけら
貫井徳郎
失意の只中にある松嶋は、物故作家の未発表手記を入手するが、彼の行く手には得体の知れない悪意が横たわっていた。二転三転する物語の結末は？　著者渾身の傑作巨篇。（池上冬樹）
ぬ-1-2

空白の叫び（全三冊）
貫井徳郎
外界へ違和感を抱く少年達の心の叫びは、どこへ向かうのか。殺人を犯した中学生たちの姿を描き、少年犯罪に正面から取り組んだ、驚愕と衝撃のミステリー巨篇。（羽住典子・友清　哲）
ぬ-1-4

壁の男
貫井徳郎
北関東の集落の家々の壁に絵を描き続ける男。彼自身は語らないが、「私」が周辺取材をするうちに男の孤独な半生と悲しい真実が明らかに。読了後、感動に包まれる傑作。（末國善己）
ぬ-1-8

紫蘭の花嫁
乃南アサ
謎の男から逃亡を続けるヒロイン、三田村夏季。同じ頃、神奈川県下で連続婦女暴行殺人事件が……。追う者と追われる者の心理が複雑に絡み合う、傑作長篇ミステリー。（谷崎　光）
の-7-1

水の中のふたつの月
乃南アサ
偶然再会したかつての仲良し三人組。過去の記憶がよみがえるとき、あの夏の日に封印された暗い秘密と、心の奥の醜さが姿をあらわす。人間の弱さと脆さを描く心理サスペンス・ホラー。
の-7-5

自白　刑事・土門功太朗
乃南アサ
事件解決の鍵は、刑事の情熱と勘、そして経験だ——。昭和の懐かしい風俗を背景に、地道な捜査で犯人にじり寄っていく刑事・土門功太朗の渋い仕事っぷりを描いた連作短篇集。
の-7-9

秘密
東野圭吾
妻と娘を乗せたバスが崖から転落。妻の葬儀の夜、意識を取り戻した娘の体に宿っていたのは、死んだ筈の妻だった。日本推理作家協会賞受賞。（広末涼子・皆川博子）
ひ-13-1

（　）内は解説者。品切の節はご容赦下さい。

東野圭吾
予知夢
十六歳の少女の部屋に男が侵入し、母親が猟銃を発砲。逮捕された男は、少女と結ばれる夢を十七年前に見たという。天才物理学者が事件を解明する、人気連作ミステリー第二弾。（三橋　暁）
ひ-13-3

東野圭吾
ガリレオの苦悩
〝悪魔の手〟と名乗る人物から、警視庁に送りつけられた怪文書。そこには、連続殺人の犯行予告と、湯川学を名指しで挑発する文面が記されていた。ガリレオを標的とする犯人の狙いは？

ひ-13-8

東野圭吾
真夏の方程式
夏休みに海辺の町にやってきた少年と、偶然同じ旅館に泊まることになった湯川。翌日、もう一人の宿泊客の死体が見つかった。これは事故か殺人か。湯川が気づいてしまった真実とは？

ひ-13-10

東野圭吾
虚像の道化師
ビル五階の新興宗教の道場から、信者の男が転落死した。教祖は自分が念を送って落としたと自首してきたが…。天才物理学者・湯川と草薙刑事のコンビが活躍する王道の短編全七作。

ひ-13-11

東野圭吾
禁断の魔術
姉を見殺しにされ天涯孤独となった青年。ある殺人事件の被害者と彼の接点を知った湯川は、高校の後輩にして愛弟子だった彼のある〝企み〟に気づくが…。ガリレオシリーズ最高傑作！

ひ-13-12

広川　純
一応の推定
滋賀の膳所駅で新快速に轢かれた老人は、事故死なのか、それとも、孫娘のための覚悟の自殺か？　ベテラン保険調査員が辿り着いた真実とは？　第十三回松本清張賞受賞作。（佳多山大地）
ひ-22-1

東川篤哉
魔法使いは完全犯罪の夢を見るか？
殺人現場に現れる謎の少女は、実は魔法使いだった!?　婚活中の女警部、ドMな若手刑事といった愉快な面々と魔法の力で事件を解決する人気ミステリーシリーズ第一弾。（中江有里）
ひ-23-2

（　）内は解説者。品切の節はご容赦下さい。

東川篤哉
魔法使いと刑事たちの夏
切れ者だがドMの刑事、小山田聡介の家に住み込む家政婦マリィは、実は魔法使い。魔法で犯人が分かっちゃったけど、どうやって逮捕する？　キャラ萌え必至のシリーズ第二弾。
ひ-23-3

東川篤哉
さらば愛しき魔法使い
八王子署のヘタレ刑事・聡介の家政婦兼魔法使いのマリィは、数々の難解な事件を解決してきた。そんなマリィの秘密を、オカルト雑誌が嗅ぎつけた？　急展開のシリーズ第三弾。
ひ-23-4

藤原伊織
テロリストのパラソル
爆弾テロ事件の容疑者となったバーテンダーが、過去と対峙しながら事件の真相に迫る。乱歩賞&直木賞をダブル受賞した不朽の名作。逢坂剛・黒川博行両氏による追悼対談を特別収録。
ふ-16-7

福澤徹三
死に金
金になることなら何にでも手を出し、数億円を貯めた男。彼が死病に倒れたとき、それを狙う者が次々と病室を訪れる。ラストまで眼が離せない、衝撃のピカレスク・ロマン！　（若林　踏）
ふ-35-10

藤井太洋
ビッグデータ・コネクト
官民複合施設のシステムを開発するエンジニアが誘拐された。サイバー捜査官とはぐれ者ハッカーのコンビが個人情報の闇に挑む。今そこにある個人情報の危機を描く21世紀の警察小説。
ふ-40-1

福田和代
バベル
ある日突然、悠希の恋人が高熱で意識不明となってしまう。感染爆発が始まった原因不明の新型ウイルスに、人間が立ち向かう術はあるのか？　近未来の日本を襲うバイオクライシスノベル。
ふ-45-1

誉田哲也
妖《あやかし》の華
ヤクザに襲われたヒモのヨシキが、妖艶な女性・紅鈴に助けられたのと同じ頃、池袋で、完全に失血した謎の死体が発見された――。人気警察小説の原点となるデビュー作。　（杉江松恋）
ほ-15-2

（　）内は解説者。品切の節はご容赦下さい。

松本清張
風の視線（上下）
津軽の砂の村、十三潟の荒涼たる風景は都会にうごめく人間の心を映していた。愛のない結婚から愛のある結びつきへ。〝美しき囚人〟亜矢子をめぐる男女の憂愁のロマン。（権田萬治）
ま-1-17

松本清張
事故 別冊黒い画集(1)
村の断崖で発見された血まみれの死体。五日前の東京のトラック事故。事件と事故をつなぐものは？　併録の「熱い空気」はTVドラマ「家政婦は見た！」第一回の原作。（酒井順子）
ま-1-109

松本清張
強き蟻
三十歳年上の夫の遺産を狙う沢田伊佐子のまわりには、欲望にとりつかれ蟻のようにうごめきまわる人物たちがいる。男女入り乱れ欲望が犯罪を生み出すスリラー長篇。（似鳥　鶏）
ま-1-132

松本清張
疑惑
海中に転落した車から妻は脱出し、夫は死んだ。妻・鬼塚球磨子が殺ったと事件を扇情的に書き立てる記者と、国選弁護人の闘いをスリリングに描く。「不運な名前」収録。（白井佳夫）
ま-1-133

松本清張
証明
作品が認められない小説家志望の夫は、雑誌記者の妻の行動を執拗に追及する。妻のささいな嘘が、二人の運命を変えていく。狂気の行く末は？　男と女の愛憎劇全四篇。（阿刀田　高）
ま-1-134

松本清張
遠い接近
赤紙一枚で家族と自分の人生を狂わされた山尾信治。その裏に隠されたカラクリを知った彼は、復員後、召集令状を作成した兵事係を見つけ出し、ある計画に着手した。（藤井康榮）
ま-1-135

麻耶雄嵩
隻眼の少女
隻眼の少女探偵・御陵みかげは連続殺人事件を解決するが、18年後に再び悪夢が襲う。日本推理作家協会賞と本格ミステリ大賞をダブル受賞した、超絶ミステリの決定版！（巽　昌章）
ま-32-1

（　）内は解説者。品切の節はご容赦下さい。

麻耶雄嵩
さよなら神様
「犯人は○○だよ」。鈴木の情報は絶対に正しい。やつは神様なのだから。冒頭で真犯人の名を明かす衝撃的な展開と後味の悪さが話題の超問題作。本格ミステリ大賞受賞！　（福井健太）
ま-32-2

丸山正樹
デフ・ヴォイス
法廷の手話通訳士
荒井尚人は生活のため手話通訳士になる。彼の法廷通訳ぶりを目にし、福祉団体の若く美しい女性が接近してきた。知られざるろう者の世界を描く感動の社会派ミステリ。　（三宮麻由子）
ま-34-1

宮部みゆき
我らが隣人の犯罪
僕たち一家の悩みは隣家の犬の鳴き声。そこでワナをしかけたのだが、予想もつかぬ展開に……。他に豪華絢爛「この子誰の子」「祝・殺人」などユーモア推理の名篇四作の競演。　（北村　薫）
み-17-1

宮部みゆき
とり残されて
婚約者を自動車事故で喪った女性教師は「あそぼ」とささやく子供の幻にあう。そしてプールに変死体が……。他に「いつも二人で」「囁く」など心にしみいるミステリー全七篇。　（北上次郎）
み-17-2

宮部みゆき
人質カノン
深夜のコンビニにピストル強盗！　そのとき、犯人が落とした意外な物とは？　街の片隅の小さな大事件と都会人の孤独な肖像を描いたよりすぐりの都市ミステリー七篇。　（西上心太）
み-17-4

宮部みゆき
誰か Somebody
事故死した平凡な運転手の過去をたどり始めた男が行き当たった、意外な人生の情景とは――。稀代のストーリーテラーが丁寧に紡ぎだした、心を揺るがす傑作ミステリー。　（杉江松恋）
み-17-6

宮部みゆき
名もなき毒
トラブルメーカーとして解雇されたアルバイト女性の連絡窓口になった杉村。折しも街では連続毒殺事件が注目を集めていた。人の心の陥穽を描く吉川英治文学賞受賞作。　（杉江松恋）
み-17-9

（　）内は解説者。品切の節はご容赦下さい。

宮部みゆき
ペテロの葬列（上下）
「皆さん、お静かに」。拳銃を持った老人が企てたバスジャック。呆気なく解決したと思われたその事件は、巨大な闇への入り口にすぎなかった——。杉村シリーズ第三作。（杉江松恋）
み-17-10

宮部みゆき
希望荘
離婚した杉村三郎は探偵事務所を設立。ある日、亡き父が生前に残した「昔、人を殺した」という告白の真偽について調査依頼が——。3・11の震災前後を描くシリーズ第四弾。（杉江松恋）
み-17-14

宮部みゆき
楽園（上下）
フリーライター・滋子のもとに舞い込んだ、奇妙な調査依頼。それは十六年前に起きた少女殺人事件へと繋がっていく。進化し続ける作家、宮部みゆきの最高到達点がここに。（東　雅夫）
み-17-7

宮部みゆき
蒲生邸事件（上下）
予備校受験で上京した孝史はホテルで火災に遭遇。時間旅行の能力を持つという男に間一髪で救われるも気づくと昭和十一年二月二十六日、雪降りしきる帝都・東京にいた。（末國善己）
み-17-12

道尾秀介
ソロモンの犬
飼い犬が引き起こした少年の事故死に疑問を感じた秋内は動物生態学に詳しい間宮助教授に相談する。そして予想不可能の結末が！　道尾ファン必読の傑作青春ミステリー。（瀧井朝世）
み-38-1

湊　かなえ
花の鎖
元英語講師の梨花、結婚後に子供ができずに悩む美雪、絵画講師の紗月。彼女たちの人生に影を落とす謎の男K……。三人の女性たちを結ぶものとは？　感動の傑作ミステリ。（加藤　泉）
み-44-1

（　）内は解説者。品切の節はご容赦下さい。

湊　かなえ
望郷
島に生まれ育った私たちが抱える故郷への愛、憎しみ、そして憧憬……屈折した心が生む六つの事件。日本推理作家協会賞・短編部門を受賞した「海の星」ほか全六編を収める短編集。（光原百合）
み-44-2

未須本有生
推定脅威
自衛隊航空機TF－1が二度にわたり墜落。機体を製造した四星工業の技術者・沢本由佳は事故原因に疑問を抱き独自に調査を始める。松本清張賞受賞の航空サスペンス。（小森健太朗）
み-53-1

三崎亜記
ターミナルタウン
かつてターミナルだった駅をほぼすべての電車が通過するようになり衰退した静原町——鉄道を失った鉄道城下町は再興できるのか。全く新しい町興しが始まる。（伊藤氏貴）
み-54-1

三津田信三
黒面の狐
敗戦に志を折られた青年・物理波矢多が炭鉱で起きる連続怪死事件に挑む！　密室の変死体、落盤事故、黒い狐面の女……。ホラーミステリーの名手による新シリーズ開幕。（辻　真先）
み-58-1

山口恵以子
月下上海
昭和十七年。財閥令嬢にして人気画家の多江子は上海に招かれたが、過去のある事件をネタに脅される。謀略に巻き込まれた彼女の運命は……。松本清張賞受賞作。（西木正明）
や-53-3

薬丸　岳
死命
若くしてデイトレードで成功しながら、自身に秘められた殺人衝動に悩む榊信一。余命僅かと宣告された彼は欲望に忠実に生きると決意する。それは連続殺人の始まりだった。（郷原　宏）
や-61-1

（　）内は解説者。品切の節はご容赦下さい。

矢月秀作
刑事学校
大分県警刑事研修所・通称刑事学校の教官である畑中圭介は、小中学校時代の同級生の死を探るうちに、カジノリゾート構想の闇にぶち当たる。警察アクション小説の雄が文春文庫初登場。
や-68-1

矢月秀作
刑事学校Ⅱ　愚犯
大分県警「刑事学校」を舞台にした文庫オリジナル警察アクション第二弾！　成長著しい生徒たちは、市内の不良グループの内偵をきっかけに、危険な犯罪者の存在を掴む。
や-68-2

柚月裕子
あしたの君へ
家裁調査官補として九州に配属された望月大地。彼は、罪を犯した少年少女、親権争い等の事案に懊悩しながら成長していく。一人前になろうと葛藤する青年を描く感動作。（益田浄子）
ゆ-13-1

横山秀夫
陰の季節
「全く新しい警察小説の誕生！」と選考委員の激賞を浴びた第五回松本清張賞受賞作「陰の季節」など、テレビ化で話題を呼んだ二渡が活躍するD県警シリーズ全四篇を収録。（北上次郎）
よ-18-1

横山秀夫
動機
三十冊の警察手帳が紛失した——。犯人は内部か外部か。日本推理作家協会賞を受賞した迫真の表題作他、女子高生殺しの前科を持つ男の苦悩を描く「逆転の夏」など全四篇。（香山二三郎）
よ-18-2

横山秀夫
クライマーズ・ハイ
日航機墜落事故が地元新聞社を襲った。衝立岩登攀を予定していた遊軍記者が全権デスクに任命される。組織、仕事、家族、人生の岐路に立たされた男の決断。渾身の感動傑作。（後藤正治）
よ-18-3

（　）内は解説者。品切の節はご容赦下さい。

横山秀夫
64（ロクヨン）（上下）
昭和64年に起きたD県警史上最悪の未解決事件をめぐり刑事部と警務部が全面戦争に突入。その狭間に落ちた広報官三上は己の真を問われる。ミステリー界を席巻した究極の警察小説。
よ-18-4

米澤穂信
インシテミル
超高額の時給につられ集まった十二人を待っていたのは、より多くの報酬をめぐって互いに殺し合い、犯人を推理する生き残りゲームだった。俊英が放つ新感覚ミステリー。（香山二三郎）
よ-29-1

吉永南央
萩を揺らす雨
紅雲町珈琲屋こよみ
観音さまが見下ろす街で、小さなコーヒー豆の店を営む気丈なおばあさんのお草さんが、店の常連たちとの会話がきっかけで、街で起きた事件の解決に奔走する連作短編集。（大矢博子）
よ-31-1

吉永南央
その日まで
紅雲町珈琲屋こよみ
北関東の紅雲町でコーヒーと和食器の店を営むお草さん。近隣で噂になっている詐欺まがいの不動産取引について調べ始めると、因縁の男の影が……。人気シリーズ第二弾。（瀧井朝世）
よ-31-3

吉永南央
名もなき花の
紅雲町珈琲屋こよみ
新聞記者、彼の師匠である民俗学者、そしてその娘。十五年前のある〈事件〉をきっかけに止まってしまった彼らの時計の針を、お草さんは動かすことができるのか？　好評シリーズ第三弾。
よ-31-4

吉永南央
糸切り
紅雲町珈琲屋こよみ
紅雲町のはずれにある小さな商店街「ヤナギ」が改装されることになった。だが関係者の様々な思惑と〈秘密〉が絡み、計画は空中分解寸前に——。お草さんはもつれた糸をほぐせるか？
よ-31-6

（　）内は解説者。品切の節はご容赦下さい。

吉永南央
まひるまの星
紅雲町珈琲屋こよみ

紅雲町で、山車蔵の移設問題が起こった。お草さんはそれに係わるうちに、亡き母と親友が絶縁する結果となった、町が隠し続けてきた〝闇〟に気づき、行動を起こすが――。シリーズ第五弾。

よ-31-7

吉永南央
花ひいらぎの街角
紅雲町珈琲屋こよみ

「小蔵屋」のお草は、旧友がかつて書いた小説を本にしようとして、制作を依頼した印刷会社の個人データ流出事件に巻き込まれる。お草さんの想いと行動が心に沁みるシリーズ第六弾。

よ-31-8

吉永南央
オリーブ

突然、書き置きを残して消えた妻。やがて夫は、妻の経歴が偽りで、二人の婚姻届すら提出されていなかった事実を知る。女は何者なのか。優しくて、時に残酷な五つの「大人の嘘」。（藤田香織）

よ-31-2

連城三紀彦
小さな異邦人

八人の子供がいる家庭へ脅迫電話が。「子供の命は預かった」。だが家には子供全員が揃っていた。誘拐されたのは誰？　著者のエッセンスが満載された最後の短編集。（香山二三郎）

れ-1-18

連城三紀彦
わずか一しずくの血

群馬の山中から白骨化した左脚が発見された。これが恐るべき連続猟奇殺人事件の始まりだった。全国各地で見つかる女性の体の一部に事態はますます混沌としていく……。（関口苑生）

れ-1-19

麗　羅
桜子は帰ってきたか

終戦直後の満州から桜子は帰ってきたのか？　戦争という過酷な運命のなか貫かれた無償の愛。日本人が絶対に忘れてはならぬ歴史を背景に描かれた感動のミステリー。（東山彰良）

れ-2-2